Dieter Packheiser

Einmal weinen ist genug

Gründung und Entwurzelung
einer Familie

Bibliografische Information der Deutschen Bibliothek: Die Deutsche Bibliothek verzeichnet diese Publikation in der Deutschen Nationalbibliografie; detaillierte Daten sind im Internet über <http://dnb.ddb.de> abrufbar.

Herstellung und Verlag: Books on Demand GmbH, Norderstedt
ISBN 3-8334-2947-X

Die Flucht

Kinder flohen
einfach so –

sind mitgelaufen,
mitgegangen,
angekommen –

einfach so?

Dieter Packheiser

Marie war voller Lebensfreude, rank und schlank und im heiratsfähigen Alter – und häufig war ihr auch nach Heiraten zumute. Manchmal träumte sie am helllichten Tag, ein schöner junger Prinz möge kommen, sie zum Tanz auffordern und sie mitnehmen auf sein prächtiges Schloss – in eine große Stadt.

Doch dann bemerkte sie viel zu schnell, dass sich nichts um sie herum bewegte, und sie schickte ihre innersten Wünsche nur noch seufzend Wind und Wolken hinterher.

Marie lebte mit ihrer Mutter und ihrer Großmutter in einem kleinen, mit einem Rieddach beschützten Fachwerkhaus, am Ortsausgang von Paterschobensee, einem stillen Dorf in Masuren – tief im Süden von Ostpreußen.

Bis zur polnischen Grenze waren es zwanzig bis dreißig Kilometer, je nachdem, ob man dem freien geraden Flug eines Vogels folgte – über Felder, Wälder, Seen und Sümpfe – oder der in Landkarten vorgegebenen winkligen Route über befestigte Wege und asphaltierte Straßen.

Draußen war es längst dunkel geworden.

Das einfache Abendbrot hatten sie zu dritt bei der üblichen sparsamen Unterhaltung eingenommen, und Marie war mit dem Abwaschen von Tellern, Tassen und Töpfen fertig.

Sie nahm die leicht verbeulte Zinkschüssel mit dem Waschwasser vom nassen Küchentisch und trat damit, den schwappenden Wellenschlag behutsam ausgleichend, durch die Haustür hinaus in den milden Oktoberabend.

Sie wandte sich nach rechts um die Hausecke, und nach ein paar Metern schüttete sie das lauwarme Schmutzwasser mit geübtem Schwung in Richtung Komposthaufen, neben dem hölzernen Geräteschuppen, mit Hühner-, Enten- und Gänsestall.

Marie kehrte mit schnellen Schritten zurück zur halb geöffneten Haustür, hielt aber plötzlich in ihrer Bewegung inne. Hoch aufgerichtet stand sie da und horchte mit angehaltenem Atem und mit allen ihren Sinnen in die Dunkelheit hinein.

Etwas hatte sie elektrisiert: ein Ton! Hatte sie richtig gehört, kam da nicht vom Dorfkrug Musik?!

Marie stellte die Schüssel auf den Erdboden mit dem spärlich bedeckten Herbstrasen, und mit federnden Schritten ging sie ohne Scheu die dunkle, menschenleere Dorfstraße entlang, näher zu dem Gasthaus mit den hell erleuchteten Fenstern.

Auf halber Strecke blieb sie stehen, das genügte: ja! – Musik und Tanz! Hinter den Scheiben bewegten sich Paare, das konnte sie deutlich erkennen. Jemand spielte auf einem Schifferklavier, und der Rhythmus eines Schlagzeugs fuhr ihr in die Beine.

Herrlich: Musik und Tanz!

Marie drehte sich um und eilte zurück. Sie griff nach ihrer Schüssel und stürmte ins Haus.

Die Haustür fiel etwas hart ins Schloss und die beiden Frauen im dämmrigen Wohnzimmer hoben erschrocken ihre Köpfe. Marie sprang nur noch geschwind in die Küche, und schon war sie bei ihnen und brachte ihre Neuigkeit vor.

»Im Dorfkrug ist Tanz! Wer heiratet da? Was ist das für ein Fest?«

Mutter und Großmutter waren zunächst einmal verärgert über ihr lautes Getue. Ein junges Mädchen in ihrem Alter musste sich doch wohl friedlicher geben, als sie es tat. Schließlich war es Sonnabend zu fortgeschrittener Stunde und sie hatten eine friedvolle Ruhe um sich.

Die Mutter saß vornübergebeugt an ihrer Singer-Nähmaschine und nähte an einer dunkelblauen Kittelschürze – die Großmutter hatte ihren aufgeschlagenen Katechismus auf den Knien und das Gesangbuch im Schoß. Das Licht der Petroleumlampe hatten sie so weit heruntergedreht, dass der Schein gerade für beide ausreichte – zum Nähen und zum Lesen.

Sie sahen Marie unwillig an und ihre Mutter schimpfte verhalten:

»Was polterst du da herum!« Dann zuckte sie mit den Schultern. »Heiraten? Ich habe nichts gehört.«

Nun, das war für Marie zu wenig. »Dann will ich doch mal gucken, was da ist. Ich laufe schnell zu Hilde rüber und dann gehn wir nachsehen.«

Das gefiel ihrer Mutter aber gar nicht: »Es ist schon spät, was willst du da laufen? Lass sie tanzen!«

Die Großmutter schien bei diesen Worten ihren Kopf tiefer in die Psalmen Davids zu senken.

Marie drängte: »Aber es ist noch keine neun Uhr und ich werde nächstes Jahr doch schon einundzwanzig!«

Ihre Mutter hob resignierend die Hände und wandte sich dann wieder ihrer Maschine zu. Die Großmutter murmelte etwas vor sich hin und schüttelte den Kopf über ihren schwarzen Büchern.

Letztlich bekam Marie ihren Segen aber doch, denn als ihre Mutter mit der rechten Hand das Antriebsrad der Maschine wieder in Bewegung setzte, sagte sie: »Aber bleib nicht so lange!«

Marie versprach es, griff nach ihrer Strickweste, und kurz darauf hörten die Frauen die Tür ins Schloss fallen.

Marie eilte die verlassene Dorfstraße entlang, vorbei an dem Gasthaus, wo die Tanzmusik ihre Beine noch beschwingter machte.

Zwischen den Häusern auf der linken Seite spiegelte sich ein paar Mal das Wasser im See, von dem spärlichen Mondlicht ein wenig erhellt. Aber Marie hatte kein Auge dafür und bald darauf klopfte sie an die Haustür ihrer engsten Freundin Hilde.

Hilde kam selbst und öffnete – und staunte: »Oh, Marie!«

Und die sprudelte heraus: »Du, im Dorfkrug ist Tanz! Lass uns gehn, wir sehen uns das an!«

»Aber ja!«

Hilde war sofort einverstanden, sagte im Haus Bescheid, warf sich eine Jacke über – und schon waren sie unterwegs.

Sie hakten sich ein wie zwei innige Freundinnen, und Marie erzählte, wie sie das mit der Musik durch Zufall gehört hatte. Sie näherten sich dem Gasthaus und die Musik ließ sie gleich mitschwingen.

Was für eine herrliche Tanzmusik!

Der Akkordeonspieler zog alle Register und der Schlagzeuger brachte ihre Tanzbeine in Schwung. Marie und Hilde versuchten, so viel wie möglich durch die Fenster zu erspähen – und sie waren sehr überrascht!

Was waren das für junge Männer!? Die kannten sie ja gar nicht!

Sicher, da waren ein paar Burschen aus dem Dorf dabei und auch ein paar Mädchen oder Verheiratete, aber die größere Gruppe waren die Fremden.

Jedes Mal wenn die Gasthaustür aufging und jemand heraustrat, um ein paar Atemzüge Luft zu schöpfen, zogen sich die Mädchen erschrocken zurück. Sie wollten sich auf keinen Fall erwischen lassen, dafür waren sie nicht angezogen und fein gemacht – und außerdem konnten sie gar nicht richtig tanzen.

Dafür kam heute alles zu überraschend. Als aber ein junger Bursche das Gasthaus verließ, der mit ihnen in die gleiche Schulklasse gegangen war, kamen sie aus der Dunkelheit hervor und sprachen ihn an.

Und sie hatten Fragen über Fragen. »Was sind das für junge Männer? Wo kommen sie her? Warum sind sie hier?«

Und er konnte den gespannt lauschenden Mädchen einiges berichten.

»Sie sind beim Freiwilligen Arbeitsdienst, hier in der Gegend. Sie arbeiten im Landschafts- und Straßenbau. Und sie kommen aus allen Landstrichen Ostpreußens. Das konnte ich mir gar nicht alles merken. Da schwirrten viele Namen durcheinander: Allenstein, Mohrungen, Elbing, Insterburg und Gumbinnen – und einige kommen sogar aus Königsberg.«

Die Mädchen sahen sich erstaunt an: Das waren aufregende Neuigkeiten!

»Und wie lange werden sie in der Gegend bleiben?«

»Hm, das soll über Monate gehen, und es gefällt ihnen gut hier im

Dorfkrug. Sie wollen nächsten Sonnabend wiederkommen und auch die Musik mitbringen.«

Die Mädchen jubelten, sie hätten ihn beinahe gedrückt für diese gute Nachricht.

»Oh, dann müssen wir aber tanzen lernen – und zwar ganz schnell!«

Er nickte: »Tänzerinnen werden gebraucht, da sind zu wenig.«

Das Wichtigste hatte er ihnen gesagt. Die Mädchen hatten genug gehört und so ging der junge Mann davon.

Hilde und Marie waren in Aufregung geraten, das war doch mal was – und die kommen wieder! Ja, hoffentlich!

Und sie redeten durcheinander.

»Wie können wir denn tanzen lernen?«

»Wer kann uns Schritte zeigen?«

»Wen können wir fragen!?«

Die beiden wurden nun etwas kecker und drängten sich näher heran an die Scheiben. Sehnsüchtig spähten sie in das Innere, klebten wie die Nachtfalter an den hellen Fenstern.

Marie hatte einen Tänzer entdeckt, der ihr besonders von seiner guten Tanzhaltung auffiel.

»Da, Hilde, guck mal, der da, ja, der mit der Brille, wie gut der Walzer tanzen kann. Schau mal, wie er führt und wie gerade er sich hält. – Mit dem möchte ich mal Walzer tanzen!«

Hilde seufzte: »Aber der kann viel zu gut tanzen, der wird uns eher auslachen!«

Marie reagierte trotzig. »Dann soll er uns das eben beibringen – und außerdem, ich kann ja die Mazurka tanzen, das ist auch Dreivierteltakt!«

Sie fasste Hilde bei den Händen. »Komm!« Und dann sang sie halblaut und drängte zu den Walzerschritten: »Eins, zwei, drei, rundherum – eins, zwei, drei, rundherum – siehst du, es geht doch! Das müssen wir einfach üben, dann klappt es auch.«

Und sie drehten sich und lachten. Aber im nächsten Augenblick hatten sie wieder Bedenken: Was ist, wenn die modernen Tänze kommen, dann können wir doch nicht einfach weglaufen.

Wie heißen die denn überhaupt?

Ach ja, Foxtrott und dieser verrückte Tanz, Charleston – auf jeden Fall sind die im Viervierteltakt.

So schwebten beide zwischen Hoffen und Bangen. Aber in dem Punkt waren sie sich einig, dass sie an den kommenden Tagen viel lernen müssten, denn am nächsten Sonnabend wollten sie es wagen, wollten sie dabei sein. Sie würden sich fein machen und dann hineingehen – das stand für sie fest.

So machten sie sich selbst ein wenig Mut und ahnten doch, dass sie mächtiges Herzklopfen bekommen würden.

Die Musik hatte Pause gemacht und Marie sah ihren Walzerschwarm an der Theke stehen.

»Da, Hilde, guck mal, der raucht seine Zigarette mit einer Spitze, der kommt bestimmt aus der Stadt. Das macht hier auf dem Lande keiner.«

Hilde stichelte: »Du siehst immer nur den, du hast dich wohl schon verliebt, was!?«

Sie lachten, aber dann wurde Marie unruhig. Sie musste nach Hause.

»So, Hilde, lass uns gehn und lern schön tanzen, damit du mir auch etwas beibringen kannst. Du weißt ja, zu Hause kann ich keinen fragen: Großmutter hält das für Sünde und Mutter hatte schon als junges Mädchen ihren schrecklichen Unfall. Und seit der Zeit ist sie durch ihr Fußgelenk behindert.«

Hilde nickte. »Ja, das glaube ich, da brauchst du über Tanzen erst gar nicht zu reden.«

So trennten sich die Freundinnen mit einem »Bis morgen, mach's gut!«.

Als sie schon ein paar Schritte auseinander waren, drehte Hilde sich noch einmal um und rief: »Hör mal, Marie, wovon du heute Nacht träumst, ist doch wohl klar, oder!?«

Marie machte mit den Händen eine fragende Bewegung in die Dunkelheit hinein, und sie hörte, wie Hildes fröhliches Lachen sich schnell entfernte.

Als Marie in den Hausflur trat, erwartete ihre Mutter sie bereits ungeduldig.

»Na, was bleibst du so lang?«

Marie hätte ihrer Mutter lieber Freude gemacht, aber was sollte sie tun.

Ihre Großmutter war bereits zu Bett gegangen.

Alle waren sie gewohnt, mit dem natürlichen Tagesablauf zu leben, gingen mit den Hühnern schlafen und standen mit dem Hahnenschrei am Morgen wieder auf. Alles andere galt schnell als sündiger Müßiggang und aller Laster Anfang.

Trotzdem erzählte Marie kurz, was sie gehört und gesehen hatte, und auch, dass sie am nächsten Sonnabend wieder dorthin möchte – zum Tanzen!

Ach, das missfiel ihrer Mutter sofort. Aber Marie sagte auch jetzt wieder, sie werde doch im nächsten Jahr bereits einundzwanzig, und wo sollte sie je einen jungen Mann kennen lernen, wenn nicht dort!?

Aber ihre Mutter hatte ganz einfach Bedenken: »Ja, ja, einundzwanzig und Tanzen: Nimm dir einen soliden Mann aus dem Dorf und lass die Fremden! Das bringt nur Unglück!«

Marie spürte, so konnte das hier ewig weitergehen, ohne dass Mutter einfach ja sagte. So lenkte sie vorsichtig ein: »Komm, Mutti, lass uns schlafen gehen, wir sprechen noch einmal darüber.«

Aber auch ihre Mutter wusste, die Sorgen wurden dadurch nur vor sich hergeschoben, aber nicht geringer.

Der nächste Tag war ein Sonntag und die eigentliche Arbeit ruhte. Zwar mussten die Tiere – ihre Hühner, Enten und Gänse – auch an diesem Tag versorgt werden, aber Marie konnte sich schon zeitig nach dem Mittagessen davonmachen und zu ihrer Freundin Hilde eilen.

Mutter und Großmutter hätten ihre Marie natürlich auch jetzt lieber im Haus behalten, aber sie konnten sie schließlich nicht anbinden. Außerdem hatten sie keine guten Gründe, sie festzuhalten, und so ließen sie es seufzend geschehen.

Und ein wenig sahen sie es auch ein: Für ein junges Mädchen war es am Sonntagnachmittag ziemlich langweilig.

Sie dagegen würden beide im Katechismus lesen, diese oder jene schöne Stelle dem anderen vortragen und gemeinsam ein paar Kirchenlieder singen – denn den Herrn zu loben und zu preisen gehörte für sie einfach zum Sonntag.

Unterdessen war Marie im Hause ihrer Freundin angekommen, und die beiden steckten sofort ihre Köpfe zusammen und zogen sich zurück. Sie hatten sich auch so viel zu erzählen, und so lange nicht gesehen!

In Hildes Familie ging es anders zu. Da war es lauter und fröhlicher, denn da gab es nicht nur Vater und Mutter, sondern auch noch zwei Geschwister – einen älteren Bruder und eine jüngere Schwester.

Für das, was die beiden Mädchen im Sinn hatten, war der Bruder allerdings nicht zu gebrauchen, wie sich bald herausstellte, denn der wollte sich nicht mit ihnen beschäftigen und hielt das Gehopse mehr für Weiberkram.

Und die Schwester konnte nichts beisteuern, denn dafür war sie zu jung.

So blieben nur noch die Eltern.

Hildes Mutter war eine heitere Frau, und so half sie den Mädchen, so gut sie konnte. Und als die Frauen Hildes Vater als Tanzpartner brauchten, machte der nach dem zweiten Glas Korn, den die Mutter heute etwas freigiebiger einschenkte, auch mit – zunächst widerstrebend, aber dann, bei dem drängenden weiblichen Einsatz, mit immer mehr Vergnügen und Freude.

Das Dumme an der Sache war nur, wenn sie Musik haben wollten, dann mussten sie die Musik auch selbst machen, denn es gab weder Radio noch Grammofon.

Die Frauen sangen und summten und versuchten auf diese Weise, den Dreiviertel- oder Viervierteltakt herzustellen, um so die Grundschritte kennen zu lernen. Das würde es den Mädchen ermöglichen, Walzer, Märsche und Foxtrott zu tanzen, wenn zu Beginn auch mit etwas ungelenken Bewegungen.

Insgesamt führte das Singen und Lachen, Holpern und Stolpern zu einem recht lustigen Nachmittag.

Die Eltern waren erschöpft und die Mädchen aufgedreht. Sie hatten aber sehr viel dazugelernt und waren nun voller Hoffnung, sich am Sonnabend unter die vielen Blicke wagen zu können.

Hilde und Marie vereinbarten noch, sich auch an den nächsten Abenden so oft wie möglich zu treffen, um das Gelernte weiter zu vertiefen, obwohl Marie fürchtete, dass sie Schwierigkeiten haben würde, auch an Wochentagen abends auszugehen.

So machte sie sich mit gemischten Gefühlen auf den Heimweg.

An den Wochentagen arbeitete Marie im Haus und im Garten, kümmerte sich um Hühner, Enten und Gänse oder arbeitete im Frühjahr, Sommer und Herbst bei den Bauern des Dorfes, ganz nach Bedarf, zur Pflanzzeit oder zur Erntezeit – zu tun gab es immer etwas.

Marie war scheu, lieb und fröhlich. Bei der Arbeit sang sie gerne, und da sie in der Schule viele Lieder gelernt hatte, fiel ihr zu jeder Stimmung auch etwas Passendes ein.

In diesen Tagen nun beobachtete Maries Mutter – und mit gerunzelter Stirn auch ihre Großmutter –, wie Marie versonnen vor sich hin summte und sich hin und wieder sogar leichtfüßig drehte. Sie schien ein bisschen in einer anderen Welt zu sein.

Und besonders die Großmutter fragte sich, ob Marie vom Tanzteufel besessen sei und ob jetzt die Sünde unter ihr Dach zöge.

So etwas habe es früher nicht gegeben, und sie könne sich auch nicht erinnern, so etwas schon einmal gesehen zu haben – jedenfalls nicht zu ihrer Zeit. Wir haben damals noch gearbeitet, von morgens bis abends, aber heute, diese jungen Dinger – da kenne sich einer aus.

Maries Mutter hatte nun die meisten Sorgen. Plötzlich war sie in der Rolle der Vermittlerin. Einerseits musste sie bei ihrer Mutter Verständnis zeigen für deren Ansprüche, andererseits aber auch vorsichtig für Marie um Verständnis werben, und gleichzeitig musste sie Marie bremsen, damit die nicht in ihr Unglück rannte.

Ihr machte es weniger Kopfzerbrechen, dass Marie vor sich hin summte und sich drehte, sondern sie fürchtete, dass ihre Tochter nach dem heiter lockeren Tanzen zum gefallenen Mädchen werden könnte.

Sie atmete hörbar aus. Diese kummervollen Gedanken ließen sich wohl nicht vermeiden, wenn Kinder langsam aus dem Haus gingen. Für einen Augenblick fragte sie sich, ob es Mütter mit Jungen wohl leichter hatten. – Nur, was hatte sie davon? Die Dinge waren, wie sie waren.

So vergingen die Tage und der Sonnabend drohte.

Marie hatte sich trotz aller Widerstände an den meisten Abenden frei gekämpft und war zu Hilde gelaufen. Dort hatten sie sich dann in Tanzhaltung umfasst, gesummt, geübt und gelacht, besonders dann, wenn sie sich wieder einmal kräftig auf die Füße traten.

Nur ein paar Mal zogen sie Hildes Mutter zurate, wenn sie sich gar nicht einigen konnten, welcher Fuß denn nun wo hinzusetzen sei.

Dann war es so weit: Sonnabend!

Was war das bloß für eine verrückte Woche gewesen! Diese Woche hatte nicht das Geringste gemeinsam mit all den Wochen, die jemals vorher waren.

Abends hatte Marie mit ihrer Mutter immer wieder kämpfen müssen, um wegzukommen. Nachts hatte sie meist unruhig geschlafen und wirres Zeug geträumt – und zwischen Hoffen und Verzagen hatten ihre Gefühle am Tage geschwankt.

Was sollte sie anziehen, wie wollte sie aussehen? Und ihre Mutter mochte sie gar nicht erst fragen, weil die bei dem Thema eher abwinkte.

Ein schwarzes Kleid wirkte vielleicht zu festlich und sah womöglich nach Beerdigung aus, und das mit den Herbstblumen war vielleicht zu beschwingt und womöglich zu kurz, obwohl es eine ganze Handbreite unter dem Knie endete.

So tobte es in Marie hin und her, und seit Mittag hatte sie das Gefühl, dass ihr die Beine schwach würden.

Als Marie sich dann mit dem Herbstblumenkleid den beiden Frauen im Wohnzimmer vorstellte, war der Kleidersaum für die Großmutter viel zu kurz, für die Mutter etwas zu kurz, und für Marie hätte er etwas kürzer sein können.

Großmutter wollte gegen die Sünden der Marie stärker beten als sonst, und ihre Mutter sagte nur: »Pass auf dich auf, du weißt, wie die Männer sind!«

Und dabei setzte sie voraus, dass Marie wusste, dass die Männer ständig nur Liebe wollten – und wenn die Frauen dann ein Kind bekamen, waren die Liebhaber verschwunden.

Marie versprach, an alles zu denken, nahm Jacke und Handtäschchen, ging durch die Haustür hinaus und in die Dunkelheit hinein.

Ihre Mutter war ihr bis zur Haustür gefolgt und sah ihr nach. Doch das Flurlicht war schwach und reichte nicht nach draußen, und bevor sich ihre Augen auf die Dunkelheit eingestellt hatten, war ihre Marie bereits verschwunden.

Nur einmal sah sie noch vor den hellen Fenstern des Dorfkrugs einen Schatten, dann schloss sie leise die Tür und ging mit langsamen Schritten und schweren Gedanken zurück in die Stube.

Die beiden Frauen ahnten, dass sie jetzt wohl häufiger allein sein würden, und wehmütig begannen sie mit dem, was sie immer am Sonnabend taten: Die jüngere der beiden Frauen ließ ihre Nähmaschine mit surrendem Geräusch singen und die ältere las in ihren Psalmen – und wenn sie leise ein Loblied zur Lobpreisung des Herrn anstimmte, summte auch die jüngere mit.

Marie und Hilde hatten sich gut abgepasst, an der Hausecke des Dorfkrugs trafen sie aufeinander.

Auch Hilde hatte sich fein gemacht. Ihr Kleid erschien Marie sogar noch etwas kürzer, und beschwingt glockig war es untenherum auch.

Hildes Haare waren gewellt und gingen ihr bis zum Nacken, und für diesen besonderen Abend hatte Hildes Mutter den Wellen noch ein wenig nachgeholfen.

Marie hatte die längsten Haare im Dorf. Sie fielen ihr, wenn sie es wollte, weit hinunter über den Rücken.

Marie hatte ihr Haar sorgfältig gewaschen – und frisiert wie immer: mit einem seitlichen Scheitel, glatt und nicht zu straff nach hinten, die lange Rückenpracht geflochten und zu einem schönen Haarknoten gedreht.

So, und nun hinein ins Vergnügen! Aber erst einmal wollten sie die Lage prüfen – mal sehen, wer alles schon da war.

Warum nur mussten heute ausgerechnet die Fenster so beschlagen sein, dass man kaum etwas erkennen konnte. Wir können doch nicht einfach so hineingehen, wer weiß, was dann auf uns zukommt!

Jetzt waren sie in dem Zustand, den sie insgeheim befürchtet hatten: Mut und Verzagen hielten sich die Waage.

Doch die herrliche Tanzmusik machte ihre Beine leichtfüßig, und die beschlagenen Scheiben und das wenige, was sie sahen, beflügelte ihre Fantasie. Langsam näherten sie sich der Eingangstür, und doch rissen sie ein paar Mal aus, als diese sich unvermittelt öffnete.

Marie und Hilde machten sich selbst Vorwürfe, schalten sich Angsthasen und Dummköpfe und wussten, wenn sie hier ausgelassen mittanzen wollten, dann mussten sie hinein.

Ja, und was lag da näher, als hinzugehen, die Tür einen Spaltbreit zu öffnen und flüchtig hineinzusehen. So machten sie es: die Tür ein wenig auf und bei Gefahr schnell zu, und noch einmal und immer wieder – und plötzlich stand Marie im Dorfkrug!!

Der Schubs von hinten auf ihren Rücken kam ganz unvermittelt.

Die Tür hinter Marie schlug zu – und blieb zu!

Hilde war draußen, Marie war drin!

Und Hilde hielt die Tür mit eiserner Kraft geschlossen. Marie war verloren! Sie wollte fliehen, rüttelte heftig an der Türklinke, doch es half ihr nichts. Marie machte jetzt alles gleichzeitig: Sie drehte ihr Gesicht wieder zum Lokal, sie errötete, sie versank vor Scham im Erdboden – und sie erwürgte Hilde!

Das Schicksal nahm nun seinen Lauf.

Im Versinken merkte Marie noch, dass sie ein wenig trotzig ihre Unterlippe vorschob: Wenn sie schon untergehen sollte, dann wollte sie vorher wenigstens noch kämpfen! Diesen Kampfgeist brauchte sie auch, denn zwei junge Männer schoben sich auf sie zu.

»Ach, sieh mal an, wer schneit uns denn da ins Haus!«

Marie hob den Kopf und versuchte das Beste daraus zu machen.

Die jungen Männer waren aber keine Löwen und fraßen sie auch nicht auf. Sie hatten wohl eine anständige Kinderstube gehabt und vielleicht auch in der Tanzschule gelernt, wie man sich jungen, scheuen Damen gegenüber zu verhalten hatte. Jedenfalls nannten sie ihre Familiennamen und machten dabei eine kleine Verbeugung. Eine einladende Handbewegung ermunterte Marie, näher zu treten. Marie aber wollte lieber erst ihre Freundin bei sich haben – das mit dem Erwürgen konnte ja noch ein wenig warten.

Hilde hatte in der Zwischenzeit bemerkt, dass das verzweifelte Zerren an der Türklinke vorüber war, und so spähte sie abermals durch den Türspalt und sah, dass Marie überlebt hatte. Danach war es nur noch ein kleines Geplänkel, und das zweite scheue Reh war dem heißen Tanzboden einen gewaltigen Sprung näher.

Die beiden jungen Männer bemühten sich weiter redlich um die ängstlichen Frauen und ermöglichten es ihnen, sich dem Geschehen vorsichtig zu nähern. Stolz führten sie ihre Beute an den Tisch ihrer ausgelassenen Gruppe und ein großes Hallo und Applaus empfingen

Marie und Hilde. Die beiden jungen Männer boten ihnen ihre Stühle an, besorgten für sich selbst zwei neue, und nach dem allgemeinen Stühlerücken hatten sie alle Platz.

Die spontane Einladung zu einem flotten Tanz hatten Marie und Hilde erst einmal dankend abgelehnt, und gleichzeitig mit Gesten und Mimik gezeigt, dass sie noch viel lernen müssten und nicht richtig tanzen konnten. Dabei ergab es sich fast zwangsläufig, dass Marie auf den Tänzer mit der guten Tanzhaltung zeigte. Und mit der Offenheit und Direktheit eines Naturkindes sagte sie: »Mit dem zu tanzen, müsste doch ganz einfach sein, so wie der führt!«

Damit war den Männern klar, was die junge Frau mit dem schönen dunklen Haarknoten wünschte, und als die Musik Pause machte, winkten sie dem Tänzer zu und riefen: »Walter, komm doch mal her, hier werden Königsberger verlangt!«

Marie jubelte innerlich: Walter heißt der also, und aus Königsberg kommt er – wunderbar!

Königsberg, das war die Stadt ihrer Träume.

Es war schwer zu sagen, warum Marie sich nach dieser großen Stadt sehnte. Sie war doch recht glücklich zu Hause: in ihrem Dorf, am See, und im Sommer bei der Feldarbeit mit den Menschen, die sie kannte.

Und trotzdem: Wenn der Name Königsberg fiel, dann ging etwas in ihr vor.

Der angerufene Walter kam auf sie zu und wurde mit zwei Sätzen informiert. Er verbeugte sich, nannte seinen Nachnamen und reichte den jungen Frauen die Hand.

»So«, sagte einer aus der Gruppe zu ihm, »dann spiel mal schön den Tanzlehrer, denn mit uns wollen sie es gar nicht erst versuchen.«

Marie gab schnell die Richtung vor, denn sie wusste, bei einem Walzer konnte sie am ehesten bestehen: »Ja, die Mazurka, die habe ich schon mal getanzt, und das ist ja auch Walzertakt!«

»Ja, gut«, der frisch gekürte Tanzlehrer nickte, »also Walzer!«

Die beiden Musiker nahmen den Wunsch entgegen und suchten einen schönen Walzer heraus. Walter verbeugte sich vor Marie: »Darf ich bitten?«

Sie nickte und gleich darauf schien ihnen die Tanzfläche allein zu gehören.

Der neue Tanzlehrer ging mit gutem Beispiel voran – gerade Haltung, den linken Arm schön in Schulterhöhe –, und für Marie war es ein Leichtes, mit ihrem schlanken, beweglichen Körper diesem eleganten Tänzer zu folgen. Schon die ersten Tanzschritte zeigten, dass dieser Versuch auf Anhieb klappte, und so fiel die fröhliche Männerriege begeistert in rhythmisches Händeklatschen ein.

Marie war selig!

So konnte es jetzt weitergehen bis in alle Ewigkeit.

Hilde sah, wie gut Marie ihre Sache machte, und sie fühlte Bewunderung – und für einen kurzen Moment auch Eifersucht. Doch als ein junger Mann sich vor ihr zum Tanz verbeugte, machte auch sie kurz entschlossen mit und reihte sich ein in den beklatschten Walzertakt. Die beiden wollten nicht mehr aufhören zu tanzen. Nur bloß nicht diesen schönen Zustand mit dem herrlichen Gefühl zu Ende gehen lassen – und deshalb tanzten sie gleich einen zweiten und dritten Walzer hinterher.

Sie hatten ihre Feuertaufe bestanden und genossen es.

Dem Tanzlehrer Walter war es warm geworden. Er musste sich erholen und rauchte draußen eine Zigarette, diesmal ohne Silberspitze. Auch die Freundinnen gingen sich frisch machen – und zu erzählen hatten sie reichlich. Marie hatte fast vergessen, dass sie Hilde für ihre Schandtat eigentlich umbringen wollte, aber jetzt, wo sich alles so gut entwickelt hatte, schwankte sie: Sollte sie Hilde nun erwürgen oder zum Dank doch lieber in die Arme nehmen? Als die Musik dann wieder spielte, waren Marie und Hilde schon viel gelöster. Sie tanzten mit verschiedenen jungen Männern und kamen auch beim Foxtrott mit den Füßen ganz gut zurecht.

Marie versuchte immer wieder mit ihrem ersten Tänzer, diesem Walter aus Königsberg, in Kontakt zu kommen. Und wenn sie sich nicht täuschte, dann tanzte auch er ganz gerne mit ihr – oder bildete sie sich das nur ein? Marie hatte zu Beginn dieses Abends mit sich selbst genug zu tun, mit ihrer Scheu und ihren Tanzschritten, und deshalb fragte sie sich erst jetzt, wer denn diese Frauen waren, die bei einigen jungen Männern saßen. Waren diese Männer verlobt oder verheiratet, oder waren es Mädchen aus dem nächsten größeren Ort, Groß Schiemanen, oder aus der Kreisstadt Ortelsburg? Doch trotz all dieser Fragen hatte sie den Eindruck, dass dieser Walter zu keiner gehörte – und irgendwie gefiel ihr das sehr.

In der letzten Viertelstunde hatte Marie immer öfter auf ihre vergoldete Armbanduhr geguckt, ein Geschenk ihrer Mutter und ihrer Großmutter zur Konfirmation, ein Geschenk, welches sie sorgfältig aufbewahrte und nur zu besonderen Anlässen trug, wie zum Beispiel heute Abend.

Es half nichts, die Zeit war um, sie musste gehen.

Um 22.00 Uhr hatte sie zu Hause zu sein, möglichst eine Minute früher. Die Art und Weise, wie ihre Mutter das verlangt hatte, war eindeutig und unmissverständlich. Ihre Mutter war in einer Person beides zugleich – Vater und Mutter –, und manchmal bestimmte sie allein viel strenger, als ein Vater je bestimmt hätte! Bei Hilde zu Hause waren die Grenzen weicher. Sie wäre gerne noch ein halbes Stündchen geblieben, aber sie ging selbstverständlich mit ihrer Freundin mit. Beim Weggehen richtete Marie es so ein, dass sie an diesem Walter vorbeikam, für den ihr Herz schon kräftig schlug, und dabei hauchte sie ein »Auf Wiedersehen, ich muss jetzt gehn«, und Walter deutete eine kleine Verbeugung an und sagte fragend: »Bis nächsten Sonnabend?«

Marie schenkte ihm dafür einen tiefen langen Blick aus ihren graugrünen Augen und verließ den Ort ihres hoffnungsvollen Glücks.

Die jungen Männer aus der Gruppe waren noch ausgelassener als zuvor und riefen: »Also Mädels, bis nächsten Sonnabend!«

Draußen trennten sich die Freundinnen schnell – was zu sagen war, konnten sie sich während der nächsten Tage sagen.

Drei Minuten vor der Zeit war Marie zu Hause! Und sie verhielt sich leise, zog bereits im Flur ihre Schuhe aus, schlich auf Zehenspitzen weiter in die anderen Räume und vermied unnötiges Licht. Ihre Mutter war schon zu Bett gegangen, war aber noch völlig wach. Die ganze Zeit hatte sie dagelegen, mit offenen Augen in die Dunkelheit gestarrt und dabei an ihre Tochter gedacht und an die Zukunft. Wie sollte sie auch innere Ruhe finden, wo sich ihr Kind anschickte, aus dem Haus zu gehen, und sie fürchtete, dass es nur eine Frage der Zeit sei, bis sich ihr Mädchen verabschiedete. Und jetzt, wo sie an Trennung denken musste, spürte sie, wie sehr sie doch alle in diesem Haus miteinander verbunden waren. Und sie war überrascht über die Tiefe dieser schmerzlichen Gefühle, von denen sie im täglichen Handeln und Zusammenleben nichts bemerkt hatte.

So kam von ihren Lippen auch kein böses Wort, als ihre Tochter sich mit flüsternder Stimme zurückmeldete, im Gegenteil. Marie wunderte sich, als sie hörte: »Schön, dass du da bist!«

Marie selbst dachte gar nicht ans Schlafen. Zu viel war auf sie eingestürmt: zunächst ihr großes Herzklopfen, in diese fremde Welt hineinzugehen, dann der grässliche Schubs von hinten, und ihre peinliche Lage, wie ein begossener Pudel vor aller Augen dazustehen.

Doch dann, nur kurze Zeit darauf, diese schöne Walzerseligkeit!

Ach, was hatte das mit dem Walzer auf Anhieb gut geklappt, wie war sie doch in dem Moment so glücklich! Dieser Walter und Königsberg – das wäre was, davon wollte sie mehr! Marie hielt ihre schnell fliegenden Gedanken an, atmete tief ein und aus – und in dem Augenblick wünschte sie: Walter, komm! Du bist der Prinz! Nimm mich mit nach Königsberg!

Und mit diesen schönen Bildern schlief sie langsam ein.

Im Haus gab es die ersten morgendlichen Geräusche. Marie hörte irgendwelche Gefäße klappern, und sofort war sie hellwach. Sie hatte wunderbar geschlafen, und als sie auf die Uhr schaute, wunderte sie sich, dass sie so munter war. Sieben Uhr, und sie war doch erst spät eingeschlafen.

Walter! – Kaum, dass sie die Augen offen hatte, und schon waren die Bilder von gestern Abend da. Aber jetzt wollte sie erst einmal Mutter und Großmutter begrüßen, die sie in der Küche und im Wohnzimmer fand. Es war Sonntag, der Tag begann ruhig und beschaulich. Natürlich wollten die beiden Frauen wissen, wie es ihrer Marie im Dorfkrug ergangen war – aber sie schwiegen und fragten nichts: Sie hatten Geduld. Marie begann von allein. – Ja, das hatte gut geklappt mit dem Tanzen. Sie und Hilde hatten zwar große Ängste hineinzugehen, aber dann war es ganz schön. Da war ein junger Mann aus Königsberg, der hieß Walter, ein guter Tänzer. Mit dem hatte sie Walzer getanzt – es war wunderschön! Marie schaute in die Gesichter der beiden. Über das Gesicht ihrer Mutter huschte ein kurzes Lächeln, aber Großmutters Augenbrauen zogen sich ein wenig zusammen.

Marie fügte hinzu: »Ich glaube, er hat mich auch gemocht, aber sicher bin ich mir nicht.«

Ihre Mutter dachte kurz an ihre nächtlichen Quälereien: Königsberg! Auch das noch! – Weiter weg konnte es ja wohl nicht sein!

Sie schüttelte ihren Kopf. »Warum nimmst du nicht einfach den Stefan Rasanowski? Der will doch auch mit dir gehn!«

Marie wehrte sich heftig: »Aber es muss doch Liebe sein!«

Jetzt murmelte auch die Großmutter etwas, nur Marie konnte es nicht richtig verstehen. Aber sie machte sich ihren Reim darauf, und es hieß so viel wie: »Nimm doch den kleinen Bauernhof und lass es gut sein!«

Und irgendwie stöhnten sie dann alle drei.

Am Nachmittag lief Marie dann wieder zu Hilde. Dort bedankte sie sich bei Hildes Mutter für die lehrreichen Übungsstunden.

»Ja«, sagte die, »Hilde hat mir bereits erzählt, wie schön du den Walzer getanzt hast und wie auch sie gut klar kam. Das freut mich für euch – und du«, sagte sie augenzwinkernd, »hast viel mit dem Königsberger getanzt, stimmt's!?«

Marie wand sich ein wenig: »Ja, ein paar Mal schon.«

Sie lachten alle drei, und die Mädchen gingen aus dem Zimmer und zogen sich in ihre Geheimnisse zurück.

»Was glaubst du«, fragte Marie unvermittelt, »ist dieser Walter verlobt oder verheiratet? Und – gehörte eines dieser Mädchen zu ihm?«

Aber auch Hilde konnte nur raten und vermuten und ihren Eindruck wiedergeben, und so sagte sie nur: »Ich glaube, er war allein!«

Allein aber blieb auch Marie an all den nächsten Tagen, mit all ihren Fragen, die sich immer höher auftürmten – und auf die es keine Antwort gab. Walter kam aus Königsberg, das stand fest – und das freute sie. Aber welche Chancen hatte sie denn bei ihm? Er hatte bestimmt zu Hause eine Liebste. So ein guter Tänzer musste ja eine haben, und dann in Königsberg, in dieser großen Stadt, wo es doch nur so von Frauen wimmelte!

Ach, es war hoffnungslos!

Marie war hin- und hergerissen, sie hoffte und resignierte – und war alles in allem eher unglücklich. Auch wenn die Tage vergingen, eine Klärung brachten sie nicht.

Mutter und Großmutter sahen, wie es in Marie arbeitete, und sie schüttelten den Kopf und Mutter mahnte: »Nimm dir einen aus dem Dorf oder aus dem Nachbardorf und bleib da weg!«

Marie senkte den Kopf, sie konnte über dieses Thema schweigen, ja, aber aus dem Dorfkrug wegbleiben? – Nein! Das konnte sie nicht, das kam überhaupt nicht in Frage, das konnte sie sich wenigstens nicht vorstellen. Im Gegenteil, Marie musste am Sonnabend wieder dort hin, denn alles in ihr wünschte: Hoffentlich kommt Walter auch! – Und wenn er kommt, interessiert er sich noch für mich?

Also betraten Marie und Hilde, als es wieder so weit war, zur richtigen Zeit das Gasthaus, gerade als die Musik schwungvoll einsetzte. Maries Augen überflogen im Nu alle Anwesenden, die einzelnen

Tische der jungen Männer – doch wo war ihr Walter!? Hatte sie zu flüchtig geguckt? Sie versuchte es noch einmal – nichts!

Marie atmete tief. Sie ließ sich ihre Enttäuschung nicht anmerken, wenigstens versuchte sie es. Sie schalt sich selbst. Das kam dabei heraus, wenn man sich auf einen festlegte! Lange nachdenken konnte sie aber nicht, denn der erste Tanzpartner verbeugte sich bereits vor ihr, und nun versuchte sie, Rhythmus und Schrittfolge für einen Foxtrott in Einklang zu bringen, schließlich war sie noch Anfängerin. Trotzdem überlegte sie, wie sie den jungen Mann geschickt nach diesem Walter fragen könnte. Ihr Tanzpartner war Kavalier, denn als Marie sich bei dieser gedanklichen Doppelbelastung mit den Schritten ein wenig verhedderte, entschuldigte er sich: »Ach, ich müsste besser führen!«

Marie lächelte, schaute auf – und sah Walter! –, gerade als er mit zwei Kameraden an den beiden Musikern vorbeiging. Die Freude, die sie dabei durchfuhr, zeigte ihr deutlich, dass hier nur einer zählte, und ihr Tanzpartner hätte sich ein wenig wundern müssen über den Schwung und die Leichtigkeit, mit der sie plötzlich tanzte.

Als Walter sie später lächelnd ansprach: »Und, meine Dame, brauchen Sie noch einen Tanzlehrer?«, da sagte sie nicht nur freudig ja, sondern zeigte ihm mit ihrem herzlichen Verhalten, dass sie ihn mochte. Er berichtete ihr, warum er und seine beiden Kameraden später gekommen waren. Irgendwann sei jede Gruppe an der Reihe, drei Mann zur Mithilfe beim Küchendienst abzustellen – und dieses Mal hatte es eben sie drei getroffen.

Jetzt, wo Marie mit Walter tanzte, waren alle ihre quälenden Fragen der letzten Tage wie weggeblasen. Denn erstens war er da, und zweitens, wenn sie mit ihm zusammen war und mit ihm sprach, war alles so leicht, so selbstverständlich, als müsste es so sein. Von ihm erfuhr sie dann auch, dass er wahrscheinlich das ganze nächste Jahr mit seinem Trupp in dieser Gegend bleiben würde. Das war Musik in Maries Ohren, und sie zeigte ihm ihre Freude: Walter spürte für einen winzigen Augenblick den verstärkten Druck ihrer Arme.

Sie sprachen auch über dies und das, und so war es bald wieder an der Zeit, dass Marie die Zeiger ihrer Armbanduhr prüfte.

Walter sah es und sagte: »Beim letzten Mal kam es mir vor wie beim Aschenputtel: ›Tschüs – und weg!‹. – Darf ich Sie ein Stück begleiten?«

Marie nickte lächelnd: »Wenn Sie meinen?«

Walter war enttäuscht, und ein wenig ärgerte er sich, dass er sich überhaupt angeboten hatte. – Er hatte irgendwie mehr erwartet. Freute sie sich denn nicht darüber? Sie hatte ihn doch immer wieder so glücklich angestrahlt. Oder wollte sie ihn nur auf Distanz halten, damit er sich auf der dunklen Dorfstraße keine falschen Hoffnungen machte?

Egal, er hatte sich angeboten, jetzt war er Kavalier!

Hilde kam allein zurecht – sie wollte noch ein wenig bleiben.

Marie und Walter gingen hinaus. Das Licht der Fenster reichte nur für die ersten Meter, dann mussten sich ihre Augen an die Dunkelheit gewöhnen.

Walter kam aus einer kinderreichen Familie und war streng erzogen worden. Man hatte ihm von klein auf beigebracht, ja, teilweise eingebläut, dass Männer Kavaliere zu sein hatten. Ob Elternhaus, Schule, Berufsschule, Tanzschule – alle zusammen hatten sie ihr Ziel erreicht! Walters Respekt und Ehrerbietung vor Frauen war grenzenlos, glichen beinah einer Madonnenverehrung. Frauen waren für ihn fast anbetungswürdige Wesen, verletzlich, mit viel Gefühl – hatten auf jeden Fall etwas von der Jungfrau Maria. Mit ihnen verband er Begriffe wie zu »beschützende Mutterschaft« und Bilder wie die »Betenden Hände« von Albrecht Dürer. Vielleicht hatte es damit zu tun, dass seine Mutter zwölf Kinder zur Welt brachte, wovon vier verstarben und acht zu ordentlichen Menschen erzogen werden sollten: vier Mädchen und vier Jungen. Auf jeden Fall war Marie vor Walter völlig sicher. Er hätte niemals die Dunkelheit ausgenutzt und sich auf sie gestürzt.

So bot Walter der jungen Marie seinen rechten Arm an, und die hakte sich ein. Sie gingen in die Richtung, die Marie angedeutet hatte.

»Es sind vielleicht nur einhundert Meter«, sagte sie, »das letzte Haus auf der linken Seite.«

»Ach, das ist ja viel zu kurz«, entfuhr es Walter.

Als die kleine Kate im spärlichen Sternenlicht auftauchte, gingen sie noch ein wenig langsamer, und da sie sich beide nicht trennen wollten, gingen sie auch noch ein paar Schritte an dem Haus vorbei. Dann blieben sie stehen. Auf der rechten Seite war der Gartenzaun des letzten Hauses zu Ende und sie hatten einen ungehinderten Blick auf die in geringer Entfernung schwach schimmernde Wasserfläche des Sees.

»Wie heißt eigentlich dieses schöne Wasser«, fragte Walter.

»Kleiner Schobensee«, sagte Marie, »und deshalb heißt unser Dorf Paterschobensee und der Nachbarort, der auch an diesem Wasser liegt, Materschobensee.«

Walter wiederholte: »Pater wie Vater, und Mater wie Mutter – ganz einfach, das lässt sich gut merken.«

Sie waren die wenigen Schritte zum Haus zurückgegangen.

»So, ich muss jetzt gehen«, sagte Marie.

Walter gab ihr die Hand. »Bis nächsten Sonnabend?«

»Ja, bis Sonnabend.«

Er machte noch eine kleine Verbeugung, und sie trennten sich.

»Gute Nacht.«

Bei seiner Rückkehr in den Dorfkrug wurde Walter von seiner engeren Gruppe mit großem Hallo und reichlich Spott empfangen.

»Was, schon zurück? Wohl nicht zum Zuge gekommen!«

Und ein anderer: »Ach, da muss einfach ein richtiger Mann her!«

Walter lächelte, was sollte er auch machen. Aber selbst wenn er »zum Zuge« gekommen wäre, mehr als gelächelt hätte er sowieso nicht – höchstens ein bisschen tiefer und hintergründiger.

So kamen und gingen die nächsten Sonnabende, und die Jugend aus dem Dorf und aus der Umgebung vergnügte sich auf dem Tanzboden, in dem direkt an der Straßeneinmündung gelegenen Dorfgasthof von Paterschobensee. Auch Marie und Walter hatten dort nach wie vor ihren Treffpunkt. Sie waren sich näher gekommen, und Marie hatte längst Feuer gefangen, mit dem sie auch Walter erwärmte.

Sie gingen jetzt miteinander – und ihr Treffen galt nicht mehr nur dem Tanz, sondern ihrem Zusammensein. Auch gingen sie jetzt mehr spazieren, mit wärmendem Mantel in den dunklen Novemberabend, und später, mit hoch geschlagenem Kragen, in den Dezemberschnee.

Marie liebte Walter! Und der sah, wie glücklich sie war.

Da sprang das Glück auch auf ihn über: Er fühlte sich in Maries Nähe wohl, mit ihr war er glücklich – und da liebte auch Walter seine Marie!

Hatte Marie zu Beginn der Tanzabende »nur« quälende Fragen gehabt, so hatte sie jetzt manchmal quälenden Liebeskummer. Walter war fünf Jahre älter als sie. Er kam aus einer großen Stadt und dort war er nach dem Besuch der Tanzschule in die zahlreichen Tanzlokale mit den großen Musikkapellen gegangen. Wartete womöglich zu Hause doch eine Tanzfreundin auf ihn und würde er sich vielleicht eines Tages für diese entscheiden? Was wäre, wenn er nur eine Liebe in der Fremde suchte?

Sie konnte es sich zwar nicht vorstellen – es passte nicht zu seiner Art, aber dennoch hatte sie hin und wieder Angst, ihr Glück könnte zerbrechen. Von ihrer Mutter und ihrer Großmutter konnte sie nach wie vor keinen Zuspruch erwarten, denn deren Ansichten über Liebe und Heiraten hatten sich auch in der Zwischenzeit nicht geändert. Großmutter hielt die Tanzerei für einen sündigen Lebenswandel – wie in der Bibel der ausgelassene Tanz um das Goldene Kalb –, und Mutter ließ sich davon ein wenig anstecken, und beide meinten, hier gäbe es genug anständige Männer, die Frau und Kinder ernähren könnten.

Das Jahr 1933 neigte sich dem Ende zu – es kamen die Feiertage: Weihnachten und Neujahr. Maries Dorf hatte sich bei frostigen Temperaturen und mit reichlich Schnee winterlich schlafen gelegt und lag verloren in friedlicher Ruhe. Die jungen Männer vom Arbeitsdienst waren fort – zu Hause bei ihren Familien –, bei ihren Freundinnen, Verlobten und einige bei ihren Ehefrauen.

Nur Marie, die war allein!

Denn was war sie in dieser stillen, unendlich langen Zeit ohne ihren Walter! Zusammen, ja, da hätten sie sich einschneien lassen können – aber allein? Am schlimmsten erging es ihr vor dem Einschlafen: ihre Hoffnungen, Wünsche, Erwartungen und Sehnsüchte – alles drehte sich im Kreis!

Für Marie war es der längste und einsamste Jahresausklang ihres Lebens!

Doch die Zeit ging weiter – auch wenn es ihr manchmal nicht so erschien. Das neue Jahr war da und ebenso der Arbeitsalltag. Und dann blitzten auch wieder die geschulterten blanken Spaten der jungen Männer, wenn sie in der Gruppe im hellen Januarsonnenschein zu ihrem Einsatzort marschierten.

Walter war wieder in ihrer Nähe!

Marie war aufgeregt. Sie spürte ihren pochenden Herzschlag bis zum Hals, bei dem Gedanken an das erste Wiedersehen. Auch wenn die Hausarbeiten sie teilweise ablenkten, so trieben die inneren Wünsche doch immer wieder Bündel von Empfindungen und Gedanken nach oben, und so hörten Mutter und Großmutter häufig genug ihr tiefes Seufzen.

Walter hatte vor dem Gasthaus auf Marie gewartet, und als er sie kommen sah, ging er ihr entgegen. Sie lächelten sich an, gaben sich die Hand, und er deutete eine kleine Verbeugung an. Es war etwas Scheues zwischen ihnen, etwas Unausgesprochenes. Walter mochte jetzt nicht unter so vielen Menschen sein, sondern wollte lieber spazieren gehen. Marie nickte, und so gingen sie wie damals, als er sie zum ersten Mal nach Hause brachte, an ihrem Haus vorbei, in die einsame Dunkelheit hinein. Der See zur rechten Seite blinkte an diesem Abend nicht, denn er war zugefroren und mit Schnee bedeckt.

Marie merkte, dass etwas Besonderes in Walter vorging. Einige Male hatte sie den Eindruck, dass er stehen bleiben wollte, aber er ging weiter.

»Ja«, sagte er dann, »es war ganz schön zu Hause, aber du hast mir gefehlt! Meinen Eltern und Geschwistern habe ich erzählt, dass ich hier ein liebes Mädchen kennen gelernt habe.« Und dann blieb er plötzlich doch stehen: »Du, ich liebe dich! Willst du meine Frau werden!?«

Marie wusste nicht, ob sie zuerst schwache Knie bekommen sollte und dann »Ja!« sagen, oder umgekehrt. So sagte sie einfach: »Ja, ich will!«, und schlang überglücklich ihre Arme um seinen Hals.

Walter nahm es mit dem Heiratsantrag sehr genau. Er reichte Marie feierlich die Hand und sagte: »Damit sind wir jetzt Mann und Frau!«

Danach waren sie noch lange sehr allein, da draußen in der Nacht – aber nicht einsam! Da auch glückliche Menschen im Winter bei Schnee irgendwann kalte Füße bekommen, entschieden sie sich, auf die heiße Tanzfläche zu gehen. Jetzt wollte auch Walter wieder unter fröhlichen Menschen sein, jetzt sollten alle sein Glück sehen! – Und nun wollte er mit Marie tanzen und feiern.

Marie und Hilde hatten ihre Verabredungen zu den Tanzabenden bereits vor einiger Zeit aufgegeben, da auch Hilde einen Freund gefunden hatte. So traf sich jedes Pärchen für sich. Nur, wo blieben heute Marie und Walter? – Als die beiden dann aber mit strahlenden Augen hereinkamen, direkt an ihren Tisch, da ahnte sie, dass Marie ihren Prinzen gefunden hatte!

Walter erzählte Marie im Laufe des Abends, dass er seinen Eltern nicht nur gesagt hatte, dass er hier ein liebes Mädchen kennen gelernt habe, sondern auch, dass er es gern heiraten möchte.

»Meine Eltern überließen ganz allein mir die Entscheidung. – Sie sagten nur: ›Du bist alt genug, wenn du es für richtig hältst, dann tu es!‹ «

Er lächelte: »Und wohin das führt, das hast du ja gesehen.« Und er fügte hinzu: »Vater und Mutter äußerten nur einen Wunsch: ›Stell sie uns doch mal vor! – Wir möchten dein Mädchen auch kennen lernen.‹ «

Er sah Marie fragend an: »Und da habe ich mir gedacht, wir fahren Mitte März für ein paar Tage nach Königsberg! – Was sagst du dazu?«

Marie holte einmal tief Luft und drückte ihre flache Hand auf die Stelle, wohin gewöhnlich der Schreck fährt. Dann lachte sie und sagte: »Gut, auf nach Königsberg!«

Walter hatte sich noch mehr überlegt: »Und damit alles seine Richtigkeit hat, möchte ich vorher zu euch kommen und mich bei deiner Mutter und deiner Großmutter vorstellen.«

Marie nickte: »Ja, ich spreche mit meiner Mutter und gebe dir Bescheid.«

Walter wusste, was sich gehörte, und als er zu seinem offiziellen Besuch bei Maries Mutter und Großmutter erschien, hatte er einen schönen großen Pralinenkasten in der Hand, den er Maries Mutter überreichte. Eigentlich hätten es Blumen sein sollen, aber die zu besorgen, war ihm zu dieser Jahreszeit und in dieser einsamen Gegend zu schwer gefallen.

In Maries Leben waren in den letzten Monaten mehr Aufregungen zusammengekommen als in den zwanzig Jahren zuvor. Aber auch Mutter und Großmutter waren nun aufgeregt und hatten das Haus besonders herausgeputzt, wo es doch hieß: Der angehende Schwiegersohn kommt!

Und dann stand Walter im Wohnzimmer, gab den beiden Frauen die Hand und machte dabei eine tiefe Verbeugung. Mutter und Großmutter hatten ihre feinsten Kleider angelegt und darüber ihre besten Schürzen, selbstverständlich alles in dunklen, gedeckten Farben gehalten. Lediglich die hellen Tupfen in Mutters Kleid gaben ihrer Erscheinung ein wenig mehr Frische. Walter fiel auf, dass alle drei Frauen ihr Haar nach hinten gefasst trugen und als Abschluss einen Haarknoten, nur mit dem Unterschied, dass der Knoten mit zunehmendem Alter kleiner wurde. Dann saßen sie zu viert an der mit weißem Damasttuch gedeckten Kaffeetafel und Walter erzählte von zu Hause. – Sie seien eine große Familie, acht Kinder insgesamt, vier Mädchen und vier Jungen – und er sei etwa in der Mitte. Nach der Volksschule habe er mit vierzehn Jahren eine Kaufmannslehre begonnen, im Kolonialwarenhandel. Nach der Lehre war er ohne Arbeit und machte eine Umschulung zum Maurer. Und auf dem Bau gab es zunächst wenigstens Arbeit und Geld.

Da nickten Mutter und Großmutter zustimmend. Maurer – das war ein handfester Beruf, damit konnten sie etwas anfangen.

»Und«, sagte er, »wenn meine Zeit hier um ist, will ich in Königsberg einen Abendlehrgang beginnen, der in sechs Semestern, also in drei Jahren, zum Hochbautechniker führt.«

Als er die fragenden Gesichter der beiden Frauen sah, fügte er schnell hinzu: »Das ist so ähnlich wie Maurerpolier, nur mehr im Büro.«

Auch das machte auf Mutter und Großmutter Eindruck, denn schließlich kam es ja nur auf einige wesentliche Dinge an.

Walter blickte liebevoll zu Marie, und zu den beiden Müttern gewandt, sagte er: »Marie und ich lieben uns – wir möchten gerne heiraten.«

Da nickten Mutter und Großmutter, und er hatte ihr Einverständnis genauso schnell wie von seinen Eltern. Der Heiratskandidat hatte seine Überprüfung bestanden! Er würde Marie und ihre Kinder ernähren können, also konnte er sie haben – ihren Segen hatte er.

Die Tage waren wieder länger geworden und die Temperaturen milder – es war Mitte März. Und wieder hatte Marie einen Grund für höheres Herzklopfen: ihre Reise nach Königsberg! Walter hatte ein paar Tage freibekommen und freute sich auf zu Hause. – Marie hatte hin und her überlegt, welche Kleider, Blusen und Röcke sie mitnehmen sollte: Sie wollte sich schließlich nicht vor Walters Schwestern blamieren. Und überhaupt – was trugen die jetzt in der Stadt? Wie kurz oder wie lang waren die Kleidersäume? Marie bedrängte Walter: »Nun sag doch mal, wie ist es da!?«

Aber der spielte eher mit ihr oder nahm es nicht so ernst, wenn er lachend sagte: »Was du auch anziehst, ob kurz oder lang, ob schlicht oder fein, du wirst weit und breit die Schönste sein!« Das war für sie zwar keine große Hilfe, aber ein schöner Trost war es doch.

Hilfe aber hatte Marie dieses Mal in ihrer fleißig schneidernden Mutter. Die stand mit Bandmaß, Nadel und Faden im wahrsten Sinne des Wortes hinter ihr, suchte aus verschiedenen Stoffballen und anderer Meterware Helles, Geblümtes und Gepunktetes hervor und machte Marie »stadtfein«.

Ganz früh waren Marie und Walter abgefahren, hatten einen Personenzug von Groß Schiemanen über die Kreisstadt Ortelsburg nach Allenstein genommen. Und nun saßen sie im Schnellzug nach Königsberg, der einmal täglich diese Strecke fuhr. Je näher Marie der Stadt ihrer Träume kam, desto schweigsamer wurde sie, atmete tiefer und griff häufiger nach Walters Hand.

Wie wird es dort sein?, dachte sie, wie werden sie mich aufnehmen?

Walter beruhigte sie, so gut er konnte: »Du wirst sehen, sie werden dich alle sofort gern haben – und ich bin ja auch noch da!«

Und dann wurde der schnelle Zug langsamer. Eine graue hohe Bahnhofshalle signalisierte das Ende dieser aufregenden Fahrt. Die bremsenden Räder kreischten hinein in die Zugabteile, und eine klangvolle Lautsprecherstimme übertönte alle anderen Geräusche und verkündete mit Widerhall: »Königsberg! Hauptbahnhof!«

Nun war Marie ihrem ganz privaten Stadtführer Walter auf Gedeih und Verderb ausgeliefert. Was jetzt auf die junge Frau von dem stillen See aus Masuren einstürmte, ließ ihr gar keine Zeit mehr für Einzelaufregungen, sondern ließ sie nur noch verwundert staunen.

Marie stieg aus dem Zug, hinaus auf den Bahnsteig, und unter dem Eindruck eines ameisengleichen Menschengewimmels atmete sie zum ersten Mal Großstadtluft: »Ah! Königsberg!«

Sie hatte sich in letzter Zeit manches erträumt, und nun blickte sie auf diese völlig andere Welt – so gewaltig anders, als ihr ruhiges Dorf mit dem Storchennest. Sie tauchte ein in eine Stadt mit vielen lärmenden Autos und mit dreizehn bimmelnden Straßenbahnlinien, die ständig kreuz und quer fuhren, von einem Stadtteil zum anderen, und die in den engen Schienenkurven der Altstadt mit gellendem Schleifen ihrer Räder dem lauten Hupen der Autos antworteten. Sie kam in eine Stadt mit über dreihundertsiebzigtausend Einwohnern, mit Bahnhöfen und Schiffsanlagen, mit Landesämtern und -behörden und mit fast zwanzig Konsulaten, den ständigen Wirtschaftsvertretern anderer Staaten.

»So«, sagte Walter, »dann nehmen wir jetzt die Straßenbahn: die ›Elektrische‹. Da lernst du gleich die Stadt kennen, denn die Linie fährt mitten durch die Altstadt – das wird dir gefallen.« Vor dem Bahnhofsgebäude warteten etliche Bahnen. »Wir müssen die Linie drei oder dreizehn nehmen«, erklärte er, »das ist egal, beide fahren bei uns vorbei, die dreizehn nur ein Stückchen weiter.«

Marie genoss ihre erste Stadtrundfahrt. Vom Bahnhof fuhren sie etwas mehr als einen Kilometer schnurgerade zum Kern der Altstadt, vorbei an dem stattlichen Gebäude der Börse über den alten und neuen Pregelarm, die gemeinsam die Kneiphof-Insel bildeten. Dann kamen sie zum Schloss mit den wuchtigen unterschiedlichen Türmen. Dort quälte sich die Bahn durch eine enge Linkskurve mit kreischenden Rädern und eilte weiter in schneller Fahrt den Steindamm entlang zum Hansaring und Nordbahnhof. Danach ging es hinaus zu den Stadtteilen Vorderhufen, Mittelhufen und Amalienau. Marie hatte ihren Spaß, wenn der Schaffner die Namen der Haltestellen ausrief und bei Bedarf zweimal an einer langen Lederschnur zog, um Fahrgäste aussteigen zu lassen.

Sie hörte: Stresemannstraße, Beethovenstraße, Hagenstraße – und dann sagte Walter: »Aussteigen!«

Für die zweihundert Meter Fußmarsch bogen sie noch um zwei, drei Straßenecken, und dann waren sie da: Jahnstraße! Jetzt konnte

Marie wieder ihren pochenden Herzschlag am Hals fühlen, ohne die Hand zu Hilfe nehmen zu müssen. Walter drückte im Hausflur des mehrstöckigen Mietshauses auf eine Klingel. Die Wohnungstür öffnete sich – und Marie stand vor ihren zukünftigen Schwiegereltern: So, da war sie nun!

Walters Eltern begrüßten Marie herzlich. Marie machte zweimal einen leichten Knicks, und fühlte sich gleich von dem gütigen Gesicht der Mutter angezogen, die schmal und klein wirkte neben der großen kräftigen Gestalt des Vaters, der mit seinen breiten Schultern und dem kantigen Kopf ruhig und freundlich auf Marie schaute, während ihre Hand in seiner großen zupackenden Männerhand lag. Walters Vater war nach wenigen Augenblicken mit der Wahl seines Sohnes zufrieden und wusste bald, dass er eine liebe Schwiegertochter bekommt.

»So, so«, sagte er ein wenig später, »das wird also deine liebe Frau!« – und nickte dabei wohlgefällig.

Alle sahen sich an und lachten: Der Bann war gebrochen. Und dann gab es Kaffee und selbst gebackenen Kuchen – und es gab viel zu erzählen. Walters jüngere Geschwister, die noch zu Hause wohnten, fanden sich ein, begrüßten seine Freundin und machten bald mit Marie ihre Späße. Seine älteren Geschwister waren verheiratet, und bereits nach zwei Stunden drängte Walter: »Komm, lass uns gehen, wir besuchen sie!«

Auch dort wurde Marie liebevoll aufgenommen und gehörte sogleich zur Familie. Am zweiten Tag kannte sie dann alle: Arthur, Frieda und Gertrud – die älteren –, Kurt, Charlotte, Erich und Margarete – die jüngeren. Für Marie waren das viele Namen, Gesichter und Eindrücke, ihr schwirrte der Kopf. Und obwohl sie alle mochte, hatte sie zu einer der Schwestern auf Anhieb ein besonders inniges Verhältnis, nämlich zu Friedel, der um sieben Jahre älteren Schwester von Walter.

Das sollte sich später noch zeigen.

Damit waren Maries Ängste – »Wie werden sie mich aufnehmen?« – verflogen. Sie fühlte sich wohl in der großen Familie und begann ihren Aufenthalt zu genießen.

»Marie, erzähl von dir und von zu Hause!«, drängten Walters Geschwister.

Marie wehrte ab und sagte, dass es von ihrem kleinen Paterschobensee nicht viel zu erzählen gäbe. Da sei das Dorf mit zwei staubigen Straßen, die in der Mitte der wenigen Häuser aufeinander trafen, ein Storchennest, ein Dorfgasthaus, in dem man immerhin so einen Walter kennen lernen konnte – was zur allgemeinen Heiterkeit in der Runde führte –, ja, und dann gab es noch eine Schule, in der mehrere Klassen zusammengefasst waren, ein paar Bauern, größer oder kleiner, ein paar Fischer und einige Tagelöhner, die bei der Ernte halfen. Und dann der See, drei Kilometer lang, einen Kilometer breit, und sonst: Das Dorf hatte keine Laternen, und wenn es dunkel wurde, dann war es dunkel und blieb es dunkel – die Hühner flogen auf ihre Stange, und Fuchs und Hase sagten sich Gute Nacht! Damit hatte Marie einen Beweis für ihren »masurischen Humor« erbracht und erhielt jedes Mal Applaus ihrer Zuhörer.

Fürchtete sie, dass es über ihr Dorf nicht viel zu berichten gäbe, so war das bei Walter ganz anders. Er brannte schon am nächsten Morgen darauf, mit Marie auszureißen und ihr sein Königsberg zu zeigen!

»Los, komm!«, sagte er, »ich zeige dir die Stadt.« Und Marie war natürlich mit schnellen Schritten dabei.

Sie fuhren mit der »Elektrischen« und Marie wurde bereits übermütig.

»Erzähl mir, was ich sagen muss«, flüsterte sie zu Walter, »dann kaufe ich die Fahrscheine!«

Walter nannte ihr die Zauberformel, und als der Schaffner näher kam und fragte: »Noch jemand ohne Fahrschein?«, da sagte Marie mutig: »Zweimal Kaiser-Wilhelm-Platz, bitte!«, überreichte das Geld und nahm stolz die Fahrkarten in Empfang.

Sie stiegen aber bereits eine Haltestelle vorher aus und gingen an der Altstädtischen Kirche vorbei, die Junkerstraße entlang, Richtung Münzplatz. Hier hatte sich Walter vorgenommen, mit seiner Führung zu beginnen. Sie waren nun mitten in der Stadt, und Walter führte Marie zu dem lang gezogenen, malerisch gelegenen Schlossteich, der im Sommer Jung und Alt zu Kahnfahrten einlud und Spaziergänger auf seine Promenade, umgeben von alten rauschenden Bäumen. Sie wandten sich um und gingen vorbei an den Terrassen der beliebten Konditoreien zum Schloss mit seinen eckigen und runden Türmen, die verziert waren mit Spitzen und Türmchen, Erkern und Bogen.

Im Schlosshof machte Walter ein bedenkliches Gesicht und blickte auf Marie: »So, jetzt wird's schauerlich! Wir gehen in das ›Blutgericht‹: in den berühmten Weinkeller. Früher war das ein finsteres, kaltes Gewölbe, das Angeklagten und Verurteilten Qual und Marter brachte – bleib also besser in meiner Nähe!«

Als Marie ein wenig zögerte, sagte er lachend: »Nein, nein, heute foltert da keiner mehr. Heute trinken die Leute dort Wein, und von den steinernen Wänden hallt nur noch das schallende Gelächter der ausgelassenen Zecher.«

Marie folgte Walter vorsichtig in das Innere des alten Kellergewölbes, ging behutsam auf den derben Bohlenbrettern den Hauptgang entlang zwischen blanken Tischen mit harten Holzstühlen und bestaunte die Bilder auf den Böden der mannshohen ovalen Weinfässer, gelagert auf schlichten grauen Holzbalken, darüberliegend eine zweite Reihe, mit kleineren runden Fässern – alle Böden reich verziert mit fein herausgearbeiteten Holzschnitzereien: mit Wappen, Trauben und Stadtteilansichten. Von der Decke hingen aufwendig gearbeitete Pendelleuchten herab, deren breite Metallreifen mit vielen kleinen Zinnen und geschmückten Bogen versehen waren und behängt mit eisernen Ketten. Ebenso pendelten luftig unter der Decke – wie vor einer frischen Brise segelnd – voll beflaggte, prunkvoll ausgestattete Schiffsmodelle der reichen Hansezeit.

Trotz allem, Marie schüttelte sich. Sie atmete doch lieber die Luft draußen in Freiheit, möglichst weit weg von den alten Folterknechten. Und Walter führte sie durch die vielen kurzen Gassen der Altstadt, auch über den Fischmarkt mit seinem bunten Menschengewimmel und lauten Lärmen und Treiben. Und weiter ging es auf die von den Wasserarmen des Pregel umspülte Kneiphof-Insel mit ihren fünf Brücken – die Insel, über die Marie schon bei ihrer Ankunft mit der Straßenbahn vom Bahnhof gefahren war. Dort standen die beiden dann, klein und winzig, vor dem breiten wuchtigen Dom, der massiv vor ihnen aufragte. Sie eilten an die hintere Seite des Doms, warfen einen kurzen Blick auf das Kant-Grabmal, das einen nüchternen und strengen Eindruck auf sie machte mit seinen schlichten viereckigen Stützen. Doch gleich darauf bewunderten sie um so mehr im Dom die schlanken, hoch emporstrebenden Säulen mit ihren überreich verzierten Stuckrosetten, die aussahen wie riesige, aufgefächerte, sich an den Rändern berührende Blütenkelche.

Vom Dom schlenderten Marie und Walter Hand in Hand in Richtung »Grüne Brücke« entlang des alten Pregel mit einem freien Blick auf die andere Uferseite und die prachtvolle Gebäudeanlage der Börse: dreigeschossig, mit langen Reihen hoher Fensterbogen, besetzt mit schlanken Säulen. Von der Grünen Brücke gingen sie zurück zum Schloss, die Kneiphöfische Langgasse entlang, den Straßenbahnlinien folgend, und bevor sie die Kneiphof-Insel verließen, hatten sie auf der linken Seite den Blick auf das »Hundegatt« – das alte Speicherviertel – mit den jahrhundertealten, mehrgeschossigen hohen Fachwerkhäusern. Dann verließen die beiden die Insel, gingen an der Westseite des Schlosses vorbei zum Paradeplatz in den Königsgarten vorbei am Kant-Denkmal. – Doch halt! Walter wollte mit normalem Stadtführerschritt vorüber, aber Marie hielt ihn an der Hand zurück.

»Augenblick bitte, den möchte ich mir doch etwas genauer ansehen. Schließlich haben wir in der Schule, auch wenn ich aus Masuren komme, wenigstens einmal den Namen des Königsberger Philosophen Kant gehört.«

Walter verhielt überrascht seine Schritte und Marie trat näher heran an den Mann in luftiger Höhe. Und nun stand er vor ihr, der Immanuel Kant, erhöht auf seinem Sockel, bekleidet mit einem eng anliegenden einreihigen Mantel bis zur Wade – von der langen Knopfleiste drei Knöpfe in der Mitte geschlossen, der Mantelstoff unten weit geteilt, die engen Beinkleider zeigend. Zum freien Denken und für eine kühle Stirn den Kopf vom Hut entblößt, den Dreispitz in der linken Hand, den Blick sinnend in die Ferne, die Unterlippe ein wenig trotzig vorgeschoben, die rechte Hand geöffnet in Schulterhöhe mit der Innenseite nach oben, als prüfe und verteidige er für immer Klarheit und Wahrheit seiner Erkenntnisse: von den Ursprüngen und vom Zusammenhang der Dinge in der Welt.

»Tja«, sagte Walter nachdenklich, »den Namen Kant zu kennen, ist eine Sache – seine Lehre zu begreifen, eine andere.«

Aber dann drängte er weiter. Ganz in der Nähe war die Albertus-Universität, ein helles Gebäude, mit einem reich verzierten Hauptportal und einer langen Reihe Arkaden. Danach ein kurzer Blick zum Stadttheater und ausgelassen und verliebt liefen sie am Schlossteich vorbei die gut achthundert Meter zum Oberteich.

Marie staunte: »Warum nennt ihr dieses große Wasser Teich? Das ist doch ein richtiger See, der ist doch bestimmt hier vorne vierhundert Meter breit – ja, und lang, vielleicht einen Kilometer!«

»Hm«, sagte Walter, »kann schon sein, er teilt sich noch da hinten, links und rechts, in zwei Seitenarme. Aber bei uns heißen sie alle Teich, nur ausgerechnet einer der kleinsten Teiche, bei uns in Amalienau an der Hammerschmiede, der nennt sich ›Zwillingssee‹.«

Vom Ufer des Oberteichs, mit einem letzten Blick auf das Roßgärter Tor und den Dohnaturm, ging es an der Kunsthalle, an dem großen Gebäude »Haus der Technik« und an der endlos langen Gebäudefront der Deutschen Ostmesse vorbei. Dann standen sie am Hansaplatz und schauten auf den neuen »Bäderbahnhof«, den Nordbahnhof.

Walter erklärte: »Das ist zum Teil ein Kopfbahnhof, das heißt, die

Züge fahren von hier zu den Seebädern und anschließend wieder zurück. Davon gibt es zwei Bahnlinien: die Samlandbahn – nach Neukuhren, Rauschen, Warnicken usw., und die Cranzer Bahn – nach Cranz, dem so genannten Bad der Königsberger, am Beginn der Kurischen Nehrung. Die dritte Linie dagegen führt zum Hauptbahnhof. Sie taucht unter unseren Füßen weg und dahinter wieder auf. Das ist die Labiauer Bahn – nach Labiau, Tilsit und Memel.«

Marie hob abwehrend ihre Hände: »Gut, dass wir nicht mit der Schule hier sind, sonst müsste ich über diesen Wirrwarr einen Aufsatz schreiben!«

Dafür hatte Walter jetzt aber etwas Erfreuliches. »Und wenn du für immer hier bist, dann fahren wir im Sommer, so oft wir können, an die schönen weißen Strände der Ostsee.«

Bei diesen sonnigen Aussichten war Marie rundum glücklich und sie schmiegte sich zärtlich an ihren Walter. – Dabei fühlte sie sich beinahe wie zu Hause.

»So«, sagte Walter, »nun kommt die letzte Etappe. Wir gehen zum Tiergarten und auf den Aussichtsturm. Danach gibt es Kaffee und Kuchen – oder was du willst. Was sagst du dazu?«

»Ja!«, freute sich Marie, »das ist doch mal etwas anderes«, und die Aussicht auf Essen und Trinken verlieh ihr neue geistige und körperliche Kräfte.

Sie gingen den Hansaring entlang, Richtung Hufenallee, vorbei am Gerichtsgebäude und der Oberpostdirektion zum Neuen Schauspielhaus, und von da aus waren es nur noch dreihundert Meter bis zum Tiergarten. Im Tiergarten änderten sie ihren Plan. Sie entschieden sich, erst einmal etwas zu essen und ein wenig auszuruhen. Danach brauchte Walter nicht viel zu erklären, da sprachen die Bilder für sich. – Marie hatte sehr viel Spaß im Affenhaus, besonders an den Possen und Kapriolen der Kleinen, aber auch alles andere zog sie in ihren Bann: Braunbären, Eisbären, Elefanten – und was es da alles zu bestaunen gab.

Dann, auf dem Aussichtsturm, war Walter wieder in seinem Element. Er zeigte in die Richtung zum neuen Handels- und Industriehafen und sagte stolz: »Da hinten, der hohe Turmspeicher: Das sind riesige Getreidesilos, darunter der größte Getreidespeicher Europas! – Von dort sucht sich der Pregel seinen Weg ins Frische Haff.«

Was sollte Marie da noch sagen? Das machte alles einen großen Eindruck auf sie, und ihr Paterschobensee erschien ihr kleiner und kleiner. Von all den Eindrücken musste sie sich erst einmal erholen und so fuhren sie mit der Bahn zurück zur Jahnstraße. Dieses Mal hatte Marie weder Lust noch Kraft die Karten zu lösen. Sie nahm nur zur Kenntnis, dass Walter sagte: »Zweimal umsteigen Hammerschmiede, bitte!«, und dass sie am Hansaring die Linie vier verließen und ein paar Minuten später die Linie drei nahmen. Dann waren sie zu Hause und Marie ließ sich endgültig in einen Sessel fallen.

»Walter!«, ermahnte ihn seine Mutter, »hast du der Marie nicht zu viel zugemutet!?«

Aber der winkte beschwichtigend ab. »Ach, das hat sich so ergeben, und außerdem fahren wir ja in zwei Tagen schon wieder zurück – da sollte sie einiges gesehen haben.«

Abends saßen sie dann wieder im großen fröhlichen Familienkreis und ließen alte Geschichten aufleben. Walters Vater stammte aus Heiligenbeil, einer kleinen Stadt südwestlich von Königsberg, etwa fünfzig Kilometer entfernt. Er war in jungen Jahren in die Stadt gekommen und hatte dort seine Mathilde Henriette kennen gelernt. Friedel, Gertrud und Walter erzählten vom kalten Steckrübenwinter 1914 und vom endlos langen Schulweg bei Schnee in Holzklotschen. Aber sie sprachen auch von schönen und lustigen Dingen und der Hoffnung, dass alles besser werde, bis den Ersten in der Runde die Augen zufielen.

Am nächsten Tag machten Marie und Walter einen ausgedehnten Bummel durch die großen Geschäfte. Und Marie staunte über die elegante Darbietung der Waren und Angebote, mit Glas und Spiegeln, mit Formen und Farben, und vor allem: mit viel Licht!

Wenn das Mutter und Großmutter sehen könnten, dachte sie. Die beiden, die am elektrischen Licht sparten, die den teuren Strom für Verschwendung hielten und ihren Lichtbedarf lieber mit dem Docht der Petroleumlampe regulierten. Aber hier im Kaufhaus gab es Lampen und Leuchten, Lämpchen und Lichter im Überfluss – und das am helllichten Tag!

Für ihre Mutter und ihre Großmutter zu Hause suchte Marie nach einem passenden Geschenk von ihrer großen Reise. Beinahe hätte sie sich für etwas Praktisches und Warmes entschieden, aber dann dachte sie: Nein, kauf etwas, was Mutter und Großmutter sich nie leisten würden!, und sie wählte einen schönen Kasten »Königsberger Marzipan« und eine Flasche Honiglikör, »Ostpreußischer Bärenfang« – den echten mit dem Bienenkorb –, und sie wusste: Sie würden den Inhalt recken und strecken und lange davon zehren.

Jeder Traum hat ein Ende! – auch der von Marie. Und so hieß es am dritten Tag, möglichst schon von den Geschwistern außer Haus Abschied zu nehmen. Früh am nächsten Morgen sagte sie dann allen anderen herzlich auf Wiedersehen, besonders den kommenden Schwiegereltern. Sie bedankte sich für Essen und Trinken, für die liebevolle Aufnahme, entschuldigte sich für die Mühen, die sie bereitet habe – und dann verließen Marie und Walter unter lebhaftem Winken die in friedlicher Sonntagsruhe schlummernde Jahnstraße.

Abschied tut immer ein wenig weh! – So standen die beiden in Gedanken versunken an der Haltestelle, Nähe Ziethenstraße, warteten auf die Straßenbahn und sagten nicht viel. Passend zu ihrer gedrückten Stimmung erschien die Linie dreizehn, aber für sie war es nur eine Zahl, kein böses Omen – nach zwölf kommt eben dreizehn! Am Hansaring und Nordbahnhof begann der interessantere Teil ihrer Fahrt. Zum Ende des langen Steindamms quälte sich die Elektrische wieder durch die beiden Schienenkurven und in der engeren ertönte abermals das helle Kreischen der Räder. Danach kam die lange gerade Strecke über die Kneiphof-Insel. An der Grünen Brücke warf Marie einen letzten Blick auf die Börse und den Pregel, und dann eilte die Bahn bimmelnd und in rascher Fahrt hinaus aus dem Zentrum, Richtung Hauptbahnhof.

Marie hatte von den liebevollen Menschen und den eindrucksvollen Bauten Abschied genommen, wer weiß für wie lange – und wäre da nicht ihre Hoffnung gewesen, wiederzukommen, es wäre ihr unendlich schwerer gefallen.

Hauptbahnhof! Hallenklang mit Lautsprecherschall und Echohall. Marie und Walter stiegen in ihren Zug und kurz darauf hörten sie die Durchsage: »Bitte die Türen am Eilzug nach Allenstein schließen! Vorsicht an der Bahnsteigkante!«

Der Zug setzte sich langsam in Bewegung und suchte sich zwischen den Stadtteilen Rosenau und Speichersdorf, unter zahlreichen Gleisen und Weichen, seinen Weg nach Süden. Hatten Marie und Walter auf der Hinfahrt noch einen Schnellzug genommen, so genügte ihnen zurück ein Eilzug – der war ihnen schnell genug. So hatten sie mehr Zeit für sich, konnten ihren Tagträumen nachhängen und Pläne schmieden. Ab Allenstein fuhren sie dann noch eine Stufe langsamer mit dem Personenzug, der stillen Landschaft angepasst. Und dann hieß es: »Groß Schiemanen!« – Aussteigen!

Walter zog sein Portemonnaie aus der Hosentasche und überprüfte mit gemischten Gefühlen seine knappe Kasse. Doch mutig leistete er sich für die elf Kilometer nach Paterschobensee eine Kraftdroschke und verbuchte diesen finanziellen Schmerz unter »einmalige erhöhte Sonderausgaben«, nur zu verantworten mit einer so schönen »Brautreise«.

Marie war wieder zu Hause.

»Marie ist da!«, rief ihre Mutter nach hinten ins Haus, als sie bei dem Motorengeräusch des Wagens nachsah, was da draußen so schrecklich knatterte. Walter begrüßte Mutter und Großmutter, verabschiedete sich von Marie und fuhr mit dem Auto zurück zu seiner Unterkunft.

»Aah! Zu Haus ist zu Haus!«, sagte Marie, als sie ins Wohnzimmer trat und sich aufatmend auf das Sofa fallen ließ. »So schön das auch alles war – aber hier ist es auch schön!«

Mutter und Großmutter schmunzelten und freuten sich, tat es ihnen doch einfach gut, das einmal zu hören.

»Nur!«, Marie richtete sich auf, blickte ernsthaft. »Es sind zwei völlig verschiedene Welten! – Die eine hat mit der anderen nichts zu tun!«

Die beiden Frauen schwiegen, lauschten weiter ihren Worten.

»Aber«, meinte Marie nachdenklich, »vielleicht ist es gut, einmal hier und einmal dort zu sein.« Nach diesen tieferen Einsichten wurde sie lebhaft. »So!«, rief sie, und sprang unternehmungslustig von ihrem Sofa auf, »ich habe euch etwas mitgebracht. Zuerst dachte ich an einen flauschigen Schal und an warme Pantoffeln, aber dann habe ich mich doch anders entschieden.«

Sie zauberte aus dem Koffer ihre beiden Mitbringsel hervor, drückte ihrer Mutter den Kasten Marzipan an die Brust und ihrer Großmutter den honigsüßen Bärenfang. Wie Marie schon vermutet hatte, hingen sie mit ein paar enttäuschten Gedanken den verlorenen, aber vernünftigen und praktischen Geschenken nach. Doch Marie setzte sich durch, verscheuchte ihre Bedenken über Verschwendung und sagte mit jugendlichem Schwung: »Das wird euch gut tun! Das wärmt euch von innen! Es soll euch ein bisschen glücklich machen!«

Als sie bemerkte, dass die beiden Frauen die Geschenke ziemlich weit wegstellten, als wollten sie mit dem sparsamen Strecken bereits beginnen, da drängte Marie so lange, bis Mutter und Großmutter vor ihren Augen ein Gläschen vom goldenen Bärenfang tranken – und Marie war glücklich, als sie sah, wie die beiden sich danach genüsslich ihre klebrigen Lippen leckten.

»Ja, und sonst«, sagte Marie, »ich wurde von allen freundlich empfangen, von Walters Eltern und Geschwistern. Es gab reichlich zu essen und zu trinken, und es gab viel zu sehen!«

Und sie schwärmte vom Rundgang durch die Stadt: »Da war das Schloss mit den Türmen und Türmchen, der wuchtige Dom, die vielen

Geschäfte und Lokale, Cafés und Konditoreien, die vielen Autos und die elektrischen Bahnen, die vielen Menschen.«

Marie sah wieder die großen Gebäude. »Stellt euch vor, es gab acht Lichtspieltheater! Man könnte jeden Abend in ein anderes Kino gehen!«

Da war sie mit ihrer Begeisterung ein wenig zu weit gegangen, denn Großmutters Kopf senkte sich und ein leichtes Kopfschütteln unterstrich ihren Unwillen. Kino! – das war wieder nur Vergnügen! Das sprach nicht für die andere Welt.

»Und das Essen?«, warf ihre Mutter ein.

Marie überlegte kurz. »Ach, für den Besuch extra gemacht: Königsberger Klopse, mit Kapern, großen Zwiebelstücken und viel Soße – die Klopse waren darin fast untergetaucht.

Und ein anderes Mal wünschte sich Walter sein Lieblingsgericht: kleine Kartoffelklöße, rohe Kartoffeln gerieben, im Leinentuch ausgepresst, dann geformt, in der sämigen Kartoffelstärke gekocht und in zwei Arten auf den Tisch gebracht. – Einmal die süße Variante: mit Milch und Zucker; das andere Mal: die Klöße allein, ohne die Kartoffelstärke, und in einer Schüssel zischend überschüttet mit klein gehackten, gebräunten Zwiebeln und geräucherten Speckstückchen.«

Damit lief allen das Wasser im Mund zusammen, und es war Zeit für das eigene Abendbrot – wieder bei gedämpftem Petroleumlicht.

Das innige Jawort für ewige Liebe hatten sich Marie und Walter bereits an jenem kalten Januarabend gegeben. Nun taten sie es auch für die Außenwelt – sie verlobten sich ganz offiziell am 9. April 1934. Es folgte ein schöner glücklicher Sommer der Liebe und Zärtlichkeit – in Maries Welt: in Masuren, am See! Und wie Marie einst Wind und Wolken ihre innersten Wünsche mitgab, so lag sie auch jetzt an manchen Sonntagen auf der sommerwarmen Erde, schaute versonnen den langsam ziehenden weißen Wolken unter dem blauen Himmel nach und war im Einklang mit sich selbst: Sie war wunschlos glücklich – sie hatte mit ihrem Walter Raum und Zeit vergessen.

Dann kam der Herbst, der Oktober – wie vor einem Jahr –, als die flotte Tanzmusik in der milden Abendluft schwirrte und Marie elektrisierte. Und dann wurde es kalt. Der Dezember war wieder da, und noch einmal wurde es offiziell: Marie und Walter heirateten! – am 6. Dezember 1934, in Groß Schiemanen, Kreis Ortelsburg. Siegel und Unterschrift: der Standesbeamte, Dallmann.

Marie und Walter trugen nun goldene Eheringe! Maries großer Traum hatte sich erfüllt!

Das Knallen der Silvesterkracher war schon ein paar Tage verhallt, man schrieb das Jahr 1935. Marie und Walter sahen freudig nach vorne, denn Walters Zeit in Masuren war um.

Aber wie das Leben so spielt – nicht alle Menschen freuten sich auf das neue Jahr, im Gegenteil: Maries Mutter und Großmutter sahen mit jedem neuen Tag mit bangeren Gefühlen in die Zukunft, denn ihr Schwiegersohn Walter ging zurück nach Königsberg, und Marie, seine Frau, würde mit ihm gehen – für immer! Es war zum Heulen! Maries Mutter wurde immer unruhiger. Sie konnte ihre Gedanken drehen und wenden, wie sie wollte, aber es kam immer dasselbe dabei heraus: Sie verlor ihre Marie! Das hatte sie zwar schon früh kommen sehen, aber nun wurde es ernst – und das war ein gewaltiger Unterschied.

Wir beiden Alten nun ganz allein!, dachte sie und mochte sich das nicht weiter vorstellen. Zwanzig lange dunkle Winter zusammen unter einem Dach – und nun soll ich sie hergeben!

Nichts konnte sie da noch trösten!

Maries Mutter hatte immer wieder versucht, sich Mut zu machen – Marie ist ja nicht aus der Welt –, aber sie wusste auch, dass das nur so dahergesagt war, denn die Wirklichkeit sah anders aus. Für sie war Königsberg sehr weit weg. Nie würde sie ihre Mutter allein zurücklassen wollen, allein mit den Arbeiten im Haus und mit den Tieren. Und sie selbst fühlte sich auch ein bisschen verloren, mit ihrer Fußbehinderung! Und ganz besonders: Woher sollte sie das viele Geld nehmen? Den Notgroschen würde sie auf gar keinen Fall angreifen.

Auch Maries Großmutter war schweigsamer geworden. Sie hatte sich ihren warmen schwarzen Kopfschal noch tiefer in die Stirn gezogen und schien über ihrem Katechismus mehr zu brüten, als darin zu lesen und Trost zu finden.

Und Marie?

Bei ihr war das etwas anderes. Sie ging hinaus in die Welt! Sie war die Reisende! Und sie war voller Hoffnung und Vorfreude auf ihr neues Leben. Sie hatte zu überlegen: Was soll ich mitnehmen, was soll ich zurücklassen? Das war einerseits nicht ganz so schwer, denn Marie war arm, doch andererseits wollte sie nicht so ganz mit leeren Händen dastehen, schließlich war ein neuer Hausstand zu gründen und dazu brauchte sie mehr, als die übliche Bettwäsche der Aussteuer. Da war es gut zu wissen, dass in Königsberg noch ein paar praktische Hochzeitsgeschenke auf sie warteten – von Walters Großfamilie. Und ihre Mutter um Rat zu fragen, war nicht ganz einfach, denn da konnte es eher geschehen, dass sie Tränen erntete, statt einer hilfreichen Antwort.

»Ohne dich wird es hier sehr still sein«, sagte ihre Mutter einmal mit bebender Stimme und begann zu schluchzen.

So wurde Maries Vorfreude doch merklich gedämpft und mehr und mehr mit Abschiedsschmerz gemischt.

Und dann war der gefürchtete Abreisetag Anfang Februar da!

Und früh am Morgen stand vor dem Haus eine Kutsche, die Marie und Walter mit Koffern und Kartons nach Groß Schiemanen zum Zug bringen sollte. Die Kutsche wurde beladen, und es gab nichts mehr aufzuschieben – es musste nun sein!

Marie umarmte Mutter und Großmutter – und alle drei weinten.

»Und schreib schön!«, war das Einzige, was ihre Mutter noch herausbrachte.

Sie hielten weiße Taschentücher in ihren Händen und drückten sie immer wieder an die geröteten Augen. Auch Hilde war gekommen, um sich von ihrer Freundin und dem Königsberger zu verabschieden und ihnen Lebewohl zu winken – und sie beneidete Marie. Ein paar Nachbarn, für die es üblich war, zu dieser Zeit auf den Beinen zu sein, traten näher, um ihrer kleinen Marie, die so plötzlich vom Mädchen zur Frau gereift war, ebenfalls alles Gute zu wünschen.

Der Kutscher trieb die Pferde langsam an, fuhr geradeaus zum Dorfkrug, und dort, wo einst alles begonnen hatte, bog er scharf nach rechts in die Straße, die Marie aus dem Dorf hinausführte. Und die erhobenen Arme der Zurückbleibenden mit den lebhaften weißen Taschentüchern fielen kraftlos nach unten, als Maries Bild winkend hinter der ersten Hausecke verschwand.

Mutter und Großmutter waren nun allein!

Sie kehrten ins Haus zurück und gingen sich den ganzen Tag über aus dem Weg, um sich nicht gegenseitig ihren Schmerz zu zeigen. Die beiden Frauen hatten zum Glück ja noch ihre Hühner, Enten und Gänse, die gefüttert werden mussten. Und die bekamen nun ihre besondere Aufmerksamkeit, und mit den Tieren konnten sie sprechen und sich ihnen anvertrauen. Die flügelschlagenden, gackernden und schnatternden Zweibeiner könnten sich über die vermehrte Fürsorge und Ansprache gewundert haben, aber gefüttert wurden sie mehr als doppelt! Maries Mutter nähte und schneiderte gerne. Wenn sie gebraucht wurde, war sie glücklich, und etwas Glück konnte sie zurzeit gut gebrauchen; also nahm sie jeden Auftrag an, nähte und schneiderte, und dachte dabei an Marie.

Marie hatte versprochen zu schreiben – und sie tat es auch. Sie war sogar eine fleißige Briefschreiberin. War ein Brief auch einmal kürzer, so war es dennoch ein Brief: ein Zeichen, ein Gruß. So wussten Mutter und Großmutter recht gut, wie es ihr erging, was sie tat, und was sie Außergewöhnliches erlebte.

Und auf diese Weise konnten auch sie ganz gut leben.

Am Tag ihrer Abreise saßen Marie und Walter im Zug und näherten sich Königsberg. Und damit näherten sie sich auch ihren Sorgen: Wo sollten sie wohnen!? Allein hätte Walter zurückgehen können in seine bescheidenen Junggesellen-Verhältnisse, aber mit Ehefrau? Das ging nicht. Und Notlösungen, ein paar Tage hier, eine Woche dort, die brachten nichts – denn was kam danach? Eine teure Wohnung konnten sie sich nicht leisten, denn dafür reichte Walters Maurerlohn nicht. Und der Sachbearbeiter auf dem Wohnungsamt zuckte nur die Schultern. Er könnte da auch nichts machen, sie müssten auf eine günstige Wohnung warten. Also füllte Walter einen Antrag aus, belegte die Richtigkeit seiner Angaben mit Familienstammbuch und Heiratsschein und befand sich mit Marie und vielen anderen in einer Warteschlange.

Damit war die Stadt für Marie nicht mehr ganz so beschwingt und heiter wie vor einem Jahr bei ihrem Antrittsbesuch.

Walters Schwester Friedel war eine liebevolle und warmherzige Frau. Sie hatte einen gutmütigen Mann mit Namen Kurt und zwei fröhliche, liebe Kinder im jungen Schulalter: Gisela und Klaus. Friedel schaute nachdenklich auf die beiden Besucher in ihrem Wohnzimmer, auf ihren heiteren Bruder Walter und auf die liebe junge Marie. Sie spürte deren quälende Sorgen, und nach einem kurzen Gespräch mit ihrem Mann, sagte sie: »Wir machen für euch unser Schlafzimmer frei. Ihr wohnt bei uns! Wir rücken zusammen, das kriegen wir schon hin!«

Das junge Ehepaar empfing einen unerwarteten Sonnenstrahl und der Himmel über der Stadt wechselte für Marie wieder von grau nach blau. Marie war glücklich! Sie hatte eine Bleibe gefunden, ein Zuhause – und mehr brauchte sie nicht. Sie kam aus einfachen Verhältnissen und konnte sich über jede kleine Verbesserung freuen, deshalb konnte es für sie nur noch aufwärts gehen. Marie und Walter hatten zwar nur ein Zimmer, aber sie hatten sich – und das war sehr viel. So genossen sie weiterhin im Kreise ihrer Freunde und Familie ihr junges Eheglück.

War ihr gemeinsamer Sommer in Masuren still und innig, so war der Sommer 1935 in fröhlicher Runde ausgelassen und heiter – und manchmal auch ein bisschen verrückt.

Maries Leben hatte sich sehr verändert!

Am Sonntag gingen sie und Walter am Schlossteich spazieren, fuhren auch mit einem Kahn, hatten Kaffee und Kuchen in einem der Cafés auf den Terrassen und gingen ins Kino. Dort bejubelten sie Hans Albers und lachten über Hans Moser. Und an Sonnabenden gingen sie immer wieder tanzen, zur beschwingten Musik der großen Tanzkapellen. Und im Sommer fuhren sie an heißen Sonntagen mit Freunden und Geschwistern mit dem Zug in die Seebäder Cranz und Rauschen oder machten mit einem der weißen Ausflugsdampfer eine Fahrt durch den Königsberger Seekanal und das Frische Haff – nach Pillau und an die Frische Nehrung.

Marie hatte sich auch äußerlich verwandelt.

Walters Schwestern kümmerten sich liebevoll um das scheue Reh vom Lande, kürzten ihre Röcke und Kleider, zupften hier und dort und rückten ihr mit der heißen Brennschere zu Leibe: Wellen mussten ins Haar – Ondulation war Mode. Von den tatkräftigen Beraterinnen flott gemacht, mischte sie sich dann unter die Gesellschaft. Ihren Walter brauchten die Schwestern nicht zu beraten, der wusste, als echter Städter, wie der elegante Herr sich kleidete. Wenn Walter am Sonntag daherspazierte, sah es aus, als habe sich ein Bild aus dem neuesten Modekatalog selbstständig gemacht: kaffeebrauner Anzug mit feinen Streifen, dazu braune Schuhe mit passenden Gamaschen, weißes Hemd, steifer Kragen und modischer Binder und – als Krönung des Ganzen – die dazugehörigen Glacéhandschuhe aus weichem Ziegenleder – den linken Handschuh angezogen, den rechten lässig in der linken Hand – und seine Marie rechts bei ihm eingehakt. Und zu all dem kam noch seine ausgeprägte gerade Körperhaltung, die einfach zu ihm gehörte. Es war schon ein schönes Bild.

Der Sommer hatte sich verabschiedet, es wurde Herbst.

Marie und Walter waren zum Tanzen gegangen. Sie saßen zur Erfrischung an ihrem kleinen Tisch in einer Tanzpause, als es passierte! Eine junge Frau, modisch herausgeputzt, rauschte auffällig drehend heran, blieb am Tisch der beiden demonstrativ stehen, warf Marie einen verächtlichen Blick zu, Walter einen vernichtenden, zerriss ein Bild, einmal längs, einmal quer, schleuderte die Schnipsel wirkungsvoll auf den Tisch, hob das Kinn noch ein wenig höher als vorher und rauschte hoheitsvoll davon mit drehenden Schultern und heftig klopfenden Absätzen!

An Walters Tisch war die Sprache erst einmal abhanden gekommen. Marie war ein wenig blass geworden, Walter dagegen etwas dunkler – in ihm kochte es! Seine rechte Hand, die vorher Maries Hand gehalten hatte, suchte automatisch die vier Teilchen zusammen und deckte sie zu. Wenn es heißt, ein Bild sagt mehr als tausend Worte, so sprach dieses Bild, und besonders die Art der Übergabe, noch ein paar Worte mehr. Walter erkannte das und Marie brauchte gar nichts zu sagen. Er holte tief Luft.

»Das war so: Wir sind eine Zeit lang miteinander gegangen. Als ich dann zur Waldarbeit in eure Gegend musste, fragte ich sie, wie es denn mit uns weitergehen sollte. Wollte sie auf mich warten? Wollten wir uns treu sein, vielleicht für die Zukunft planen?« Er sah Marie an, presste die Lippen zusammen und fühlte wieder die Situation von damals. »Aber«, erklärte er weiter, »da musste ich wohl etwas Dummes gefragt haben, denn sie lachte nur amüsiert: ›Was!? Heiraten? Kinder kriegen? Windeln wechseln? Aber Walterchen! Ich will leben! Ich will tanzen!‹ – Ja, wie konnte ich nur so etwas fragen!? – Nun, damit war ich frei, und den Rest kennst du ja.«

Er sah Marie wieder an, und die nickte. Das leuchtete ihr ein, damit konnte sie gut leben.

Walter lächelte überlegen: »Und hast du gesehen, wie sie beleidigt davonzog? Das hatte sie mir wohl nicht zugetraut, dass ›ihr Walterchen‹ dazu in der Lage sei.«

Und wieder einmal zischten Silvesterraketen in die Nacht hinein und bunt vom Himmel regnende Glitzersterne signalisierten den Beginn eines neuen Jahres.

Die Menschen hatten wie immer Hoffnungen oder Befürchtungen, nur Marie hatte eine freudige Botschaft: Sie war schwanger!

Die Nachricht machte schnell die Runde: »Marie bekommt ein Kind!«

Und ab sofort war Schluss mit dem Tanzen. Ein paar Monate später kam ein Kinderbett ins Zimmer – und sie waren zu dritt. Marie und Walter hatten ein Mädchen: Inge Helga, geboren am 24. Juli 1936.

Marie hatte viel zu schreiben!

Ein Jahr später, es war Herbst, gab es weitere Freude.

Marie bekam einen Jungen: Dieter Walter, geboren am 30. Oktober 1937.

Die Notunterkunft war damit zu klein, der Druck unter allen Bewohnern wurde größer. Walter ging wieder zum Sachbearbeiter der Wohnungs-Warteschlange, belegte mit einem Geburtsschein des neuen Erdenbürgers die erhöhte Dringlichkeit einer Wohnung und erkundigte sich nach seinen Aussichten. Und es hieß, man habe Programme angestoßen und er könne sich durchaus Hoffnungen machen.

»Vielleicht klappt es im nächsten Jahr«, sagte der Beamte mit dem strengen Mittelscheitel und den Ärmelschonern. Wenn ihm etwas zugeteilt würde, bekäme er auf jeden Fall Bescheid.

In der Zwischenzeit behielt die liebe Schwägerin Friedel ihr sonniges Gemüt, hatte viel Freude an dem kleinen Dieter – und so gab es trotz großer Enge immer noch Spaß und Heiterkeit.

Walter war nicht nur ein flotter Tänzer, er war auch ein feuriger Liebhaber: Marie war wieder schwanger.

Und jetzt war die Warteschleife auch von Amts wegen eng genug und die Behörden gaben der jungen Familie ein eigenes Heim. Am Rande der Stadt, im Norden von Königsberg, in Kohlhof, bezogen sie in einer Neubau-Reihensiedlung eine Doppelhaushälfte mit einem schönen großen Garten.

Dann kam Maries Niederkunft – und was für eine Überraschung: Sie brachte dieses Mal sogar zwei Kinder zur Welt! Marie und Walter hatten Zwillinge! Es waren zwei Jungen: Günter Heinrich (Heinrich, nach Walters Vater) und Reinhard Kurt (Kurt, nach Walters Bruder oder seinem Schwager), geboren am 10. Dezember 1938. Und Maries fälliger Brief an Mutter und Großmutter war entsprechend länger.

Marie und Walter hatten nun eine richtige Familie und endlich auch ein richtiges Zuhause. Jetzt konnten sie ungehindert schalten und walten, wie sie wollten. Kein Vater, keine Mutter, niemand mischte sich ein, schrieb ihnen etwas vor. Nun waren sie die Bestimmer ihrer eigenen Welt. Das setzte ungeahnte Kräfte frei. Walter ging in seinen Garten und legte los! Dort war er Gartenarchitekt, Gärtner, Polier und Handlanger: alles in einer Person. Er legte mitten durch den Garten einen breiten Hauptweg an, nach links und rechts kleine Arbeitswege für die Gemüsebeete, in der Mitte eine Teppichklopfstange, dahinter eine große Schaukel – und rechts in der Ecke des Gartens baute er eine Gartenlaube mit Geräteschuppen und schöner Sitzecke, wo am Sonntagnachmittag um halb vier am runden Tisch mit weißer Tischdecke Kaffee und Kuchen serviert wurde von seiner Marie, die jetzt eine eigene Brennschere besaß, um sich ein paar schöne Wellen ins Haar zu legen, und die sich auch für diese Kaffeetafel fein machte, genauso wie ihr Walter, den sie dann mit ihrem selbst gebackenen, goldbraunen Käsekuchen mit Rosinen erfreute.

So arbeiteten sie im Haus und im Garten, mal allein und mal gemeinsam. Während Walter die Erde umgrub und harkte, brachte Marie Sämereien in den Boden ein. Während er Sand und Zement für solide Fundamente mischte, für Teppichstange und Schaukel, versorgte sie die Kinder. War er Anstreicher und pinselte mit grüner Farbe die Eisenrohre und das Holz der Laube, so war sie Wäscherin unten in der Waschküche.

Im Sommer lieferte ihnen der Garten Salat, Schnittlauch und Petersilie, Radieschen, Karotten und Zwiebeln, Rote Beete, Erbsen und Bohnen, Dillkraut und Gurken – und auch einen dicken Kürbis, der in Würfel geschnitten und süßsauer in Weckgläsern eingekocht wurde.

Wenn Marie bei ihrer Arbeit in der Küche hin und her lief, kam sie sich manchmal vor wie eine Glucke, umgeben von ihren munteren anhänglichen Küken. Die Küche war geräumig, gedacht für viele Kinder, und die Planer wussten: Kleine Kinder sind am liebsten in der Nähe ihrer Mutter. Im Wohnzimmer hatten die kleinen Radaumacher allein nichts zu suchen, nur in Begleitung von Vater oder Mutter. Und als sie später etwas größer waren und gelegentlich hineindurften, gingen sie entsprechend andächtig, auf leisen Sohlen, und bestaunten, was es da so zu sehen gab.

Da gab es eine Raucherecke, die fesselte sie am meisten. In dieser Ecke stand ein runder Tisch mit gerubbelter Messingfläche, die, wenn man genauer hinsah, Jagdszenen darstellte, darauf eine Zigarrenkiste, ebenfalls mit verzierter Messingfläche, und aus dem gleichen Material ein Aschenbecher und ein Tischfeuerzeug. Links und rechts daneben zwei Stoffsessel mit Holzlehnen, an der Wand ein Gobelin mit springendem Hirsch, jagendem Hund und einem Jäger mit Gewehr. An der anderen Eckwand hing ein Luftgewehr, das Walter benutzte, wenn Herrenbesuch kam, die Männer später in heiterer Stimmung und mit flotten Sprüchen an der Laube einen kleinen Wettkampf austrugen und mit »Püschel« auf Zwölfer-Ringscheiben schossen. Unter dem Gewehr hingen zwei Jagdmesser, ein kleines mit einem Griff aus Hirschhorn und einem Schaft, der mit Hirschfell verkleidet war, und ein gefährlich großes, das man besser gar nicht erst berührte. Und wenn der kleine Dieter seine Mutter zum Staubwischen ins Wohnzimmer begleiten durfte, brauchte sie sich um ihn kaum zu kümmern, denn er stand andächtig in der Raucherecke und träumte sich hinein in die Welt dieser Bilder. Und doch war es richtig, dass sie in kurzen Abständen nach ihm schaute, denn an dieses schöne kleine Fellmesser hätte er zu gerne mal gefasst. Und über all diesen Teilen hingen spitze Rehgeweihe mit hellen Gesichtern und leeren Augen.

Walter entwickelte in seinem neuen Heim Kraft und Energie für drei. Er arbeitete am Tag auf dem Bau als Maurer, nach Feierabend im

Haus und im Garten und büffelte ab Frühjahr 1939 noch zusätzlich für seinen Abendlehrgang zum Hochbautechniker. Er hatte endlich einen eigenen Platz, konnte sich ungestört ins Wohnzimmer zurückziehen, lernen und Bauzeichnungen erstellen.

Damit übernahm auch Marie eine schwierige Aufgabe, denn sie musste die lärmenden Spiele ihrer lebhaften Trabanten gedämpft halten. Und da war es dann für sie oft das Beste, sie ging mit ihnen früh nach oben in die Schlafzimmer, steckte alle in die Betten, erzählte ihnen friedliche Geschichten, schickte sie auf die Traumreise – und sagte Gute Nacht. Das Letzte war sehr wichtig, denn als sie einmal dachte, alle schliefen, und sie sich leise aus dem Zimmer schlich, ertönte hinter ihr eine ängstliche Stimme: »Mutti, Mutti! Komm noch mal!«

Sie öffnete die Tür und fragte: »Ja, was ist denn noch?«

Und Dieter antwortete: »Du hast nicht Gute Nacht gesagt!«

»Schlaf schön! Gute Nacht!«

Und dann war Ruhe.

Wenn es Marie nicht gelang, die kleine fröhliche Bande unter Kontrolle zu halten, erschien Walter drohend in der Küchentür, rollte grimmig mit den Augen und grollte wie ein Löwe. Dann zogen die vier ihre Knöpfe ein und kuschten.

Es war ein Sonntagvormittag, ein friedlicher Morgen.

Walter saß im Wohnzimmer an seinem Arbeitstisch und machte sich Gedanken über die verschiedenen Arten, Steine zu einem festen Mauerwerk zu verbinden – über Fugenversatz und sichere Übertragung der Druckkräfte –, und zeichnete konzentriert an einer Bauskizze, einem »Mauer-Kreuzverband«. Marie war im Obergeschoss und machte die Betten. Dieter, ihr Ältester, war bei ihr. Dieter fühlte sich immer sehr wohl in der Nähe seiner geliebten Mutter, und so war es kein Wunder, dass er ihr auch heute am Rocksaum hing. Er war jetzt etwa dreieinhalb Jahre alt und gerade in diesem Moment spielte er ganz hingegeben in seiner »dummen« unschuldigen Kinderwelt. Marie hatte soeben die glänzende Tagesdecke über ein Bett gezogen und glatt gestrichen und wandte sich dem nächsten zu. Dieter ging zum fertigen Bett und hatte plötzlich ein schönes Spiel. Er marschierte mit dem waagrecht ausgestreckten rechten Arm am Bett vorbei und strich mit der flachen Hand über die schöne glatte Decke. Am Fußende drehte er sich um und machte das Gleiche mit dem linken Arm und immer so fort – das tat ihm gut und das machte ihm richtig Spaß.

Hatte er vielleicht bei diesem Spiel Dellen in die Decke gedrückt? Oder patschten seine Kinderfüße womöglich bei diesem Hin und Her zu laut auf dem Fußboden? Hatte seine Mutter gesagt: Hör auf! – und er tat es nicht? Hatte er vielleicht gelacht und einfach weitergemacht, weil Spiel ja Spiel ist?

Lautes Poltern rumpelte die Treppe herauf.

Dieter drehte sich erschrocken herum und schaute voller Angst auf die Tür. Er ahnte Unglück, konnte aber nichts mehr ändern. Die Tür wurde heftig aufgestoßen, und sein Vater stand mit großen Augen vornübergebeugt da, suchte mit wildem Blick das Übel, fand es, sprang mit großen Schritten heran, holte mit dem rechten Arm weit aus und schlug dem Übeltäter mit der flachen Hand heftig auf die linke Wange, mit einer Wut, die den Jungen von den Beinen riss und auf den Boden warf. Im Fallen noch spürte Dieter die derbe feste Maurerhand. Er rappelte sich sofort wieder auf, stand auf den Füßen und war wie versteinert. Dieter stand reglos da, atmete nicht, lief blau an. Angst stieg in ihm hoch! – rasend schnell! Er rang mit offenem Mund und schreckhaft aufgerissenen Augen nach Luft – Todesangst! Sein Oberkörper kämpfte und schüttelte sich innerlich: Und dann endlich setzte ein kraftvoller Überlebensstrom ein, stieß einen Impuls in seinem Leib nach unten, zwang ihn, die Beine anzuziehen und zu strecken, zwang ihn, mit den Beinen zu zappeln! – Dieter hatte überlebt, hatte den Schock überwunden!

Und dann erst machte sich sein gequältes Kindergeschrei frei.

Aber Füßetrampeln und lautes Schreien wurden selbstverständlich sofort als Trotzreaktion gewertet. Die erhobene Hand seines Vaters erschien wieder drohend vor seinen Augen, verbunden mit der Frage, ob er noch mehr wolle. Aber nein, Dieter hatte genug, und so blieb ihm nichts anderes übrig, als sein Gesicht in die Schürze seiner Mutter zu drücken und möglichst leise zu schluchzen.

Marie besänftigte ihren Mann. »Lass es gut sein, Walter, das reicht, und so fest war es ja wohl auch nicht nötig!«

Walter trollte sich grollend.

Dieters Wange war heiß, die Seite bis zum Ohr summte, im Kopf tobte ein Bienenschwarm, seine Kinderseele war verwundet – seine Welt war schwarz!

Warum!? Warum!?

Irgendetwas musste er wohl falsch gemacht haben.

Aber warum nur wurden Fehler kleiner dummer Menschen so schrecklich bestraft!?

Es gibt seelische Verletzungen, die brennen sich derart tief ein, dass sie lebenslange dicke Narben hinterlassen wie die ins Fell eingesengten Brandzeichen auf den Pferdehintern. Marie war gerne Mutter und deshalb war sie eine liebe Mutter. Walter dagegen war stolzer Vater – und vielleicht dadurch zwangsläufig für die strenge Linie. Er wollte aus seinen Kindern anständige Menschen machen. Marie wollte das auch, aber mehr auf duldsame Art, auf eine wohltuende, natürliche Weise.

Walter war jung, und er hatte nicht nur ausreichend Kraft für die tägliche Arbeit, er hatte auch immer wieder Kraft für die innige Liebe: Marie war zwischendurch in guter Hoffnung gewesen, und sie hatte ein süßes Mädchen bekommen: Erika Marie, geboren am 8. März 1940.

Alle diese quirligen, gesunden und damit anstrengenden Kinder wurden getauft in der Luisenkirche zu Königsberg, Preußen – so steht es geschrieben: im Stammbuch der Familie. Damit hatte Marie im wahrsten Sinne des Wortes alle Hände voll zu tun. Zwischen Windeln wechseln, Fläschchen geben und Brust reichen, drehte sie sich Tag für

Tag geschwind im Kreis. Als die Zwillinge geboren waren und mit doppelter Kraft nach Nahrung schrien, lautstark und herzzerreißend, bekam Dieters schöne Kinderwelt einen ersten schmerzhaften Riss. Er stand betrübt in seinem Kinderbett, sah beide Brüste seiner Mutter besetzt durch die Nachfolger und auch deren tiefe Befriedigung – und konnte es nicht begreifen, dass nicht auch er angelegt wurde, an diesen schönen warmen Platz. Da war Marie gut beraten, wenn sie ihm vorher zur Beruhigung das Milchfläschchen in die Patschhände drückte. Und nun lag Erika an der Brust und die drei Jungen bildeten ihren eigenen Kreis. Sie saßen im Laufgitter und saugten an ihren Milchflaschen.

Inge war schon bald die Große – und nicht mehr lange und sie übernahm erste kleine Aufpasseraufgaben, zumindest, um die größten Dummheiten ihrer drei Brüder zu verhüten. Diesem munteren Kindertreiben sah Walters drei Jahre ältere Schwester Gertrud mit ihrem Mann Otto zu, die beide schon bei der Taufe der kleinen Erika hilfsbereit als Paten eingesprungen waren. Otto und Gertrud hatten keine Kinder, bekamen auch keine – wollten aber welche. Und sie staunten über Marie: »Wie leicht die doch die Kinderchen bekam! Was für ein Segen!«

Könnte sie nicht eins für uns mitmachen?, dachten sie. Oder uns eins abgeben, wo sie doch so viele hat!

»Guten Morgen, Marie, wir führen die kleine Erika aus.«

»Ja, gut, bis nachmittags.«

»Guten Tag, Marie, wir nehmen die kleine Erika über das Wochenende, was meinst du?«

»Ja, gut, bis Montag.«

Und Marie konnte diese Hilfe gut gebrauchen, denn Wickelkind Erika kränkelte zurzeit ein wenig und verlangte nach besonderer Pflege.

Im Frühjahr 1941 zogen dunkle Wolken über Kohlhof auf.

Erika war gerade ein Jahr alt, da traf ein amtlicher Brief ein, der diese Familienwelt rücksichtslos auseinander riss. Walter und Marie lasen den Brief immer wieder, aber es half nichts: Walter hatte alles stehen und liegen zu lassen und sich beim Militär zu melden, und zwar unverzüglich – spätestens jedoch bis zu dem genannten Datum und zu der vorgegebenen Uhrzeit. Und weiter unten in dem Schreiben hieß es, bei unerlaubtem Fernbleiben würden verschiedene gesetzliche Maßnahmen ergriffen, wobei aus den Sätzen herauszulesen war, dass es auch Fenster mit Gitterstäben gab.

Was nützte es, dass Walter erschrocken ausrief: »Aber ich kann doch jetzt nicht weg. Mein fünftes Semester hat doch gerade erst begonnen!«

Also ließ Walter seine Maurerkelle fallen, meldete sich von seinem Techniker-Lehrgang ab, drückte Marie und seine Kinder und ging aus dem Haus.

Marie stand nun mit ihren Kindern alleine da!

Die Kleinen begriffen nichts, nur die beiden älteren spürten dumpf, dass etwas Unangenehmes passiert sein musste, als die Mutter dieses Schreiben in den Händen hielt, gerötete Augen hatte und sehr bedrückt aussah. Und Gertrud kümmerte sich um »ihre« Erika mehr und mehr, behielt sie länger und länger, ließ sie nicht mehr los – und hatte *endlich* ein Kind!

Aber auch Schwägerin Friedel entlastete die viel beschäftigte Marie. Ihr Mann Kurt holte so oft wie möglich Dickmops Dieter zum Wochenende in ihre Wohnung. Und der lauschte dann am stillen Sonntagmorgen – mit ausgeschlafenen Augen noch im Bett – dem aufgeregten, unaufhörlichen Spatzengezirpe in der ruhigen Baczkostraße, deren Dächer und Straßenbäume den Haussperlingen als Brut- und Zankplatz dienten. Auch Kurt war ein Lieber! Am Sonntag, nach dem Mittagessen, durfte der kleine Dieter bei ihm auf der Chaiselongue liegen, zum Mittagsschläfchen. Und am Nachmittag nahm Kurt ihn mit in den Tiergarten zum Ponyreiten auf einem schön verzierten Ledersattel mit Messingknauf. Die kleinen Tiere mit den großen Augen trippelten vorbei an hoch umzäunten Plätzen, wo Männer in langen weißen Hosen und Frauen in kurzen weißen Röcken auf rotem Boden mit großen Schlägern kleine Bälle hin und her über Netze schlugen: plopp-plopp, plopp-plopp.

Erika lebte jetzt dauernd bei Gertrud und Otto.

Marie nahm ihre ersten vier noch enger unter ihre Fittiche, und wenn sie alle so in der Küche waren, die Kinder auf dem Fußboden spielten und Marie das Essen zubereitete, so war das eine recht friedliche Gemeinschaft – und Maries Küken wurden größer.

Auffallend friedlich spielte heute der blonde Günter. Er und Reinhard, der andere Zwilling, waren jetzt etwa viereinhalb Jahre alt, Günter blond, mit reichlich Locken, Reinhard dunkel und glatt – wie das bei zweieiigen Zwillingen eben so sein kann. Als es Mutter Marie verdächtig vorkam, dass ihr Lockenkopf so lange Zeit ganz ohne Mucks vor sich hinspielte, da war es bereits zu spät.

Genau in dem Augenblick sprang der nämlich auf und rief: »So, kommt mal alle her und seht, was ich gemacht habe!«

Stolz zeigte er auf seine Spielecke. Seine Geschwister erschraken. Was sie da sahen, würde sicher sofort bestraft werden, selbst von der geduldigen Mutter – bei aller Liebe! Günter hatte seinen schönen kleinen Lastwagen aus Holz in viele Teile zerlegt! Alle Teile lagen fein säuberlich ausgerichtet nebeneinander: vier rote Holzräder, eine Tür, Lenkrad, Hupe, Lampen. Die Blicke der herbeigerufenen Geschwister wanderten prüfend und besorgt hin und her – zwischen Günter und Mutter. Aber Günter wirkte so völlig sicher, dass er jede strafende Äußerung im Keim erstickte: Nein, er habe nichts zerstört, nur alles auseinander genommen, um zu untersuchen, wie es gemacht wurde!

Und als seine Geschwister über diese Kühnheit ihre staunenden Münder wieder zumachten, sagte er: »So, lasst mich jetzt allein. Ich bau das wieder zusammen, und wenn ich es fertig habe, dann ruf ich euch!«

Die Mutter sagte nur: »Na, da bin ich aber gespannt!«

Und sie ließen ihn allein.

Nach einer gewissen Zeit meldete Günter sich: »So, ihr könnt kommen!«

Er zog die Mutter an der Hand hinter sich her, die anderen gingen mit. Und auch jetzt wirkte er ruhig und von sich überzeugt. Das Auto war wieder fertig, aber der genaue Blick zeigte, dass zwei Teile übrig geblieben waren: Die Fahrertür und die vordere Stoßstange lagen auf der Ladefläche. Das schien ihn aber nicht zu bedrücken, doch Inge, Reinhard und Dieter blieben harte Kritiker.

Günter verteidigte sich: »Das ist ein Lieferwagen, da kann der Fahrer jetzt besonders schnell ein- und aussteigen.«

»Ja, aber er könnte herausfallen!«

»Nein, er liefert nur in der Stadt, und da fährt er langsam, von Haus zu Haus! – Ja, und mit der Stoßstange, da kann der Fahrer gleich in die Werkstatt fahren und sie festmachen lassen, ich hab ja nicht das richtige Werkzeug.«

Bei so klaren Begründungen gab sich die Schar der Ankläger murrend geschlagen, und der Fall war abgeschlossen.

* * *

Es ist Krieg!

Wir Kinder wissen zwar nicht genau, was das ist, aber es muss etwas Böses sein: Das ist so bei uns angekommen.

Den Krieg merken wir nur daran, dass unser Vater seit langer Zeit nicht mehr bei uns ist. Wir können ihn uns gar nicht mehr richtig vorstellen. Die Mutter hat uns Kindern einiges erklärt. Der Vater ist bei den Soldaten, bei den Morsefunkern. Da muss er Funksprüche empfangen oder senden, das sind so Piepstöne, wie man sie manchmal im jaulenden Radio hören kann.

Sommer 1943. – Die Mutter hat erzählt, dass es auch im Krieg manchmal Urlaub gibt, Fronturlaub, und da lassen wir ihr keine Ruhe mehr.

»Wo ist der Vater? Warum kommt er nicht? Wann kommt er denn? Wann? Wann? Wann?«

Wir spielen wie so oft in der Küche auf dem Fußboden. Mutter läuft auf der anderen Seite zwischen Schränken und Ofen hin und her und macht das Mittagessen. Da öffnet sich von der Flurseite die Küchentür – und Vater steht im Türrahmen!

Schweigen! – Offene Münder, aber nur kurz. Dann springen wir auf, schreien, jubeln und stürzen uns auf ihn. Wir wollen nach oben an sein Gesicht, wollen ihn drücken, küssen – aber wir schaffen es nicht. Wir behindern uns gegenseitig. Vater hat keine Möglichkeit einen auf den Arm zu nehmen. Zwei hängen an seinen Armen, zwei zerren an seinen Oberschenkeln, keiner schafft es, nach oben zu kommen.

Wir hängen an ihm wie die Kletten, geben ihn nicht mehr frei.

Bei diesem ungestümen Gedränge hat Mutter gar keine Möglichkeit, Vater zu begrüßen. Bis sie sich dann durchkämpft und lachend sagt: »So, Kinder, jetzt ist aber Schluss, ich möchte Vater schließlich auch umarmen.«

Am nächsten Morgen spricht Vater beim lebhaften Familienfrühstück das elektrisierende Wort: Ostsee! – und ein vierstimmiges Freudengeschrei bricht sich vielfach an den weißen Küchenwänden: »Jaaa! – Wir fahren an die Ostsee!«

Der Vater sieht die Mutter an: »Fahren wir nach Cranz oder nach Rauschen?«

Mutter entscheidet schnell: »Ach, nehmen wir Rauschen, da kommt die Bahn ja direkt bei uns vorbei, und außerdem gefällt mir die steile Küste.« Und an uns wendet sie sich mit den Worten: »Sucht das heraus, was ihr mitnehmen wollt, womit ihr im Sand spielen könnt.«

Und dann schleppen wir eiligst unsere Sachen herbei: Schüppchen, Förmchen, Eimerchen – Ostsee, wir kommen!

Ab sofort gibt es für uns nur noch ein Thema: Ostsee! Ostsee!

Warum heißt es einmal See und einmal Meer?
Ist ein Meer immer größer?
Wie sieht denn so ein Meer aus?
Warum heißt es einmal der See und dann wieder die See?
Und fahren da wirklich so große Schiffe auf dem Wasser?
Endlich ist es so weit!

Wir verlassen die Wohnung und laufen an der schnurgeraden Häuserreihe entlang, links die Gärten, rechts die Häuser. Am Ende zeigt sich der Bahndamm und wir sehen die Eisenbahnschienen. Wir biegen nach rechts, gehen noch ein kurzes Stück und erreichen einen kleinen Bahnhof mit Stationshäuschen. Hier hält der Zug nach Rauschen, der aus der Stadt kommt.

Da! Hinter einer leichten Biegung nähert er sich – das hat aber auch gedauert! Die Lokomotive stampft heran, pustet Wolken zur Seite und nach oben, pfeift und warnt die Leute an der Bahnsteigkante. Und dann ist sie gefährlich dicht vor uns und gewaltig laut: Die Bremsen kreischen!

Günter, Reinhard und ich haben nur noch Augen für dieses pochende Ungetüm: die großen Räder, größer als wir, die Speichen – unten zischt weißer Dampf heraus, oben rußiger schwarzer. Günter tritt mutig noch einen Schritt näher heran an die schnaufende Lokomotive, beugt sich leicht vor und zeigt bewundernd auf die vielen dicken Schrauben. Der Lokführer mit seiner dunklen Eisenbahnermütze macht es sich oben im Fenster bequem, stützt sich auf seinen Arm, lächelt zu uns herunter, dreht seinen Kopf nach hinten und ruft etwas in die Lok hinein. Und ein zweites Gesicht erscheint im Türfenster daneben, rußgeschwärzt, mit hellen Augen und weißen Zähnen, beide rufen sich lachend etwas zu.

Inge winkt heftig mit den Armen, die Eltern drängen: »Los, Tempo, einsteigen!«

Wir laufen zu ihnen und klettern in den grünen Eisenbahnwagen. Vater schiebt im Gang das Fenster nach unten, und wir versuchen, die Köpfe über den Fensterrand zu heben. Der Mann mit der blauen Uniform und der roten Schirmmütze ruft laut: »Türen schließen!«

Er hebt die Signalkelle, pfeift auf der Trillerpfeife und der Zug setzt sich ruckelnd in Bewegung.

Wir haben ein kleines Abteil für uns. Auch hier zieht Vater das Fenster herunter. Wir sehen, wie dicker schwarzer Qualm aus dem Schornstein der Lokomotive quillt. Ein paar Meter weiter, während wir noch rätseln, warum da oben weißer und schwarzer Dampf herauskommt und warum es einmal Dampf heißt und einmal Rauch, macht der Zug eine leichte Rechtskurve. Der Fahrtwind dreht sich und drückt uns eine schwarze Rußwolke ins Abteil – und es stinkt abscheulich, als habe der Kohleofen bei windigem Regenwetter seine Gase rückwärts ins Zimmer gepufft. Der Vater springt zum Fenster und schiebt es nach oben. Er sichert es in dieser Lage, indem er einen Lederriemen, der mit dem Rahmen verbunden ist, mit einem der vielen Löcher über einen Eisenstift stülpt. Zu spät, der Kohlengestank ist im Abteil. Vater erklärt uns, dass das Weiße Dampf heißt und das Schwarze Rauch, dass das eine vom heißen Wasser kommt und das andere von der verbrannten Kohle. Ein paar Minuten später, als der Zug schnelle Fahrt macht, vorbei an Wiesen und Feldern, zieht Vater noch einmal das Fenster herunter und lässt frische Sommerluft um unsere Gesichter blasen. Im Abteil wird nun alles von uns untersucht und bestaunt: zwei Aschenbecher, ein kleiner Abfallbehälter, ein großes und ein kleines Gepäcknetz und die Tür zum Abteil. Das Wichtigste aber sind die beiden großen Sitzbänke gegenüber, die für uns viel zu groß sind und auf denen wir halb in Rückenlage rutschen, wenn wir uns nicht irgendwie festhalten. Die Sitzfläche ist von der Rückenlehne her im großen Bogen geschwungen. Die Bänke sind aus Holz, zusammengebaut aus vielen schmalen Leisten, an bestimmten Stellen mit Messingschrauben in einer Linie untereinander verschraubt. Das Holz ist in einer hellen Bernsteinfarbe gestrichen und glatt lackiert. Nach ein paar Versuchen haben wir den Bogen heraus, wie man das ständige Rutschen auf dem Hosenboden verhindert. Wir halten die Beine gestreckt und die sommerwarme feuchte Haut hält uns klebend fest.

Die Sitzplätze haben Vater und Mutter eingeteilt: Zwei von uns Kindern sitzen am Fenster, zunächst Inge auf der Bank bei den Eltern, wir drei Jungen gegenüber. Später wird immer wieder gewechselt, bis wir vor lauter Landschaft begucken genug haben. Währenddessen jagt die fauchende Lokomotive mit den ratternden und sich schüttelnden Waggons dahinter mit Volldampf über die Schienen. Endlich!

Was haben mich die Großen und Erwachsenen im Laufe der Zeit mit ihrer Ostsee verrückt gemacht! Tanten und Onkel, der große Cousin Klaus und die Cousine Gisela, alle schwärmten: »Dieter, warte mal, wenn du erst die Ostsee siehst, du wirst nur noch staunen!«

»Da siehst du Wasser und blauen Himmel, ohne Anfang und Ende!«

Und auch alles andere, was sie erzählten, erregte meine Fantasie: Das Wasser ist ein Meer! Darauf fahren riesige Schiffe, größer als ein Haus. Schiffe aus Eisen mit mehreren Schornsteinen. Auf diesen Schiffen gibt es viele Zimmer und große Säle mit vielen Menschen.

Soo viel, war für mich einfach zu viel: unvorstellbar!

Schiffe aus Eisen, die schwimmen sollten!? Unmöglich, wo doch jedes Kind weiß, dass Eisen schwerer ist als Wasser und untergeht. Und dann auch noch mit großen, schweren Dampfmaschinen – und noch voll beladen!

Sicher, die Erwachsenen wussten alles, aber man musste gegen sie auch ein bisschen misstrauisch sein, denn sie machten Kindern wohl auch gern etwas vor – oder erzählten Märchen.

Unser Zug rollt. Die Eltern machen spaßige Bemerkungen, und wir alle zusammen machen uns gegenseitig aufmerksam, was es in der Landschaft im Vorbeirauschen zu sehen gibt: immer wieder grüne Wiesen und schwarz-weiße Kühe. Häufig liegen die Bahngleise tiefer als das Gelände links und rechts, wenn wir wieder einmal durch eine hohle Gasse fahren. Und dann huschen an der steilen Böschung die langen bunten Lupinen dicht an der Fensterscheibe vorbei, und im schnellen Fahrtwind wedeln Gräser, Halme und die gefiederten Blätter der grünen Farne und darüber bewegen sich die dünnen Äste vom jungen Kiefernwald. Während die stampfende Lokomotive sich ihren freien Weg durch die Landschaft pfeift, mal ängstlich und warnend vor Unterführungen, mal freudig und triumphierend, wenn sie unversehrt wieder herauskommt, habe ich schon jetzt meine Ostseeprobleme.

Vielleicht will ich mit meinen fünfeinhalb Jahren einfach zu viel wissen, denn Inge und die Zwillinge quälen Vater und Mutter längst nicht so mit ihren Himmel-und-Erde-Fragen wie ich: und alles immer rund um die Ostsee – die Ostsee! Bis Mutter mich in ihrer sanften Art etwas dämpft: »Dieter, warte noch ein bisschen, bald siehst du das alles selbst.«

So gebe ich im Augenblick Ruhe und warte doch sehr ungeduldig auf das so herrliche Meer wie auf eine dicht bevorstehende Weihnachtsbescherung.

Vater hebt eine Hand, ihm kommt etwas in den Sinn.

»Kinder, wisst ihr eigentlich, dass Räder und Schienen sprechen können!«

»Nein, wie denn?«

»Ja, hört doch mal hin!«

Wir achten auf alle Geräusche des Zuges: ra-ta-tat, ra-ta-tat, aber als Sprechen können wir das nicht deuten.

»Nun, versucht es noch einmal – hört noch genauer hin.«

Wir versuchen es wieder, geben uns große Mühe, horchen mit angestrengten Gesichtern nach draußen und drehen unsere Ohren Richtung Fußboden: Aber nein, da ist nichts zu verstehen! Zu viert wehren wir uns, wir glauben das nicht – Vater will uns sicher nur veralbern.

Doch Vater schüttelt fröhlich den Kopf: »Passt mal auf!«

Und im richtigen Takt und Tonfall spricht er im Gleichklang mit den auf- und abschwellenden Fahrgeräuschen: »Blaubandbutter,

Markenbutter! – Blaubandbutter, Markenbutter! – rattattatta, rattattatta!«

»Jaa!«

Und da haben auch wir den Bogen heraus und sind nicht mehr zu bremsen – und lassen die Blaubandbutter unaufhörlich rattern.

Die Markenbutter kennen wir: die mit dem hellen Pergamentpapier und den schmalen blauen Farbstreifen. Und jetzt wissen auch wir: Räder können sprechen!

Vater hat bei unserem lärmenden Kindertheater längst das Weite gesucht und sich draußen im Gang eine Zigarette angezündet. Mutter macht dem unerträglichen Rattatta-Spuk ein Ende, indem sie ganz einfach Frikadellen und Kartoffelsalat aus ihrer Korbtasche hervorzaubert und vier aufgerissene Mäuler stopft. Später, als Vater wieder bei uns ist, fragen wir ihn, warum es denn überhaupt an den Rädern rattert. Er erklärt uns, dass die einzelnen Schienen nicht ganz aneinander stoßen, sondern nach einer bestimmten Länge ein kleiner Luftspalt kommt: Die Eisenschienen ziehen sich im Winter bei Kälte etwas zusammen und dehnen sich im Sommer bei Wärme aus – und die Räder rattern, wenn sie über den Spalt rollen.

Etwas mehr als fünfzig Kilometer bis zum großen Ereignis können schrecklich lang sein, besonders bei großer Hitze und vielen Unterbrechungen an Bahnstationen!

»Wann sind wir da?« Und noch einmal: »Wann sind wir da?«

Und dann taucht er doch noch auf, der Bahnhof.

»Rauschen! – Aussteigen!«

Außer uns wollen noch viele andere Menschen an das Wasser – und das aus gutem Grund. Es ist heiß, die Luft flimmert! Am Himmel ist kein Wölkchen zu sehen und die Sonne brennt ungehindert auf unsere Köpfe herunter. Meine Augen können sich nur mit Mühe an das gleißende Licht gewöhnen. Aber wie angestrengt ich auch suche und blicke und mich in alle Richtungen drehe, ich sehe nirgendwo Wasser.

»So, und wo ist denn nun das Meer?«, fragen wir Kinder enttäuscht.

»Oh!«, sagt Vater, »da müssen wir noch ein gutes Stück laufen.«

Wir wundern uns: »Warum denn das? Die hätten doch den Bahnhof viel näher dranlegen können.«

»Ja, das geht aber schlecht, der Strand hat eine Steilküste, und der Weg dorthin über Sand ist künstlich angelegt.«

»Hm.« Wir sind damit nicht zufrieden gestellt: »Auf jeden Fall müsste man doch näher heran!«

Aber dann entdecken wir Kinder eine kleine Bahn, die direkt zum Strand fährt und Badegäste hinbringt.

Ein Wunsch, ein Gedanke: »Los, wir nehmen die Bahn!«

Wir wollen sofort losstürmen, doch Mutter bremst uns. »O Kinder, da muss man extra zahlen, das kostet wieder viel Geld. Lasst uns laufen!«

Also Fußmarsch.

Oje, oje! – ob ich die Ostsee jemals sehe?

Der Weg nimmt gar kein Ende, in Windungen schlängelt er sich hinunter. Wir gehen auf Holzplanken. Wer hätte gedacht, dass das so anstrengend ist. Inge, Günter und Reinhard sind ein kleines Stück vorausgelaufen. Ich gehe an der rechten Hand der Mutter. Die anderen laufen noch schneller, sie scheinen das Wasser schon entdeckt zu haben.

Ich blicke zur Mutter hoch und frage: »Wo ist das Meer?«

Die Mutter hat keine Hand frei und hebt das Kinn: »Voraus.«

Ich bemühe mich, blaues Wasser zu erkennen, sehe aber keins: Ich sehe nur blauen Himmel!

Da denke ich mir: Heb den Kopf, fang im Himmel an zu suchen, senk langsam den Blick – und dann musst du ja unten das Wasser entdecken. Aber es kommt anders.

Mutter sieht, dass ich wie Hans Guckindieluft die Nase in den Himmel halte, und unwillig rüttelt sie meine Hand: »Aber doch nicht da oben!«

Und wieder einmal fühle ich mich völlig unverstanden – und bin gekränkt! Die Ostsee hat sich von mir wieder ein Stück entfernt.

Der Holzplankensteg ist zu Ende. Wir gehen jetzt viel beschwerlicher durch den tiefen weichen Sand. Doch plötzlich riecht die Luft ganz anders: ein bisschen nach Fisch! Ich entdecke weiße Dreieckfahnen: Segelboote! Ich sehe Wellen!

Da lasse ich Mutters Hand los, renne davon und schreie meine riesengroße Freude hinaus: »Das Meer! Das Meer!«

Ich laufe an das Wasser heran, sehe die Wellen kommen, wie sie auf den Strand laufen, wie sie an meine Sandalen wollen – und ich stelle mich mutig so dicht heran, wie es eben geht. Die großen Wellen kommen von weit her angerollt, bis sie kleiner werden und auf dem Sand auslaufen. Und es sind viele Segelboote auf dem Wasser, die in der Ferne als Punkte verschwinden.

Und plötzlich sehe ich keinen Himmel mehr!

Das Wasser hebt sich in der Ferne höher und höher in den Himmel hinein. Ich weiß aber, dass das nicht sein kann – also versuche ich die Grenze herauszufinden. Und wie vorhin an Mutters Hand fange ich wieder im Himmel an. Ich denke mir, wenn ich den Blick senke und die ersten Segel entdecke, dann muss dort die Grenze zum Wasser sein. Und da mich dieses Mal keiner dabei stört, klappt es auch! In weiter Ferne sehe ich eine dünne Linie, die etwas dunkler ist: Das ist die Grenze!

Nur, wie sieht es hinter dieser Stelle aus? Das wüsste ich zu gern. In dem Moment wünsche ich mir ein schnelles Boot, das mich genau dorthin bringt. Dann würde ich hinter diese Grenze gucken – und mich überzeugen.

Von rechts ruft mich eine Stimme.

»Dieter, wo bleibst du denn!?«

Ich blicke in die Richtung und sehe Günter auf mich zulaufen, Reinhard folgt ihm. Günter greift nach meiner Hand.

»Lass doch das Meer! Komm, ich hab schon einen Tunnel gebaut!«

Er zieht mich hinter sich her und wir laufen zu seiner Strandburg.

Günter und Reinhard haben sich eine verlassene und zerstörte Strandburg genommen und bauen sie auf. Günter zeigt, was er bis jetzt schon gemacht hat.

Er kniet im Sand seiner Burg und erklärt: »Hier ist eine Fußgängerbrücke und darunter liegt die Straße, wo die Autos fahren.«

Er führt seine Hand vorsichtig unter der Brücke her: »Siehst du?«

Ich nicke: »Ja, das sieht gut aus.«

Und dann entwickelt Günter seine Pläne: »Hier soll die Stadt entstehen und da und dort kommen noch weitere Brücken hin.«

Und deshalb braucht er Wasser, viel Wasser!

Günter hat auch schon genaue Vorstellungen, wie das alles ablaufen soll: Er wird in der Burg arbeiten und Reinhard und ich draußen. Als Erstes sollen wir beide mit den Eimerchen Wasser herantragen, so lange, bis der Sand schön nass ist, sonst backt er nicht. Das sei zunächst unsere Hauptaufgabe. Danach könnten wir beide, wenn wir wollen, die gröberen Arbeiten übernehmen. Wir dürfen die Burgmauer rundherum ausbessern und höher ziehen. – Das könnten Reinhard und ich so ziemlich nach eigenen Vorstellungen machen, da will er sich nicht so einmischen.

Damit schließt Günter seine Erklärungen ab: »Über Weiteres brauchen wir erst einmal nicht zu sprechen: Das ist ja schon eine Menge Arbeit.«

Reinhard und ich lassen uns überzeugen, schnappen uns den roten und den gelben Blecheimer und laufen los: Wasser holen. Schon nach kurzer Zeit melden wir drei uns schwitzend bei der Mutter und ziehen unsere Badehosen an. Und ab sofort zählt für uns nur noch die Arbeit an der Burg. Alles andere drum herum haben wir vergessen. Wir knien im Sand und formen die Häuser und die Burgmauer – und so nehmen wir erst sehr spät die nackten Beine wahr, die neben uns stehen. Als unser Blick an den Beinen höher gleitet, bleibt er an unserem Vater hängen. Inge steht neben ihm.

»So!«, sagt der Vater mit entschlossener Stimme, »wir wollen es jetzt machen!«

»Wie, was machen?«

Unsere fragenden Augenpaare richten sich auf ihn. Noch kniet Günter in seiner Burg.

»Nun«, sagt Vater, »die Ostseetaufe!«

Unsere Augen sind immer noch fragend, aber Ahnungen dämmern in uns hoch. Günter ist schon mal vorsichtshalber aufgestanden. Trotzdem können wir es noch nicht glauben und fragen dreistimmig: »Ostseetaufe?«

Auch Inge wird misstrauisch und lässt Vaters Hand los. Günter springt mit einem Satz nach hinten über die Burgmauer und steht neben Reinhard und mir. Wir sind fluchtbereit!

Vater erklärt weiter: »Ja, jeder Königsberger muss einmal in seinem Leben in der Ostsee untergetaucht sein – sonst ist er kein richtiger Königsberger!«

Entsetzt treten wir einen Schritt zurück. Auch das noch! Inge sieht für sich wohl keine große Gefahr, oder vielleicht denkt sie, das gelte wieder einmal nur für Jungen – auf jeden Fall bleibt sie neben Vater stehen.

Vater schnappt zu und hat Inge im Klammergriff. Inge zappelt und schreit in seinen Armen: »Mutti! Mutti! Guck mal der Papa, der will mich untertauchen!«

Mutter ruft: »Walter, übertreib es nicht! Bedenke, es ist ein Mädchen!«

Ich stelle fest, dass Mädchen rücksichtsvoller behandelt werden.

Vater beruhigt: »Nein, nein, ich bin vorsichtig – nur bis zu den Augen!«

Inge kann Hoffnung schöpfen.

Vater trägt Inge ins Wasser. Wo es ihm tief genug erscheint, stellt er sie hin. So, jetzt langsam in die Hocke, Luft holen – und runter bis kurz über die Nase – und wieder hoch.

»Und, war es schlimm? Nein! Nicht?«

Er wartet gar keine Antwort ab. »Na, siehst du!«

Und dann macht er das Ganze noch einmal: Luft holen, runter, fertig!

Inge marschiert beleidigt zur Mutter auf die Decke.

Wir drei haben mit wachen Augen jede Einzelheit verfolgt. Für uns steht fest: Wir werden ganz untergetaucht.

Vater kommt langsam auf uns zu. Wir Jungen trennen uns und vergrößern vorsichtshalber den Abstand. Plötzlich läuft Vater los und hat im Handumdrehen Reinhard, der ein paar Meter näher zu ihm war. Reinhard schreit, zappelt, bittet, fleht – nichts hilft. Luft holen, einmal runter – und zwar ganz!

»Und? War doch nicht so schlimm, nicht?«

Und noch einmal – fertig!

Reinhard weint und läuft zur Mutter auf die Decke.

Das Unheil rückt wieder näher.

Vater läuft, Günter und ich ebenfalls. Entweder bin ich ängstlicher oder vorsichtiger, ich bin ein paar Schritte weiter – und schwupp ist Günter gefangen. Ich bin überrascht, wie schnell Vater laufen kann.

Günter hat eine besondere Fähigkeit: Er kann mit hoher Stimme durchdringend quieken wie ein junges Schweinchen, das sich die Pfote eingeklemmt hat. Das schreckt manchen Gegner, aber das nützt ihm hier nichts. – Taufe ist Taufe!

Und das dritte Taufkind schreitet klatschnass und gekränkt, zielstrebig zu Mutters Decke.

Ich bin an der Reihe!

So, Dieter, was nun? – Verschiedene Gedanken und Gefühle durchtoben mich.

Weglaufen: zwecklos!

Schreien, zappeln: zwecklos!

Bitten, flehen: auf gar keinen Fall!

Und damit steht für mich fest: Ich mache nichts von alledem. Ich leiste stillen Widerstand! Ich gebe ihm kein Triumphgefühl. Also bleibe ich stehen und lasse mich nehmen, sage keinen Mucks – und strafe ihn auf diese Weise mit Verachtung! Mit der gleichen Prozedur wie bei den anderen macht Vater mich ebenfalls zu einem »echten Königsberger«. Dabei mischt sich das Salz meiner Tränen still mit dem Salzwasser der Ostsee. Mit steifen Wutbeinen und mit weiteren Kullertränen, die auf den heißen Sand fallen, stapfe ich zu Mutters Decke. Ich bin tief beleidigt!

Die besten Plätze sind auf der Decke schon vergeben, aber Mutter breitet ihren linken Arm aus und gibt mir doch noch ein schönes Plätzchen. Ich bin so verletzt, dass ich nur schluchze und kein Wort herausbringe. Mutter hat nun alle ihre Küken eng bei sich und sie sieht sogar ein bisschen glücklich aus. Vielleicht freut sie sich, dass wir so heftig und innig ihre Nähe suchen.

Vater fühlt sich anscheinend ebenfalls gut, nach der Erfüllung seiner »Pflicht«. Genüsslich an einer Zigarette ziehend, stolziert er in kurzer Sporthose, ganz überzeugter echter Königsberger, gesammelt und gelöst am Strand entlang: in schöner aufrechter Haltung.

Inge geht es in der Zwischenzeit schon recht gut. Sie verlässt bald darauf die Decke. Reinhard sitzt in der Mitte, Günter auf der rechten Seite. Bei Günter sieht man die Wasserschäden äußerlich am deutlichsten. Sein schöner blonder Lockenkopf ist angeklatscht wie das Fell einer gerade aus dem Wasser gezogenen Katze. Mutter rubbelt sein Haar mit einem Handtuch trocken und dreht anschließend die Haarspitzen um ihre Finger, um die Locken in der Sonnenwärme wieder zu formen. Gerade bei Günters Haaren legt sie großen Wert darauf, weil es sich da lohnt. Beim Haarschneiden werden die Spitzen immer nur vorsichtig beschnitten, weil die Wellen sich erst bei einer bestimmten Haarlänge so richtig lockig drehen. Wie schön sah er vor wenigen Minuten noch aus, als eifriger Baumeister in seiner Burg – blondes, mittellanges Haar und Locken über Locken, wie wenn im Frühling an einem schönen

Sonnentag ein Kirschbaum in voller Blüte steht, über und über bedeckt mit prächtigen Blüten. Und nun ist aller Glanz dahin.

Reinhard und ich haben dagegen dunkles Haar: Reinhard glatt, ich struppig. Inge ist blond, ihr Haar fällt glatt herunter, und auf dem Kopf trägt sie eine Haartolle mit einer rosafarbenen Schleife.

Auf der Decke hat es weiteren Platz gegeben. Erst ging Reinhard und etwas später auch Günter. Nun habe ich meine geliebte Mutter endlich ganz für mich allein, was ich auch dringend brauche. Immer noch mit stark bedrückter Brust beschwere ich mich bei ihr über Vater.

»Warum hat er das getan!? So musste das doch nicht sein! – Das hätte er doch irgendwie anders machen können!«

Mutter findet auch für mich tröstende Worte: »Das war für ihn sicher sehr wichtig, dass das mit dem Wasser einmal geschieht. Aber du hast Recht, er hätte euch ganz anders darauf vorbereiten können.«

Was will ich mehr, ich will ja nur ein bisschen verstanden werden. Noch ein paar tiefe Seufzer aus meiner gequälten Brust und auch ich verlasse die Decke und gehe nachsehen, was der Burgbaumeister so macht.

Mutter hat die Decke wieder für sich allein.

Danach läuft für uns Kinder, mittlerweile echte Königsberger, das Strandleben wieder normal: mit Kommen und Gehen, Baden und Sonnen, mit Wellenrauschen, Stimmengewirr und Kindergeschrei. Die heiße Sonne sinkt tiefer, die Zeit ist um, der Rückmarsch beginnt. Kaum sind wir ein paar Meter vom Wasser weg, ist es wieder viel zu warm, und der lange Weg auf der steilen Sandküste nach oben wird länger und länger – und nimmt kein Ende. Erst im Zug ist es wieder schön.

Die schwarz-weißen Kühe auf den Wiesen sind immer noch da, die Lupinen bewegen sich wieder im Wind und leuchten erneut in den schönsten Farben, und auch die Räder sprechen: Nur uns fehlt die Kraft, da mitzumachen.

Königsberg! Station Kohlhof! Aussteigen!

Als abgekämpfte Ostseezwerge kehren wir zurück, gehen mit müden Beinen wortkarg vorbei an der langen Häuserfront – und sind zu Hause. Kurze Zeit später liegen wir in den Betten. Und mit ein wenig Ostseesand in den Haaren, kreischendem Möwengeschrei und dem anrollenden Ostseerauschen in den Ohren fallen wir nach einem aufregenden Sonnentag augenblicklich hinein in das tiefe Meer der bunten Kinderträume.

Am nächsten Tag ist Vater wieder in Spiellaune.

Er will von uns Jungen ein Bild an der Teppichklopfstange machen. Wir sollen alle drei mit den Händen an der Stange hängen, und er macht die Fotografie.

Ja! Das verspricht Spaß, da sind wir sofort begeistert!

Vater hängt uns an die Eisenstange, nimmt seine Kamera, kontrolliert den Bildausschnitt, stellt die Entfernung ein – unsere Arme werden länger –, dreht den Ring der richtigen Verschlusszeit, aber unsere Hände rutschen und wir hängen nur noch an den Fingerspitzen. Der Erste stöhnt schon längst.

Vater stellt die zugehörige Blende ein und tröstet uns: »Es dauert nicht mehr lange.« Aber da geben seine Helden auf: »Hilfe! Ich kann nicht mehr, nimm mich runter!«

»Lass dich fallen!«, ruft Vater.

»Nein, das ist zu hoch, ich hab Angst!«

Vater verlangt von uns, dass wir die Zähne zusammenbeißen sollen und mehr aushalten. Aber er drückt Inge den Fotoapparat in die Hand und nimmt das »drohende Fallobst« herunter. Auf sicherem Boden gibt es unter uns dreien erst einmal kräftiges Geschimpfe wie bei den Spatzen in der Dachrinne: Wer kann denn da nicht mehr? Was sind denn das für Kerle? Und wir feuern uns gegenseitig an, für den nächsten Versuch. Wir wollen, dass die Aufnahme gelingt – das wäre doch wohl gelacht!

Mutter kommt uns zu Hilfe. Von allen Seiten gibt es Vorschläge, wie wir das schaffen könnten. Wir bedrängen Vater, erst alles einzustellen, und dann soll Mutter uns dranhängen.

Gesagt, getan. Wir drei hängen wieder an der glatten Eisenstange.

Vater ruft: »Lächeln!«

Wir machen ein rundes Gesicht, und kurz bevor uns das Lächeln wieder vergehen will – Günter zieht gerade seine Beine an –, drückt Vater auf den Auslöser. Geschafft: Die Aufnahme ist im Kasten!

Ein paar Tage später betrachten wir Kinder aufgeregt die Schwarz-Weiß-Bilder. Und wir Jungen sehen uns tatsächlich an der Reckstange hängen, alle in den gleichen kurzen Pumphosen mit Trägern, geschneidert aus einem hellen karierten Stoff. Günter in der Mitte mit den leicht angezogenen Beinen scheint dabei den größten Spaß zu haben. Und der Spaß geht im Garten weiter. Vater stellt gerade fest, dass er lange nicht mehr geschaukelt hat. Und er beginnt auch sofort. Wir staunen, dass er sich nicht auf die Schaukel setzt, sondern hoch aufgerichtet auf dem Sitzbrett steht. Und wie er schaukelt – hoch und höher! Wir wundern uns, dass man überhaupt so hoch schaukeln kann – und darf.

Vorsichtshalber treten wir alle nach hinten zurück.

Vater verkündet mutig: »Ich will doch mal sehn, ob ich einen Überschlag schaffe!«

Und er pumpt besonders viel Kraft in seine wilden Schwünge hinein, steigt sehr schnell höher – schrecklich!

Mutter versucht Vater zu bremsen: »Lass es lieber sein, Walter, bitte!«

Uns Kindern erscheint das längst zu hoch: Wir bekommen Angst um den Vater, fürchten, er könnte kopfüber auf die Erde stürzen und sich tödlich verletzen! Doch da gibt er plötzlich auf – und wir sind alle sehr erleichtert! Wir brauchen unseren Vater nicht auf der Unfallstation im Krankenhaus zu besuchen.

Vater hat ausgeschaukelt.

Die Schaukel gehört nun wieder uns. Und jetzt wissen auch wir, wie es gemacht werden kann. Er hat uns ja gezeigt, was möglich ist.

Aber gleich bei unserem Beginn kommt sein Löwengrollen: »Kinder müssen sitzen, nicht stehen. Ist das klar?«

Enttäuschtes Echo von allen Seiten: »Ja, ist klar.«

Das Versprechen hindert uns aber nicht, im Sitzen höher und höher zu schaukeln, denn wenn die Schaukel bei Vater nicht aus den Angeln kippt, dann kippt sie bei uns erst recht nicht!

Soeben bekommen wir noch mit, wie Mutter leicht vorwurfsvoll zu Vater sagt: »Da hast du denen aber wieder was gezeigt!«

Aber der winkt ab. »Wenn die sich gut festhalten, dann kann da nichts passieren.«

Und es passiert auch nichts.

Nur, als wir später auch noch mit dem Luftgewehr auf Scheiben schießen wollen, wie wir das bei den Erwachsenen gesehen haben, da wird Vater energisch: »Nein, dafür seid ihr noch viel zu klein! – Und Schluss!«

Vater hat uns nach seinem kurzen Urlaub längst wieder verlassen und ist zu seinen morsenden Funkern zurückgekehrt.

Mit Mutter allein vergehen friedliche Wochen. Der Sommer ist gegangen, es ist Herbst. Mutter hat uns bereits einmal gefragt, ob Großmutter aus Paterschobensee auch dieses Jahr wieder eine Weihnachtsgans schicken soll. Und so dauert es auch nicht mehr lange und wir sehnen uns nach dem Weihnachtsfest. Vater hat geschrieben, dass er ein paar Tage Weihnachtsurlaub bekommt. Und darauf freuen wir uns besonders!

Und wieder jammern wir der Mutter unablässig die Ohren voll.

Wann kommt denn nun endlich der Vater?

Wann? Wann?

Vater hat den genauen Ankunftstag in einem Brief genannt.

Mutter ist gerade oben in den Schlafzimmern, da ruft sie plötzlich freudig nach unten: »Vater kommt!«

In der Küche springen wir alle durcheinander: »Jaa! Vater kommt!«

Mutter eilt die Stufen zu uns herunter und sagt: »Lauft ihm entgegen!«

Und wieder: »Jaa!«

Schuhe, Mäntel, Schals, Handschuhe, Mützen, alles ziehen wir schnellstens an: Jedes Wettanziehen hätten wir hier gewonnen – und raus aus dem Haus! Wir jagen dem Vater mit johlendem Geschrei entgegen und erreichen ihn atemlos! Und wieder springen wir an ihm hoch wie junge Hunde. Wir Jungen bewundern sogleich seine Uniform: seine Abzeichen, die Pistole, das Koppelschloss, den Dolch – er nennt ihn Seitengewehr –, was wir aber nicht verstehen, das ist doch ein Messer: »Wo ist das Gewehr!?«

Aber egal – und weiter: Wir befühlen seine schwarzen Lederstiefel, den graugrünen Uniformstoff und untersuchen alles, was es zu sehen gibt. Und wir Jungen wollen natürlich auch tapfere Soldaten sein – und Vater spielt mit. Inge geht an seiner Hand und wir Jungen spielen Krieg. Die Wegstrecke, die wir gehen, ist menschenleer und führt durch eine freie weiße Winterlandschaft. Da ist nur die schneebedeckte Straße und zu beiden Seiten die weiten Felder. Auf einer Feldseite sind in langer Reihe Holzreiter wie Jägerzäune aufgestellt, damit der Wind sich dort bricht und an der Stelle seinen Schnee ablädt, und nicht am Bordstein der Straße. Trotzdem gibt es auch am Straßenrand noch viele Schneeverwehungen.

Diese Strecke liegt genau zwischen der Endstelle der Straßenbahn Linie 12 Hardershof und Kohlhof, der langen Häuserreihe. Das ist ein Fußmarsch von ungefähr achthundert Metern. Zweihundert Meter sind wir noch von zu Hause entfernt. Das reicht Vater, um uns kräftig einzuheizen.

»Tiefflieger von links! Volle Deckung! – Tiefflieger von rechts!«

Bei jedem Kommando werfen wir uns begeistert in den tiefen Schnee, und wenn wir wieder hochkommen, sind unsere Gesichter und Mäntel weiß.

»Panzer von rechts!«, bringt uns den ersten militärischen Tadel ein.

»Nicht volle Deckung!«, ruft Vater. »Bei ›Panzer von rechts‹ müsst ihr in den linken Straßengraben – mit Sicht auf die Panzer. Die Panzer müsst ihr bekämpfen!«

Für einen Moment denke ich: Womit sollen wir die denn bekämpfen? Wir haben doch nur unsere Kinderfäuste.

Aber jedes weitere Nachdenken hat sich erledigt – wir sind zu Hause.

Später, als auch Mutter den Vater ausgiebig gedrückt hat, sagt sie: »Ich habe mich amüsiert, als ich euch kommen sah. Ich stand oben am Schlafzimmerfenster. Erst sah ich fünf Personen und dann nur zwei – die anderen waren plötzlich verschwunden, und immer wieder. Und du, Dieter, du warst ja ganz aus dem Häuschen!«

Da merke ich, dass Mutter genau gesehen hat, wie begeistert ich mitgemacht habe. Unsere erste freudige Aufregung hat sich gelegt, und doch ist es immer wieder schön für uns, Vater anzusehen oder ihn zu berühren. Und Vater hat eine große Überraschung für uns: eine glänzende, dunkelblaue Weihnachtskugel – so groß wie ein dicker Puppenkopf!

»Vorsicht, die Kugel ist hauchdünn und sehr zerbrechlich!«

Jeder von uns bekommt die Kugel einmal ganz sachte auf beide Hände gelegt, und viermal hören wir: »Oh, ist die aber leicht!«

Die Kugel hat Vater aus Frankreich mitgebracht. Wir erkundigen uns gleich, ob es in dem Land noch mehr so schöne Sachen gibt.

»O ja!«, sagt er, und da steht für uns fest: Frankreich muss ein besonderes Land sein!

Vater berichtet: »Ja, und dass ich Urlaub bekam, war Glück. Unsere Einheit kommt zu einem ganz anderen Abschnitt – und da bekam ich die Erlaubnis für ein paar Tage Königsberg.«

Es gibt viel zu erzählen, und wir haben noch tausend Fragen, aber irgendwann kommt von Vater und Mutter nur noch eins: »So, Kinder, nun aber marsch ins Bett!«

»Gute Nacht!«

Es ist vormittags. Wir Kinder spielen friedlich in der Küche, als es an der Haustür klingelt! Die Post ist da: Wir bekommen ein Paket! Absender: Großmutter Lina, Paterschobensee. – Die Weihnachtsgans ist eingetroffen! Da sind wir aber gespannt – ist das für uns aufregend! Das Paket kommt auf den Küchentisch, wir Kinder mit den Nasen drum herum, und Mutter wird es öffnen. Sie nimmt eine Schere, doch zu unserer Überraschung schneidet sie die Bindfäden nicht einfach durch, sondern pult mit der Spitze die Knoten mühsam auseinander.

»Ach, das dauert ja viel zu lange!« Wir platzen beinahe. »Mutti, schneid doch durch!«

»Oh, das ist so eine schöne dicke Paketschnur, die können wir gut wieder verwenden. Geduld! Geduld! Ich schaff das schon!«

Unsere Hände zucken vorwärts, wir glauben, wir würden das schneller machen. Und dann ist der erste Knoten gelöst! So, noch ein zweiter, dann das Packpapier, aber auch das klappt Mutter viel zu sorgfältig auseinander, dann hoch mit dem Deckel und heraus mit der Gans!

Reinhard ist am meisten enttäuscht, so etwas hat er nicht erwartet: »Aber die hat ja gar keine Federn, die ist ja nackend!«

Mutter lacht: »Ja, hast du es denn vergessen? Die kommt doch immer so! Aber vielleicht hast du im letzten Jahr nicht zugeguckt!«

»Oder ich war noch klein«, fügt er hinzu.

Mutter erklärt weiter: »Oma Lina rupft die Federn und steckt sie in die Oberbetten oder in die Kissen. Die Gans aber ist zum Braten fertig.«

Die nackte Gans liegt vor uns auf dem Tisch, ohne Kopf, mit langer fieser Gurgel, ohne gelbe Watschelfüße – das ist schon ein komisches Bild. Sie sieht so völlig anders aus, als die schöne weiße Gans in unserem Bilderbuch, die der fröhliche Hans im Glück auf dem Arm trägt. Wir bleiben misstrauische Betrachter.

»Friert die Gans eigentlich?«, fragt Günter und schaut in die Runde.

Wir überlegen ernsthaft – frieren? Das geht wohl nicht, denn sie ist bereits tot.

»Ja, aber die Haut sieht aus, als ob sie friert!«, stellt er fest.

Mutter ist wieder belustigt über die neue Bemerkung. »Nein, nein«, sagt sie, »in der gerubbelten Haut steckten die Federn, die Gänsekiele. Hier an den Bollen könnt ihr noch einige Spelzen sehen.«

Und dann greift Mutter der Gans zwischen die hochgereckten Beinstummel und holt aus ihrem Leib verschiedene Dinge hervor. Wir staunen, was sie da alles herauszieht: als Erstes einen großen Apfel, dann unterschiedliche Fleischteile, die sie als Herz, Leber und Lunge bezeichnet, und dann, als sie tiefer mit der Hand hineinfasst – wir trauen unseren Augen nicht –, erscheint sogar eine braune Flasche: eine richtige Flasche aus Glas, lang und flach, mit dünnen Längsrillen, wie wir sie in der Apotheke für unsere Medizin bekommen.

»Was ist denn da drin?«, fragen wir Jungen.

Inge kennt sich schon aus. »Blut!«, sagt sie, »das Blut von der Gans!«

Entsetzt prallen wir drei zurück: »Blut!?«

Wir sehen Mutter ungläubig an, aber die nickt und bestätigt das: »Ja, damit macht man ›Schwarzsauer‹, eine Soße, süßsauer, die über die Kartoffeln kommt.«

Wir schütteln uns: »Und das kann man essen!?«

»Ja, das schmeckt gut.«

Als Mutter unsere zerknautschten Gesichter sieht, winkt sie beruhigend ab: »Ihr braucht das nicht zu essen, ihr esst nur das Fleisch von der Gans.«

Wir werfen einen besorgten Blick zum Vater, ob der womöglich anders denkt und ein Machtwort spricht, wie das schon mal bei ihm vorkommen kann: »Was auf den Tisch kommt, das wird gegessen! Keine Widerrede!«

Er öffnet bereits den Mund, wir hängen bang an seinen Lippen, aber

Mutter ist so klar auf unserer Seite und blickt so ruhig und überzeugt, dass er sagt: »Ja, gut!«

Wir sind gerettet – Weihnachten kann kommen!

Nach dem Mittagessen ruft uns Vater zusammen.

»Mutti und ich müssen in die Stadt, wir haben Besorgungen zu erledigen. Ihr seid jetzt schon groß, und da können wir euch auch ein paar Stunden allein lassen, nicht wahr!?«

Ja, wir nicken. – Das tut uns gut, wir sind also groß, und man kann sich auf uns verlassen.

Und Vater ermahnt uns Jungen eindringlich: »Wenn Inge etwas sagt, habt ihr auf sie zu hören, ist das klar!?«

Wieder nicken wir zu dritt, dieses Mal mit leicht gesenkten Köpfen. Wir werden vergattert – und Inge hat die Oberaufsicht!

Wir sind allein im Haus.

Alles läuft gut, wir spielen friedlich – kein Gezanke.

Später stellt einer von uns fest: Die Eltern sind aber schon lange weg – die anderen bestätigen. Und wir erkennen: Auf so lange Dauer ist das aber ganz schön langweilig.

»Hat die Mutter nicht vor ein paar Tagen Weihnachtskekse gebacken!?«

»Ja, das ist wahr!«

»Wo sind die eigentlich?«

»Davon könnte doch jeder wenigstens einen Keks probieren.«

Damit sind alle einverstanden, auch unsere »Oberschwester«.

Unsere Köpfe arbeiten angestrengt: Wo sind die Kekse? Keiner hat vorher irgendetwas gesehen – nichts! Wir alle bringen unsere Ideen vor.

Günter hat den besten Vorschlag: »Man müsste so vorgehen wie ein Einbrecher: alles genau durchsuchen.«

Der Vorschlag wird einstimmig angenommen. Wir beginnen mit der Suche an Ort und Stelle: in der Küche. Nichts!

Wohnzimmer? Hm, sehr gefährlich. Der Raum darf ja sonst schon nicht betreten werden, und dann auch noch suchen! Das wollen wir nicht riskieren.

Höchstens könnte Inge als Einzige einen Blick hineinwerfen. Inge geht vorsichtig in das Zimmer, wir Jungen warten gespannt vor der Tür. Sie kommt zurück und schüttelt den Kopf: »So auf den ersten Blick ist da nichts zu sehen.«

Wir blicken auf die Küchendecke: Ja, das ist es – über uns, die Schlafzimmer! Oben angekommen sind wir uns sofort einig, Kinderzimmer, das ist Quatsch: Da könnte Mutter uns ja gleich die Kekse geben. Nein, es kommt nur das Elternschlafzimmer in Frage. Jetzt wird es uns ziemlich kribbelig! Inge, als Anführerin, drückt langsam die Klinke herunter, öffnet die Tür. Wir folgen ihr auf leisen Sohlen. Gleich darauf stehen wir, zunächst noch etwas scheu, in der Mitte des Zimmers.

Wir blicken uns um: das große Doppelbett, die Spiegelkommode, zwei Stühle, der Schrank. »Oh, was ist der hoch!« Und gleichzeitig bleibt unser Blick dort oben hängen – an einer kleinen weißen Stelle – und die lassen wir nicht mehr aus den Augen. Das könnte doch der Rand der großen weißen Porzellanschüssel sein!

Ja, das ist doch aber hoffnungslos – unerreichbar!

Was wäre denn, wenn wir einen dieser gepolsterten Schlafzimmerstühle vor den Schrank stellen und Inge – sie ist ja am größten – hinaufsteigt: Vielleicht kann sie dann die Kekse erreichen. Inge steigt auf einen Stuhl, greift mit dem Arm nach oben, stellt sich auf die Zehenspitzen und erreicht mit den Fingern nur den Schüsselrand!

Wir reden ihr gut zu: »Reck dich höher, vielleicht kannst du wenigstens einen oder zwei Kekse erwischen!«

Inge keucht und kämpft und streckt sich, so lang, wie sie kann – aber es reicht nicht: Ihre Fingerspitzen greifen nur so eben über den Rand.

»Nein, es geht nicht«, sagt sie enttäuscht und steigt vom Stuhl herunter.

Was nun? So dicht vor dem Ziel aufgeben? Wo wir doch die leckeren Weihnachtskekse beinahe auf der Zunge schmecken können. Nein, das halten wir nicht aus! Wir müssen einen zweiten Stuhl draufstellen, dann klappt es. Nein, das ist zu rutschig. Aber wir könnten es mal versuchen. Hilfreiche Hände haben wir genug, der zweite Stuhl steht im Nu auf dem ersten. Ein bisschen wacklig ist die Sache schon. Wenn nur die Stühle nicht gepolstert wären, dann hätten die Stuhlbeine eine bessere Auflage. Ein anderer Stuhl ist aber nicht da, also muss es gehen! Wir müssen den oberen Stuhl nur mit ganzer Kraft festhalten, damit er nicht verrutscht, dann wird es gelingen.

Gut! Wer klettert nach oben?

Inge sagt nein, das sei ihr zu hoch.

Die Zwillinge? Nein, Dieter muss es machen – oder will er es sogar?

Ich bin einverstanden, ich mache es!

Es klappt wie im Zirkus: Günter und Reinhard halten den Stuhl gut fest, Inge mit der linken Hand ebenfalls, mit der rechten stützt sie meinen Po beim Hinaufklettern – und ich bin oben! Geschafft!

»Ja! Hier ist die Schüssel – voller Kekse! Wunderbar!«

Nur, warum werfe ich nicht einfach für jeden zwei Kekse herunter oder drei oder vier – warum nur, um Himmels willen, ergreife ich mit beiden Händen die große weiße Schüssel? Haben die von unten das von mir verlangt? Habe ich das selbst gewünscht – oder was ist der Grund?

Auf jeden Fall geht jetzt alles sehr schnell!

Die Stühle wackeln und geben unter mir nach. Ich halte mich erschrocken an der Schüssel fest und suche auch mit den Händen in der Luft nach einem Halt. Die Schüssel geht eigene Wege, alles kracht auf den Fußboden, das Porzellan zerspringt in tausend Stücke, die Kekse zerstreuen sich in alle Winde – und wir wissen vor Angst und Schreck nicht, wohin!

O weh, o weh! Die Strafe, die jetzt für uns fällig ist, wie sollen wir die bloß aushalten! Wir möchten uns am liebsten wie die »sieben Geißlein« in die kleinsten Löcher verkriechen. Verzweifelt sehen wir uns an und erkennen: Weglaufen wird uns nicht helfen! Wir müssen das gemeinsam aushalten – also Ruhe bewahren und dieses schreckliche Durcheinander so gut wie möglich beseitigen. Reinhard wird an das Fenster geschickt: Ausschau halten, ob die Eltern kommen! So, wie die Mutter den Vater kommen sah, werden wir jetzt die Eltern auf der freien Wegstrecke entdecken. Inge läuft hinunter, holt Handfeger und Schaufel. Die kleinen gebrochenen Keksstücke stecken wir sofort in den Mund, die großen und die unversehrten legen wir zusammen, die Scherben kommen auf die Schaufel. Den Gedanken, die Scherben zusammenzukleben, geben wir sofort auf. Dafür sind es zu viele kleine. Den Fußboden hat Inge, so gut es geht, gefegt – mehr nicht.

Vom Fenster ertönt Reinhards Ruf: »Mutti und Papa kommen!«

Jetzt brennt es bei uns wieder an allen Ecken: Der böse Wolf kommt! Was sollen wir tun?

Wir bleiben am Ort der Katastrophe und suchen nach guten Verstecken. Der Schrank? Nein! Wenn wir da die Kleider beschädigen, dann gibt es noch mehr Senge.

»Inge, was willst du machen?«

Sie zuckt die Schultern: »Ich versteck mich nicht. Am besten ist, ich bleib stehn und berichte, wie es war! Ihr könnt euch ja verstecken, ihr bekommt ja doch eher Dresche.«

Inge sagt, wie es wahrscheinlich kommen wird, und für uns Jungen ist es höchste Zeit zu verschwinden. Ein kurzer gehetzter Blick in die Runde, aber es gibt keine besonderen Verstecke – und mit einem Rutsch gleiten wir drei unter das große Bett.

Oh, lieber Gott, hab ich Angst!

Wir hören Schritte auf der Treppe. Jetzt heißt es, die Zähne zusammenbeißen und die Schmerzen aushalten. Die Tür geht auf.

»Aha! Hier seid ihr!«, hören wir den Vater. »Haben wir uns das doch gedacht, als unten alles so still war.«

Das Grobe erkennen die Eltern mit einem Blick, den Rest erklärt Inge, und dann heißt es: »Vorkommen!«

Als wir uns wegen der schrecklichen Aussichten nicht sofort rühren, droht Vater, und der harte Ton seiner Stimme warnt uns: »Wenn ich euch hole, wird es schlimmer!«

Schon während wir uns langsam nach vorne schieben, versucht Mutter, das Schlimmste für ihre Kinderchen zu verhüten.

»Walter, übertreib es nicht! – Walter, lass es gut sein! Ich kann neue Kekse backen und die Schüssel können wir auch ersetzen. – So teuer war sie ja nicht!«

Das war unsere Rettung! So stehen wir drei wie schlimme Sünder mit tief gesenkten Köpfen vor dem streng erziehenden Vater und müssen uns nur mit wildem Donnergrollen – was schon fürchterlich genug ist – seine scharfen Ermahnungen anhören.

Das war's!

Dankbar nehmen wir von der Mutter ihre vermeintliche Strafe an: »So, dafür jetzt aber marsch ins Bett!«

O Mann, ist das noch mal gut gegangen!, denke ich.

Am nächsten Tag, als es draußen schon dunkel geworden ist, bedrängen wir Vater, uns doch etwas von den Funkern und vom Morsen zu erzählen.

»Was ist das? Wie geht das? – Funken! Morsen!«

»Tja«, sagt Vater und versucht einen Anfang zu finden. »Wir sind eine große Nachrichtenkompanie. Die eine Gruppe legt lange Telefonleitungen – und sie sprechen dann in Telefonhörer hinein. Eine andere Gruppe spricht ohne Telefonleitungen in ihre Geräte, nämlich über Funkwellen – das sind die Sprechfunker. Und ich bin bei den Morsefunkern.

Wir rücken näher an Vater heran. »Ja, und wie geht das?«

»Das geht auch über Funkwellen, aber nicht als Sprache, sondern mit kurzen oder langen Piepstönen: Das sind die Morsetöne.

Wir sehen Vater ungläubig an.

Da leuchtet sein Gesicht auf: »Oh, ich kann euch das, glaube ich, zeigen.«

Er springt auf und geht zum Radio, macht es an und kurbelt daran herum. Wir hören jaulende Töne. Vater zieht einen Stuhl heran, setzt sich und stellt den Drehknopf feiner ein – und dann hören wir Piepstöne: pi-pi-piep, pi-pi-piep, und immer so weiter.

Wir zweifeln noch mehr als vorher.

»Wie? Und das soll man verstehen können?«

»Ja«, sagt Vater kurz und springt wieder auf. Er eilt wortlos ins Wohnzimmer, kommt mit einem Bleistift und einem Blatt Papier zurück und bittet um Ruhe. Wir verfolgen gespannt, was Vater tut, und schnattern leise durcheinander. Erst als er sagt: »Echte Funker können ganz still sein«, da sind auch wir stumm, denn echte Funker wollen auch wir sein.

Wir sehen, wie genau Vater zuhört, und dass er eine kurze Zeit braucht, um seine Ohren auf die Töne und die Geschwindigkeit einzustellen.

»Oh, ist der schnell«, teilt Vater mit und schreibt auf sein Blatt: NO 3 und andere Buchstaben. »Das ist der Seewetterbericht«, sagt er, »Windrichtung Nordost, Windstärke drei: also schwacher Wind.«

Wir alle bestürmen Vater: »Wie, und das hast du herausgehört!?«

Unser ungläubiges Staunen schlägt um in grenzenlose Bewunderung! So einen Vater haben wir, der so etwas kann! Da wollen wir natürlich auch Funker werden – und Inge eine Funkerin!

Wir greifen nach seinem Arm: »Wie hast du das gemacht?«

Vater schmunzelt: »Hm, das ist nicht so einfach, da muss man lange lernen.«

Wir bleiben aber dran. »Bitte, bitte! Versuch es!«

Vater sieht, dass er unser Held ist und gibt sich geschlagen.

»Also: Einer ›sendet‹ und der andere ›empfängt‹, das heißt, einer ›gibt‹ und der andere ›hört‹. Der, der gibt, tippt mit dem Finger auf einer

Taste, auf dem Morseapparat, und der, der hört, überträgt die Signale in Buchstaben oder Zahlen – und hat dann die Nachricht.«

Unsere Augen glänzen, unsere Wangen glühen. »Hm, das ist schwer zu verstehen, aber weiter!«

»So – und damit die beiden sich verständigen können, brauchen sie das Morsealphabet. Jeder Buchstabe und jede Zahl hat bestimmte kurze oder lange Zeichen. Zum Beispiel: Von Günter das ü hat ›Punkt Punkt, Strich Strich‹, das heißt, zweimal kurz, zweimal lang – und die 3, von der Windstärke aus dem Radio, hat dreimal kurz, zweimal lang.«

Während Vater spricht, schreibt er das ü und die 3 auf das weiße Blatt und macht dahinter Punkte und Striche. Wir wollen aufgeben! Das ist für uns zu viel, das verstehen wir nicht! Wir sind sehr niedergeschlagen und von uns selbst ziemlich enttäuscht: Die Erwachsenen sind doch viel klüger – wir können keine Funker werden! Aber jetzt macht Vater uns Mut!

»Die Funker erlernen das ja auch nur nach und nach, jeden Tag mehr – viele Wochen lang. Das würdet ihr auch erlernen!«

Wir schöpfen wieder Hoffnung – und so gestärkt, geht es weiter.

»Und«, sagt Vater, »es gibt auch Merksätze, damit man sich das besser einprägen kann, zum Beispiel, der Buchstabe l: kurz lang, kurz kurz.« Er greift zum Bleistift, dreht ihn herum und klopft mit dem Bleistiftende auf den Tisch.

»Hört mal«, und dabei spricht er laut mit: »di-daa-di-dit, ›Die-Paula-mit‹, und noch einmal: ›di-daa-di-dit, ›Die-Pau-la-mit‹.«

Oh, das gefällt uns, das macht Spaß! Und da reißt es uns von den Stühlen: Wir springen auf, laufen in unsere Spielecken, holen unsere Farbstifte, drehen sie herum und trommeln los: di-daa-di-dit, ›Die-Pau-la-mit‹!

Vater bremst uns: »Halt, halt! Nicht so fest, nicht mit dem ganzen Arm! Nein, ganz locker aus dem Handgelenk.« Und er unterbricht unseren Morseeifer: »Hier habt ihr noch einen Spruch: ›Die-Kuh-rannte, bis-sie-Klee-fann-te‹, di-di-daa-da, di-di-di-daa-da.«

Und auch die Kuh lassen wir tüchtig laufen und Klee finden.

Wir ›morsen‹ dem Vater aber wieder zu wild und er spricht von Disziplin: Funkdisziplin! – Was wir machen, sei Funksalat!

Für einen Augenblick noch folgen wir unserem Ausbilder, aber dann wollen wir nur noch Spaß haben, lassen jegliche Disziplin sausen, hämmern wie hungrige Buntspechte um die Wette, bringen jeden geregelten Funkverkehr zum Erliegen – und Vaters ehemals schwache Windstärke auf See ändert sich zum starken Seebeben auf der von allen Seiten besetzten Tischplatte. Vater hat sich bei unserem erneuten Funksalat schmunzelnd in eine Küchenecke zurückgezogen und den Lehrgang beendet.

Mutter blickt von ihren Kochtöpfen herüber und lobt uns: »Das habt ihr gut gemacht!«

Wir vermuten aber, dass sie nur Schluss haben will mit dem Höllenlärm, und da zeigen wir ihr kurz, dass wir noch mehr aus uns herausholen können. Da kommt Mutter mit einem Lächeln an den Tisch und will ebenfalls einen Stift haben. Wir staunen und sind erfreut: »Oh, willst du auch mitspielen?«

Sie macht ein schelmisches Gesicht und sagt: »Ich kann auch morsen!«

Da sind wir für einen Moment sprachlos!

»Was?! Du auch? Warum hast du das noch nie gesagt?!«

Mutter nimmt den Stift und trommelt ihre Signale: di-di-di, di-di-da.

Wir sehen sie an: »Ja, und was heißt das?«

Sie lächelt: »Vater weiß es!«

Wir blicken zu Vater – der nickt vielsagend mit dem Kopf, doch er verrät nichts.

»Bitte, Mutti, nun sag es schon!

Und Mutter verkündet laut und deutlich: »Das heißt: Das Abendbrot ist fertig!« Sie dreht sich um und lacht.

Als unsere Kinderköpfe endlich begreifen, dass das alles überhaupt nicht stimmen kann, springen wir auf und protestieren!

»Du hast uns angeschmiert, du kannst gar nicht morsen!«

Aber dafür hat sie warme süße Grießsuppe: Und das zählt jetzt mehr.

Weihnachten ist vorüber. Vater muss zurück zu den Soldaten.

Die Eltern verabschieden sich dieses Mal länger als sonst und besonders innig. Die Mutter will den Vater gar nicht loslassen. Sie küsst ihn immer wieder auf den Mund. Das haben wir vorher noch nie gesehen oder nicht darauf geachtet. Außerdem sieht es aus, als weine sie dabei.

Was hat das zu bedeuten? Hat Vater der Mutter mehr erzählt als uns? – Bestimmt! Kommt da etwas Schlimmes?

Mutter wendet sich mit geröteten Augen an uns. »Kinder, verabschiedet euch gut!«

Aber wir wollen uns nicht recht verabschieden, drucksen herum, wollen den Schmerz vermeiden – hinauszögern.

Mutter findet wieder einmal eine gute Lösung: »Dann lauft noch ein Stück mit!«

Da ziehen wir uns flink an und begleiten Vater. Draußen gibt es Gerangel um seine Hände: Jeder will ihn anfassen! Da bleibt uns nichts anderes übrig, als häufig zu wechseln. Die, die gerade keine Hand bekommen, laufen hinterher und versuchen mit ausgestrecktem Arm wenigstens die Uniform anzufassen.

Doch irgendwann ist auch das zu Ende. Vater bleibt stehen.

»So, Kinder! – sagt mir Auf Wiedersehen!«

Wir betteln: »Bitte, noch zehn Meter!«

Doch dann sind auch die zweiten zehn Meter um. Er gibt uns die Hand, einen Kuss: »So, und nun lauft!«

Vater geht mit schnellen Schritten davon. Als wir ihm immer noch im Zuckeltrab in zwei, drei Meter Abstand folgen, bleibt er plötzlich stehen – wir auch. Dann stellt er sich gerade hin, nimmt stramme Haltung an und spricht zu uns als Soldat: »Kindergruppe! – der Größe nach, in einer Linie, angetreten, marsch, marsch!«

Oh, denken wir, will er spielen, wie vor ein paar Tagen, als wir ihn hier an dieser Stelle abholten? – Ich kann es aber nicht glauben, denn die Stimmung ist nicht danach.

Inge ist in der Reihe die Größte und dann kommen wir Jungen. Der Befehl ist ausgeführt – da kommen schon seine nächsten Kommandos: »Stillgestanden! Kehrt um! Gruppe, in die Unterkünfte weggetreten, marsch, marsch!«

Ha! Das macht wieder Spaß! Wir laufen mit Geschrei und Gejohle los, aber nur sehr kurz, dann begreifen wir die Trennung. Unsere Stimmen werden still, die Köpfe sinken nach vorne – und dicke heiße Tränen tropfen in den Schnee. Dann laufen wir alle wieder schneller, schweigend – nicht ein einziges Wort. Wir stürmen ins Haus, laufen in die Küche, werfen uns an Mutters Schürze und schluchzen unseren Schmerz hinein.

Mutter tröstet uns, so gut sie kann, und sagt: »Wir müssen jetzt alle schön zusammenhalten.«

Als wir in den Stunden danach gar keinen richtigen Spaß mehr an unseren Spielen finden, hat sie eine bewährte Medizin: Sie steckt uns ins Bett und hilft uns in den Schlaf. »Gute Nacht!«

In den nächsten Tagen sind wir wieder eine ruhige Gemeinschaft, doch dann: Licht ist an im Schlafzimmer!

Mutter rüttelt uns: »Schnell Kinder, werdet wach! Es ist Fliegeralarm!«

Wir verstehen gar nichts. »Was heißt hier Alarm? Fliegeralarm?!«

Während wir versuchen, wach zu werden, etwas zu begreifen, hilft Mutter uns beim Anziehen. Jetzt hören auch wir das schauerliche Heulen der Sirenen.

»Werfen die Bomben?«, fragt einer.

»Ja, schnell, wir müssen weg!«

Unsere Mäntel haben wir nur teilweise zugeknöpft, die Schals flüchtig hineingesteckt, die Handschuhe zum Teil vergessen – so laufen wir an der langen Häuserreihe entlang in Richtung Eisenbahnlinie. Als wir den Bahndamm erreichen, schwenkt die Mutter nicht nach rechts zur Bahnstation, sondern nach links. Wir laufen den Weg am Bahndamm entlang. Es ist eine dunkle Nacht. Der Himmel ist schwarz – die klaren Sterne verlieren sich darin. Auf der weißen festen Schneedecke eilen wir als dunkle Gestalten wortlos dahin. In kurzen Abständen müssen wir Kinder immer wieder etwas schneller laufen, um mit der Mutter Schritt halten zu können.

Gerade kommen wir an der Stelle des Bahndamms vorüber, wo Günter, Reinhard und ich im Sommer mit etwas größeren Jungen Indianer gespielt haben. Wir lagen auf den Bahnschwellen und legten unsere Ohren auf die Schienen, um zu erlauschen, ob ein fauchendes Feuerross sich näherte. Bevor es dann schnaufend herandampfte, keuchend die schweren Wagen hinter sich herziehend, legten wir drei Groschen auf die Schienen, die der lange Zug platt walzen sollte. Das schwarze Ungetüm stampfte den Boden, die Erde zitterte. Wir lagen im Gras der Böschung niedergedrückt, und als die Lokomotive mit Ratta-tam, Ratta-tam, Ratta-tam und mit ihren vielen Waggons über uns hinwegdonnerte und der Zug kein Ende nehmen wollte – es war ein Güterzug –, machten wir uns vor lauter Schreck beinahe in die Hosen. Endlich zischte der letzte Wagen mit einem pfeifenden Windstoß vorbei. Wir sprangen auf, johlten und schrien unsere Angst und Freude heraus – und sahen nach unseren Groschen. Nur noch einer lag auf der Schiene, die anderen waren verschwunden. Aber mit mehr als zehn suchenden Adler-Augenpaaren fanden wir sie bald – einen auf den Schottersteinen, den anderen im Gras. Jeder wollte das Ergebnis schnell betrachten, alle streckten ihre Hände danach aus. Die Groschen waren größer als vorher und schön platt, doch die Zahlen und Zeichen waren noch schwach zu erkennen.

Als wir dann zu Hause erzählten, wie spannend Indianerspiele sind, erklärte Mutter uns die drohenden Gefahren, und: »Das Betreten des Bahnkörpers ist verboten. Eltern haften für ihre Kinder!«

Sollte etwa unsere liebe Mutter zur Strafe für uns ins Gefängnis!?

Nein! Damit war dieses Spielfeld für uns verloren.

Doch nun laufen wir mit unserer Angst ins Schwarze hinein – und ganz unerwartet wird es völlig finster um uns. Wir sind unter Bäumen und vor einem Bunkereingang, ohne ihn bisher sehen zu können.

Ein Mann spricht aus dem Dunkeln, unsichtbar zwischen ein paar Sträuchern, und drängt: »Schnell, schnell, rein!«

Wir tasten uns vor, dabei greift einer nach dem Mantel des andern, und wir gelangen von der Tür über einen dunklen Vorraum in das innere größere Bunkergewölbe – und zum ersten Mal sehe und rieche ich einen Bunker. Aber auch hier muss man alles mehr erahnen, denn nur eine heftig flackernde Kerze steht auf einem kleinen viereckigen Holztisch in der Mitte des Raumes. Das hüpfende Flämmchen krümmt sich weit in alle Richtungen und kämpft verzweifelt dagegen, vom ständig wechselnden Luftzug ausgeblasen zu werden. Dennoch liefert es ein schwaches Licht, welches zuckende lange Schatten von Köpfen und verzerrten Körpern gruselig an die kahlen Steinwände wirft. Die Luft ist kalt und feucht, es riecht muffig. Vom vorderen höheren Gewölbe führen zwei weniger hohe Abgänge nach hinten in die Finsternis.

Eine helfende Hand lenkt uns im vorderen Bereich zu einem doppelstöckigen Feldbett. Mutter hebt uns drei Jungen nach oben, sie selbst bleibt mit Inge unten. Wir lassen zunächst die Beine herunterbaumeln und versuchen so viel wie möglich zu erkennen. Aber viel gibt es nicht zu sehen, nur einen Mann mit Schirmmütze, der am Tisch bei der Kerze sitzt – wahrscheinlich der Wächter von der Eingangstür –, und im Hintergrund, nur schemenhaft, ein paar kauernde Gestalten im Bereich der schwachen Flamme, die sich jetzt bei geschlossener Tür beruhigt hat und nur noch in gewissen Abständen zur Seite schwankt. Die vielen aufgeregten Stimmen sind verstummt, die anfangs Orientierung suchten und angstvolle Fragen stellten und die von den runden Mauerwänden als hohles Echo zurückgeworfen wurden.

Ich habe Angst und horche nach draußen, ob Explosionen zu hören sind: nichts. Liegt es an den Wänden? Sind sie zu dick? Aber das Krachen von Bomben würde man doch wohl hören – oder das Zittern der Erde spüren. Wir Jungen werden langsam müde und frieren und wollen nichts mehr hören und sehen. Mutter deckt uns mit Decken zu.

Entwarnung!

Auf den Feldbetten werden die Menschen wieder lebendig. Wir dürfen nach Hause. Die Sirenen heulen auch jetzt, aber nun, wo alles vorbei ist, haben sie ihren Schrecken für uns verloren.

Ein paar Tage später: Fliegeralarm! Die Sirenen heulen uns durch Mark und Bein und lassen uns vor Angst zittern. Dieses Mal liegen Schuhe, Mäntel und alles, was wir brauchen, in der Nähe bereit. Und wieder laufen wir neben der eilenden Mutter her.

In der Zwischenzeit haben wir Jungen auch herausgefunden, wo der Bunker sich versteckt. Beim ersten Alarm waren wir dagegen überrascht, als das dunkle Tor plötzlich vor uns lag. Von unserem Indianerspielplatz mit den Groschen liegt der Bunker nicht weit weg, bedeckt mit einem Erdwall und vor Blicken geschützt durch Büsche und Bäume. Nicht weit hinter dem Bunker führt eine Asphaltstraße her, bis zu der wir im Sommer mit unseren Anführern vorgedrungen waren – und das war für uns damals das Besondere –, entlang der Straße lag vor dem dichten Laubwald eine Wiese und darauf graste eine einzelne schwarz-weiße Kuh. Aber warum war sie allein? Und warum hatte sie einen Ring durch die Nase? Und an dem Ring eine kurze Eisenkette mit einem ungefähr zehn Zentimeter dicken und vier Meter langen Rundbalken? Die Kuh sah auch ein bisschen merkwürdig aus: Sie hatte gekrauste Locken auf dem dicken Kopf und einen kräftigen Nacken – nur das Euter passte nicht dazu.

Wir Indianer standen fluchtbereit am Straßenrand und kamen gemeinsam zu dem Schluss: Das ist ein Bulle! Und zwar ein gefährlicher: Warum schleppt er sonst den Balken!

Kommando des Anführers: »Vorsichtig rückwärts zurückziehen!«

Und nun zwingt uns der Fliegeralarm erneut in den scheußlichen Bunker, den wir gerade erreichen. Wieder landen wir Jungen oben auf dem Feldbett – schrecklich diese kalte Bunkerluft. Es riecht nach Gefahr! Wir drei legen uns sofort dicht beieinander hin, ziehen uns die raue Decke über die Ohren und tauchen unter.

Irgendwann werden wir aus dem Schlaf gerüttelt.

Entwarnung!

Noch drei, vier Nächte fährt uns der Schreck in die Glieder und wir springen mit dem jaulenden Sirenengeheul aus den Betten. Wir Kinder jammern der Mutter die Ohren voll, wenn sie uns nachts weckt.

»Wie lange geht das denn so weiter? Wir wollen schlafen!«

Und wir haben auch Begründungen!

»Es sind ja noch gar keine Bomben gefallen!«

Die Mutter befürchtet aber, dass sie bestraft werden könnte, wenn wir nicht in den Bunker gehen. Doch irgendwann gibt sie nach und lässt uns in den Betten. – Wir bleiben zu Hause.

In der Zwischenzeit hat Mutter einen Brief an Oma Lina geschrieben und ihr berichtet, was wir hier mitmachen.

Und nun hält sie Omas Antwort in den Händen und liest laut vor.

»Liebe Marie, pack alles ein, was du brauchst, und komm mit den Kindern hierher. Hier ist Ruhe.

Für die Kinder brauchst du nicht so viel mitzunehmen. Ich schneidere ihnen Hosen, Hemden und Blusen. Und dann kann ich deine lieben Kinderchen endlich auch mal sehen.«

Die Mutter quält sich mit einem Entschluss, bedenkt sorgenvoll alles Mögliche – zwei, drei Tage lang.

Und dann verkündet sie uns vieren: »Ich hab hin und her überlegt, auch mit Opa Heinrich, Tante Friedel und den anderen gesprochen – und ich hab mich entschieden: Wir fahren Anfang März, wenn das Frühjahr kommt, zur Oma auf das Land, nach Paterschobensee, dorthin, wo ich herkomme, wo ich als junges Mädchen gelebt habe.«

»Jaa!« Wir Kinder sind sofort begeistert.

Für uns ist das ein neues Abenteuer. Für uns zählt nur eins: Dort, wo unsere liebe Mutter ist, da ist unser Zuhause!

Und nun sitzen wir im Zug.

Wir haben wie im vergangenen Sommer, bei der Fahrt an die Ostsee, wieder ein kleines Abteil für uns. Wir Kinder genießen es, so schön mit Mutter zusammen in eine neue Welt zu fahren – nach Paterschobensee. Und erst durch diese Fahrt begreifen wir so richtig, dass unsere Mutter aus einer ganz anderen Gegend kommt – und wir haben neue Fragen.

»So, dann bist du also gar nicht aus Königsberg? Du kommst von weit her! Aber wie habt ihr euch denn, Papa und du …?«

»Oh«, sagt Mutter, »das war so«, und sie beginnt wie bei einem Märchen.

»Es war einmal ein junges Mädchen und ein junger Mann, der in die Ferne geschickt wurde und in die Gegend kam, in der das Mädchen wohnte. Und dort gab es einen Dorfkrug, in dem gab es manchmal Tanz …«

Wir unterbrechen die Mutter.

»Ist der Dorfkrug noch da, damit wir ihn sehen können?«

»Aber ja, auf dem Lande ändert sich nicht viel. Stellt euch vor, ich kannte vorher noch nicht die Elektrische: die Straßenbahn.«

»Was? Aber die kennt doch jedes Kind!«

Mutter lacht: »Aber nicht in Paterschobensee. Da gibt es auch keine Gaslaternen, wo das Licht angeht, wenn es dunkel wird. Manchmal sieht man seine Hand nicht vor den Augen. Wer dann etwas sehen will, der muss eine Stalllaterne anzünden und mitnehmen.«

Das klingt für uns sehr abenteuerlich.

Mutter setzt ihre Erzählung fort. »Nun ja, in diesem Gasthaus haben

Papa und ich uns kennen gelernt – und dann haben wir uns ineinander verliebt und geheiratet.« Sie blickt uns lächelnd an.

Wir nicken – die Geschichte gefällt uns.

»Ja, und dann?«

»Dann zog ich mit Papa nach Königsberg und seitdem sind wir eine Familie.«

Wir schweigen, bis Reinhard sagt: »Erzähl mehr von deinem Dorf.«

Mutter überlegt nicht lange. »In einem Dorf gibt es ganz andere Dinge als in einer Stadt. Oma hat Hühner, Enten und Gänse: Denkt an unsere Weihnachtsgans! Dann ist da ein schöner See und in der Schule ist auf dem Dach ein Storchennest.«

»Oh, das ist fein, eine Schule mit Storchennest. Da können wir immer in den Pausen die Störche auf dem Nest beobachten.«

»Ja«, sagt Mutter, »aber nur Inge und Dieter gehen dort zur Schule.« Sie sieht Günter und Reinhard an: »Ihr beiden seid noch zu klein, ihr fangt erst ein Jahr später an.«

Die beiden protestieren: »Wir wollen auch zu den Störchen!«

Aber Mutter beruhigt sie: »Da könnt ihr jederzeit hinlaufen, ob Schule oder nicht.«

Eine Frage liegt greifbar in der Luft und Günter spricht sie einfach aus: »Sind das die gleichen Störche, die auch die kleinen Kinder bringen!?«

»Oh!«, da geht ein Ruck durch uns alle, »ja, wie ist das eigentlich?« Vier Augenpaare richten sich gespannt auf die Mutter.

»Nein«, Mutter lacht belustigt, »die bringen keine Kinder – Störche bringen überhaupt keine Kinder!«

»Wie!? – Oh! – Was?«

Das ist ja ganz was Neues! Und nun hängen wir völlig gebannt an Mutters Gesicht.

»Ja, aber, wie denn – wie …?«

Mutter hebt die Hände: »Ihr seid jetzt alt genug, und deshalb Schluss mit dem Klapperstorch! Der Storch bringt keine Kinder: Das erzählt man nur den ganz Kleinen. Kinder gibt es, wenn Mann und Frau sich besonders lieben.«

Unsere Köpfe arbeiten heftig. Soweit haben wir das ja irgendwie verstanden, obwohl da noch verschwommen viele Fragen in uns dämmern.

»Aber wo sind sie denn?«

Und wir hören: »Im Bauch der Mutter: Dort wachsen sie, und der Bauch wird dick.«

Das ist ja wirklich spannend! Was für eine Zugreise!

Und unsere kleine Gruppe drängt vierstimmig: »Und wie kommen sie da heraus!?«

Mutter holt noch einmal kräftig Luft. »Wenn sie größer sind und wenn die Zeit da ist, öffnet sich unten der Bauch – und sie kommen heraus.«

Donnerwetter! Das ist ja was! Für einen Moment ist Schweigen im Abteil.

Ich sehe zu Inge hinüber und überlege angestrengt: Auch sie wird einmal eine Frau. Sollte sie auch …?

Aber bevor die nächste drängende Frage kommt, sagt Mutter energisch: »So, Kinder! Das muss genügen, lasst es gut sein!«

Nicht nur uns rauchen die Köpfe, auch Mutter scheint es wärmer geworden zu sein: Sie öffnet am Hals einen Knopf ihrer Bluse und fächelt sich etwas Luft zu.

Der Zug hat in der Zwischenzeit viele Kilometer zurückgelegt. Wir haben fast vergessen, warum wir unterwegs sind, und wohin. Es sind aber auch viele Eindrücke, die auf uns einstürmen, nicht nur das, was wir unterwegs sehen, wenn wir aus dem Fernster gucken, sondern auch die Bilder von dem, was uns erwartet.

Was heißt Land? Was heißt Dorf? Wie sieht das alles aus?

Bauernhöfe, Pferde und Kühe – die Störche! Der See, Schilf und Sumpf.

Ja, und wie sieht überhaupt eine Urgroßmutter aus: Die muss ja sehr alt sein!

»Hat Urgroßmutter etwas mit einer Uhr zu tun?«, fragt Günter.

»Nein«, sagt Mutter, »das heißt nur so. Das ist die Mutter von der Großmutter, und das Wort schreibt man anders, ohne ›h‹.«

Bevor Mutter sich durch weitere Fragen quälen lässt, erzählt sie lieber von allein weiter.

»Auf der einen Seite vom Dorf fließt auch ein schöner kleiner Fluss vorbei – am Ufer wachsen Bäume. Der Fluss kommt aus dem See heraus, und Omas Enten laufen jeden Tag dorthin und suchen sich ihr Futter.«

»Jeden Tag?«

»Ja, und abends kommen sie wieder.«

»Oh, woher kennen sie den Weg?«

»Das machen sie schon immer so, das geben die Enteneltern an die kleinen Enten weiter.«

Damit wird das Land für uns immer aufregender.

»Und«, sagt Mutter, »die Enten machen, was sie wollen. Sie laufen vom Stall in gerader Linie über die neue Saat des Feldes zum Fluss.

Oma wollte ihnen das abgewöhnen, weil sie fürchtete, der Bauer könnte schimpfen. Die Enten sollten am Feldrand vorbeigehen und nicht die jungen Pflanzen umknicken. Aber nein, sie watscheln wie immer auf dem kürzesten Weg zu ihrem geliebten Fluss, egal, ob da Roggen wächst oder ob da holprige Furchen für Kartoffeln sind.«

Irgendwie bewundern wir die Enten – sie müssen ganz schön klug sein, dass sie so einfach ihren Weg gehen.

»Ja, und was hat der Bauer gesagt?«

»Nun, als Oma dem Bauern von dem Versuch erzählte, hat er laut gelacht und gesagt: ›Da siehst du mal, Lina, die Enten sind nicht so dumm, die wollen keinen Meter mehr laufen als nötig.‹«

»Und damit war es gut?«

»Ja, wir helfen auch im Herbst bei der Ernte, und Oma näht manchmal für seine Familie.«

Die Enten haben also gewonnen! Wir bekommen vor ihnen immer mehr Achtung und freuen uns, die klugen Tiere bald zu sehen.

So viel Paterschobensee hat uns müde gemacht. Einer nach dem anderen döst langsam ein und lässt sich vom rüttelnden Zug schaukeln.

Irgendwann sind wir wieder munter.

»Mutti, wie lange noch?«

»Nur noch ein paar Minuten, ihr könnt euch schon anziehn.«

Dann quietschen die Bremsen, der Zug hält.

»Groß Schiemanen!«

Wir sind da und klettern aus dem Zug in unsere neue Welt.

Eine Kutsche mit zwei Pferden bringt uns nach Paterschobensee.

Unterwegs, als eine Straße nach rechts abzweigt, deutet Mutter mit dem Arm in die Richtung und sagt: »Dort liegt der Nachbarort, der einen ähnlichen Namen hat wie unser: Materschobensee. Bis nach ›Pater‹ sind es jetzt noch drei Kilometer«, und dabei lässt sie von ihrem Heimatort den Teil mit dem Schobensee einfach weg.

Kurz bevor wir das erste Haus erreichen, fahren wir über eine kleine Brücke. Mutter erklärt: »Das ist der Fluss, ihr wisst schon, der mit den Enten.«

»Hat der auch einen Namen?«, will einer von uns wissen.

Mutter überlegt: »Fast hätte ich ihn vergessen, wir sagten immer nur: der Fluss. Aber das ist der Heidbach.«

Gleich darauf fahren wir an den Häusern vorbei und die Straße stößt auf eine andere Dorfstraße. Auf der Ecke, rechts, ist eine Gastwirtschaft: »Ah, der Dorfkrug!«

Gut, dass Inge schon schnell lesen kann. Die Kutsche biegt nach links ab und gleich darauf sehen wir Omas Haus.

Mutter zeigt voraus: »Auf der linken Seite, das letzte Haus, das ist es!«

Wir sind am Ziel! So sieht das hier also aus!

Oma Linas Haus hat dunkle Holzbalken zwischen den roten Ziegelsteinen und ein warmes dickes Dach, das aussieht wie Stroh. Ein kleiner Garten mit Holzzaun zieht sich rechts an der Hausfront entlang – links ein grauer Stall.

Die Haustür geht auf und eine Oma kommt heraus. Sie ist dunkel gekleidet, trägt ein Kopftuch – und sie humpelt. Sie kommt auf uns zu, schiebt mit einer schnellen Handbewegung lachend ihr Kopftuch nach hinten in den Nacken, breitet ihre Arme aus und umarmt freudig unsere Mutter.

Nach der herzlichen Umarmung macht Mutter eine Handbewegung in unsere Richtung: »So, hier sind meine Kinder! Kommt Kinder, begrüßt eure Oma Lina: Die hat uns immer die Gans geschickt.«

Ja, wenn das so ist, dann kennen wir sie ja, sozusagen – dann können wir sie auch begrüßen. Inge macht einen schönen Knicks und wir drei Jungen eine tiefe Verbeugung, so wie der Vater es uns beigebracht hat, wie wir Tanten und Onkel zu begrüßen haben.

Oma Lina lacht uns freundlich an: »Aber ich bin doch eure Oma, da braucht ihr das doch nicht zu machen.«

Die neue Oma nennt Inges Namen von ganz allein. Und als Mutter lacht und sagt: ›Du kennst sie ja schon‹, da wehrt sie ab und meint: »Na ja, das einzige Mädchen und die Größte.«

Mutter stellt mich vor: »Das ist Dieter, der Älteste, der fing im letzten Herbst in der Schule an. So, und das sind die Zwillinge: Der Dunkle ist Reinhard und der Blonde ist Günter.«

Die Oma fährt mit ihrer Hand einmal über das blonde Haar, wahrscheinlich will sie spüren, wie sich die Locken anfühlen. Sie wendet sich wieder dem Haus zu. Ich sehe, wie ihr dunkler weiter Rock bis an die Kante ihrer hohen Schuhe reicht: Der rechte Schuh hat einen höheren Absatz und ist nach außen gebeult.

Und dann erscheint *noch* eine fremde Oma in der Haustür.

Das muss sie sein: die Urgroßmutter!

Sie sieht aus wie die erste Oma, nur etwas gebeugt und älter. Auch sie trägt ein dunkles Kopftuch, aber sie schiebt es nur ein wenig nach hinten, als sie auf uns zukommt. Ihr Haar ist weiß. Mutter umarmt auch diese Oma liebevoll, also kann es auch für uns nicht so gefährlich sein. Aber man weiß nie, die kennen sich ja schon lange. Auch wir müssen näher heran und werden wieder vorgestellt. Die Uroma lächelt freundlich und nimmt uns damit unsere größten Bedenken. Scheu geben wir ihr die Hand und machen unseren Diener – aber wir beobachten sie ununterbrochen.

Wir Jungen wollen am liebsten gleich die Enten begrüßen, aber Mutter denkt anders. »Kommt erst einmal ins Haus, da gibt es auch viel zu sehen. Und die Enten sind schon im Stall, da könnt ihr morgen früh gleich hin.«

Also folgen wir der Mutter und den Omas in den Hausflur. Im Haus ist alles etwas dunkler und kleiner als zu Hause in Königsberg. Die Fenster sind kleiner, die Zimmerdecke tiefer und alles ist aus Holz: die Wände, die Decken, die Fußböden. Im Wohnzimmer steht ein gemauerter Ofen mit dunkelgrünen Kacheln, direkt davor eine Sitzbank – große Holzstücke liegen auf dem Boden.

In der Nähe steht eine Nähmaschine, dicht dabei zwei Stühle.

Inge beugt sich über die Maschine und buchstabiert den Namen in Goldschrift auf schwarzem Grund.

»Inger«, liest sie, aber sie fragt in die Runde: »Ist das auch ein Buchstabe, das Verschnörkelte hier vorne?«

»Ja«, sagt Mutter, »das ist ein ›S‹. Die Maschine heißt Singer.«

Aber das Schönste für uns: Ein riesengroßes Bett steht an der Seitenwand. Wir bewundern es: »Oho, da kann ja eine ganze Familie drin schlafen!«

Oma Lina kommt herbei: »Das hab ich extra für euch besorgt. Da könnt ihr drei drin schlafen.« Sie deutet mit der Hand auf Günter, Reinhard und mich.

Das gefällt uns, und wir beginnen sofort, uns auszuziehen.

»Halt!« Mutter hebt eine Hand. »Das ist noch etwas zu früh, wir müssen erst Abendbrot essen. Aber die Schuhe ausziehen und einmal Probeliegen, das könnt ihr machen.«

So schnell wir können, ziehen wir Jungen unsere Schuhe aus und hüpfen ins Bett. Einmal alle ruhig hinlegen, jawohl – passt!

»Los, Inge, komm du auch!«

Da klettert auch Inge zu uns ins Bett und nimmt an unserem Spaß teil, aber für vier wäre es auf Dauer zu eng.

»Was ist denn das für eine komische Matratze?«, fragen wir. »Das fühlt sich darunter so anders an.«

Die Oma erklärt: »Den Stoff hab ich zusammengenäht und mit Stroh gefüllt: Da ging viel rein.«

Wir Jungen finden das alles sehr spannend und aufregend und erklären uns bereit, sofort nach dem Abendessen schlafen zu gehen: in unsere Schlafburg.

Mit dem ersten Eindruck sind wir Kinder zufrieden, und so sagen wir schnell: »Ja, Mutti, hier können wir bleiben!«

Am nächsten Morgen wollen wir gleich nach dem Waschen und Anziehen zu den Tieren. Oma Lina soll uns alles zeigen, aber zur Vorsicht muss Mutter mitkommen. Gleich darauf sind wir sehr enttäuscht.

»So wenig Enten!?«

Es sind nur vier Stück, dazu fünf große Gänse und vielleicht zehn Hühner.

»Wir haben an viel mehr gedacht!«, sagen wir der Großmutter.

»Tja«, sagt die Oma, »vorher waren es auch viel mehr, aber zu Weihnachten wurden etliche geschlachtet.«

»Wie!?«, erschrocken sehen wir sie an. »Die werden auch geschlachtet?«

Aber es kommt noch schlimmer.

»Wir haben auch eine davon gegessen!«, sagt die Mutter, »überlegt doch mal: die Weihnachtsgans!«

Hm, das müssen wir zugeben – und gut geschmeckt hat sie auch.

Aber jetzt, wo wir so Auge in Auge mit den schönen weißen Enten und Gänsen stehen, die uns misstrauisch den Kopf zudrehen, da beschleicht uns ein ungutes Gefühl. Die Uroma haben wir gar nicht bemerkt. Sie tritt einen Schritt vor, wirft eine Hand voll Körner vor die schnatternden gelben Schnäbel und sagt etwas, wovon wir Kinder kein Wort verstehen. Aber die Oma Lina versteht es.

Sie lacht und zu uns sagt sie dann: »Auf dem Land ist das nun mal so. Da werden die Tiere großgezogen und geschlachtet – zum Leben.« Und dann macht sie uns Hoffnung. »Jetzt kommt das Frühjahr, da werden die Enten, Gänse und Hühner wieder brüten. Ich lege ihnen Eier unter. Ihr werdet sehn, dann schlüpfen die Kleinen: Das wird euch bestimmt viel Freude machen.«

Wir bitten sie, möglichst sofort welche unterzulegen, denn wir wollen sehen, wie sie das macht. Doch die Großmutter schüttelt den Kopf: »Die Tiere wollen noch nicht brüten, sie brauchen noch etwas Zeit – da müsst ihr noch ein wenig warten.«

Dann bitten wir die Großmutter, uns auf jeden Fall Bescheid zu sagen, wenn es so weit ist. Und die neue Oma verspricht es.

Kurz danach fragen wir die Mutter leise: »Du, warum haben wir nichts davon verstanden, als die alte Oma etwas sagte? Du hast es aber verstanden und auch Oma Lina!«

»Das war masurisch«, sagt Mutter, »eine Mischung aus Polnisch und Deutsch, das könnt ihr nicht verstehen. Die alte Oma spricht das lieber als deutsch.«

Jetzt bewundern wir unsere Mutter.

»Und du kannst das verstehn?«

»Na ja, ich bin hier aufgewachsen! Ich versteh zwar nicht alles, aber das meiste.«

Uns Kindern brachte die letzte Zeit recht viele Überraschungen: Vater kann morsen, Mutter spricht eine andere Sprache, Sirenen melden feindliche Flugzeuge – und all das andere, was wir gehört und gesehen haben.

Und wir wollen wissen: »Kannst du noch mehr Sachen, von denen du uns nichts erzählt hast?«

Mutter lacht: »Nein, das ist alles.«

»Und was hat die alte Oma denn gesagt?«

Mutter ziert sich ein bisschen, aber bei vierfachem Drängen kann sie nicht lange widerstehen.

»Also, wenn ihr es unbedingt wissen wollt: ›Dass die Kinder aus der Stadt noch sehr viel lernen müssen!‹«

Da überlegen wir: Wie hat sie das gemeint? Ist das etwas Gutes oder etwas Schlechtes? Am besten ist, wir bleiben bei dieser Oma vorsichtig.

Auch auf dem Lande gibt es Schulen – auch in Paterschobensee: Inge und ich müssen zur Schule!

Mutter geht mit uns vieren im Schlepptau die Dorfstraße entlang Richtung Schule. Wir kommen am Dorfkrug vorbei, auf der linken Seite ist ein paar Mal zwischen den Häusern der See zu sehen. Günter und Reinhard brauchten nicht mitzugehen, aber sie wollen unbedingt dabei sein, wollen wissen, wie das alles aussieht, wollen auch nach dem Storchennest sehen – und außerdem sind wir immer zusammen.

Das erste Stück des Weges gehe ich munter mit, aber als wir uns der Schule nähern, grummelt es mir doch im Bauch. Ich weiß, gleich werden Günter und Reinhard mich verlassen, und dann stehe ich allein in der Klasse. Schon von weitem hören wir von der Schule her vielstimmiges helles Gejohle. Die Kinder spielen draußen auf dem Schulhof Fangen: Sie toben und lärmen.

Wir schauen auf das Storchennest, hoch oben auf einem roten Ziegeldach. Wir sehen, wie die Störche mit ihren dünnen Beinen auf dem Nest stehen und ihre schlanken Hälse mit den langen roten Schnäbeln weit nach hinten biegen, und hören, trotz des Geschreis, ihr aufgeregtes Schnabelklappern.

Einige Kinder unterbrechen das wilde Treiben, ihr gegenseitiges Hinterherrennen, bleiben stehen und mustern neugierig die Fremden.

Die Mutter spricht einen Lehrer an, der mit seinen Händen auf dem Rücken daherschlendert und die Schüler beobachtet. Der schickt uns in das große rote Ziegelsteingebäude, und gleich darauf erzählt Mutter einem älteren Lehrer, woher wir kommen und warum wir hier sind.

Dabei höre ich auch Mutters Worte ›Sirenen‹ und ›Fliegeralarm‹ – und ich habe den Eindruck, dass diese Aussagen dem Mann nicht gefallen. Als die Mutter ihre wenigen Sätze beendet, verlangt er ziemlich energisch, sie möge das mit dem Alarm für sich behalten und ganz vergessen, denn das hat nichts weiter zu bedeuten. Es könnten sonst Unannehmlichkeiten entstehen. Und so, wie er das sagt, klingt es nach einer Warnung!

Mutter nickt zu seinen Worten.

Inge und ich kommen gemeinsam in eine Klasse, weil die Klassen eins bis vier in einem Raum von einem Lehrer unterrichtet werden. Vorne sitzt die vierte Klasse, hinten die erste. Die Aufgaben während der Schulstunde werden unterschiedlich an die Klassen verteilt, nur Lieder oder Ähnliches werden gemeinsam gelernt.

Tapfer, aber mit einem mulmigen Gefühl sage ich der Mutter und meinen beiden Brüdern ›Auf Wiedersehen‹ – und dann stehen Inge und ich im Klassenzimmer. Gut, dass die große Inge an meiner Seite steht. Jetzt merke ich deutlich, wie wichtig es ist, eine starke Schwester zu haben.

»Bitte Ruhe!«

Der Lehrer klopft mit einem kräftigen Stock lautstark auf die Tischplatte der ersten Bank.

So, so, denke ich, einen Stock hat er also! Hoffentlich ziehen die da vorne ihre Hände rechtzeitig weg.

Inge und ich stehen im Mittelgang der Klasse, noch in der Nähe der Tür. Etwa vierzig Augenpaare und die des Lehrers mustern uns von vorne, von hinten, von allen Seiten: Ich fühle mich umzingelt. Der Lehrer beantwortet die Fragen, die die Kinder auf den Lippen haben: Woher? Warum?

Er beginnt: »Die beiden Neuen kommen aus Königsberg. Sie werden bis auf Weiteres bei uns bleiben.«

Ich warte darauf, dass er weiterspricht, dass er den Kindern sagt, warum wir hier sind. Aber er wendet sich von der Klasse ab und blickt uns an.

Ja, will er ihnen denn nichts von den Sirenen erzählen, denke ich. Ist das vielleicht verboten? Soll darüber geschwiegen werden?

»So, aus Königsberg«, sagt er gedankenvoll, und dabei wendet er sich wieder der Klasse zu und fragt, »wie können wir die denn prüfen?«

O Mann, denke ich, auch das noch, muss das denn sein?

Die Klasse schweigt, und während er sich umdreht und den Mittelgang zur Tafel zurückgeht, hebt er den Stock in die Luft: »Da muss ich mir mal was ausdenken!«

Mit dem Denken hält er sich aber nicht lange auf, denn als er die Tafel erreicht, macht er kehrt und hat eine Erleuchtung: »O ja, mal sehn, was die Königsberger vertragen!«

Mein erster Gedanke ist Flucht!

Aber das geht nicht, denn dann könnte ich mich ja hier nicht mehr sehen lassen. Mein zweiter Gedanke: Er wird doch wohl die Inge nicht auch vermöbeln wollen! Und: Junge, was sind das hier für schreckliche Sitten!

O Günter! O Reinhard!, wenn ihr wüsstet, was die mit eurem Bruder machen!

Diese Bilder und Angstgefühle laufen bei mir innerlich. Äußerlich läuft es anders.

Inge darf sich setzen: auf ihren Platz – eine freie Stelle zwischen zwei Schülerinnen. Ich stehe immer noch dort, wo der Seitengang von der Klassentür und der Hauptgang zusammentreffen. An der Stelle ist die größte freie Fläche. Der Lehrer kommt auf mich zu und hält ein flaches breites Lineal in der Hand. Als er an meiner linken Seite steht, lauten seine Anweisungen: »Gerade stehen! Bücken!«

Ich beuge meinen Oberkörper vornüber und auf seine weitere Anordnung mehr und mehr – und mit jedem seiner ›tiefer!‹, ›tiefer!‹ empfinde ich meine Schmach größer und größer. Dann habe ich für ihn die richtige Krümmung und ich erhalte drei Schläge auf den Hintern: eins, zwei, drei! – Fertig!

Ich darf wieder hochkommen.

Gleich nach dem ersten Schlag denke ich: Ach, das tut ja gar nicht weh, das kannst du gut aushalten! Auch der zweite und dritte Klaps sind nicht schlimmer. Doch gleichzeitig fühle ich, in welcher beschämenden, unglücklichen Lage ich mich befinde, und da erfasst mich ein ganz anderer Schmerz. Und als ich mich aufrichte, stehen mir dicke Tränen in den Augen. Er sieht, was die Königsberger vertragen können – nämlich: nichts!

Ich setze mich auf meinen Platz in der mir zugewiesenen Bank und kann dem weiteren Geschehen nicht mehr folgen. Ich bin tief beleidigt! In mir tobt es! Ich fühle mich bloßgestellt und dem Gespött preisgegeben, und ich verwünsche die Schule, den Lehrer – und überhaupt alles!

Meine Schulnote für ›Aufmerksamkeit‹ beträgt in dieser Schulstunde ›ungenügend‹, aber das weiß nur ich – ein anderer kann es sich höchstens denken. Aber ich fauche mich auch selbst an: Das hättest du aushalten müssen – ertragen müssen! Trotzdem kommt es immer wieder in mir als Antwortecho zurück: Nein! Der Lehrer hat etwas falsch gemacht!

Als Inge und ich später alleine sind, hält sie fest zu mir.

»So ein Unsinn!«, sagt sie, »das hätte er doch nicht machen müssen.« Und sie setzt hinzu: »Jungens haben es ja doch manchmal schwerer.«

Das ist ein Trost für mich, aber ein schwacher, schließlich bin ich ein Junge!

Zu Hause, nach der Schule, schimpfen Günter und Reinhard viel heftiger über den Lehrer, nachdem ich es ihnen in allen Einzelheiten berichtet habe. Und zu dritt denken wir uns die schlimmsten Strafen für ihn aus.

Die Mutter sieht das jedoch nicht so vernichtend und meint: »Wenn es nicht so weh tat, dann war es wohl mehr ein Spaß!«

Etwas enttäuscht von Mutter bin ich schon: Spaß stelle ich mir ganz anders vor. Da bleibt mir nur noch, den Rest an Kränkung auszuhalten: Morgen ist wieder Schule.

Wir leben jetzt etwa drei Monate in dem Dorf und kennen uns schon ganz gut in der Nachbarschaft aus. Günter und ich spielen gerade vor dem Haus der Großmutter an der Straße. Oma Lina erscheint mit einem prallen weißen Leinensäckchen in der Haustür.

»Hört mal ihr beiden, wollt ihr Roggen mahlen gehn?«

Wir sehen die Großmutter fragend an: »Wie denn, wo denn?«

Die Oma erklärt uns die Sache. »Hier im Sack ist Roggen drin. Damit geht ihr zu Oma Matschey, die kennt ihr doch!«

»Ja«, wir nicken, »die trägt auch ein Kopftuch so wie du und eine lange Schürze. Und wir können gleich hinter unserem Schuppen auf den schmalen Weg gehen und auf ihrem Hof nach ihr rufen.«

»Gut«, sagt die Oma, »und alles andere wird sie euch zeigen.«

Günter und ich nehmen das stramm gefüllte, schwere Säckchen aus Großmutters Händen und ziehen damit voller Tatendrang los, während sie uns hinterherruft: »Und grüßt sie schön von mir.«

Wie die Pfadfinder gehen wir beide um verschiedene Stallecken herum einen krummen Schleichweg entlang. Drei Häuser weiter sind wir auf dem kleinen Bauernhof und rufen: »Oma Matschey! Oma Matschey!«

Nach kurzem Rufen und Suchen kommt sie aus dem Dunkel des offenen Hauseingangs in das helle Mittagslicht. Die alte Bäuerin ist größer und kräftiger als unsere beiden Omas zu Hause, aber mit mehr Falten im Gesicht, bekleidet mit einer dunklen Bluse aus gemustertem Stoff, einem weiten langen dunklen Rock bis zu den Knöcheln, einer blau-weiß gestreiften Trägerschürze und einem dunklen Kopftuch.

Schon von weitem ruft sie freundlich: »Ach, ihr seid es.«

Mit einem Blick sieht sie uns an, was wir wollen, und noch bevor wir Guten Tag sagen können, meint sie: »Ihr wollt Mehl mahlen – na, dann kommt mal mit.«

Wir folgen ihr und richten dabei die Grüße von Oma Lina aus.

Beim Gehen wendet die Bäuerin ein wenig den Kopf und antwortet: »Ja, gut. Sagt eurer Oma, ich komm in den nächsten Tagen mal vorbei – ich hab da was zu nähen.«

Oma Matschey geht im Schatten eines windschiefen, hölzernen Vordachs zwischen emsig scharrenden Hühnern, untergestellten Landmaschinen und Ackergeräten hindurch, in einen aus Brettern gezimmerten grauen Schuppen, in dem allerlei Gerümpel steht.

Und plötzlich nehmen Günter und ich einen besonderen Geruch wahr.

»So, das ist die Mühle«, sagt die Bäuerin und zeigt auf einen Tisch an der Wand, direkt vor uns.

Schräg von oben fallen durch ein halb geöffnetes Dachlukenfenster ein paar Sonnenstrahlen nach unten, die das schummrige Licht über der Mühle bläulich färben und in dem feinste Staubteilchen, die in der Luft schweben, sichtbar werden. Zwei große runde Steinscheiben, so groß wie die Vorderräder eines Leiterwagens, liegen übereinander. Eine kurze Besenstiellänge darüber ist an einem Holzbalken und einem Lederriemen ein dicker Stock befestigt, der schräg nach unten an das obere Steinrad führt. Etwas außerhalb der Scheibenmitte befindet sich eine viereckige Öffnung im Stein in der Größe eines neuen Butterstückes.

Oma Matschey zeigt auf diese offene Stelle: »Hier kommt das Korn rein. Dann müsst ihr den Stein drehen und außen am Rand kommt das Mehl heraus.«

Sie will es uns zeigen, aber wir müssen erst den doppelt verschlossenen Knoten auseinander pulen, und da lässt sie uns allein mit den Worten: »Versucht es – wenn ihr es nicht schafft, dann ruft mich.«

Als der Roggensack endlich offen ist, fassen Günter und ich gemeinsam an den Drehstock und versuchen den oberen Steinring zu schieben. Aber wir können ihn mit unseren Kräften nur mühsam fortbewegen. Enttäuscht lassen wir den Stab wieder los – die Freude zum Mehlmahlen ist uns vergangen. Etwas kleinlaut suchen wir im Haus wieder Oma Matschey, aber da meldet sich niemand, nur ein munteres schwarz-weißes Kätzchen kommt uns mit einem zarten Miau entgegen. Wir finden die Bäuerin schließlich in der flimmernden Luft bei der Arbeit in ihrem Gemüsegarten. Dieses Mal trägt sie gegen die brennende Sonne ein weißes Kopftuch.

Günter und ich berichten ihr, dass das Drehen zu schwer geht.

»Habt ihr auch zuerst Roggen eingefüllt«, fragt sie uns.

»Nein.«

»Na ja, dann ist es kein Wunder.«

Sie legt ihre Hacke aus der Hand, geht mit uns in der großen Mittagshitze den Weg zurück und macht uns Mut.

»Ihr werdet das schon schaffen. Erst müssen die Körner in den Schacht, dann drehen – und sofort geht es leichter, weil das obere Steinrad über die rollenden Körner läuft.«

Die Bäuerin zeigt es uns und hilft beim Anschieben. Dann schaffen wir beide es alleine. Einer dreht und der andere füllt Roggen nach, und wenn genug Körner im Trichter sind, hilft der Roggennachfüller dem Mühlraddreher. Das Mehl rieselt tatsächlich zwischen den Mühlsteinen heraus und sammelt sich rundherum am Rand. Wir halten an, bestaunen unser Werk und die einfache Mühle, nehmen etwas Mehl in die Hände, befühlen es, riechen daran – und machen freudig weiter. Aber nicht lange und aus unserem fröhlichen Spaß wird anstrengende Arbeit, wir geraten ordentlich ins Schwitzen. Das weiße Säckchen hat eine Menge Körner, aber irgendwann ist es doch leer. Vorsichtig füllen wir das kostbare Mehl in den weißen Leinensack – kostbar natürlich, weil wir es gemahlen haben! Sorgfältig wischen wir die Mehlsammelrinne mit den Fingern frei.

So – Säckchen zu und ab!

Nach einigem Suchen finden wir auch Oma Matschey wieder und melden, dass wir fertig seien und alles gut geklappt habe.

»Danke, und auf Wiedersehn!«

»Ja, Kinderchen, macht's gut! Viele Grüße an Oma Lina und sagt ihr, dass ich komme!«

Stolz laufen wir zu unserer Oma.

»Hier, Oma, das Mehl! Und wir sollen dir sagen, dass Oma Matschey in den nächsten Tagen etwas zum Nähen bringt.«

Oma Lina ist mit uns zufrieden – und wir auch!

Am Morgen darauf sehen wir, wie Mutter und Großmutter mit ihren Fäusten Brotteig kneten und dass der Teig in einer großen Schüssel zu einem Bauern ins Dorf gebracht wird. Heute ist dort Backtag: Ein gemauerter Backofen wurde früh angeheizt. Und von vielen Seiten eilen Frauen mit ihrem vorbereiteten Teig herbei, den sie mit weißen Tüchern zugedeckt haben.

Als wir ein paar Stunden später von dem selbst gebackenen Brot eine dicke Stulle in unseren Händen halten, gut bestrichen mit Butter, da genießen wir das Brot draußen vor der Haustür so richtig andächtig. Wir betrachten das Brot auf einmal mit ganz anderen Augen. Wir erkennen, welche Form, Größe und Farbe die Scheibe hat – wesentlich länger als hoch –, auf der Unterseite grob und dunkelbraun. Ach, und es schmeckt! Und selbst wenn es einmal zwischen den Zähnen knirscht, dann wissen wir: Das kann nur ein winziges Stück vom harten Mühlstein sein.

Ob Frühling oder Sommer, jeden Tag erleben wir neue Abenteuer. Wir haben gesehen, wie Großmutter den Hühnern, Enten und Gänsen Eier untergelegt hat und wie diese dann geduldig auf dem Nest saßen und brüteten. Als die kleinen Küken schlüpften, begann eine aufregende Zeit: ein wieselndes Gerenne hierhin und dorthin und ein ängstliches Gepiepse der vielen kleinen Gelbschnäbel nach ihren gefiederten Müttern. Unsere besondere Aufmerksamkeit gilt aber den Enten. Die Kleinen wachsen gut heran, doch plötzlich ist die große

Entenfamilie verschwunden. Wir entdecken aber schnell die frische Spur der Ausreißer, nämlich eine deutliche gerade Linie umgelegter junger Halme über die grüne Saat des Feldes – auf dem kürzesten Weg zum Fluss! Es ist genauso gekommen, wie die Mutter es gesagt hat, und damit ist die Sache für uns erledigt.

Viele Wochen später kommt Reinhard aufgeregt angelaufen: »Oma, die Enten sind noch nicht da!«

Oma Lina hebt beruhigend eine Hand: »Da mach dir mal keine Gedanken, die kommen schon noch.«

»Ja, aber alle anderen sind längst am Stall: die Gänse und die Hühner.«

Aber die Oma bleibt ganz ruhig. »Du wirst schon sehen, die kommen.«

Günter und ich unterstützen Reinhard: »Vielleicht ist heute etwas passiert. Ein Fuchs könnte …«

Die Oma lacht belustigt und will von solchen Ideen nichts wissen.

Wir drei beraten miteinander und beschließen, die Enten auf ihrem Trampelpfad vom Fluss abzuholen. Wir wollen doch mal sehen, was die da so treiben. Für uns beginnt das gleich sehr spannend. Direkt vom Stall nehmen wir ihre Spur auf – und hinein geht es ins gelbe Kornfeld. Erst jetzt begreifen wir so richtig: Das frische Grün vom Frühjahr ist heute hoher Roggen. Und dann sind wir auf dem schönsten Indianerpfad, den wir je hatten. Die dünnen Halme der Roggenähren reichen ein Stück höher als unsere Köpfe. Wir können nicht über das Feld sehen, aber wir können auch nicht gesehen werden. Und wir sind überrascht: Der Pfad ist schmal, gleichmäßig schmal, nicht breiter als drei unserer nackten Füße nebeneinander. Damit wird uns klar: Die Enten watscheln also immer genau in einer Linie. Dafür steht aber auf dem platt getretenen Entenweg kein einziger Halm. Da lernen wir sofort von den Tieren und machen es den klugen Enten nach. Wir schleichen auch als Indianer hintereinander, um keine weiteren Halme umzuknicken, denn wir wissen, so ein Roggensäckchen, wie die Oma es uns zum Mahlen gab, braucht viele Halme.

Wir laufen aber nicht weit. Auf halbem Wege kommen sie uns entgegen – die weiße Entenmutter voran und die noch etwas flauschigen Kleinen dahinter. Die Entenmutter bleibt stehen, richtet sich etwas auf, dreht ihren Kopf zur Seite, beäugt uns misstrauisch und schnattert irgendetwas zu ihren Kindern. Wir gehen in die Hocke und tun so, als hätten wir in der Hand ein paar Körnchen und reden sie in Omas Entensprache an. »Wulle, wulle – wulle, wulle!«

Aber die Entenmutter lässt sich nicht darauf ein. Sobald wir einen Schritt näher kommen, trippelt sie rückwärts.

Da lassen wir sie in Ruhe, laufen den engen Pfad zurück und melden: »Oma, die Enten kommen!«

Oma Lina lacht: »Na, seht ihr, hab ich es nicht gesagt!«

Ein wenig später kommt die Entenfamilie friedlich aus dem Kornfeld heraus – so wie immer: Die Enten sind wieder zu Hause!

Abends schickt uns die Mutter früher ins Bett als sonst.

»Geht schlafen, Kinder, morgen wird es ein langer, anstrengender Tag!«

Und nun sind wir bereits unterwegs zum Bauern Jestremski, der seinen Hof weit außerhalb des Dorfes hat. Mutter soll dort bei der Roggenernte helfen und Großmutter soll den ganzen Tag über nähen.

Es ist noch früh am Morgen, als wir aufbrechen – nur die Uroma bleibt zurück. Gleich hinter Großmutters Haus geht es hinaus in die Landschaft. Oma Lina fährt auf ihrem Damenfahrrad langsam an uns vorbei. Wir Jungen laufen neben ihr her und rufen übermütig: »Wir sind schneller als du!«

»Wir werden sehn«, ruft die Großmutter fröhlich zurück, tritt dabei kräftig in die Pedale, bekommt Tempo und macht sich winkend davon.

Wir johlen hinter ihr her und staunen, dass sie so schnell fahren kann – unsere Oma! Wir gehen einen Waldweg entlang, vorbei an jungen Kiefernbäumen, unter denen wir mit Oma Lina ein paar Mal auf dem Sandboden Pilze gesammelt haben, und schon bald kommt unsere Frage: »Mutti, wie lange noch? Wie weit ist das?«

Mutter überlegt kurz: »Die ganze Strecke? Na, vielleicht zwei Kilometer.«

Wir Kinder versuchen, uns zwei Kilometer vorzustellen, aber schnell steht für uns fest: »Das ist ja unendlich weit!«

Auf dem hellen Fahrweg erreichen wir endlich den Bauernhof. In der Mitte befindet sich ein großer freier Platz, rechts und im Hintergrund liegen Scheunen und Stallungen, links das große Wohnhaus. Mutter wendet sich dem Eingang des Hauses zu. Eine kleine rundliche Frau tritt aus der offenen Haustür, bleibt stehen, legt ihre Hand gegen die Sonnenstrahlen schützend vor die Augen und wirft die Arme hoch: »Ach, die Marie und ihre lieben Kinderchen!«

Die Frau kommt auf uns zu, runder Kopf, eng anliegendes, nach hinten gekämmtes Haar mit einem Mittelscheitel, und begrüßt uns herzlich mit vielen lieben Worten.

Sie drückt Inge an ihre Brust: »Wirklich, ein großes Mädchen! Und die Jungen!«

Wir machen unseren Diener.

»Oh, richtige kleine Kavaliere!«

Dabei lacht sie viel und ihre wasserblauen Augen leuchten voller Herzlichkeit. Bei so viel Liebe und Wärme fühlen wir uns sofort wohl bei dieser Frau.

»Kommt ins Haus«, sagt sie, »wollt ihr was trinken? Ihr habt bestimmt Durst!«

Gleich darauf haben wir alle ein Glas Milch in der Hand.

Wir fragen nach Oma Lina.

»Ja, die ist da drin.« Sie deutet auf eine Tür. »Geht sie einmal besuchen.«

Großmutter ist bereits fleißig bei der Arbeit und hat nicht mehr viel Zeit für uns. Trotzdem freut sie sich, dass wir kurz bei ihr hereinschauen.

»Oh, Oma, wie kommt denn deine Nähmaschine hierher?«

»Ha, das ist nicht meine Maschine. Meine ist zu Hause, diese gehört hierher.«

Verschiedene Stoffe liegen neben ihr auf dem Tisch.

»Und was musst du alles machen?«

»Nun, gerade schneide ich eine Trägerschürze zu. Davon muss ich einige machen, aber auch Kittel, Blusen und Röcke und die vielen Knopflöcher – und alles besäumen. Ich hab viel zu tun!«

Da lassen wir die Großmutter allein und laufen ins Freie.

Gleich neben dem Hof liegt ein weites Kornfeld, das heute geschnitten wird. Der Bauer sitzt auf dem großen Schalensitz einer Mähmaschine, die zwei braune Pferde mit festen Schritten ziehen, und dreht seine gleichmäßigen Runden um das Feld. Die Luft flimmert, es ist wunderschön warm – und noch ist es früher Vormittag. Die Frauen auf dem Feld greifen die geschnittenen Halme vom Boden auf, packen sie zu Bündeln, binden sie und stellen die Garben aufrecht zu größeren Bündelgruppen zum Trocknen zusammen.

Unsere Mutter erkennen wir erst auf den zweiten Blick: Sie trägt ein weißes Kopftuch wie die anderen Frauen. Ein braunes Fohlen trabt mit langen Beinen munter neben dem Pferdegespann her, immer dicht an der Seite der Pferdemutter. Nur hin und wieder wagt es übermütig ein paar ausgelassene Sprünge zur Seite oder nach vorne, um gleich darauf wieder die Nähe seiner Mutter zu suchen. Das Spiel zu beobachten gefällt mir. Das Fohlen wirkt so frei und glücklich und wahrscheinlich tut das auch der Pferdemutter gut. Die Pferdemutter arbeitet zwar, hat aber ihr fröhliches Kind ganz in ihrer Nähe. Und das Fohlen ist munter und zufrieden, weil es sich gut fühlt im Schutz der Mutter.

Als ich höre, wie sich unsere Mutter und die anderen Frauen hin und wieder scherzende Worte zurufen, da sehe ich das ähnlich wie bei den Pferden: Mutter arbeitet – wir sind die Fohlen und springen umher –, sie sieht, dass wir vergnügt sind, wir sehen, dass auch sie froh ist – und damit fühlen wir uns alle wohl.

Ein Landarbeiter kommt vom Roggenfeld, und wir erfahren, er will nach Rita sehen: Rita ist krank!

»Wer ist Rita? Eine Frau?«

»Nein, ein Pferd – kommt mit!«

Wir finden es seltsam, dass auch Pferde krank werden und fragen: »Was hat sie denn?«

»Weiß ich nicht, aber sie hat Fieber.«

Auch das noch. »Fieber, das klingt ja wie bei Kindern.«

»Ja«, sagt er, »und weil sie krank ist, braucht sie nicht zu arbeiten. Deshalb zieht ein anderes Pferd die Mähmaschine.«

Wir folgen dem Arbeiter zum Hof, gehen über den freien Platz und nähern uns einem Stall. Vor der weit aufgesperrten Stalltür bleiben wir barfuß stehen. Unsere Augen müssen sich nach dem hellen Sonnenlicht erst an die Dunkelheit im Stall gewöhnen. Es riecht nach Pferdemist, nach Hafer und Heu. Schwalben jagen mit ziependen Schreien von allen Seiten über unsere Köpfe hinweg – von der Stalltür durch die angekippten kleinen Fenster auf der Rückwand und wieder zurück. Der Arbeiter geht in die Dunkelheit hinein, beugt sich nieder und spricht. Wir erkennen erst jetzt ein Pferd, das auf der Streu liegt.

»Na, Rita, altes Mädchen, wie geht es denn? Hast du noch Fieber, hm?«

Er streichelt mit seiner Hand über das dunkle Fell. Rita hebt den Kopf ein wenig und dreht ihn zu uns zum Eingang – ein langer weißer Fleck, von der Stirn nach unten, wird sichtbar.

»Nun komm, steh mal auf, sei brav!«

Der Mann legt beide Arme um Ritas Hals und zieht daran. Aber das Pferd hilft nicht mit, rührt sich nicht. Da nimmt er von einem Wandhaken einen Zinkeimer und holt frisches Wasser. Er taucht ein paar Mal einen Schwamm hinein, macht Rita vorsichtig die Lippen nass und lässt sie Hafer schnuppern.

»Rita, komm, du musst einmal auf die Beine!«

Dann legt er wieder beide Arme um Ritas Hals und hebt und zieht noch einmal, aber etwas drängender, und Rita ruckt und bemüht sich und ist schon halb hoch und wackelt – und dann steht sie tatsächlich auf den Beinen.

Und dafür wird sie von ihm gelobt.

»Das hast du gut gemacht. Na siehst du, es geht doch.«

Der Mann streichelt ihr den Hals und den Kopf. »So, jetzt kriegst du frisches Wasser und Hafer, und dann will ich doch mal sehn, ob du noch Fieber hast.«

Jetzt bemerken wir, dass Rita pechschwarzes glänzendes Fell hat und nur den einen weißen Fleck auf der Stirn. Deshalb war sie im dunklen Stall auch so schlecht zu entdecken. Die pfeilschnell hin und her jagenden Schwalben scheint das alles nicht zu stören. Günter und ich stehen nur noch allein an der Stalltür und sind jetzt gespannt.

»Wie will er denn Fieber messen?«, fragen wir uns. »Unter dem Arm wie bei uns Kindern geht nicht. Im Maul wohl auch nicht, denn dann zerbeißt sie das Thermometer.«

Der Arbeiter kommt um den Futtertrog herum, geht an Ritas Seite vorbei, hebt den Pferdeschwanz hoch und steckt das Thermometer hinten hinein: Und damit wissen wir Bescheid – zumindest so ziemlich.

Rita ist noch nicht gesund, aber die Temperatur ist schon tiefer.

»So«, sagt er, »ruh dich weiter gut aus. Ich komm später noch mal vorbei.« Dann streichelt er noch kurz ihren Hals und Rita bleibt allein zurück.

Als wir alle wieder über den sonnigen Hof laufen, neben dem Arbeiter her, fragen wir ihn, was er denn als Nächstes Spannendes machen will.

Er überlegt kurz. »Ja, da könnt ihr gleich mitkommen«, sagt er, »ich muss viele Fische fangen für das Mittagessen.«

Na, das braucht er uns nicht zweimal zu sagen. Er geht ins Haus, um einiges zu besorgen. Wir trotten langsam hinter ihm her in die Diele.

Die Bauersfrau erblickt uns: »Ach, Kinderchen, kommt! Ihr seid ja ganz geschwitzt, ihr müsst was trinken!«

Wir fürchten, der Arbeiter könnte ohne uns weggehen und berichten ihr aufgeregt: »Wir können nicht lange bleiben. Wir müssen jetzt zum Fischen.«

Die herzensgute Frau lacht erheitert: »Ach, der Franz, ich pass schon auf, dass er euch nicht wegläuft – erst müsst ihr trinken!«

Sie reicht uns in Gläsern Saft, drückt uns ein paar Mohrrüben in die Hand, gibt noch ihre mütterlichen Sonnenstrahlen dazu, und wir stürmen wieder nach draußen.

Wir folgen »unserem Fischer«, der einen grauen Eimer an der Hand hat und ein paar kleine Geräte darin. Sein Weg zum Fluss führt am Kornfeld vorbei, von dem schon ein großes Stück gemäht ist. Die fröhlichen Zurufe der Frauen untereinander sind bei der anstrengenden Arbeit in der größer gewordenen Hitze verstummt. Wir wollen der Mutter eilig berichten, wie spannend das hier alles ist. Aber unser schneller Lauf mit den nackten Füßen wird schmerzhaft gebremst von dem pikenden Stoppelfeld und dem trockenen Boden, auf dem wir hier und da auf harte Erdklumpen treten, auf Disteln und auf kleine Steine. Trotzdem erreichen wir die Mutter und erzählen hastig, dass es hier viel Schönes zu erleben gebe, Rita Fieber habe und wir jetzt zum Fischen gingen.

Mutter freut sich, dass es uns gefällt, und wir trollen uns davon.

Der kleine Fluss fließt nicht weit hinter dem Kornfeld vorüber und so erreichen wir ihn schnell. Wir fragen uns, ob der Fluss, der hier vielleicht sechs Meter breit ist, derselbe ist, den Großmutters Enten aufsuchen – wir vermuten es.

Der Fischer stellt am Ufer seinen Eimer auf das grüne Gras der Böschung. An einer Schnur zieht er einen runden, etwa zwei Meter langen Drahtkäfig aus dem Wasser, in dem es sofort heftig ruckt und zuckt und silbrig aufblitzt: Fische!

Wir lachen ihn an: »Das ist doch was, das Drahtgehäuse einfach so herausziehen, und schon sind die Fische da!«

Aber er ist nicht zufrieden. »Ach, das ist viel zu wenig. Wir sind doch heute viele Esser.«

Wir überlegen: Wenn er das so meint – alle die Männer und Frauen auf dem Feld –, dann hat er Recht. Es sind nur sieben Fische, die er in sicherer Entfernung vom Wasser aus dem Drahtverhau herausschüttelt.

»Das langt vorn und hinten nicht«, sagt er.

»Wie heißt das Sieb?«, fragen wir ihn.

»Reuse!«

»Und warum fliehen die Fische nicht aus dem Gestell?«

»Sie schaffen es nicht. Die großen Öffnungen werden nach innen kleiner, und wenn die Fische in der Mitte sind, finden sie nicht mehr den engen Ausgang.«

»Es ist also eine Falle für die Fische«, erkennen wir, »ganz schön hinterlistig.« Aber dann sagen wir uns: Wer mittags Fische auf dem Teller haben will, der muss wohl so etwas machen.

»Was wird er als Nächstes tun?«, überlegen wir, »eine Angel hat er ja nicht dabei.«

Schweigend macht unser Landarbeiter-Fischer einen Holzkahn los, der zur Hälfte auf dem Wasser schwimmt und an einem kurzen Seil befestigt ist. Er wirft ein Netz hinein und rudert auf die andere Uferseite. Das Netz ist aber auf unserer Seite an einem Baum angebunden und bei seiner Fahrt zu dem anderen Ufer wickelt es sich aus dem Kahn ab. Auch dort bindet er die Leine an einen Baum, aber so, dass die Netzoberkante gerade über das Flusswasser ragt.

Dann rudert er wieder zu uns zurück.

Ungläubig fragen wir ihn: »Schwimmen die Fische nicht drunter her?«

»Nein, da sind Bleigewichte dran, die halten das Netz auf dem Grund.«

Der Mann bindet den Kahn fest und will mit den gefangenen Fischen im Eimer davongehen.

»Ja, und wie ist das mit dem Netz?«, rufen wir.

»Ich seh in einer Stunde nach, dann könnte was drin sein.«

Als wir ihm nicht sofort folgen, ruft er: »Kommt Kinder, allein am Fluss ist es für euch zu gefährlich, außerdem müssen die Fische Ruhe haben.«

Wir gehen mit ihm zurück zum Hof, erleben wieder die heitere Bauersfrau, besuchen kurz Oma Lina und gehen barfuß auf leisen Sohlen an die Tür zur kranken Rita, die noch immer auf den Beinen steht.

Und da wir gehört haben, wie das geht, rufen wir ihr mit leiser ruhiger Stimme zu: »Na, Rita, was macht dein Fieber? Werd schön gesund!«

Und wir freuen uns, als das Pferd einmal den Kopf zu uns herüberwendet, als habe es uns verstanden.

Die Schwalben fliegen immer noch unermüdlich hin und her.

Danach warten wir am Wegesrand auf Franz, den Fischer. Während wir im Gras herumsitzen, rätseln wir, wie viele Fische wohl im Netz sein werden: zwei, drei oder viel mehr? Wir Jungen vermuten viele, weil der Fluss ja durch das Netz hindurchfließt und die Fische mit dem Wasser mitschwimmen und hängen bleiben.

Inge denkt da aber anders. »Nein«, sagt sie, »sonst würden ja aus dem See nach und nach alle Fische herausschwimmen. Die Fische haben im Fluss ihr eigenes kleines Gebiet, und deshalb werden nicht so viele drin sein.«

In einem Punkt sind wir uns aber einig, warum nur dauert eine Stunde so lange!

Franz kommt! Gespannt folgen wir ihm zum Fluss.

Wie viele Fische werden es sein? Wie wird er das mit dem Netz machen? Wie wird er die Fische herausholen?

Und Franz hat für uns eine neue Überraschung. Er geht ein paar Schritte zur Seite zu einem verwitterten Holzkasten, der von Uferbüschen halb verdeckt ist, hebt einen knarrenden Bretterdeckel hoch, greift in die Kiste hinein und holt zwei sehr lange grüne Stiefel heraus, wie wir sie noch nie gesehen haben. Es sind Fischerstiefel aus Gummi. Franz steigt mit seiner langen Arbeitshose hinein und bindet einen dünnen Lederriemen von den Stiefelenden um seinen Bauch. Dann klettert er in den Kahn, rudert hinüber zum anderen Ufer, bindet dort die Leine los, macht sie am Kahn fest und rudert in einem kleinen Bogen gegen die Flussströmung zurück auf unsere Seite, sodass das Netz einen Kreis bildet.

Das Wasser am Uferrand beginnt zu wirbeln: Es sind Fische drin!

Franz macht den Kahn fest, steigt langsam in den Fluss, krempelt seine Ärmel höher und greift behutsam ins Wasser hinein, unter das Netz. Auf seinen Armen hebt er ein silbriges Bündel heraus, in dem es wild durcheinander zappelt. Da sind mehr Fische im Netz, als die meisten von uns erwartet haben. Auch Franz ist zufrieden. Vorsichtig legt er seinen Fang auf dem Gras ab. Dann öffnet er das Netz ein wenig, fasst hinein, und die Fische wandern einzeln in den Eimer – kleine Fische wirft er wieder zurück in den Fluss.

Der Eimer ist über die Hälfte gefüllt.

Während Franz seine Stiefel auszieht und alles wieder ordentlich an die richtige Stelle packt, beugen wir unsere Gesichter tief über den Eimer und begucken uns die glänzenden schuppigen Fische, die häufig noch ihren Kopf heben oder heftig mit dem Schwanz schlagen. Die Fischaugen blicken uns groß und vorwurfsvoll an.

»Ob sie uns sehen können?«, fragen wir uns gegenseitig.

»Wahrscheinlich«, vermuten wir, »so lange sie noch nicht richtig tot sind.«

»Es sei denn, sie können nur im Wasser gucken!«

Der Gedanke, dass die Fische uns als richtige Menschengesichter wahrnehmen könnten, macht uns unsicher, wo wir doch so gejubelt haben, als sie aus dem Wasser gezogen wurden.

Wir begleiten Franz zurück zum Bauernhaus und führen stolz unseren Fang vor! Und die Bauersfrau überschüttet uns noch reichlicher mit Ausrufen der Freude – mit Oh! und Ah! – und ihrem Lachen. Und dieses Mal sind wir wirklich sehr durstig! Als wir dann aber mitbekommen, wie die Fische weiterbehandelt werden, fliehen wir schleunigst aus der großen Küche und sind auf und davon.

Mittagszeit!

Mit ruhigen Schritten kommen die Frauen mit ihren weißen Kopftüchern vom Kornfeld herüber. Nach und nach nehmen sie die Tücher ab, schlagen sie in der Luft kräftig aus und wischen sich damit ihre staubigen, verschwitzten Gesichter.

Endlich raus aus der Hitze!

Was soll das bloß nachmittags noch geben!?

Unsere Mutter ist abgekämpft! Ebenso die anderen. Alle wollen nur noch sitzen, ihren Durst löschen und in Ruhe gelassen werden – zumindest für den Augenblick. Aber auf den Sitzbänken, an den langen zusammengestellten Tischen, die von der Bauersfrau und ihren Helferinnen in der großen Diele aufgebaut wurden, erwachen bald wieder die Lebensgeister beim Anblick der vielen Schüsseln und Schalen: mit gebratenen Fischen, dampfenden Kartoffeln und grünem Salat. Als der große Hunger und der noch größere Durst gestillt sind, beginnt auch wieder das Stimmengewirr – und wir Kinder sind willkommen und können von unseren Erlebnissen berichten.

Doch bald heißt es für die Arbeiter und Arbeiterinnen: Ende der Mittagspause! Sie erheben sich, recken und strecken ihre Arme und Beine – und der Nachmittag beginnt. Die Männer und Frauen gehen langsam davon: Sie wissen zu genau, was sie nun erwartet!

Für uns Kinder wird es jetzt langweilig.

Die Abenteuer sind erlebt, die Spiele gespielt – und es ist heiß! So wie die Schwalben bei der kranken Rita, so fliegen auch wir bei der lieben Bauersfrau ein und aus und lassen uns zu trinken geben.

Am späten Nachmittag gibt es Kaffee und selbst gebackenen Butterkuchen, der für die Erntehelfer auf das Feld hinausgebracht wird.

Zwischendurch laufen wir immer wieder mal zu unserer Oma Lina, die mit großem Eifer Stoffe zuschneidet, manchmal nach frei gezogenen Kreidestrichen und dann wieder nach den vielen verwirrenden Punkten und Linien auf einem Schnittmusterbogen. Wir sehen, wie sie näht: hin und wieder schnell ein paar Heftnähte mit der Hand und dann noch schneller, die Endnähte mit der surrenden Maschine.

Omas Augen glänzen, ihre Wangen glühen.

Wir erleben, wie die Großmutter bei einigen Besuchern, die in ihr Arbeitszimmer kommen, ihr Maßband anlegt, das sie meist um den Hals trägt, und wie sie auf einem Blatt notiert: Armlänge, Schulterbreite, Rückenlänge. Und wie sie der Besucherin hinterherruft: »Komm in einer Stunde zur Anprobe!«

Als wir nach längerer Zeit wieder die Großmutter besuchen, geht auch die liebe Bauersfrau mit. Und kaum sind wir im Zimmer, da schlägt die Bäuerin die Hände vor ihrem Gesicht zusammen.

»Aber Lina, was seh ich da. Du hast ja noch gar nichts gegessen! Der Kaffee ist doch längst kalt!«

Aber Großmutter hat keine Zeit zum Essen. Sie winkt mit der Hand ab: »Was soll ich da immer essen!«

Lieber will sie einige Sachen fertig abliefern, andere dagegen zu Hause weiter bearbeiten.

»Heute muss ich die Maße nehmen und die Anprobe machen«, sagt sie, »besäumen und Knopflöcher, das kann ich zu Hause – und Knöpfe annähen auch.«

Da drehen wir uns alle um und lassen die Großmutter in dem Gewühl von blauen und weißen, gepunkteten und karierten Stoffen und Stoffballen zurück.

Feierabend!

Für Mutter und Großmutter ist die große Anstrengung vorüber.

Was für ein arbeitsreicher, mühevoller Tag!

Die Bauersfrau dankt der Großmutter überschwänglich für die Schürzen, die schon fertig sind, und auch für die Ausbesserungen an den Hosen und Jacken der Männer. Sie packt der Großmutter Schinken ein und Speck, Wurst, Eier und Milch – und zum Schluss drückt sie ihr noch etwas in die Hand.

»Vielen, vielen Dank, Lina! Und lass dir nur Zeit mit den anderen Sachen!«

Mit den eingepackten Waren versorgt und den besten Wünschen versehen, steigt die Großmutter auf ihr Rad und fährt winkend davon. Auch Mutter und wir Unruhegeister werden ganz lieb von der Bäuerin verabschiedet und treten den Heimweg an.

Als wir den Hof verlassen haben, sagen wir der Mutter, das sei die beste Bauersfrau der Welt – und unsere Gedanken und Worte sind bei ihr: »Auf Wiedersehen, liebe Frau Jestremski – und auch Ihnen, vielen, vielen Dank!«

Es drängt uns auch zu sagen, dass wir mächtig stolz auf unsere Oma sind, was die alles kann, und dass sie für andere Leute so wichtig ist. Und dass Mutter heute einen sehr schweren Tag hatte – bei der großen Hitze!

Aber auch wir Wichtelmännchen schwanken auf den Beinen und liegen bald darauf in unserem großen Bett.

Ein paar Tage später spielen Günter und ich am Nachmittag vor dem Haus der Großmutter. Aus der Richtung der Schule kommt ein Pferdegespann auffallend schnell die Dorfstraße entlang. Der Wagen nähert sich uns mit Karacho. Wir unterbrechen unser Spiel.

»Ha! Das muss Spaß machen, bei so einer wilden Jagd dabei zu sein!«, sind wir beide uns einig.

Der junge Sohn vom Bauern Kraschetz steht aufrecht und breitbeinig auf dem Bretterwagen, die Leinen in der linken Hand, die Peitsche in der rechten. Wir stehen auch aufrecht, aber mit offenen Mündern, als seine Bewunderer: Er lacht und winkt uns übermütig zu. Jetzt ist der schnelle Wagen bei uns. Da, der Wagenlenker wirft seinen Oberkörper nach hinten und reißt mit beiden Armen in die Leinen: »Brrr! – Brrr!«

Die beiden pechschwarzen Pferde steigen vorne hoch, reißen die Gebisse auseinander, zeigen ihre Zähne und rollen mit den Augen.

Der Wagen stoppt im Staub der Straße!

Heftig rudern die Arme des Lenkers hin und her, um die Pferde zu bändigen. »Wollt ihr mit?«, schreit er uns zu.

»Ja!«, rufen wir begeistert wie aus einem Munde.

»Los! Rauf dann, ich kann sie kaum halten!«

Günter und ich jagen los, helfen uns gegenseitig auf die Wagenbretter – und sind oben.

Ein kurzer Blick vom Fahrer nach hinten, und er sieht, wir sitzen mit herunterbaumelnden Beinen auf den Ladebrettern.

»Festhalten!«, ruft er und die Fahrt geht los!

Die schnaubenden Schwarzen haben nur darauf gewartet. Kaum berühren ihre erregten Vorderhufe wieder den festen Boden, da ziehen sie auch schon mit einem Ruck an, der Günter und mich fast vom Wagen wirft. Erschrocken greifen unsere Hände in die Luft und suchen nach einem Halt. Der leichte leere Wagen scheint für die Pferde nur ein Spielzeug zu sein. Der Wagen besteht aus einem Grundgestell mit vier eisenbeschlagenen Speichenrädern, je zwei seitlichen Stützpfosten und sechs dicken Holzbohlen. Zwei Bretter liegen auf dem Gestell und bilden den Boden, zwei sind für die linke Stütze und zwei für die rechte, wobei die Bretter von der linken Seite, auf der wir hinaufgeklettert sind, jetzt, bei der Leerfahrt, auch auf dem Boden liegen – und auf denen wir sitzen, oder es wenigstens versuchen.

Die jungen Pferde haben vermutlich tagelang mit scharrenden Hufen im Stall gestanden und wollen sich nun austoben. Und der Lenker hindert sie nicht daran, im Gegenteil: Er knallt noch wild mit der Peitsche in die Luft und zeigt seine ausgelassene Freude.

Sofort nach dem ruckartigen Anfahren bereuen Günter und ich, überhaupt aufgestiegen zu sein. Bei der schnellen Fahrt und den Unebenheiten des Weges, in den die Dorfstraße mündet, springen die

Bretter hoch und heben sich dabei voneinander ab, sodass unsere Finger dazwischen geraten können, wenn die Bohlen beim Herunterfallen blitzschnell wieder zusammenknallen. Aber wir müssen uns dort festhalten, wenn wir nicht unter die Räder geraten wollen, denn unser Körperleichtgewicht springt höher als die Bohlen und hängt dann für einen winzigen Augenblick in der Luft. In das laute Wagen- und Brettergeklapper rufen wir beide uns Ideen zu, wie wir diese Fahrt überstehen können. Aber die Möglichkeiten sind rar. Verzweifelt drehen wir unsere Oberkörper nach rechts und halten uns mit der rechten Hand an den Brettern auf der Seite fest. Aber der leicht gedrehte Körper mit dem angezogenen rechten Bein fällt ungeschützter und härter auf die Bohlen zurück, weil nun die rechte Hand zum Abstützen fehlt. Doch egal, was wir versuchen, wie wir uns auch drehen und wenden: Wir sind auf einer Höllenfahrt!

Ich sehe noch eine letzte Möglichkeit und rufe Günter in dem Gepolter zu: »Sollen wir schreien, er soll anhalten?«

»Ach, ich weiß nicht, vielleicht ist es gleich vorbei!«

»Ja, was soll er von uns denken!«

»Richtig, wir sind dann für ihn Angsthasen und Feiglinge!«

»Aber, es ist doch so gefährlich!«

Der ungestüme Wagenlenker hat uns aber nicht vergessen. Immer wieder dreht er seinen Kopf zu uns herum.

»Na! Seid ihr noch da? Haltet euch gut fest!«

Und im gleichen Atemzug schwingt er wieder die Peitsche: »Hoh! Ihr schwarzen Teufel, wollt ihr mal! – Ich werd euch Beine machen!«

Und ständig bemühen wir uns, nicht herunterzufallen und nicht näher an die Räder zu rutschen.

»Wenn das Mutter und Oma wüssten!«, rufe ich Günter zu.

Der nickt nur, ein Handzeichen darf er nicht geben, kann er nicht riskieren. Ich blicke auf meine nackten Füße und Beine und auf die bedrohlichen Speichen vom Hinterrad – einen halben Meter links neben mir. Der bessere Feldweg geht in einen schlechteren über. Die Schlaglöcher werden tiefer, die Fahrt wird langsamer, die Pferde gehen Schritt: Wir haben es anscheinend geschafft!

Wir nähern uns einem Teich, hinten wächst Schilf, vorne ist weicher Morast, sumpfig getreten von vielen Rindern beim Wassertrinken.

»Aber, was macht er denn jetzt!?«

Unser Wagenlenker führt die Pferde langsam in das Wasser hinein und zieht nach links einen Bogen, das Pferd auf der rechten Seite geht bis zur Bauchdecke im Wasser. Der Wagen neigt sich bedrohlich nach rechts.

Günter und ich fallen hintenüber an die Wand und krallen uns dort fest. Wir fürchten, dass der Wagen umkippt und blicken entsetzt auf unseren Lenker. Wir fragen uns, wie weit er dieses schreckliche Spiel noch treiben wird.

Doch der schaut sich lachend um: »So, noch diese Mutprobe – und dann habt ihr es geschafft!« Und beruhigend fügt er hinzu: »Keine Angst, der Wagen kippt nicht!«

Danach lenkt der junge Bauernsohn die Pferde wieder langsam und vorsichtig an dem schrägen Ufer hoch. Der Wagen hebt sich aus dem Wasser, rollt noch ein paar Wagenlängen weiter auf ein Feld – und steht!!!

Günter und ich springen sofort ab. Wir haben endlich festen Boden unter den Füßen! Und wir danken dem lieben Gott für diese Erlösung: ganz still und schweigend, dafür aber umso tiefer!

Und das Danken haben wir von Oma Lina und der Uroma gelernt, von ihren Lobpreisungen und Danksagungen, die sie in stillen Stunden singen und sprechen: Lobet den Herrn!

Auch unser Fahrer springt mit einem Satz vom Wagen: »Na, wie war's!? Habt ihr Angst gehabt?«

Mit Händen und leicht verzerrtem Gesicht zeigen wir ihm ausweichend an: »Na ja, so halb und halb!«

Er aber fühlt sich durch und durch gut. »Solche Pferde muss man führen können!«, sagt er stolz und reckt sich dabei noch ein wenig höher, »sonst soll man die Finger davonlassen!«

Günter und ich sagen nichts dazu.

Hinter dem Teich schreitet ein Storch gemächlich und völlig unbeeindruckt mit seinen langen Beinen und seinem langen roten Schnabel über eine sumpfige Wiese. Aber das interessiert Günter und mich in unserem drangsalierten Zustand nicht im Geringsten. Plötzlich hat der wilde Fahrer von irgendwoher eine Sense gezaubert und mäht Grünfutter, das so ähnlich aussieht wie Klee. Danach belädt er den Wagen zur Hälfte.

Günter und ich klettern hinauf auf die weiche Fuhre, und gemütlich – im Schritttempo – geht es zurück ins Dorf.

Am ersten Haus auf der rechten Seite hält der Wagen an: Wir sind zu Hause!

»Auf Wiedersehen.«

Günter und ich sind uns aber auf der Stelle einig: Sollte der Fahrer noch einmal hier vorbeikommen, so werden wir ihn hoffentlich rechtzeitig entdecken und im Haus verschwinden können, denn so eine Fahrt: nie wieder!

Zu Hause erzählen wir der Mutter und den zuhörenden Omas nur das Nötigste – warum auch mehr: gelitten haben wir schon genug.

Es ist Erntezeit!

Der Baum an der Dorfstraße, der Günter, Reinhard und mich so magisch anzieht, ist ein Birnbaum. Wir brauchen gar nicht weit zu laufen, er steht zwischen Großmutters Haus und dem Dorfkrug, auf halber Strecke, auf der rechten Seite, und wir kommen jeden Tag daran vorbei, sogar mehrmals. Der Baum ist hoch und seine Zweige ragen weit über den Zaun hinaus auf den Gehweg. Seine vielen kleinen Birnen lachen uns seit Tagen auf unserem Schulweg und auf unseren Streifzügen von oben an und rufen still und eindringlich: Pflückt uns, wir schmecken süß und saftig!

Also werfen wir Steine und Stöcke hinauf und sagen ganz einfach: »Was über den Zaun hängt und auf die Straße fällt, gehört uns!«

Schon bei den ersten Würfen öffnet sich die Haustür ein paar Schritte entfernt vom Birnbaum und ein Mann tritt heraus. Wir fühlen uns ertappt und wissen nicht, sollen wir stehen bleiben oder weglaufen?

Der Mann will uns aber gar keine Ohren abreißen, denn er ruft: »Wartet Jungs, ich pflück euch welche! Ich hol nur die Leiter!« Er dreht sich um, geht wieder ins Haus und schließt die schwere grüne Tür hinter sich.

Wir sehen uns überrascht an und fürchten, das sei ein Trick, um schnell hinter dem Haus herumzulaufen, uns den Weg abzuschneiden und uns dann alle drei gemeinsam zu erwischen. Aber nein, der Mann kommt schon mit einer Sprossenleiter um die Hausecke, stellt sie an den Baum und pflückt für uns einige Birnen. Wir wollen nicht gierig sein und rufen ihm zu, dass wir nur ein paar möchten – »nur zum Schmecken!«

Der freundliche Nachbar klettert mit den Früchten herunter und leert seine Taschen. Reinhard hebt seine Jacke hoch und formt sie zu einer Mulde wie im Märchen das Sterntaler-Mädchen die Schürze, und wir haben unsere Birnen.

»Die sind noch nicht so weit«, fügt der Mann hinzu, als er sie überreicht.

Wir denken uns aber nicht viel dabei, höchstens: Die Erwachsenen müssen vielleicht warten, weil sie die nicht vertragen, aber wir Kinder können sie essen, auch wenn sie nicht ganz reif sind.

Wir bedanken uns artig und gehen nach Hause.

Wir sind überrascht, wie klein die Birnen sind. Reinhard meint enttäuscht: »Davon kann ja ein Kind mindestens drei Stück in der Hand halten!«

»Ja«, bestätigen wir, »aber sie sehen gut aus.«

Wir beißen hinein und zucken zusammen: »Sind die hart!«

»Sind die aber sauer!«

»Das gibt's ja nur einmal!«

Für uns steht fest: Abfall!

Wir laufen schnurstracks zur Großmutter ins Haus und beschweren uns: »Oma, was sind denn das für komische Birnen! Die sind ja fest wie rohe Kartoffeln und quietschesauer! Die müssen wir wegwerfen!«

»Und guck mal, hier, die Kerne, die sind schneeweiß!«

Die Großmutter lächelt nachsichtig: »Kinder, die könnt ihr nicht essen – das sind doch Salangaukis!«

»Ja und!? Das sind doch auch Birnen oder nicht?«

»Doch, aber die müssen liegen!«

»Aber, wieso denn das? Alle anderen Birnen sind doch auch reif!«

»Ja, aber Salangaukis sind anders!«

Und sie erklärt: »Diese Birnen müssen lange liegen, erst dann reifen sie. Am besten ist, wir packen sie in euer Bett, ans Fußende, in den Strohsack.«

Wir staunen, was die Großmutter so alles weiß. Sie geht zu unserem großen Bett, hebt den Strohsack am Fußende hoch, öffnet die Naht eine Handbreit und steckt die Birnen hinein.

»So«, sagt sie, »dann lassen wir sie ruhen.«

Sie packt das Laken und das Oberbett zurück, und wir gehen davon mit dem schönen Gefühl, einen geheimnisvollen, verborgenen Schatz zu besitzen.

Am nächsten Morgen fragen wir die Großmutter: »Oma, sind die Birnen reif?«

Sie lacht: »Aber, Kinder, das dauert Wochen!«

Als wir am nächsten Tag wieder mit der gleichen Frage kommen, sagt sie: »Vergesst einfach die Birnen. Ich sag euch Bescheid, wenn es so weit ist.«

Da begreifen wir endlich, dass wir Ruhe geben müssen, und wir verlassen uns auf die Großmutter.

Irgendwann, eines Tages, sagt die Großmutter ganz nebenbei: »So, Kinder, eure Birnen könnten jetzt reif sein.«

Wir sehen sie verständnislos an: »Was für Birnen?«
»Na, die Salangaukis!«
»Salangaukis!?«
»Na, die ihr in das Bett, in den Strohsack gepackt habt!«
Mehrstimmig rufen wir: »Was, die gibt es noch?«, und stürmen zu unserem großen Bett.
Und wirklich: Die Birnen sind noch da!
Und jetzt fackeln wir nicht lange: raus damit, abputzen, reinbeißen.
»Oma! Igitt, die sind ja ganz schwarz!«
Angewidert halten wir der Großmutter die dunklen glitschigen Bissflächen hin.
Und Oma lächelt wieder: »Nein, Kinder, die sind genau richtig! Das ist ja das Besondere: Das sind Gelee-Birnen! Seht mal, die Kerne sind schwarz und das andere ist wie Wackelpudding, nur etwas fester und ein bisschen dunkel.«
»Ja, das stimmt!«
»Und«, fragt sie, »schmecken sie denn nicht süß?«
»Doch!«
»Nun, dann langt zu!«
Danach geht alles sehr schnell. Wir machen zwar noch einen vorsichtigen Probebiss, aber als auch der gut ausfällt, wird sofort unter uns Kindern geteilt: Jeder bekommt vier Stück – und im Nu ist es um die Birnen geschehen.
Wir hätten gerne mehr und stürmen zum Strohsack, aber wir greifen vergeblich hinein, da sind keine mehr – vorbei ist vorbei.
»Ach hätten wir uns damals doch mehr geben lassen!«

Eine ungewöhnliche Nachricht erreicht uns: Soldaten sind ins Dorf gekommen! Zwischen der Brücke und den ersten Häusern haben sie ihre Unterkünfte aufgebaut. Ihre Zelte und Militärwagen stehen zwischen den hohen Kieferbäumen. Und die Soldaten haben etwas

Besonderes getan: Auf der linken Seite der Brücke – vom Dorf aus gesehen – haben sie den Fluss gestaut mit aufeinander gepackten Kanthölzern. Dadurch werden die Wiesen zum Dorf Materschobensee von Tag zu Tag nasser. Der Fluss, der aus dem See kommt, lässt nur noch einen Teil seines Wassers über die Stauwand laufen in Richtung Bauer Jestremski.

Auch heute sind wir in der Nähe der Soldaten und schauen ihnen zu. Sie haben vermutlich gerade dienstfrei oder keine besondere Aufgabe, denn viele liegen auf dem warmen Erdboden, einzeln oder in Gruppen. Einige dösen, andere unterhalten sich und wiederum andere albern und kalbern herum.

Ein Soldat hat anscheinend Erfahrungen mit Wasser und Fischen.

Durch die Stauwand in der Brücke hat sich der Wasserspiegel im ablaufenden Fluss um eine halbe Armlänge gesenkt. Der ›Fischer-Soldat‹ stapft mit aufgekrempelter Hose barfuß im Wasser am Uferrand entlang und entdeckt in der Uferböschung ein paar faustgroße Löcher über der neuen Wasserlinie.

Er ruft seinen Kameraden zu, die ihn bei seinem Tun beobachten: »Das sind die Höhlen der Flusskrebse. Da sind bestimmt welche drin, die werde ich mal herausholen!«

Etwas belustigt fragt einer: »Wie willst du das denn machen?«

»Ach, ich steck einfach meine Hand hinein, dann beißen sie sich fest.«

Darauf der nächste: »Na, dann pass mal auf, dass keine Wasserratte anbeißt!«

Doch der Krebsfänger lässt sich nicht beirren. Er rollt seine Hemdsärmel in aller Ruhe noch ein Stück höher, beugt sich vor und schiebt seine Hand in das erste Loch hinein. Noch ein paar Kameraden kommen näher und schauen interessiert zu. Wir Kinder starren gebannt auf sein Gesicht und seinen Arm und warten auf sein Zucken, wenn er gebissen wird – egal, ob von einem Flusskrebs oder viel schlimmer noch, von einer Wasserratte. Aber das Loch scheint unbewohnt zu sein, denn der Mann bleibt ruhig: kein Aufschrei, nichts. Langsam zieht er seinen Arm wieder zurück und – ein Krebs hängt an seiner Hand! Der Krebs hat ihm die Scheren auf seine Finger geklemmt. Die umstehenden Kameraden jubeln ihm zu, und wir Kinder bewundern ihn, dass er das Kneifen aushält, ohne sein Gesicht zu verziehen.

Den Krebs zieht der Soldat von den Fingern ab, steckt ihn in einen seiner Stiefel und lacht: »Hier, da kannst du so lange drin wohnen.« Und zu seinen Leuten sagt er: »Passt mir auf, dass er nicht abhaut.«

Dann versucht es der Krebsfischer beim nächsten Uferloch. Wir halten wieder die Luft an, weil wir das mit der Wasserratte grässlich finden. Aber an der Stelle passiert nichts. Zweimal hat er noch Erfolg und Krebse an den Fingern – und damit wohl genug.

»So«, sagt der Fänger, »die kommen jetzt in den heißen Topf, und dann lass ich sie mir schmecken.«

Die Finger seiner linken Hand hält er allen drei Krebsen hin, die sofort mit ihren Scheren zuschnappen, sich festhalten und dann von der Hand herunterbaumeln. Die Stiefel nimmt der Soldat in seine rechte Hand, und als großer Sieger verlässt er den Fluss und geht zwischen den kleinen Gruppen seiner Kameraden über den Platz.

Unsere Blicke und Gedanken folgen ihm zu seinen Töpfen.

Nachdem nun nichts Besonderes mehr geschieht, verstärkt die albernde Gruppe wieder ihren Unsinn. Mit mehreren Mann schnappen sie sich einen Kameraden an Armen und Beinen, und ob der sich auch wehrt und zappelt, sie schleppen ihn in Rückenlage mit großem Gejohle die fünf Schritte zum Fluss und tauchen ihn mit dem Kopf hintenüber ins Wasser.

Das ist ein »Spaß«, der uns Kindern von Anfang an nicht recht gefällt: fünf, sechs Mann gegen einen! Spielt der eingetauchte Soldat mit oder hat er einen Herzschlag bekommen und ist schon tot? Sein Kopf liegt nach hinten im klaren Wasser des Flusses, und er bemüht sich nicht, ihn nach oben zu bekommen. Aber warum halten sie ihn so lange hinein? Haben sie keine Sorge, dass er ertrinkt?

Ich bekomme Angst um den Mann: Das dauert mir viel zu lange!

Aber da heben sie ihn mit Schwung heraus und stellen ihn an Land auf die Beine. Das Wasser läuft dem Soldaten aus den Haaren über sein Gesicht. Die anderen machen dazu lustige Bemerkungen, aber der Betroffene will nichts davon wissen. Er ist sehr ernst, wischt sich mit der Hand das Wasser aus den Augen, sagt keinen Ton – und geht ab.

Wir Kinder sehen uns an und sind uns einig: Der Scherz ging zu weit!

Und wir glauben: Der Soldat ist gekränkt!

Auch die Wassereintaucher sind jetzt still. Wir haben genug gesehen, ziehen davon und berichten zu Hause der Mutter vom Treiben der Soldaten am Fluss.

Mutter antwortet uns mit zwei Sprüchen: »Übermut tut selten gut«, und mit einem anderen, den sie uns schon selbst hin und wieder mahnend unter die Nase gerieben hat, wenn wir beim ausgelassenen Herumtoben zu übermütig wurden: »Nach Lachen kommt Weinen!«

Ein paar Tage später spielen Reinhard und ich vor der Haustür mit bunten Glasmurmeln und wundern uns über das eilige Gerenne einiger Kinder: kleine und große, mit und ohne Schürze – und alle in die gleiche Richtung! Zwei Jungen kommen gerade im Laufschritt die Dorfstraße entlang, biegen am Dorfkrug um die Ecke in Richtung Brücke und verschwinden hinter den Häusern aus unserem Blickfeld. Ein kleines Mädchen hüpft aus einer Haustür schräg gegenüber und rennt, ohne einen Blick nach links oder rechts zu werfen, mit flinken Beinen und wehendem Röckchen wie selbstverständlich den gleichen Weg. Da hält es uns nicht mehr, und wir eilen beide ins Haus und berichten Günter unsere Beobachtungen: »Da muss etwas Besonderes im Gange sein – komm, lass uns nachsehen!«

Wir laufen alle drei los, nehmen die Spur auf und treffen bald auf eine große Kinderversammlung. Einige größere Jungen haben von den Soldaten etwas organisiert, wie sie stolz berichten. Für ihre geheimnisvolle Beute suchen sie einen ungestörten und geeigneten Ort.

»Erwachsene dürfen uns nicht sehen!«, sagen sie. Dabei benehmen sie sich so auffällig, dass ihnen nach und nach immer mehr Kinder folgen wie dem Rattenfänger von Hameln. Hinter einem langen hohen Geräteschuppen halten die Anführer den Platz für geeignet, aber plötzlich ist ihnen die laute Kinderbande zu groß. Wir sind etwa sechzehn Kinder, von Vierjährigen aufwärts bis dreizehn oder vierzehn Jahren – darunter auch ein paar kleine Mädchen. Da aber niemand weggehen will nach der Aufforderung der Großen, von hier zu verschwinden, und sich alle entschieden wehren, auch die kleinen Schürzenträger, lassen sie es bei dem großen Trupp.

»Nun sagt schon, was habt ihr denn?«, drängen die Umstehenden immer stärker.

»Karbid!«, sagt der oberste Anführer endlich und zeigt einen hellen Stein in die Runde – in der Größe einer Kartoffel.

»Karbid! Karbid!«, wiederholen wir alle. »Was ist denn das? Was machen die Soldaten damit?«

Die »Häuptlinge« recken sich stolz und berichten, was sie wissen.

»Die Soldaten machen damit Gas. Ein Lastkraftwagen wird dadurch angetrieben, damit läuft der Motor!«

Wir schauen ungläubig auf die weißen Bruchstücke, die sie aus ihren Taschen gekramt haben und die in ihrer Form wie trockene feste Erdklumpen aussehen.

Es fällt uns schwer zu glauben, was wir da hören.

»Ihr wollt uns was vormachen!«, tönt es von allen Seiten.

Aber der mit den meisten Erfahrungen bleibt ruhig.

»Hier!«, er hält einem Jungen so ein grauweißes Stück vor die Nase. »Spuck mal drauf!«

Der spuckt, und alle drängen herbei, wollen sehen, was es zu bestaunen gibt. Einer schiebt den anderen zur Seite, und immer der gleiche Ausruf folgt dem vorhergehenden: »Oh! Ja! Wirklich, die Spucke schäumt!«

Und da ist noch mehr: Die Spucke wirft heftig Blasen, und es stinkt nach Gas!

Der oberste Anführer triumphiert: »Seht ihr, was ich euch gesagt habe!«

»Ja«, nicken wir.

Er ist jetzt ganz klar der Chef. Alle sehen ihn erwartungsvoll an: Was hat er vor?

Der Chef blickt nach hinten, überzeugt sich, dass kein Erwachsener in der Nähe ist, und sagt dann forsch: »Man kann auch Bomben damit bauen!«

Erschrocken treten wir zurück.

»Richtige Bomben, die man auf Häuser werfen kann!?«

»Nein!«, er schüttelt ärgerlich den Kopf über so viel Dummheit, »solche natürlich nicht, mehr so für Jugendliche. Aber mit denen kann man auch ganz schön was anrichten: zumindest, um den Erwachsenen einen gehörigen Schreck einzujagen.«

Wir sind beruhigt, dass es keine richtigen Bomben werden – aber andererseits, den Erwachsenen einen Schreck einjagen, ist auch sehr riskant.

»Ja, und wie soll das gehn?«

Der Chef beugt sich leicht vor und senkt seine Stimme – und wir scharen uns enger um ihn.

»Man nimmt eine Flasche mit Bügelverschluss, tut Karbid rein, Wasser dazu – und fertig!«

Sogleich beginnt er den vorgezeigten Karbidbrocken zu zerkleinern und bugsiert alles in eine durchsichtige klare Flasche hinein, die er plötzlich in der Hand hält.

»So, jetzt fehlt nur noch Wasser«, sagt er und blickt um sich.

Ein paar Eifrige bieten sich an, Wasser zu holen. Aber er winkt ab: »Nicht nötig, reinstrullen genügt!«

»Was!?«, ertönt es von allen Seiten.

Und er: »Pipi ist doch auch Wasser, oder!?«

»Na ja, wenn das auch geht?«

Als keiner Anstalten macht, in die klare Glasflasche hineinzupinkeln, sagt er aufmunternd: »Na, wer hat denn Druck, wer kann was reintun?«

Ein kleiner Junge greift entschlossen unter sein kurzes Hosenbein, holt seinen beweglichen Strulli hervor, steckt ihn in den Flaschenhals hinein und lässt es laufen.

Gespannt beobachten wir alle, wie viel er schafft.

Aber das ist viel zu wenig, das ist ja nur ein Zentimeter. Ein zweiter Fünfjähriger bringt noch einmal genauso viel. Der Anführer ist mit alledem nicht zufrieden.

»Leute, das ist doch alles nichts! Da muss mehr kommen! Das Karbid muss mindestens bedeckt sein.«

Da kommt Hilfe von einer ganz unerwarteten Seite.

Bei derart schwachen Leistungen der Jungen und bei der dringenden Aufforderung, feste mitzuarbeiten, tritt ein kleines Mädchen vor und stellt sich über die Flasche. Sie hebt ihr Röckchen hoch, geht leicht in die Hocke und lässt ihren Strahl fließen.

Noch etwas verwundert über ihren Mut, begreifen aber die Umstehenden schnell, dass sie ihr helfen müssen: beim Zielen!

Die Zurufe überschlagen sich.

»Nach links!«

»Oh, zu viel! Nach rechts!«

»Nach vorne!«

»Ja, so ist es gut!«

»O nein, das war zu weit!«

Die Einweiser verzweifeln.

»Das kann man ja nicht mit ansehn!«

»Da geht ja viel zu viel daneben!«

Ihr kostbares Nass läuft an allen Seiten der Flasche herunter, und nur einen geringen Teil bringt sie hinein. – Fertig!

Dass sie es versucht hat, wird von allen Seiten anerkannt. Aber das Ergebnis ist niederschmetternd, umso mehr, wo sie doch eine ganz schöne Menge geliefert hat.

Etwas geknickt reiht sich das Mädchen wieder ein in die Runde.

Diese Schmach, nur durch Zufall etwas in die Flasche hineingebracht zu haben, will eine andere, etwa Fünfjährige, nicht auf den Mädchen sitzen lassen. Entschlossen tritt sie nach vorne. Sie hebt ihr Kleidchen – ein weißer Schlüpfer wird sichtbar –, und flink wie ein Wiesel hebt sie ein Bein, streift die rechte Seite ab und blitzschnell die linke, drückt einem Danebenstehenden wortlos den kleinen Schlüpfer in die Hand und geht zur Flasche! Wir merken sofort, das Mädchen hat aus dem Missgeschick ihrer Vorgängerin gelernt – und entsprechend vorsichtig geht sie die Sache an. Sie lässt nicht einfach ihren Strahl kommen, nein, langsam geht sie tiefer in die Hocke und nimmt sorgfältig die Stellung ein, die zum Erfolg führen soll: Und dann geht es los!

Der Anfangsstrahl geht über die Flasche, na gut, das Mädchen muss sich einschießen. Geschickt steuert sie sofort gegen und – trifft hinein!

Oh, jetzt wieder daneben!

Die engsten Helfer knien sich eilig auf die Erde, beugen sich weit vor, verfolgen den Strahl direkt von seinem Austritt an und geben aufgeregt ihre Anweisungen: »Links!« – »Rechts!«

Und mal läuft das begehrte Nass an der Flasche herunter und mal gelangt es hinein. – Und dann ist sie fertig!

Wieder erfolgt allgemeines Kopfschütteln und Murren: »Nein, das kann man so nicht machen!«

»Viel zu viel geht vorbei!«

»Ja, sie war besser als die andere, sie hat doppelt so viel reingebracht: aber drei viertel ging daneben.«

Die Beurteilung in der Runde fällt nun lautstark und endgültig: »Mädchen können das nicht!«

»Mädchen sind dafür nicht zu gebrauchen!«

Nachdem die beiden tapferen Mädchen wenigstens gezeigt haben, dass sie mutig sind, schieben noch zwei etwas größere Jungen ihre Scham zur Seite und machen dem Füllvorgang ein schnelles Ende. Und bei ihnen sieht es so einfach aus: Sie nehmen ihren Kleinen heraus, stecken ihn ohne Probleme tief in den Flaschenhals hinein und lassen schön laufen – und ruck, zuck ist die Karbidmenge gut mit Wasser bedeckt. Und sofort bilden sich Blasen, und es schäumt und blubbert in der Flasche – die Gasbildung läuft auf vollen Touren.

»Los, mach die Flasche zu!« rufen einige.

Der Anführer schüttelt den Kopf: »Nein, ich bin doch nicht verrückt! Erst wenn ich weiß, wo ich sie hinlegen kann.«

Und da werden auch schon die ersten Vorschläge in den Kreis gerufen. Einige haben gesehen, dass Opa Rodek hinter seinem Anbau in das »Herzhäuschen« gegangen ist.

»Das wäre doch was: die Flasche zwischen Bretterhäuschen und Holzstapel auf den Boden legen und explodieren lassen.«

»Bei dem Bums würde der Opa vom Sitz hochfahren.«

Die Idee gefällt allen.

Der Anführer schleicht sich an, macht die Flasche zu, legt sie eine Schrittlänge hinter der Rückwand ab und eilt zurück.

Wir warten gespannt in sicherer Entfernung. Nichts tut sich.

»Was?! So lange dauert das?«

Der Bombenleger hört das gar nicht gern. Er belehrt uns Ungeduldige: »Das Gas muss sich ja erst bilden und Druck machen. Und was glaubt ihr wohl, was so eine Flasche aushält!«

Wir müssen also warten.

Und dann macht es in Steinwurfweite »peng!«, und es klingt, wie wenn Glassplitter auf hohles Holz treffen.

»Oho, das hat aber gut geklappt!«

Der Bandenführer erhält von allen Seiten echte Anerkennung.

Da springt die Tür vom Herzhäuschen auf und Opa Rodek kommt mit seitlich herunterhängenden Hosenträgern und mit drohend erhobener Faust heraus. Wir rennen davon und johlen vor Begeisterung.

Damit könnte es jetzt genug sein. Aber nein, der Anführer strebt nach größeren Taten. Er hat gesehen, dass Opa Rodek wieder in das Häuschen zurückging. Und nun will er eine weitere Flasche vorbereiten, sich anschleichen, die Holzklappe auf der Rückseite am Boden öffnen – und dort seine Bombe hineinlegen.

Den meisten von uns ist das zu gefährlich. Das ist kein Spaß mehr!

»Der Opa könnte doch durch die Glassplitter verletzt werden.«

»Hört lieber damit auf!«

Aber der Anführer und seine engsten Freunde wehren ab: »Wer die Hosen voll hat, kann ja gehn!«

Wir bleiben mit vielen anderen in weiter Entfernung zurück.

Die großen Jungen gehen vor, einer von ihnen läuft zur Seite und kommt gleich darauf mit einer Flasche wieder. Und da sie nun unter sich sind, besorgen sie das mit dem Hineinstrullen auch selbst, im Handumdrehen. Die ganze Zeit über wünsche ich mir, dass die neue Bombenlegung nicht klappt, dass etwas dazwischenkommt. Aber die Bombenleger sind mit ihren Vorbereitungen schon fertig. Der Anführer schleicht sich gebückt mit der noch offenen Flasche von hinten an das Herzhäuschen heran. Da fliegt plötzlich die Tür auf und Opa Rodek stürmt heraus – und diesmal hat er die Hosenträger oben.

Der Anführer ist so überrascht, dass er die Flasche fallen lässt und flieht. Aber auch wir anderen schreien und kreischen vor Schreck und laufen so schnell, wie wir können. Opa Rodek bleibt zurück, schimpft wütend und schüttelt drohend die Faust. Seine Worte klingen wie Schule, Lehrer oder so ähnlich.

Das langt: Der Spuk ist zu Ende!

Wir gehen auseinander und nach Hause.

Auf dem Nachhauseweg sprechen Günter, Reinhard und ich auch darüber, wie wenig Scham doch einige hatten, vor aller Augen in die Flasche zu machen – sogar Mädchen! Und wir sind uns sicher, wir hätten das nicht getan. Aber wir fragen uns auch, was ist besser – so ungeniert zu sein wie die oder so verschämt wie wir?

Was ist richtig, was ist falsch?

Aber eine Antwort finden wir nicht.

Der Mutter berichten wir von den »Bomben«, und sie rät uns dringend: »Bleibt von solchem Schabernack weg!«

Eine weitere Karbidbombe gibt es für uns nicht.

Der Winter kommt: In wenigen Tagen ist Nikolaus.

Draußen ist es dunkel und kalt. Wir Kinder sitzen mit der Mutter und den beiden Omas zusammen im warmen Wohnzimmer, nah am gemütlichen Kachelofen. Großmutter und Urgroßmutter haben ihre dunklen Kopftücher um. Der Docht der Petroleumlampe ist heruntergedreht und das kleine Flämmchen taucht die Umgebung in ein schummriges Licht.

Im Dorf gehen Gerüchte um: Wir müssen hier vermutlich bald fliehen! Die Front kommt näher!

Die Leute sind unruhig und bedrückt und haben Angst!

Großmutter schaut in das Dunkel und hebt ratlos die Hände: »Fliehen oder nicht fliehen – ich weiß es nicht! Wir könnten hier bleiben, aber dann kommen die Russen ins Dorf – und dann?«

Sie blickt auf Mutter. »Marie ist eine junge Frau«, sagt sie und dreht dabei ihr Gesicht zur Uroma.

Die nickt: »Ja, aber sie hat Kinder! Die meisten Russen lieben Kinder!«

Oma Lina wiegt ihren Kopf: »Aber Russland ist groß. Je nachdem auf welche Menschen man trifft – da kann es auch ganz anders kommen.«

Und wieder nickt die Uroma: »Ja, wie damals.«

Wir Kinder verstehen das nicht und wollen mehr wissen.

»Was heißt wie damals?«, drängen wir.

Großmutter erklärt: »Wir sind schon einmal geflohen, im Ersten Weltkrieg – das ist schon lange her –, da kamen auch die Russen. Ich war eine junge Frau, und eure Mutter war ein kleines Kind auf meinen Armen, gerade etwas über ein Jahr alt.«

Wir sehen die Mutter an und versuchen uns vorzustellen, wie sie als kleines Mädchen auf dem Arm getragen wird.

Doch Großmutter erzählt weiter: »Wir konnten damals die Tiere mitnehmen und ein wenig Hausrat, aber als wir zurückkamen, war viel zerstört und große Not.«

Gebannt hängen wir an Großmutters Lippen: »Ja, hier gab es große Schlachten und viel Blutvergießen, ganz in der Nähe, bei Tannenberg – und hier an unseren Masurischen Seen. Und dann gab es noch eine große Schlacht im Winter, erst dann war Ruhe.«

Zu Großmutters Worten hat die Uroma mehrmals genickt und fügt hinzu: »Meistens haben die Russen selber nichts zu essen.«

Aber Großmutter drängt zurück zu der Frage: Soll man nun bleiben oder wieder weglaufen?

Sie überlegt laut: »Wir sind doch hier so dicht an der polnischen Grenze, und unser masurisch ist zum großen Teil polnisch – und außerdem heiße ich Symanski! Da werden sie uns doch wohl nichts tun!«

Mutter hat jedoch ihre Zweifel: »Aber wenn sie hören, dass mein Mann bei den deutschen Soldaten ist, was ...?«

Großmutter verzieht das Gesicht, als komme ihr da noch ein ganz anderer schlimmer Gedanke, und halb zu sich selbst sagt sie: »Abgesehen davon, mit den Russen werden die Polen kommen, und die werden sich rächen: Sie werden viel schlimmer sein als die Russen!«

Wir Kinder hören aufregende Sachen, begierig lauschen wir Großmutters Worten.

»Warum werden die Polen viel schlimmer sein?«, wollen wir unbedingt wissen, wo wir doch schon den Eindruck haben, dass die Russen schlimm genug sind.

»Ganz einfach«, sagt die Großmutter und blickt dabei zur Uroma, »die Polen haben bestimmt nicht vergessen, dass die Menschen hier in Masuren bei der Volksabstimmung nach dem Ersten Weltkrieg mit über neunundneunzig Prozent für die Deutschen gestimmt haben.«

Auch wenn wir Kinder von dem zuletzt Gesagten so gut wie nichts verstanden haben, so viel aber doch – für Großmutter steht fest: Die Polen werden sich rächen!

Sie befürchtet das Schlimmste! Und plötzlich ist sie sich ganz sicher und entscheidet: »Wir fliehen!«

Am nächsten Tag bestellt die Großmutter zwei Holzkisten beim Zimmermann des Dorfes. Eine Woche später liefert der Zimmermann zwei schöne große Holzkisten bei der Großmutter ab. Dabei entsteht ein kleiner freundschaftlicher Streit.

Oma Lina sagt dem Zimmermann: »Aber, das ist doch viel zu wenig! Das muss doch mehr kosten!«

»Nein, Lina, lass mal gut sein! Du hast so viel für uns genäht, ich berechne dir nur das Holz!«

»Oje, oje!«, sagt die Oma, »aber wenn du meinst, na, dann danke schön!«

Als der Zimmermann wieder draußen ist, schauen wir Jungen uns die Kisten sofort an.

Sie sind größer als wir. Auch auf Zehenspitzen können wir nicht in sie hineingucken – und sie sind sehr schwer! Obwohl sie leer sind, schaffen wir es einzeln nur, sie an einer Seite etwas anzuheben.

»Junge, Junge«, sagen wir uns, »wer soll die wegtragen, wenn die mal voll sind.«

Dann sehen wir uns die Kisten genauer an: Die Bretter sind aus hellem Kiefernholz mit braunen Ästen, wahrscheinlich mehr als eineinhalb Zentimeter dick, glatt gehobelt, dazu ein solider Boden und an zwei Seiten mit massiven Holzgriffen.

Die Kisten gefallen uns, auch »Baumeister« Günter ist zufrieden.

»Aber«, sagt er, »warum müssen die nur so schwer sein!?«

An den vergangenen Tagen war es draußen bitterkalt. Doch heute können wir es wohl wagen, die Nase in den Wind zu halten. Reinhard ist noch unentschlossen und zieht es dann lieber vor, in der warmen Stube zu bleiben. Deshalb laufen nur Günter und ich, warm angezogen mit Mantel, Pudelmütze und Strickhandschuhen, von der Haustür über die Dorfstraße vorbei am gegenüberliegenden Garten den kurzen Weg zum See.

Der See ist zugefroren und spiegelglatt!

Wir vergnügen uns auf dem Eis, nehmen auf der knochenharten Erde Anlauf und schlindern auf den See hinaus. Die riesige Eisfläche gehört uns ganz allein, niemand ist weit und breit zu sehen.

Günter und ich blicken hinüber zu den beiden Inseln im See, und da kommt uns ein Gedanke: »Jetzt könnten wir da gut hinlaufen.« Aber das erscheint uns zu gefährlich. Die Inseln sind weit weg, und wer weiß, wie dick das Eis auf dem tiefen See ist – vielleicht ist es dünner! Aber es macht ja auch hier am Ufer Spaß, denn so etwas haben wir noch nicht erlebt: Das Eis ist durchsichtig wie eine Fensterscheibe! Begeistert werfen wir uns auf den Bauch und betrachten den Seegrund: die kleinen und größeren Steine, die grünen, leicht schwankenden Halme und die kleinen Fische.

»Wie dick wird das Eis wohl sein?«, fragen wir uns.

Aber wir können nur raten: »Wie sollen wir das wissen, wenn kein Loch hineingeschlagen wird.«

Günter überlegt: »Ob man weiter auf dem See größere Fische sehen kann?«

»Wahrscheinlich.«

Gerne würden wir uns davon überzeugen, aber wir wagen es nicht, so weit vom Ufer wegzugehen: Wir haben Angst einzubrechen.

Geräusche von der Dorfstraße her unterbrechen unser Spiel. Ein Pferdefuhrwerk biegt von der Straße ab und kommt langsam auf uns zu. Wir stehen auf und staunen, dass der Kutscher immer weiterfährt.

»Was soll das?«

»Was will er hier?«

Im Sommer, ja, da könnten wir das verstehen. Denn in der Sommerhitze kamen sogar einmal Soldaten mit ihren Pferden hierher. Sie ließen die durstigen Tiere in Ruhe trinken und ritten bald darauf übermütig, nur mit kurzer Sporthose bekleidet, ohne Sattel, lachend und Wasser spritzend, im kniehohen Uferbereich hin und her. Danach schrubbten sie freudig ihre Pferde und machten Späße und Wasserspiele wie Kinder im Planschbecken.

Aber jetzt haben wir Winter und der See ist zugefroren.

Unterdessen ist der Kutscher näher gekommen. Er geht mit weiten Schritten neben dem Wagen her und scheint sich nicht im Weg zu irren, denn er fährt beharrlich auf uns zu. Wir stehen noch auf dem Eis, aber dicht am Ufer und haben nur noch Augen für das Pferdegespann.

»Der Fahrer wird doch wohl nicht auf den See fahren.«

Aber wie es aussieht, besteht daran kein Zweifel, wie er ruhig Schritt für Schritt seinen Weg zieht.

»Aber doch nicht mit diesem Leiterwagen mit den eisenbeschlagenen Rädern. Und nicht mit diesen schweren Pferden!«, rufen wir uns leise zu.

An den Pferden erkennen wir, woher sie kommen. Sie sind von dem großen Bauern in der Mitte des Dorfes, bei dem Mutter während der Roggenernte an der Dreschmaschine gearbeitet hat, stundenlang im Staub – beim Dreschen von Roggen. Damals war uns sofort aufgefallen, dass diese beiden Pferde sehr viel schwerer und dicker waren als alle anderen im Dorf. Und wir hörten, das seien Kaltblutpferde, eine Rasse mit ruhigem Temperament, auch Belgier genannt.

Wir können uns immer noch nicht vorstellen, dass in diesen Pferden kaltes Blut fließen soll, und in den anderen warmes. Wir wissen nur, was wir sehen, nämlich, dass sie lange blonde Mähnen haben, zottelige Haarbüschel über den Hufen und, verglichen mit allen anderen Pferden, die dicksten Bäuche und die gewaltigsten Hintern.

Und diese Pferde sollen nun auf das Eis?

Der Fuhrmann hält die beiden Dicken auf dem festen Untergrund an. »Brrr!«

Dann geht er nach vorne, streichelt ihre Köpfe, fasst an beide Halfter und zieht die Pferde langsam weiter. »Soo, komm Brauner! Komm Liese! Ja, soo – schöön!«

Die Hufe berühren das Eis und rutschen ein wenig. Die Pferde heben ihre Köpfe und schnauben unruhig, rollen ängstlich die großen Augen und fürchten die glatte Fläche!

Und dazu immer wieder die ruhige Stimme des Fuhrmanns: »Jaa, so ist gut, Brauner, fein, Liese – ruhig! Ganz ruhig!«

Und dann stehen Pferde, Wagen und Fuhrmann auf dem Eis: und sind nicht eingebrochen!

Günter und ich wundern uns: »Junge, ist das spannend!«

Der Fahrer lobt seine Pferde, tätschelt ihre Hälse. »Ja, das habt ihr gut gemacht, sehr brav!« Dann zieht er nur noch an einem Halfter: »So, dann kommt mal weiter.«

Und ohne besondere Aufregung, brav wie die Lämmer, folgen sie ihm mit vorsichtigen Schritten – hin und wieder rutschen die Hufe ein wenig. Günter und ich folgen dem Fuhrwerk in sicherer Entfernung. Wir trauen der Sache nicht. Noch hält das Eis, aber vielleicht nur am Rande.

Wird es auch dort halten, wo der See tiefer ist?

Wir sind besorgt und meinen: »Vermutlich bricht der Wagen gleich ein, gleich kracht es, und die Pferde werden ertrinken!«

Das Gespann befindet sich ungefähr einhundert Meter weit auf dem See, und wir entscheiden, wenn jetzt nichts passiert, dann hält das Eis: Und das Eis hält tatsächlich!

Unsere angstvolle Spannung lässt langsam nach, und nun erst fragen wir uns: »Was hat er denn vor?«

»Wofür ist das gut?«

Und wir bemerken, dass er die Pferde in die Richtung der großen Insel lenkt, die etwa fünfhundert Meter vom Ufer entfernt ist. Das finden wir aufregend. Endlich können wir da mal nachsehen, wie es dort aussieht. Schon im Sommer haben wir Jungen sehnsüchtig vom Ufer auf die grün bewaldeten Inseln geguckt und uns gewünscht, als Indianer das Gelände zu erkunden. Vielleicht gibt es da Geheimnisse oder spannende Abenteuer.

Der Fuhrmann, vielleicht der Bauer selbst, spricht Günter und mich nicht an und lädt uns auch nicht ein, mitzukommen. So halten wir weiter respektvollen Abstand zum Fuhrwerk, auch als der Mann die Insel erreicht. Wir wollen ihm keinen Grund geben, uns zu verscheuchen. Der Wagen fährt an der linken Seite der Insel vorbei bis zur Rückseite. Und zu unserer Überraschung taucht eine kleine Holzhütte auf oder auch nur ein größerer Geräteschuppen. Fenster entdecken wir keine, vielleicht sind sie auch nur durch Fensterläden verdeckt. Der Fuhrmann holt aus der Hütte einige Arbeitsgeräte und schneidet mit Sense und Sichel Schilf. Und damit wissen wir auch, warum er diese Fahrt macht: Er erntet Schilf!

Und der zugefrorene See macht es ihm möglich.

Vielleicht will er ein Dach ausbessern oder sich einen Vorrat anlegen oder das Schilf verkaufen.

Günter und ich würden gerne die Insel durchstöbern, aber wir wagen es nicht. So überlegen wir stattdessen, wie groß sie ist, und einigen uns auf einhundert Meter Breite und zweihundert Meter Länge.

Der Bauer hat das Schilf aufgeladen und tritt seinen Rückweg an.

Wir folgen ihm und langsam kommen wir dem Dorf näher. An Großmutters Haus bleiben Günter und ich stehen und lassen ihn ziehen: Angesprochen hat er uns kein einziges Mal – leider!

Und schon wieder können wir beide aufgeregt zu Hause etwas berichten.

Am nächsten Tag sind Günter und ich wieder auf dem Eis – und genau wie gestern ist niemand zu sehen. Wir spielen das gleiche Spiel: schlindern und in Bauchlage Fische beobachten, aber auf die Dauer ist das langweilig.

Da entdecken wir etwas!

Weit hinten, ein großes Stück am Dorfufer entlang, geht jemand auf den See hinaus: mit einem Schlitten!

»Oho!«, rufen wir, »einen Schlitten könnten wir gut gebrauchen.«

Günter und ich gehen sofort los, nähern uns der dunklen Gestalt auf dem Eis und erkennen den Fischer, »den Alten vom See«, den wir schon ein paar Mal gesehen haben, als wir im Sommer mit anderen Kindern in der Nähe seiner Netze und Ruderkähne herumtobten.

Wir gehen langsam von der Seite her auf ihn zu, indem wir in einem weiten Bogen mitgehen. Der Fischer hat einen Rucksack auf dem Schlitten, aus dem einige Stiele herausragen. Als wir nur noch wenige Meter von ihm entfernt sind, bleibt er stehen.

Wir grüßen ihn: »Guten Morgen.«

»Morjen, Kinderchen. Wo wollt ihr denn hin?«

»Ach, wir spielen hier nur so.«

Er setzt sich auf den Schlitten. »Wo kommt ihr denn her?«

»Aus Königsberg!«, sagen wir zweistimmig.

»Ach, aus ›Keenichsbarch‹ seeid ihr!«, wiederholt er den Namen der Stadt und zieht ihn dabei kräftig in die Länge.

Günter und ich sehen uns an und schweigend sind wir uns einig: Ja, wie spricht *der* denn!

Und in dieser breit gezogenen Sprache geht es weiter.

»Bei wem seeid ihr denn?«

Und wir beide antworten wieder zugleich, wie zwei artige Jungen, denen beigebracht wurde, erwachsenen Leuten laut und deutlich ihre Fragen zu beantworten.

»Wir wohnen bei Oma Lina im letzten Haus am Dorfausgang«, und fügen noch hinzu, falls das nicht reichen sollte, »sie ist Schneiderin.«

Aber das sagt ihm genug.

»Ach, beei der Liina, jaa, die kenn ich gut.«

Und ohne dass er etwas fragt, drängt es weiter aus mir heraus: »Unsere Mutter heißt Marie, die hat nach Königsberg geheiratet.«

Da lacht er nur leicht und sagt bedächtig: »Soo, soo.«

Im gleichen Moment ärgere ich mich über mich selbst: Warum sagst du ihm das? Vielleicht will er nicht, dass die Mädchen von hier wegheiraten in die Stadt – und ist nun ärgerlich. Und die Verteidigungsstimme in mir entgegnet: Ich wollte doch nur sagen, wer unsere Mutter ist und dass er sie bestimmt auch kennt – von früher, als Mädchen!

Der Fischer wechselt das Gespräch.

»Wollt ihr mitgehn, Fische fangen?«

Wir blicken ihn entgeistert an: »Aber es ist doch alles zu!«

Er schmunzelt. »Die kriegen eeins auf den Dez, wenn sie dicht unter dem Eis herschwimmen.«

Wir sind immer noch ratlos. Zwar wissen wir, dass Dez Kopf heißt – aber trotzdem.

Da greift er in seinen Rucksack und packt einen der Stiele: »Hier, mit dem Dubas.«

Der Fischer zeigt uns einen Vorschlaghammer und wir fragen: »Dubas?«

»Ja«, sagt er, »die Hämmer haben alle einen Namen. Der kleeine Hammer heißt Tibrillek, der mittlere Tutschek und dieser hier, der große, das ist der Dubas – und damit kriegen die Fische eeins auf den Dez.«

Günter und ich sehen uns kurz fragend an und antworten im Gleichklang: »Ja, wir gehen mit!«

Davon versprechen wir uns ein spannendes Abenteuer.

Der Fischer zeigt noch auf die anderen dicken Stiele: eine Axt, ein Beil und einen Kescher. Dann verschließt er den ausgebleichten Rucksack und wir gehen los.

Günter und ich ziehen den Schlitten.

Der Fischer schweigt und geht mit ruhigen Schritten weiter auf den See hinaus. Wir folgen ihm und stellen fest, dass wir dieses Mal rechts von den beiden Inseln vorbeikommen – an der kleineren.

Diese Insel hat eine runde Form und wir beide schätzen das Maß auf achtzig Meter. Der Fischer bleibt stehen.

»So, hier will ich es versuchen. Ich hab meiner Frau versprochen, ein Fischlein zum Mittag zu bringen. Ihr bleibt zurück und folgt mir mit größerem Abstand – und ganz leise, sonst fliehen die Fische!«

Er sieht uns fragend an. Wir nicken: »Ja.«

»Und wenn ich rufe, kommt ihr ganz schnell!«

»Ja, machen wir.«

Der alte Mann zieht den Vorschlaghammer aus dem Rucksack und geht los.

Wir bleiben zurück. Als die Entfernung zwischen uns groß genug ist, gibt er uns ein Zeichen mit der Hand, dass wir langsam und leise folgen sollen. Der Fischer bleibt stehen, schaut nach links und rechts, schiebt sich ganz langsam vorwärts, hebt den Dubas in die Höhe, legt ihn wieder zurück auf die Schulter, nimmt ihn erneut hoch, dreht sich entlang der Bahn eines Fisches und knallt den dicken Hammer auf das Eis! Bumm! Wir wollen losjagen, aber er gibt uns mit dem ausgestreckten Arm und der flachen Hand ein Zeichen.

Wir verstehen: Dableiben, es hat nicht geklappt!

Günter und ich sprechen leise miteinander: »Was ist schief gegangen?«

»Hat der Fisch den niedersausenden Schatten bemerkt und ist geflohen?«

»Oder hat er den Schwanz getroffen und nicht den Kopf?«

Der Fischer macht einen neuen Versuch. Da! Er zieht den Hammer nach unten, bricht aber den Schlag noch in der Luft ab. Günter und ich merken, dass der Fang eine schwierige Sache wird. Dann ist der Dubas wieder hoch in der Luft – und ein kräftiger Donnerschlag lässt diesmal das Eis erzittern und Eissplitter wegspritzen, und noch zweimal wuchtet der Fischer den schweren Hammer auf die gleiche Stelle.

Wir beide fürchten, er schlägt sich sein eigenes Loch, in dem er gleich versinkt.

Sein Arm fliegt hoch: »Kommt!«

Wir laufen so schnell wie wir können zu ihm.

Er eilt uns entgegen, stoppt den Schlitten, reißt aus dem Rucksack Axt, Beil und Kescher heraus, springt zurück zum Fisch und schlägt mit der langen Axt wie ein Wilder auf das Eis, sodass große Brocken nach allen Seiten spritzen. Dabei dreht er sich langsam im Kreis, damit ein rundes Loch entsteht. Schon nach wenigen Schlägen wird es dem Fischer zu warm, und er zieht seine dunkle Lederkappe vom Kopf und wirft sie auf das Eis. Nur wenig später unterbricht er seine kräftigen Hiebe, reißt sich mit schnellen Griffen seine grüne Joppe vom Leib, greift diesmal zum kleineren Beil und versucht den Rand besser rund zu bekommen.

Günter und ich fiebern aus sicherer Entfernung mit.

»Wird er den Fisch fangen?«, frage ich aufgeregt.

»Wie dick doch das Eis ist! Das dauert ja!«, sagt Günter und bangt: »Wird die Betäubung beim Fisch anhalten?«

Und gemeinsam überlegen wir: »Was ist, wenn die Axt durch das Eis schlägt und ein Loch entsteht – stößt er den Fisch dabei an und weckt ihn auf?«

Der Fischer kämpft wie um sein Leben. Er schwitzt, und es sieht aus, als ob seine Bewegungen bereits langsamer werden und seine Schläge schwächer.

Da, er ist durch! Das war ein Patsch ins Wasser, und die Eisfläche rundherum wird nass. Wie groß wird er das Loch schlagen wollen?

Günter ruft mir zu: »Wird er den Fisch mit den Händen greifen oder will er mit dem Kescher hinein?«

»Hm, beim Kescher müsste das Loch ziemlich groß sein.«

»Ja, und das dauert lange – dann könnte die Betäubung weichen.«

Aber wir wissen aus eigener Erfahrung, wie schwer es ist, glitschige Fische mit den Händen zu ergreifen und festzuhalten. Im Sommer hatten wir es mit mehreren Kindern versucht, in einem schmalen Wassergraben, in dem wir einige Fische in die Enge getrieben hatten: Selbst aus unseren Händen flutschten sie wieder heraus.

Was wird er also machen? So oder so, beides kann schief gehen.

Wir wünschen dem Fischer, dass er es schafft, denn wenn der Fisch weg ist, wird er vielleicht keine Kraft für ein zweites Eisloch haben. Und wenn er ohne Fisch nach Hause kommt – was wird seine Frau sagen?

Seit dem ersten Hieb durch das Eis ins Wasser spritzt bei jedem weiteren Schlag Wasser auf die Eisfläche. Rund um das Eisloch ist es nass und übersät mit Eisbrocken. Von dort, wo wir stehen, erscheint uns das Loch so groß wie ein Kohlkopf.

Da! Der Fischer lässt das Beil fallen, greift mit beiden Händen nach unten in das Wasser hinein und wirft im hohen Bogen den Fisch auf das Eis: mit einem Schrei der Erleichterung!

Aber auch Günter und ich fallen mit ein: »Jaa! Er hat ihn!«

Der Fisch liegt einige Meter weit weg und zappelt, wirft Kopf und Schwanzflosse hin und her. Der Fischer eilt hin, gibt ihm zwei, drei kräftige Schläge mit der flachen Seite vom Beil auf den Kopf – und der Fisch liegt regungslos da. Jetzt erst legt er ihn in den Kescher.

Günter und ich sehen uns den Fang an. Es ist ein stattlicher Fisch, der für die Familie reicht. Günter und ich frieren, aber der Fischer dampft! Er setzt sich auf den Schlitten und wischt sich mit einem zerknautschten Taschentuch die Schweißtropfen von der Stirn.

Der Mann ist abgekämpft, aber zufrieden.

Wir bringen ihm seine Lederkappe, mit der er ein paar Mal Wind vor seinem Gesicht macht, bevor er sie aufsetzt. Gleich darauf steht er wieder auf und zieht seine Joppe an.

Günter und ich nähern uns vorsichtig dem Eisloch. Es ist größer als wir dachten: Mit geschlossenen Beinen würden wir da wohl hindurchrutschen und darin verschwinden – ein wenig graust es uns vor der kalten Tiefe.

Wir wollen wissen: Wie dick ist das Eis? Aber ganz einfach ist es nicht, die Zentimeter zu schätzen, denn die Wasseroberfläche darin bewegt sich in kleinen unruhigen Wellen. Und außerdem ist der Wasserstand im Eisloch etwas höher gestiegen, was wir aber nicht verstehen.

Günter und ich überlegen hin und her: »Warum ist das so?«

»Das andere Eis liegt doch auch auf dem Wasser und am Loch ist es einfach nur weg – also könnte das Wasser doch unten bleiben.«

Bei der Eisdicke einigen wir uns auf fünfzehn Zentimeter.

Dann beginnen wir beide, die größten Eisbrocken in das Loch zurückzuwerfen. Wir wollen es wieder schließen, möglichst auch die kleinen Stücke wieder zurückschieben.

Doch der Fischer macht eine abwehrende Handbewegung. »Das braucht ihr nicht zu machen!«

Aber Günter und ich sind damit nicht zufrieden, und wir fragen ihn: »Kommt denn hier kein Stock hin oder so etwas, damit andere gewarnt werden? Und keiner in das Loch fällt!«

»Ach nein, das ist nicht nötig, das friert schnell zu.«

Damit ist alles gesagt. Der Fischer hat seine Geräte und den Fisch eingepackt, und wir verlassen die nasse Stelle mit den verstreuten Eissplittern. Günter und ich drehen uns noch ein paar Mal um: Dass da einer hineinfallen könnte, lässt uns keine Ruhe.

Der Fischer nimmt die Richtung auf das Dorf und hält sich dabei nach links, dorthin, wo er herkam. Nicht mehr weit vom Ufer entfernt, sagen wir ihm: »So, wir müssen jetzt auf die andere Seite. Auf Wiedersehen!«

»Macht's gut, Kinderchen!«

Wir eilen davon, womöglich macht die Mutter sich schon Sorgen.

Zu Hause haben wir wieder reichlich zu berichten.

»Mutti!«, beschweren wir uns, »der Fischer hätte einen Stock mit einem Lappen daran aufstellen müssen!«

»Ja«, sagt die Mutter, »die tun das nicht, und deshalb ist es zu gefährlich: Geht nicht so weit auf das Eis!«

Nur ein paar Tage später ist Weihnachten: Heiligabend!

Wir Kinder sind unruhig, denn hier auf dem Lande, wo es noch große Wälder gibt, soll der richtige Weihnachtsmann kommen, so hat man uns gesagt – und sogar sein Geselle: Knecht Ruprecht!

Von Königsberg her kennen wir den gar nicht.

»Oma, was macht der denn?« – »Wie sieht der aus?«

Die Großmutter lächelt geheimnisvoll und sagt: »Knecht Ruprecht ist der schwarze Mann mit der Rute und den Eisenketten.«

»Warum ist der denn so schrecklich?«

»Nun, der soll die ganz bösen Kinder mitnehmen!«

Wir Jungen überlegen immer wieder, ob wir wohl auch zu den Bösen gehören. Unsere Unruhe steigert sich zur leichten Angst.

»Du, Oma, könntest du nicht sagen, der Geselle soll draußen bleiben!«

»Oh, das geht nicht, er gehört zum Weihnachtsmann – und der bringt ja die Geschenke.«

Günter, Reinhard und ich fühlen uns nicht mehr wohl, und deshalb wollen wir möglichst schnell wieder weg vom Lande. Inge dagegen ist ruhiger, zum einen, weil Mädchen meist nicht so hart bestraft werden, und zum anderen, weil sie gar nicht mehr so recht an den Weihnachtsmann glauben will.

Knecht Ruprecht muss jeden Moment kommen!

Die Spannung in uns dreien wird unerträglich!

Von draußen hören wir scheußliche Geräusche: ein Heulen und hohles Sausen, rasselnde Ketten – und dann klopft es laut und polternd an der Haustür!

Erschrocken und voller Angst sehen wir Jungen uns an. Schweigend sind wir uns einig: Dieser Lärm, diese Panik, das hält doch keiner aus! Und mit einem Rutsch sind wir drei unter dem großen Bett im Wohnzimmer verschwunden, so tief, wie es nur geht.

Aus dem Flur kommen schweres Gepolter und Kettenrasseln ins Zimmer herein.

Wir hören tiefe Männerstimmen und eine alte Stimme sagt: »Von drauß' vom Walde komm ich her ...!«

Oma Lina fragt irgendetwas und die alte Stimme antwortet schleppend: »Ja, ja, der Weg ist weit und schwer.«

Von unserem Versteck haben wir eine gute Sicht auf die Stiefel.

»So, so«, brummt eine andere Bärenstimme, »unter dem Bett sind sie.«

Ein paar schwarze Stiefel trampeln näher heran und ein Rutenbündel wedelt vor unseren schreckgeweiteten Augen hin und her!

»Kommt da raus! Habt ihr solche Angst? Seht eure Schwester!«

Doch so einfach lassen wir uns nicht ködern. Wir schweigen eisern und bleiben lieber dort, wo wir sind – in Sicherheit.

Aber Knecht Ruprecht kann auch anders: »Wenn ihr nicht hervorkommt, dann hole ich euch – und dann wird die Strafe fürchterlich!«

Das wirkt.

Wir kriechen vorsichtig unter dem Bett hervor. Und dann stehen wir mit gesenkten Köpfen da, schuldbewusst wie reuige Sünder. Ängstlich wagen wir verstohlene Blicke auf die Stiefelgestalten. Knecht Ruprecht fuchtelt mit seiner Besenrute durch die Luft, knurrt sich etwas in seinen schwarzen Bart und rasselt mit den Ketten. Er sieht schrecklich aus mit seinem schwarzen Gesicht, den buschigen Augenbrauen, der zerzausten Fellkappe und dem langen dunklen Kapuzenumhang.

Jetzt versucht er auch noch, uns mit der Rute am Po zu erwischen.

Ich blicke Hilfe suchend zur Mutter, Großmutter und Urgroßmutter hinüber – und was sie von dieser Sache hier halten. Aber die nehmen das anscheinend leicht. Sie haben heitere Gesichter und scheinen sogar Spaß daran zu haben. Besonders Oma Lina lacht ein bisschen viel. Aber auch die Uroma hat ein rundes Gesicht und ausnahmsweise ihr Kopftuch weit nach hinten geschoben. Sie alle haben gar keine Scheu vor den Fremden – im Gegenteil –, es sieht eher danach aus, als würden sie die beiden sogar kennen.

Der Weihnachtsmann mit seinem langen weißen Bart und dem roten Umhang ist friedlicher.

Er kommt uns zu Hilfe: »Nun, Knecht Ruprecht, gebt mal Ruh!«

Er zieht ein Büchlein aus der Tasche und blättert darin herum.

»Na, wo hab ich euch denn? Ach, da seid ihr ja! Na, dann wollen wir doch mal sehn, ob ihr artig wart!«

Ich schicke ein Stoßgebet zum Himmel: Hoffentlich hat er da keine schlimmen Sachen drin!

Knecht Ruprecht wird dabei wieder etwas lebendiger, zeigt uns drohend die Rute und rasselt mit der mehrfach gewundenen Eisenkette.

Der Weihnachtsmann hebt zu unserer Erleichterung beschwichtigend die Hand und mit ruhiger Weihnachtsmannstimme sagt er: »Ist gut Knecht Ruprecht – so schlimm ist es nicht!«

Doch der wiegt unwillig seinen Kopf und brummt wieder, als koste es ihn große Mühe, die Rute nicht tanzen zu lassen. Dann liest der Weihnachtsmann von jedem zwei, drei Sünden oder Verfehlungen vor, bei denen Mutter, Großmutter und Urgroßmutter beifällig nicken, und ich staune, was der Weihnachtsmann so alles weiß – und er nimmt uns allen das Versprechen ab, im nächsten Jahr diese Dinge zu unterlassen. Wir blicken auf den Fußboden, nicken mit heißen Wangen und roten Ohren und versprechen alles! Knecht Ruprecht rasselt zwischendurch bedrohlich mit seinen Ketten.

Dieses Höllenfeuer scheint kein Ende zu nehmen: Begreifen die denn nicht, welche Angst ich habe und wie ich innerlich zittere! Ich wünschte, diese Teufel wären draußen: Dann verzichtete ich auch auf die Geschenke.

»So«, sagt der Weihnachtsmann und beugt sich zur Seite, »Geschenke hab ich auch dabei, aber«, er richtet sich wieder auf, »nur für den, der auch ein Gedicht aufsagen kann!«

Wir Kinder stehen in einer Linie, wir Jungen dicht beieinander wie die Soldaten, Inge nach rechts etwas abgesetzt, für die mildere Behandlung: Und sie beginnt!

Inge macht einen schönen tiefen Knicks und sagt ihr langes Gedicht auf, ich mache einen Diener und folge mit meinen Strophen – dann kommt Günter und zum Schluss Reinhard. Entweder hat die Aufregung der letzten Minuten dem Reinhard ein wenig die Sprache verschlagen oder er hat die Lernerei für den Weihnachtsmann nicht so wichtig genommen – jedenfalls guckt er einmal kurz zur Decke, als suche er dort den Anfang, und sagt dann: »Ich bin klein, mein Herz ist rein, niemand soll drin wohnen als Jesus allein!«

Oh, denke ich, das ist aber ziemlich kurz, hoffentlich geht das gut. Aber eigentlich kann Reinhard nicht viel passieren, denn wenn er klein ist und sein Herz rein, und nur Jesus drin wohnen darf – dann kann der Weihnachtsmann kaum etwas gegen ihn machen.

Mit einem schnellen Blick sehe ich, dass besonders Urgroßmutter viel Freude an Reinhards Gedicht hat: Sie strahlt! Schöner kann für sie Weihnachten nicht beginnen, als mit diesem klaren Bekenntnis zu Jesus Christus, und das auch noch aus reinem Kinderherzen: Reinhard ist ihr Engel auf Erden!

Und da frage ich mich: Hat Reinhard das Gedicht womöglich von der Urgroßmutter? Haben die beiden nicht in den letzten Tagen die Köpfe so oft zusammengesteckt?

Der Weihnachtsmann wiegt ein paar Mal seinen Kopf hin und her: »Na ja, das war ein bisschen wenig, aber für heute soll es reichen! Beim nächsten Mal will ich aber mehr hören!«

Reinhard nickt und bringt ein gepresstes »Ja!« hervor.

Knecht Ruprecht hebt die Rute und wiegt bedenklich seinen Oberkörper. Dann gibt es ein paar kleine Geschenke. Mutter hilft dem Weihnachtsmann bei der Verteilung und ich staune: Sie kennt sich viel besser aus als er, weiß genau, was der Einzelne von uns sich gewünscht hat, und sieht auch den kleinen Päckchen an, für wen sie bestimmt sind. Der Weihnachtsmann erinnert uns noch an unsere Versprechen und ermahnt uns, sie auch schön das ganze Jahr über einzuhalten, denn zur nächsten Weihnacht komme er wieder und frage nach – und er erfahre alles!

Aber zu unserer Erleichterung sagt er auch, wir brauchten nun nicht jeden Tag daran zu denken, aber wir dürften es auch nicht vergessen.

Dann gibt er uns Kindern die Hand, wünscht allen Frohe Weihnachten und sagt: »Oh, ich muss weiter, es warten noch andere Kinder auf mich.«

Die Stiefel schlurfen wieder hinaus: »Drauß' vom Walde komm ich her …!«

Als Mutter ins Wohnzimmer zurückkommt, fragen wir sie eindringlich: »Hast du auch die Haustür richtig abgeschlossen!? Können wir uns darauf verlassen!?«

»Ja, Kinder! Die kommen nicht mehr wieder.«

O Gott! Wir haben es überstanden!!

Und als wir nun wieder freier atmen können, sagen wir der Mutter, dass wir im nächsten Jahr auf den Weihnachtsmann und auf die Geschenke lieber verzichten möchten.

»Das ist für uns einfach zu viel Angst!«

Die Mutter beruhigt uns: »Ja, Kinder, ihr habt Recht, ein bisschen schimpfen kann er ja, aber nicht so viel Angst machen. Aber vielleicht ist es im nächsten Jahr ganz anders.«

Danach tauen wir langsam wieder auf – und alles ist gut.

Silvester! Der letzte Tag des Jahres nimmt seinen Lauf.

Nach dem Abendessen sagt die Großmutter wie selbstverständlich: »So, dann wollen wir mit dem Bleigießen beginnen!«

Wir Kinder sehen uns überrascht an und verstehen wieder einmal gar nichts. Und Großmutter hat keine Lust, uns lang und breit etwas zu erklären. Deshalb sagt sie knapp: »Seht euch das an, wie ich es mache, dann wisst ihr Bescheid.«

Sie nimmt einen großen Eisenlöffel mit einem geraden langen Stiel, legt ein festes graues Stück Blei darauf, etwa vier Zentimeter lang und wie ein Füllfederhalter dick, öffnet die rot erhitzte Ofenklappe am kleinen Rundofen und legt die Kelle langsam auf die helle Glut. Der lange Stiel ragt heraus und deshalb lehnt sie die heiße Ofenklappe nur an.

Wir Kinder holen die Mutter und wollen mehr wissen.

»Was soll das? Wofür ist das gut?«

Mutter erklärt: »Ach, das ist ein alter Brauch, so eine Sitte. Das Blei wird im heißen Ofen geschmolzen und flüssig gemacht und dann in eine Schüssel mit kaltem Wasser gegossen. Dabei wird es wieder fest und bildet Figuren oder Ähnliches. Und die Menschen deuten diese Zeichen und wissen dann, was ihnen das neue Jahr bringt.«

»Hm, und was haben sie davon?«

»Nun, es gibt gute Bilder und schlechte: Die guten bringen Glück, die schlechten Unglück. Ja, und dann wissen sie, was kommt.«

Großmutter zieht die Ofenklappe vorsichtig einen Spaltbreit auf und schaut hinein, ob das Blei geschmolzen ist.

»Es sieht schon gut aus«, meint sie, »aber es dauert noch ein wenig.«

Wir Kinder können uns nicht so schnell mit dem Rest von Mutters Antwort anfreunden.

»Ja, aber es ist doch schlecht, wenn man weiß, dass man Unglück haben wird.«

Die Mutter stellt uns zufrieden, indem sie erklärt: »Nun, man muss das Ganze nicht so ernst nehmen – es ist auch ein Spiel.«

Das hört sich für uns schon besser an.

»Aber«, spricht Mutter weiter, »einige Menschen glauben fest daran.«

Wir fragen sie noch: »Woher weiß man denn, welche Bilder Glück bringen und welche Unglück?«

Die Mutter nennt uns Beispiele. »Eine schwarze Katze bringt Unglück, und ein Schwein bringt Glück oder auch ein Kleeblatt.«

Großmutter holt die Kelle heraus – das Blei darin ist flüssig –, und sie schüttet es in eine Schüssel, die zur Hälfte mit Wasser gefüllt ist. Es zischt und das Blei liegt als Zackengebilde auf dem Boden. Die Großmutter holt es heraus und berät sich mit der Urgroßmutter: aber auf Masurisch! Wir Kinder blicken von unten auf die Figur, die von den beiden Omas genau betrachtet wird, und versuchen auch etwas herauszulesen, aber wir erkennen darin weder Katze noch Schwein, weder Kleeblatt noch sonst etwas.

Großmutter legt das Gebilde wieder auf die Kelle und steckt es in den Ofen.

»Oma, warum machst du das? Was war das denn?«

Und sie sagt: »Wir haben nichts darin erkannt und dann darf man es noch mal wiederholen.«

Der nächste Versuch zischt ins Wasser. Die Großmutter zeigt ihn der Uroma. Und dieses Mal sind die Zeichen wohl deutlicher, beide machen sorgenvolle Gesichter. Die Urgroßmutter spricht wieder im rätselhaften Masurisch, und Großmutter wiegt ihren Kopf und klagt: »Oje, oje! – ojeemineh!«

Die beiden Großmütter behalten ihr Wissen für sich. Aber nach und nach bekommen wir doch etwas aus Oma Lina heraus, und sie erklärt: »Man muss erst seine Frage an das Schicksal stellen und dann das flüssige Blei in das Wasser gießen.«

Und man muss auch die richtigen Worte finden und es nicht so machen wie wir Kinder. Also nicht fragen: »Wo ist unser Vater?«, oder: »Wann kommt er wieder aus dem Krieg?«, sondern: »Kommt er jemals wieder?« Und wenn dann die Zeichen gut stehen, dann kann man trotz eigener Bedenken wenigstens hoffen.

Die beiden Omas stellen weiter in zwei Sprachen – und zum Teil für unsere Ohren undeutlich – ihre Fragen an die Zukunft: »Wird einer aus dem Familienkreis sterben?«

»Kommt Maries Mann zurück?«

»Werden wir fliehen müssen?«

Die Großmutter hat ihr Kopftuch schon längst nach hinten geschoben, und nun macht sie sich Luft und nimmt es sogar ganz ab. Ihre Augen glänzen, ihre Wangen glühen, einerseits, weil sie so dicht am warmen Ofen hantiert, und andererseits, weil sie mit heißem Herzen das Schicksal befragt. Aber auch wir Kinder sind jetzt völlig verrückt auf die Deuterei: Dabei zeigt sich, wir sehen die Dinge mehr von der rosa Schweinchenseite, während Oma und Uroma alles eher von der schwarzen Katzenseite sehen.

Häufig protestieren wir: »Aber Oma, das war doch ein schönes Bild, das bedeutet doch Glück!«

Aber sie entscheidet: »Nein, das war nicht zu deuten, das muss noch mal hinein.«

Und so gibt sie die verschwommene Antwort auf ihre schwere Schicksalsfrage zur weiteren Klärung noch einmal in das heiße Feuer. Langsam haben wir Kinder den Verdacht, dass die Großmütter gar keine guten Antworten zulassen, sondern diese Bilder als Irrtum betrachten. Aber wenn sie schwarzsehen und Unglück deuten können, wenn der verzerrte Blick einer Katze aus dem Wasser schielt oder der Tod sein hohles Gesicht im kalten Bleigerippe zeigt – ja, dann sind die Antworten richtig, denn Tod und Verderben sind das, was sie von der Zukunft befürchten und erwarten.

Am friedlichsten bei diesem aufgeregten Hin und Her ist unsere liebe Mutter. Sie bemüht sich geduldig um den Ausgleich zwischen Jung und Alt, zwischen Schweinchenanhängern und Katzendeutern.

Irgendwann haben Großmutter und Urgroßmutter ihr Schicksal geklärt und ziehen sich still und ernst zurück.

Wir Kinder schwingen jetzt das Zepter an der glühenden Ofenklappe. Und wir lassen bei unseren ungebremsten Deutungen neben Schweinchen und Schneewittchen alle möglichen Figuren vorbeimarschieren – nur keine bösen schwarzen Katzen mehr!

Und plötzlich fällt auch uns Jungen eine ganz wichtige Schicksalsfrage ein: »Wird Knecht Ruprecht im nächsten Jahr wieder so schrecklich sein?«

Aber so oft wir diese brennende Frage im Feuer auch schmieden – die Bilder bleiben undeutlich.

Auf jeden Fall haben wir Kinder unseren Spaß und lachen fröhlich um die Wette, und vielleicht hat das die beiden bedrückten Omas und die Mutter auch ein bisschen erwärmt.

Donnerstag, 18. Januar 1945. Es ist noch ein junger Morgen, noch stehen die Zeiger nicht auf neun Uhr.

Der Himmel ist schwach bewölkt, und ein frostiger Wind bläst

Günter und mir vom See her schneidend ins Gesicht. Wir schauen beim Gehen gebannt hinunter auf unsere hohen braunen Schuhe, denn der Schnee knirscht vor Kälte deutlich hörbar bei jedem unserer Schritte.

Ein Ruf wie ein Peitschenknall hinter uns lässt uns zusammenzucken.

»Dieter! Günter!«

Erschrocken fliegen unsere Köpfe herum. Die Mutter steht hoch aufgerichtet in der Haustür.

Ihre energische Stimme duldet nicht den geringsten Widerspruch: »Ihr wisst Bescheid, es kann jeden Augenblick losgehn! Ihr geht nur hinüber zu den Nachbarjungen und dort bleibt ihr! Wenn ich euch rufe, kommt ihr sofort!«

Günter und ich nicken heftig zu Mutters deutlichen Worten.

»Ja, wir haben verstanden. Wir bleiben dort und gehen nicht weg!«

Die Mutter ist mit unserer Antwort zufrieden und wendet sich ab.

Günter und ich überqueren unruhig und bedrückt die mit gefrorenem Schnee bedeckte schmale Dorfstraße und gehen schräg gegenüber auf das Nachbargrundstück zu. Unser Weg führt uns an einem Lattenzaun vorbei zum Gartentor, und direkt dahinter finden wir die beiden jüngeren Brüder der Nachbarskinder, in der Hocke sitzend, bei einem Spiel.

Günter und ich sehen uns an – wir sind enttäuscht.

Die beiden haben mit kleinen weißen Steinchen einen tellergroßen Kreis auf der vom Schnee befreiten steinharten Erde gebildet. Eckige, dunkle Steinchen verschiedener Größe stellen in diesem Kreis Wohnhaus, Scheune und Stallungen dar: Die Jungen spielen Bauernhof! Trotz unserer dumpfen Angst wegen der drohenden Flucht und der Abwehr gegen das langweilige Spiel ziehen sie uns mit ihrer unbekümmerten Hingabe nach und nach doch in ihren Bann – und wir vergessen alles um uns her. Als uns dann plötzlich das laut quietschende Gartentor entgegenfliegt, durchzuckt mich ein gewaltiger Schreck.

Reinhard ist wild hereingestürmt, sieht uns mit großen Augen an und schnappt aufgeregt nach Luft: »Los, ihr sollt sofort kommen!«

Eine Antwort wartet er gar nicht ab, sondern dreht sich einfach um und läuft so schnell er kann zurück. Günter und ich springen auf, jagen ihm hinterher und laufen miteinander um die Wette.

Die Mutter empfängt uns eilig im engen Hausflur: »Es ist so weit, wir müssen weg!«

Großmutter kommt schnell hinzu. Sie hält eins ihrer selbst gebackenen, großen viereckigen Brote in den Händen: »Hier, ihr beiden, lauft doch eben rüber zur alten Lipzina und bringt ihr das Brot! Geht nicht zur Haustür, die ist sicher schon abgeschlossen, klopft einfach an ihr Fenster!«

Günter und ich rennen mit dem Brot los, wieder schräg über die Straße, wieder zum Haus der Nachbarjungen, aber diesmal zu ihrer Großmutter, deren Fenster direkt an der Straße liegt.

Wir rufen: »Oma Lipzina, Oma Lipzina!«

Nichts rührt sich.

Wir suchen irgendetwas zum Werfen, kleine Steinchen, aber der Frost hat alles fest im Griff, und wir können nichts losreißen. Und noch einmal rufen wir, lauter als vorher: »Oma Lipzina, Oma Lipzina!«

Günter und ich überlegen kurz und dann schieben wir, auf Zehenspitzen gereckt, das Brot auf die Fensterbank: Wir wollen in das Zimmer hineinsehen. Um das zu schaffen, machen wir eine Art Räuberleiter: Günter greift mit den Fingerspitzen an die Fensterbank, zieht ein Bein an, ich drücke seinen Fuß gegen die Hauswand, er schiebt sich hoch – und ich halte beide Schuhe an die Mauersteine gedrückt.

»Und, was ist?«, frage ich ungeduldig, weil ich mich so anstrengen muss, um ihn in dieser Lage zu halten.

»Ich sehe nichts«, ruft er, »das Zimmer ist leer. Ach nein, warte! Sie liegt unter dem Bett! Lass mich runter!«

Ich lasse ihn langsam an den roten Steinen herunterrutschen.

Und natürlich kann ich das nicht recht glauben: »Das muss ich selber sehn.«

Jetzt geht das Spiel mit der Räuberleiter umgekehrt. Nun klebe ich an der Wand und versuche die Nase über den Fensterrahmen zu heben. Und kurz bevor meine Kräfte mich verlassen und auch ich an den Steinen herunterrutsche, sehe ich die alte Frau: unter dem Bett mit dem eisernen Rohrgestell, ganz in die Ecke gedrückt, ein Kopftuch umgebunden und das Gesicht zur Wand gedreht.

Günter und ich nehmen wieder das Brot, laufen aus Leibeskräften zurück und erzählen unsere unglaubliche Geschichte.

»Oma, Oma! Die Lipzina ist vor Angst unter das Bett gekrochen!«

Die Großmutter hört sich das an und entscheidet kurz: »Los, lauft noch mal hin und legt das Brot einfach auf die Fensterbank. Dort wird sie es schon finden, wenn der Hunger kommt, und wenn nicht, ist es auch nicht schlimm!«

Wir laufen erneut los, schieben das Brot auf die schräge Fensterbank und eilen zurück.

Die anderen sind schon abmarschbereit.

Die Mutter hält mir einen offenen Mantel entgegen. Erstaunt sehe ich zu ihr hoch: »Aber ich hab doch schon einen Mantel an!«

Ungeduldig wedelt Mutter mit dem Ärmelloch auffordernd vor meinem Gesicht hin und her.

»Die beiden Koffer sind voll und mehr kann ich nicht tragen. Wenn du diesen schönen Mantel nicht anziehst, müssen wir ihn zurücklassen.«

Es ist ein dunkelblauer Matrosenmantel, mit zwei Reihen prächtiger goldfarbener Knöpfe – auf den Knöpfen Schiffsanker.

Ein Kleidungsstück über dem anderen – Mantel über Mantel, Ärmel über Ärmel –, das will natürlich nicht so einfach klappen. Aber Mutter lässt nicht locker.

»Los, mach eine Faust«, sagt sie, »halt deinen Ärmel fest und stemme dagegen!«

Und dann stecke ich stocksteif in den Ärmeln, halte die Luft an, und Mutter knöpft ihren Matrosen vorne zu. Die Luft in mir wird dünner. Ich kann mich kaum noch bewegen und komme mir vor wie ein kleines dickes Fass, aus dem unten zwei viel zu kurze Beine herausgucken. Mit Schrecken denke ich daran, dass ich einmal umfallen könnte. In der Rückenlage käme ich dann als »dunkelblauer Maikäfer« mit acht »Goldknöpfen« auf dem Bauch ohne fremde Hilfe kaum noch auf die zappelnden Füße.

Im Hausflur stehen die beiden hohen Kisten aus den hellen Brettern. Jetzt, wo sie gepackt sind, kommen sie mir vor, wie mit schweren Steinen beladen. Die Großmutter hat wichtige Sachen in die Vorratskisten hineingetan: einen halben Sack Kartoffeln, zwei Säckchen Roggen, einen großen geräucherten Schinken, Salz, zwei Wolldecken und ihre nagelneuen hohen Schuhe, die sonst auf dem Boden hingen, an einem Draht, genauso wie der Schinken.

Im Sommer hatten wir die Großmutter auf den Speicher begleitet und uns über einige Dinge gewundert.

»Oma, warum steht hier so ein großer Sack mit Salz?«

Und sie erklärte: »Salz ist auf dem Lande sehr wichtig, denn wenn man schlachtet, braucht man viel Salz.«

»Und die braunen hohen Schuhe?«

»Die sind für mich, zur Reserve, wenn mal Not ist – extra weiches Leder für meinen kranken Fuß.«

Die Mutter drängt uns Kinder nach draußen.

»Was ist mit den Kisten?«, fragen wir besorgt.

Mutter winkt ab: »Die sind zu schwer. So viel können wir nicht mitnehmen, nur das, was wir tragen können. Wir müssen sie stehen lassen.«

Keiner von uns will hinausgehen, niemand will den Anfang machen. Jeder hat Angst vor dem schmerzlichen, entscheidenden Schritt: vor die Tür zu treten, alles zurückzulassen, sich vom Haus abzuwenden – und wegzugehen!

Aber es muss sein!

Wir treten über die Türschwelle nach draußen: wir vier Kinder, die Mutter, die Großmutter und die Urgroßmutter!

Die Großmutter schließt die Haustür ab, dreht den Schlüssel langsam im Schloss, prüft mit der Türklinke, ob die Tür auch gut verschlossen ist, und steckt den langen Eisenschlüssel sorgfältig in ihre schwarze Handtasche. Wir Jungen wollen uns schon umdrehen und schnell zum wartenden Lastkraftwagen der Soldaten laufen, aber die Mutter hält uns zurück: »Halt Kinder! Bleibt hier, nehmt Abschied! Seht euch das Haus noch einmal gut an, vielleicht kommen wir nicht mehr zurück.«

Und da stehen wir nun im Halbkreis: Mutter, Großmutter und Urgroßmutter in ihren schwarzen Mänteln – und wir Kinder zwischen ihnen. Die Großmutter zieht ein weißes Taschentuch aus ihrer Manteltasche und wischt sich still über die Augen, die Urgroßmutter bekreuzigt sich und presst ihr weißes Tuch vor das Gesicht, und der Mutter laufen Tränen über die Wangen, sie greift in ihre Manteltasche. Und da sind natürlich auch wir Kinder still und traurig und drucksen herum. Unsere Gefühle laufen nämlich ganz einfach: Ist Mutter glücklich, sind auch wir glücklich – ist Mutter traurig, sind wir es auch.

In diesem Augenblick, als wir dort stehen und Abschied nehmen, halte ich das Bild fest, wie es sich zeigt: links der Schuppen für die Enten, Gänse und Hühner, dann das mit Schilf gedeckte Haus mit dem Garten an der Seite und einem grauen Lattenzaun.

Gleichzeitig denke ich an die Entenfamilie, die zwischen Stall und Haus schräg über das Feld zu ihrem Fluss watschelte, auf *ihrem* Trampelpfad!

Die Mutter dreht sich zu uns: »So, Kinder, dann lauft!«

Günter, Reinhard und ich laufen los – Richtung Dorfkrug. Der Militär-Lkw, der uns wegbringen soll, steht ganz in der Nähe: am Salangauki-Birnbaum! Die Rückklappe hängt herunter und fast die Hälfte der Ladefläche ist mit dicht gedrängt stehenden Menschen besetzt. Kräftige Soldatenarme heben mich hoch und stellen mich auf die Bretter. Ich will direkt zur linken Seitenwand gehen, die durch Aufbauten erhöht wurde, durch deren große Zwischenräume ich gucken will, wenn der Wagen losfährt, damit ich mir auch während der Fahrt, entlang der Straße, alles genau merken kann. Doch kaum habe ich den ersten Schritt getan, greifen wieder kräftige Arme nach mir und stellen mich mitten auf die Ladefläche, dicht hinter die dunklen Mäntel und drücken mich hinein – andere Mäntel schieben nach, schlagen über mir zusammen: Ich bin umzingelt und stehe im Dunkeln!

Sofort versuche ich zwischen den Mänteln nach links hinüberzukommen. Aber der Widerstand ist zu groß, und ich möchte nicht von den Erwachsenen als ungezogenes Kind gescholten werden – und so füge ich mich ärgerlich und zähneknirschend in diese unglückliche Lage.

Ich bin wütend auf die Erwachsenen!

Warum schieben die mich nicht von ganz allein auf die Seite, damit ich etwas sehen kann! Die Kinder kommen doch auf den Fotoaufnahmen auch immer nach vorne. Und wir können ja gar nicht herunterfallen, die Seitenwände sind ja aufgestockt! Warum spüren die das denn nicht!? Der Teufel hole die Erwachsenen!

Ich schließe die Augen und fühle mich wie im Kleiderschrank, und zwar in der Ecke, in der die schwarzen Wollmäntel aufbewahrt werden: Es riecht stark nach Mottenkugeln. Alle haben wahrscheinlich ihre guten Mäntel herausgeholt, und vielleicht steckt in dieser oder jener Tasche noch eine dieser kleinen weißen, stark riechenden Kugeln.

Der Wagen ist anscheinend beladen. Gedämpft höre ich, wie die hintere Klappe geschlossen wird. Gleich darauf schüttelt der anspringende Motor die Ladefläche. Langsam fährt der Wagen an.

Obwohl wir so dicht gepackt sind, schwanken wir wie Halme im Wind auf einem Kornfeld. Ich halte mich an zwei Mänteln fest und denke: Wenn ihr mich schon nicht da hinlasst, wo ich hin will und wo ich mich festhalten könnte, dann seht auch zu, dass ich hier nicht umfalle! Und mich selbst tröste ich damit, dass ich mir sage: Du brauchst nichts zu sehen, du weißt auch so, wie alles aussieht.

Als sich das »Kornfeld« um mich herum stark nach links biegt, weiß ich, jetzt sind wir an der Gastwirtschaft und der Lkw schwenkt scharf nach rechts und fährt in Richtung der Brücke.

Ob Mutter noch einen Blick auf *ihren* Dorfkrug werfen kann?

Die Straße schüttelt den Wagen einmal kräftig links-rechts, und durch die hin- und herwogenden Mäntel erkenne ich das Geländer der kleinen Brücke, damit weiß ich, dass wir gerade das Dorf verlassen.

So, denke ich, und nun rutscht mir alle hier den Buckel runter, jetzt brauch ich nichts mehr zu sehen! Den Rest kann ich mir auch so vorstellen. Ich weiß, dass die Wiesen auf der linken Seite, nach Materschobensee zu, von den Pionieren unter Wasser gesetzt wurden und dass die Fläche bei dieser Kälte eine große Eisfläche ist. Und auf der rechten Seite der Straße begleiten uns viele Kiefernbäume – jüngere Anpflanzungen und ältere, kilometerweit, und sonst gar nichts. Auf den Wiesen nach Materschobensee spielten wir nie, alles lief rechts von der Brücke ab: am Fluss die Soldaten, Großmutters Enten und die Fische beim Bauern Jestremski, aber es gab da noch im Sommer eine Kahnfahrt!

Es war ein heißer Sommertag, und wir spielten zu viert am Fluss, ein Brüderpaar aus dem Dorfkrug, sieben und zehn Jahre alt, und Günter und ich.

Am Fluss war es wunderschön.

Barfuß zogen wir langsam am Uferrand entlang, im klaren kühlen

Wasser unter den schattigen Bäumen, deren grüne Kronen sich oben berührten und durch deren Blätter die hellen Sonnenstrahlen an vielen Stellen durchbrachen, die dann auf den leichten Wellen des Flusses wie kleine Lichtpunkte blitzten und funkelten.

Und plötzlich war da am Ufer ein flacher Holzkahn!

Der ältere der Brüder machte ihn los, wir stiegen begeistert ein, und dann ruderte er mit leichten Bewegungen auf dem Fluss. Der jüngere der beiden erhob sich vom Boden und setzte sich auf den Rand der Seitenwand. Der Ältere mahnte ihn zur Vorsicht: »Pass auf, sonst fällst du nach hinten rüber!«

Doch der Jüngere konnte sich das nicht vorstellen und verwarf die Bedenken des anderen. Auf einmal schwankte der Kahn, nur ein wenig, doch es genügte! Der Jüngere griff mit ausgestreckten Händen zur Seite in die Luft, fand keinen Halt, machte eine Rolle rückwärts und war verschwunden. Ein großer Schreck durchfuhr uns alle!

»Er kann nicht schwimmen!«, rief sein Bruder entsetzt, was aber Günters und meine Angst nur noch steigerte.

O Himmel!, durchzuckte es mich. Was sollen wir tun!? Wir können doch selber nicht schwimmen!

Die Strömung im Fluss war sachte, aber trotzdem groß genug, den Kahn viel zu schnell weiterzutreiben! Der ältere Bruder war aufgesprungen, stand mit weit geöffneten Armen wie gelähmt da, doch nur einen Moment, dann handelte er sofort und gut. Heftig riss er ein Ruder aus der Führung, sprang nach hinten, zwischen Günter und mir hindurch und hielt das Holz schräg rückwärts, weit über den Kahn hinaus, genau in dem Augenblick, als der Untergetauchte beide Hände suchend aus dem Wasser streckte und prustend sein Gesicht auftauchte mit angstvoll aufgerissenen Augen. Der Ertrinkende packte blitzschnell das Ruder, und wir zogen ihn gemeinsam in den Kahn zurück, wobei der bedrohlich schaukelte und wir aufpassen mussten, nicht selbst kopfüber ins Wasser zu fallen.

Einer war nass, alle vier waren wir glücklich – und die Kahnfahrt war auf der Stelle zu Ende: gedauert hatte sie vielleicht vier Minuten.

Während ich an die sommerliche Kahnfahrt denke, rüttelt uns der Militärwagen weiter auf seiner Wegstrecke. Durch das Schütteln hat es ein bisschen Luft gegeben und ich sehe hin und wieder den Kiefernwald auf der rechten Seite. Der freie Raum bringt aber auch Nachteile, denn ich spüre jetzt viel stärker den kalten Fahrtwind auf dem offenen Lkw, und selbst ohne Fahrtwind war es im Dorf ja bereits eisig kalt, weshalb auch der Schnee beim Gehen knirschte.

Da sich hier inmitten der schwarzen Mäntel nichts Besonderes abspielt, laufen meine Gedanken wieder davon. Es gab da nämlich noch eine Schlittenfahrt!

Der Berg, auf dem sie stattfand, liegt rechts von dieser Straße im hohen Kiefernwald. Wir haben die gerade Linie zu diesem Hügel vielleicht vor einer Minute erst passiert.

Es war im Dezember, nach dem ersten großen Schneefall.

Alle wollten gerne Schlitten fahren. Die Größeren, die sich besser in der Gegend auskannten, versprachen uns zu einem Berg zu führen. Also zogen wir mit ein paar Schlitten und gut zehn Teilnehmern los, die beiden Brüder von der Kahnfahrt waren auch dabei.

Vom Dorf aus ging es hinter der Brücke schräg nach rechts in den Wald. Nach längerem Marsch kam auch eine schöne Abfahrt. Aber überall waren Bäume, es gab keine freie Fläche – wir mussten leider den Forstweg hinunterfahren. Als aber die Abfahrer und die »Bergaufgeher« sich auf dem Weg ärgerlich und gefährlich in die Quere kamen, wurde nach kurzem Palaver festgelegt, dass Zurückgeher neben dem Forstweg durch den Wald gehen müssten.

Der Fahrweg selbst gehörte ab sofort nur den Abfahrern – und nun fuhren die Schlitten ungebremstes Tempo.

»Wie heißt denn der Berg überhaupt?«, fragten wir Neulinge.

Die Älteren, die in der Schule schon längst die Heimatkunde hinter sich hatten, wussten Bescheid.

»Grünes Gebirge«, sagten sie.

Günter, Reinhard und ich fanden den Namen langweilig.

Da man aber von dem Berg wie der Teufel herunterfahren konnte, schlugen wir vor, ihn »Teufelsberg« zu nennen. Der Vorschlag wurde gleich angenommen und entsprechend sausten wir hinunter, so lange, bis der jüngere der »Kahn-Brüder« auf seiner Abfahrt ins Schleudern geriet, vom Weg abkam und mit seinem Schlitten frontal gegen einen Baum knallte. Der Junge hielt sich den Kopf, fasste sich zwischen die Beine und musste erbrechen. Wir machten uns große Sorgen um ihn, wollten von dem verdammten Teufelsberg nichts mehr wissen und gingen alle nach Hause.

Unterwegs auf dem Schlitten fühlte er sich schon besser und ein paar Tage später war er wieder wohlauf.

Auf dem Lastwagen zieht es jetzt eisig!

Die Fahrt dauert nun schon so lange, dass der Wind durch Mäntel und Wäsche dringt. Wie lange soll denn das noch so gehn?, frage ich mich.

Da tauchen Häuser auf: Der Wagen fährt ein paar Kurven, links und rechts – und stoppt! Absteigen!

Erst als ich wieder festen Boden unter den Füßen habe, sehe ich Günter, Reinhard und die anderen. Vorher war ich völlig allein zwischen den wolligen Kleiderschrankmänteln, die auf dieser Fahrt kräftig durchgepustet wurden.

Langsam und in loser Reihe gehen die Menschen mit ihren Gepäckstücken vom Militärwagen die wenigen Meter zum Bahnhofsgebäude von Groß Schiemanen. Und gleich darauf stehen wir im großen hohen Wartesaal: die Wände gelb-grün gestrichen, ein paar Fenster, zwei Durchgänge und an der Wand rundherum eine braune, durchgehende Holzbank, nur unterbrochen an den Türen.

Die beiden Omas, Mutter und wir Kinder nehmen gleich am Eingang Platz und warten. Die Minuten verstreichen, und es wird uns

Kindern langweilig. Uns gegenüber sitzt ebenfalls eine größere Familie, auch auf der rechten Seite sind ein paar Leute und ebenso auf der linken.

Da merke ich plötzlich, dass wir so wenig Menschen in der Halle sind – wir waren doch so viele! Wo sind die anderen?

»Mutti, wo sind die anderen Leute?«

Die Mutter schaut in die Runde, und noch bevor sie eine Antwort geben kann, heult draußen auf dem Dach, über unseren Köpfen, eine schreckliche Sirene, deren Jaulen uns durch Mark und Bein fährt!

Erschrocken springen wir von den Bänken auf. Der Bahnhofsvorsteher stürzt herein: »Los! Raus! Fliegeralarm!«

Die Mutter will nach ihren beiden Koffern greifen, aber er ruft: »Nein, stehen lassen, nur raus! Die Gebäude bombardieren sie zuerst!«

Wir laufen los, drängen durch die Tür. Draußen fliehen Menschen.

Vor uns auf den Gleisen steht ein Güterzug. Ganz links, auf den gleichen Schienen, sehen wir einen Militär-Spezialwaggon mit vielen Rädern, dicht bei dicht wie bei einem Tausendfüßler. Und darauf liegt ein riesiges Geschütz mit einem baumlangen Rohr – alles in gründunklen Tarnfarben.

Günter, Reinhard und ich bleiben verwundert stehen, vergessen für einen Augenblick den Alarm. Aber der Stationsvorsteher folgt hinterher und ruft: »Los weiter!« Und zu den vielen anderen Leuten schreit er: »Raus aus den Waggons, nein, auch nicht darunter – die bombardieren den Zug!«

Die Leute springen wieder aus den Waggons, drehen sich in alle Richtungen, wissen nicht wohin.

»Lauft alle zum Fluss!«, ruft der Mann von der Bahn und zeigt mit dem Arm in die Richtung.

Wir laufen zum Güterzug, kriechen unter den Puffern der Waggons hindurch, stolpern noch über zwei, drei Gleise und hetzen zu den kahlen Bäumen am Fluss. Der Fluss ist mehr ein Bach, zwei Meter breit, zugefroren, mit einer leichten Böschung zum Bahnhof hin und bedeckt mit etwas Schnee. Zu beiden Uferseiten stehen mittelgroße Laubbäume, die jetzt im Winter ihre grauen dürren Äste in den Himmel recken.

Schnelles Motorengeräusch nähert sich.

»Volle Deckung!«, schreit eine Männerstimme, und wir werfen uns alle auf die Böschung.

Ich möchte unbedingt sehen, aus welcher Richtung das Flugzeug kommt.

»Kopf runter!«, höre ich und stecke meine Nase wieder in den Schnee.

Und da geht es auch schon los!

Ein Tiefflieger hat nicht das Gebäude im Visier oder den Zug, nein: uns, die wir hier so gleichmäßig aufgereiht liegen, gut sichtbar mit den schwarzen Mänteln auf dem weißen Schnee.

Wenn das mal gut geht, denke ich, ein besseres Ziel findet er nicht.

Ich möchte immer noch aufspringen, mich hinter einen Baum stellen und sehen, aus welcher Richtung das Flugzeug naht, um mich so besser schützen zu können – und mir nicht in den Rücken schießen zu lassen.

Soll er doch lieber in den Baum schießen, denke ich verzweifelt.

Aber weil uns da anscheinend einer beobachtet und mit »Kopf runter!« kommandiert, wage ich es nicht und bleibe liegen. Ich presse mich an die Erde und beiße die Zähne zusammen, um den Schmerz auszuhalten und nicht laut schreien zu müssen, wenn ich gleich ein Geschoss in den Rücken kriege. Und in das herniederstürzende Brummen des Flugzeugs hinein, tackert der Pilot sein Maschinengewehr mit ba-ba-ba-bap und zieht seine Spur über unsere Rücken.

Als der Tiefflieger über die Baumspitzen hinwegjagt, quält mich eine Frage: Treffen die Geschosse durch Zufall zwischen die Liegenden oder in die Rücken der Liegenden? Warum höre ich keinen Schmerzensschrei? Sind sie schon alle tot oder hat er keinen getroffen?

Das Flugzeug ist vorübergerast, und das veränderte Motorengeräusch zeigt, dass der Pilot die Maschine wieder hochzieht. Ich hebe meinen Kopf und sehe, dass das auch andere tun – und wieder ertönt die befehlende Männerstimme: »Kopf runter!«

Und wieder habe ich die Frage: Meint er mich, oder wen?

Aber zu spät!

Der Tiefflieger setzt erneut an, drückt die Maschine herunter, und das Maschinengewehr klopft: »Ba-ba-ba-bap!«

So schnell, wie das Flugzeug kommt, so schnell fliegen auch meine Ängste: Beim ersten Angriff gab es keinen Aufschrei, wahrscheinlich wurde niemand getroffen oder diejenigen waren sofort tot. Das geht nicht gut! Er schießt sich ein: Wie wird das hier enden!? Das kann nicht gut gehn – ein zweites Mal wird er uns nicht verfehlen!

Und dieses Mal beiße ich die Zähne noch fester aufeinander und ziehe meinen Körper zusammen, denn ich kann mir nicht vorstellen, dass er nicht trifft: Ich fürchte einen heißen stechenden Schlag in den Rücken! Und da röhrt der Motor wieder über uns hinweg, und das Maschinengewehr rattert entsetzlich dazu und wieder zieht der Pilot die Maschine im Bogen hoch. Als das Flugzeug vorübergebraust ist, springen die Menschen wie auf Kommando auf und blicken wild um sich, entweder um dieser schrecklichen Lage zu entkommen und sich eine bessere Deckung zu suchen oder weil es genau in dem Moment so klingt, als ob sich das Flugzeug entfernt.

Aber wer weiß das schon. Viele Stimmen schwirren erregt durcheinander.

»Da!« Einige zeigen auf eine Fichtenschonung in dreißig Metern Entfernung: »Da müssen wir hin!«

Und dahin laufen wir auch alle, die wir unseren Rücken schon zweimal ungeschützt hingehalten haben.

»Aber was ist das!?«

Aus der jungen Schonung kommen Leute heraus und noch nicht einmal Fremde – nein, Großmutter Lina, Inge, Günter und die Urgroßmutter.

Überrascht fragen Mutter, Reinhard und ich: »Wie kommt ihr denn dahin? Wo es doch einige Meter weiter ist als zum Bach und Oma so schlecht laufen kann und alles so schnell ging!«

»Ach«, sagt Inge, »wir sind da einfach hingelaufen.«

Oh, was beneide ich sie alle um dieses gute Versteck. Obwohl ich mir gleich darauf sage: Versteckt waren sie zwar gut, aber in Sicherheit waren sie auch nicht, denn diese kleinen Weihnachtsbäume lassen alle Geschosse durch.

Mit vielen Menschen stehen wir in der Nähe der Schonung, reden wirr durcheinander und lassen unsere große Aufregung heraus. Bange Fragen werden von einem zum anderen weitergegeben.

»Wurde jemand getroffen?«

»Gibt es Tote?«

Unsere Blicke gehen zurück und suchen die Uferböschung ab, aber da liegt niemand. Und erleichtert stellen wir fest: Keiner wurde verletzt, alle haben überlebt.

Ein paar Leute wollen zurück zu ihrem Gepäck. Andere raten dagegen zum Bleiben.

»Lasst uns noch warten, womöglich kommt er wieder.«

»Hoffentlich holt er keine Verstärkung.«

Doch nach einiger Zeit ziehen die ersten langsam ab und gehen zum Zug. Alle atmen erleichtert auf und klettern nach und nach durch die offenen Türen in die Güterwaggons. Wir begleiten Mutter zurück zum Wartesaal, aber wir Jungen bleiben draußen stehen und begucken uns von weitem den flachen Spezialwaggon mit dem gewaltigen Langrohrgeschütz.

Unsere Fragen und Vermutungen schwirren hin und her.

»Das riesengroße Geschütz muss ja wohl sehr schwer sein, bei so vielen Rädern.«

»Wie weit mag es wohl schießen?«

»Warum liegt es da so ruhig auf dem Waggon?«

»Soll es an die Front? Oder muss es repariert werden?«

Mutter kommt aus dem Bahnhofsgebäude mit ihren beiden Koffern, begleitet von Inge, Großmutter und Urgroßmutter.

»So, Kinder, kommt, wir steigen auch ein!«

Sie geht voraus, wählt den dritten Waggon von rechts, und wir klettern auf die Ladefläche. Großmutter und die fast achtzigjährige Urgroßmutter hinaufzubekommen ist etwas schwierig, aber hilfreiche Hände ziehen von oben, Mutter schiebt von unten – und dann lächeln alle glücklich, dass sie es geschafft haben. Von der Türöffnung etwas nach links finden wir einen Platz an der gegenüberliegenden Wand. Wir richten es uns an der Stelle ein, setzen uns auf den mit ein wenig Stroh bedeckten Holzboden und warten!

Schon lange sitzen wir alle schweigend in dem schummrigen Waggon – und nichts tut sich. Nur warten! Da bewegt sich auf der anderen Seite eine Person im Halbdunkel des Wagens, kommt langsam zur Mitte und steigt bedächtig über die vielen Beine hinweg zur Tür. Es ist der alte Rodek mit Kappe und dunkelgrüner Jägerjoppe. Er streckt seinen Kopf nach draußen, schaut ein bisschen nach links und nach rechts und fummelt dann an seinem Hosenstall herum.

Was soll das? Er wird doch wohl nicht …!

Aber es geschieht nichts – er hantiert nur.

Da nähert sich überraschend, geduckt und mit schnellen Bewegungen, seine Frau. Sie tritt vornübergebeugt neben ihn, fasst mit der rechten Hand an seinen Hosenschlitz, rüttelt ihre Finger energisch in die Tiefe hinein und holt sein Glied nach vorn – und den Rest besorgt Opa Rodek selbst: Er strullt! Und von erhöhter Plattform klatscht der ins Freie drängende Urinstrahl auf den hart gefrorenen Boden im stillen Masuren, dicht neben die Gleise des wartenden Zuges auf dem winterlich kargen Bahnhof von Groß Schiemanen.

Und das mit grün gefleckten Tarnfarben gestrichene Langrohrgeschütz liegt währenddessen noch immer gewaltig und unbeweglich auf dem flachen, vielachsigen Spezialwagen der Eisenbahn. Und unbeweglich hängt eine lähmende Angst über den im Halbdunkel kauernden Gestalten auf dem strohbedeckten, kalten Holzboden des Güterwaggons.

Der alte Rodek hat sich endlich ausgestrullt und seinen kleinen Freund aus der eisigen Januarkälte zurück in die warme Unterwäsche gleiten lassen. Seine ungelenke zittrige Hand, von schwerer Landarbeit und vom Alter steif geworden, hantiert noch ein wenig am äußeren Hosenschlitz, als wolle sie die widerspenstigen Knöpfe durch die nicht zu fassenden Knopflöcher bringen. Doch der Mann hält in seinem Bemühen inne, spürt wohl im selben Augenblick die Aussichtslosigkeit seines Tuns. Langsam dreht er sich dem dunklen Inneren des Wagens zu, und mit seinen Schritten vorsichtig den Boden ertastend und mit den Armen in der Luft nach Halt rudernd, vermischt er sich wieder mit den dämmrigen Schatten auf dem Weg zu seinem Platz.

Erleichterung!

Auch Günter und ich atmen wieder erleichtert auf. Wir sehen uns kurz an und wissen Bescheid über unsere Gedanken. Unsere vor Scham gesenkten Köpfe hatten sich erst wieder langsam gehoben in Richtung der offenen Waggontür, als das Plätschern dort ein Ende hatte. Jetzt tut mir der alte Mann Leid und ich denke an den Jungenstreich vom Sommer.

Wir hatten ihn mit der Karbidflasche geärgert – und hier nun ist er unbeholfen und schwach und braucht Hilfe. Und sicher ist es ihm sehr schwer gefallen, so etwas vor aller Augen und Ohren zu tun.

Mit gewisser Sorge denke ich an den peinlichen Augenblick, an dem ich an der gleichen Stelle stehen muss, um das zu machen, was auf Dauer nicht zurückzuhalten ist.

Aber müssten nicht nach und nach dort alle stehn? Und wie erst werden es die Frauen machen? Ich weigere mich, mir das Bild vorzustellen und schiebe diese unangenehmen Gedanken zunächst mit aller Gewalt zur Seite.

Im Wagen ist es still, wahrscheinlich hängen alle ihren Gedanken und Empfindungen nach. Das soeben Erlebte beschäftigt mich noch eine Zeit lang. Dann aber gewinnen erneut quälende Unruhe und drängende Ungeduld die Oberhand.

Will sich denn hier gar nichts tun? Wie lange soll der Zug noch so stehn? Wie lange sollen wir noch warten? Und worauf? Was geschieht, wenn feindliche Flugzeuge kommen? Denn die einzelne Maschine kann ja auf einem Erkundungsflug gewesen sein!

Die Zeit steht still: Warten!

Ein anderer alter Mann löst sich aus den Schatten des Waggons und sucht sich einen Weg, vorbei an den Beinen der Sitzenden. Auch er tritt an die offene Waggontür, blickt nach links und nach rechts – aber auch immer wieder zum Himmel.

Will er nur geschickt Zeit gewinnen?, denke ich, und ist er schon der nächste Kandidat für eine weitere Wasserfontäne?

Aber er tut nichts in der befürchteten Art. Sein Blick bleibt dagegen sehr lange prüfend am Himmel hängen.

Plötzlich wirft er seinen Oberkörper mit einem Ruck herum und ruft mit bebender Stimme: »Sie kommen wieder!«

Und im Wagen schreien die Frauen angstvoll durcheinander.

»Was ist?«

»Wer kommt wieder?«

Der Mann fährt mit der Hand ungehalten durch die Luft: »Na, die Flugzeuge! Sie sammeln sich am Himmel!«

Ein zweiter und ein dritter Mann eilen zu ihm, drängen sich mit ihren Körpern dicht an ihn heran, folgen mit ihren suchenden Augen seiner steilen Armbewegung. Alle auf dem harten Bretterboden starren gebannt auf die leise sprechenden Männer, warten mit angehaltenem Atem auf eine bessere Meldung, hoffen, der erste möge sich geirrt haben.

Die alten Frauen binden ihre schwarzen Kopftücher fester um das Kinn und beginnen wehklagend mit einer beschwörenden, masurisch-polnischen Litanei: »Moi Boschä kochaneei!«

Günter und ich sehen uns fragend an – das hören wir gar nicht gern –, verstärkt es doch unsere Angst gleich gewaltig.

Auch wenn wir das Jammern nicht wörtlich übersetzen können, so wissen wir aber doch, dass die Frauen den Himmel um Beistand anrufen: »Ach, Du mein lieber Gott!« – »Moi Boschä kochaneei!«

Das hat uns gerade noch gefehlt.

Für uns heißt das ganz einfach: Die alten erfahrenen Frauen sehen ihr nahes Ende vor sich und die einzige Hoffnung ist nur noch Gott.

»Oh, die Flugzeuge!«, ruft jemand, »wir sind verloren!«

Da kriecht mir die Angst zäh und lähmend nach unten in den Bauch. Also war das einzelne Flugzeug nur ein Kundschafter, der seine Meldung über lohnende Ziele machte und nun mit Verstärkung wiederkommt. In Gedanken sehe ich bereits, wie sich die Flugzeuge niederstürzen und ihre schreckliche Bombenlast todbringend auf unseren Zug werfen.

Und gleichzeitig ärgere ich mich sehr über diese Frauen.

Ich erwarte, dass sie ihre Ängste und ihre Schwarzmalerei für sich behalten und nicht Kindern noch mehr Angst einjagen. Wir Kinder schreien ja auch nicht durch die Gegend, sondern sitzen zusammengekauert da – versteinert und stumm!

In der Zwischenzeit haben die Männer an der Schiebetür geguckt, geprüft und geflüstert – und nun streiten sie sich.

»Flugzeuge? Glaub ich nicht! Das sind Wildgänse!«

»Ach, doch keine Wildgänse, die fliegen nicht so hoch!«

»Warum nicht? Und guck, wie die sich sammeln, keilförmig!«

»Ach, das machen auch die Flugzeuge. Guck nur, wie genau die Linie ist: Das sind keine Vögel! Und außerdem gibt es in dieser kalten Jahreszeit hier keine Zugvögel, die sind doch schon längst zum Süden!«

»Ha! Aber es gibt doch Graugänse, die vom hohen Norden kommen und hier bei uns überwintern!«

So geht es zwischen Wildgänsen und Flugzeugen hin und her und unsere Hoffnung ist einmal oben und einmal unten. Die Stimmen der drei Männer werden leiser, mehr wissen sie auch nicht. Sie wenden sich nach und nach ab und kehren langsam zurück auf ihre Plätze.

Damit bleibt die Gefahr ungeklärt und die Angst bohrt weiter.

Ein paar Minuten später huscht eine Frau zur Tür, eine andere folgt ihr. Wortlos spähen die beiden ebenfalls angestrengt in den Himmel. Erneut hoffen wir auf ein gutes Zeichen. Aber auch die Frauen zucken nur die Schultern und kehren nach einiger Zeit ratlos um.

So bleibt uns nur qualvolles Warten und angstvolles Hoffen.

Bis zum Äußersten angespannt, horche ich von meinem Platz unablässig hinaus ins Freie, auf ein drohendes Brummen von Flugzeugmotoren. Das aufgeregte Stimmengemurmel im Güterwagen wird nach und nach schwächer und verstummt schließlich ganz.

Und dann herrscht völlige Stille im Waggon.

Angst und Sorge vernebeln uns die Sinne und schläfern uns allmählich ein.

Da nichts am Himmel passiert, sind es wohl doch Wildgänse!

Der gellende Pfiff einer Trillerpfeife schreckt mich jäh auf und lässt mich zusammenzucken! Direkt an unserer Tür geht er vorbei, der Mann mit der Eisenbahneruniform und der Signalkelle, mit der er die Züge auf ihre Reise schickt. Von draußen sind halblaute Männerstimmen zu hören. In unserem Güterwagen wird es sofort lebendig, die Leute richten sich eilig in Sitzlage auf.

»Was ist los?«, fragt jemand.

»Vielleicht fahren wir ab!«, antwortet ein anderer.

Wir müssen alle geschlafen oder gedöst haben, jeder versucht sich zu orientieren. Es ist wohl etliche Zeit vergangen. Das spärliche Tageslicht ist gewichen, die Dämmerung ist da. Im Wagen ist kaum noch etwas zu erkennen. Die Stimmen vor der Tür kommen näher, werden lauter, kurze Anweisungen sind zu hören. Ohne ein Wort zu sagen, schiebt jemand von außen die schwere Waggontür zu, die für unsere schlaftrunkenen Ohren unangenehm laut und polternd in ihrer Eisenführung rollt und dröhnend in die Schließstellung knallt. Wumm!

Jetzt sitzen wir völlig im Dunkeln: Es ist stockfinster!

Und ich bin sehr enttäuscht! Es ärgert mich, uns hier einfach einzusperren, ohne ein Wort zu sagen.

Warum berichtet der Mensch da draußen nicht, wohin wir fahren? Warum gibt er keinen einzigen Hinweis? Weiß er selbst nichts oder sind wir schon längst verraten und verkauft?

Irgendetwas hätte er doch von sich geben können! Selbst wenn er nur gesagt hätte: »Ich habe auch keine besonderen Mitteilungen, aber macht's gut – alles Gute!«

Schließlich ist das hier kein Ausflug – hier stirbt ein ganzes Dorf!

Und was war das übrigens für ein klickendes, metallisches Geräusch, als die Tür geschlossen wurde? Hat die schweigsame Person womöglich den eisernen Absperrriegel umgelegt? Mit voller Absicht oder nur in Gedanken?

Ich fühle mich jedenfalls bedrohlich eingesperrt und beschwere mich leise bei Günter, den ich nicht sehe, aber neben mir spüre: »Wir wollen doch wenigstens bei Lebensgefahr aus eigener Kraft wieder aus diesem schrecklichen Gefängnis hinauskönnen!«

Die durchdringende Trillerpfeife meldet sich noch einmal und gibt ein kurzes, energisches Signal – diesmal jedoch stark gedämpft zu hören durch die geschlossene Tür.

Darauf hat die Lokomotive wohl nur gewartet, denn sie wird sofort äußerst lebendig. Heftig gebärdet sie sich da vorne: stampft in schneller Folge auf der Stelle, schnauft und zischt, gibt hörbar heißen Dampf frei – ein kurzer heller Pfiff –, und sie zieht behutsam ihre Wagen an.

Langsam setzt sich unser Zug in Bewegung, nach so vielen langen, bangen Stunden!

Endlich!!

Der Zug wird allmählich schneller und macht gute Fahrt, aber ganz zufrieden bin ich nicht. Ich will viel mehr! Das ist noch längst nicht die richtige Geschwindigkeit. Warum steigert die Lokomotive nicht weiter ihr Tempo? Warum fährt sie noch so verhalten?

Das in kurzen Abständen wiederkehrende, polternde »Rattatatatt-Rattatatatt« über die Spalten der Schienenstöße müsste wesentlich anders klingen, irgendwie ungestümer, wie wenn eine wilde Horde ungezähmter Pferde mit wallenden Mähnen zügellos über die trockene Steppe donnert.

Unsere lebhafte Ostseefahrt mit den Eltern fällt mir wieder ein: von Königsberg nach Rauschen.

Wieder höre ich den stampfenden Sprechrhythmus: »Blaubandbutter, Markenbutter«, und ich will ihn auch jetzt auf die Räder übertragen, aber dieses Mal wollen die Worte nicht zünden, im Gegenteil: Sie schmecken bitter!

War ich zu ungeduldig? Habe ich unserer Lok Unrecht getan?

Denn sie entwickelt nach und nach ein sehr beachtliches Tempo, mehr noch, sie wird schneller und schneller, und jetzt gibt sie alles und zeigt, was für eine geballte Kraft in ihr steckt. Ja! – und nun entfaltet sie ihr großes feuriges Temperament und jagt völlig entfesselt über die Schienen durch die Nacht!

Oh, das tut so gut!

Die Rattergeräusche der Räder fliegen nur so vorüber, mischen sich mit den Dampfgeräuschen der Lokomotive, singen mit dem Fahrtwind um die Wette und klingen wie herrliche Musik in meinen Ohren. Nun kommen wir endlich donnernd voran! Dieser angenehmen Musik lausche ich und werde müde, mit jedem Takt mehr und mehr. Im Halbschlaf falle ich zur linken Seite gegen Reinhard und Inge, Günter fällt auf mich. Mutter versucht in der Dunkelheit noch so etwas wie Kopfunterlagen zu zaubern, aber da hat der Schlaf mich schon in seinen Armen.

Hat mich irgendetwas wachgemacht? War da ein besonderes Geräusch?

Ich liege bequem auf dem Rücken, spüre, wie der rollende Waggon mich leicht hin und her schaukelt und fühle mich wohl. Dabei beobachte ich seit einiger Zeit einen flackernden, schwachen Lichtschein an der Wagendecke, richte mich auf und staune über das Bild, das sich mir bietet. Da steht ein Rundofen, ein »Kanonenofen«, ungefähr fünf große Schritte entfernt an der Wand auf der linken Seite, der Schiebetür schräg gegenüber. Ein Ofenrohr steigt seitlich hoch und verschwindet im oberen Bereich nach draußen. Den Ofen hatte ich bisher noch gar nicht wahrgenommen. Aber ich freue mich, ihn zu sehen, so wie er da steht, gedämpftes Licht verbreitet und wohlige Wärme. Im schwachen Feuerschein, der durch die offene Tür des Aschekastens fällt, erkenne ich meine schlafenden Geschwister. Auch die geliebte Mutter liegt friedlich auf der Seite und atmet ruhig, ein paar Atemzüge lang betrachte ich dankbar ihr gelöstes, vertrautes Gesicht. Die Großmutter sitzt vornübergebeugt auf ihrem Platz, ein kleines Stück rechts von uns und etwas näher zum Ofen. Ich sehe ihren Rücken und ein wenig von der Seite ihren Kopf, der im Halbschlaf keinen Halt findet und fortwährend auf und ab nickt und hin und her pendelt zu den rüttelnden Bewegungen des Wagens. Die Urgroßmutter kann ich nur schwach erkennen. Auch sie sitzt mit dem Gesicht in Fahrtrichtung und noch etwas mehr zur Wagenmitte, dicht neben einer anderen älteren Frau – Kopftuch an Kopftuch –, und sie reden leise miteinander.

Bestimmt sprechen sie über alte Zeiten, denke ich mir, und so, wie sie sich eifrig zunicken, scheint es ihnen im Augenblick gut zu gehen.

Das insgesamt friedliche Bild gefällt mir und beruhigt mich. Ich lege mich wieder auf den Rücken und der Waggon schaukelt mich erneut in den Schlaf.

O Schreck! Was ist das!?

Die Lokomotive pfeift, gibt schrille, warnende Signale ab!

Alle sind sofort hellwach und richten sich auf: Es droht Gefahr!

Der Zug wird langsamer, die Bremsen kreischen: Der Zug hält!

Viele Fragen und Vermutungen schwirren sogleich aufgeregt durcheinander.

»Was bedeutet das?«

»Was ist geschehn?«

»Ist die Front an uns vorbei?«

Die Angst ist wieder zum Greifen da.

Von draußen hören wir Stimmengewirr, es nähert sich unserem Wagen.

»Sind es womöglich feindliche Soldaten?«

»Kommen wir jetzt nach Sibirien?«

Wenige Augenblicke später wird die Tür stürmisch aufgerissen. Der Lichtkegel einer Taschenlampe blendet unsere Augen und geistert suchend durch den Waggon. Etwas von dem hellen Schein fällt auch nach draußen in die dunkle Nacht und auf die Gesichter, die hereinschauen.

»O Gott, Uniformen!«

Soldaten schwingen sich herein, und der Lichtschein beleuchtet die Uniformierten jetzt deutlicher.

»Ah, deutsche Soldaten!«

Irgendjemand hat es erkannt und gibt es freudig weiter.

Entwarnung!

Schnell geht die gute Nachricht von einem zum andern.

»Ah, das ist gut!«

Die verschreckten Gesichter entspannen sich wieder und wechseln zu Hoffnung und Freude. Eine Frau von etwa vierzig Jahren erhebt sich von ihrem Platz, schiebt ihr Kopftuch in den Nacken, richtet mit den Fingern kurz ihr Haar und setzt sich energisch für die Soldaten ein: »Herein mit euch! Macht Platz für die Soldaten!«

Gleich darauf rollt der Zug weiter.

Die Frau dirigiert mit den Händen die Sitzenden im Türbereich und am Ofen zur Seite. Die Angesprochenen rücken auch bereitwillig auseinander, für »ihre« Soldaten, »die im Dreck an der Front für uns die Knochen hinhalten«.

Alle wollen, dass sich die Männer am Ofen wärmen und wohl fühlen, bevor sie wieder hinaus müssen in die Kälte der Nacht.

Die Wortführerin legt etwas Holz im Ofen nach und wendet sich dann wieder an die Soldaten: »So, dann wärmt euch schön!«

Die Angesprochenen treten zu zweit an den Ofen, halten die flachen Hände von beiden Seiten über die Ofenplatte und reiben sich wieder Leben in die steifen Finger, bis sie zurücktreten und für die nächsten beiden Platz machen. So geht es reihum, unter den sieben Männern.

Die Resolute spricht mit dem Wortführer der Gruppe, vermutlich dem Anführer. Sie fragt ihn, woher sie kämen, wohin sie gingen.

»Oh, diese Fragen darf ich nicht beantworten«, sagt er, »da steht zu viel auf dem Spiel – nur dies: geheimer Sonderauftrag!«

Damit steigen die Soldaten natürlich gewaltig in unserer Achtung. Und ich denke mir: Sind unsere Soldaten ohnehin schon tolle Kerle, so müssen diese es ganz besonders sein, wenn man ihnen einen Spezialauftrag erteilt.

Und der Soldat fügt hinzu: »Ich rechne mit Ihrem Verständnis!«

»Aber ja!«, sagt die »Kommandantin«, »selbstverständlich – Verräter gibt es genug!«

Danach spricht sie leise mit ihm weiter, sodass wir nichts mehr verstehen.

Auch Günter und ich sprechen leise miteinander.

Wir mögen diese Frau nicht: Sie hat sich zwar für die Soldaten eingesetzt, ist aber dabei zu den anderen Leuten zu frech gewesen.

Die Soldaten kümmern sich ebenfalls um das Feuer im Ofen und legen tüchtig Holz nach: Der Ofen glüht und verbreitet wohlige Wärme. Die Tür des Aschekastens steht weit offen, heller Schein fällt auf den Boden und auf die nähere Umgebung. Die Männer haben sich vermutlich gut durchgewärmt und stehen jetzt im Bereich der Schiebetür. Vor dem Ofen ist alles frei.

Günter, Reinhard und ich überwinden unsere Scheu, gehen zum Ofen und wärmen uns ein wenig – im Grunde aber wollen wir nur in der Nähe unserer Soldaten sein! Wir drei sehen uns die Uniformen genauer an: Stiefel, Koppel, Seitengewehr, Pistole – wie bei unserem Vater –, und die hier haben noch Feldflasche, Brotbeutel, Gasmaske und Gewehr.

Wir nicken uns anerkennend zu: Ja, das sind richtige Kämpfer!

Sie haben unser volles Vertrauen.

Die Soldaten öffnen die Schiebetür etwa einen halben Meter weit und schauen in die Nacht hinaus. Wir denken uns, dass sie jetzt bald am Ziel sein werden und aussteigen müssen. Vermutlich werden sie dem Lokführer irgendein Zeichen geben. Nach und nach steht die Tür immer weiter offen, zum Schluss mindestens einen Meter. Wir finden es ungemütlich mit offener Tür zu fahren, und das bei Nacht und Winterkälte. Außerdem könnte jemand hinausfallen, wenn der Waggon aus irgendeinem Grunde besonders heftig schaukeln sollte. Trotzdem bleiben wir noch in ihrer Nähe.

Drei oder vier Soldaten scharen sich wieder um den Ofen und wärmen sich, einer schickt uns zurück auf unseren Platz.

»So, Jungs, setzt euch wieder, das ist hier zu gefährlich, ihr könntet rausfallen!«

Wir gehorchen sofort, gehen zurück zur Mutter und setzen uns wieder hin.

Alle Soldaten stehen jetzt an der Tür, links und rechts am Rand. Die dunkle Öffnung nach draußen ist frei, und frei ist auch wieder der gesamte Platz vor dem hellen Ofen. Am liebsten würden wir Jungen erneut hingehen und es uns vor dem Feuer gemütlich machen, aber wir trauen uns nicht. Also bleiben wir sitzen und nehmen die lästige offene Tür so hin. Wir verstehen aber überhaupt nicht, warum sie den kalten Fahrtwind so lange hereinlassen.

Im Wagen ist es wieder ruhig geworden und der Zug macht seine gleichmäßige Fahrt. Auch die Müdigkeit meldet sich wieder und die ersten Köpfe schaukeln bedenklich hin und her.

Da blitzt ein heller Feuerschweif von links nach rechts durch unseren Waggon: mit einem gewaltigen Knall!

Und dann ist es stockfinster!

Die Lok stößt einen schrillen Dauerpfiff aus, die Bremsen kreischen in den höchsten Tönen, und wir müssen uns am Boden festkrallen, um nicht auf dem Stroh weiterzurutschen.

Und dann steht der Zug mit einem heftigen Ruck!

Die Menschen schreien in die Finsternis hinein, wollen nur raus aus diesem Teufelswagen, und von allen Seiten rufen sie: »Los, raus!« – »Nichts wie raus!«

Vom grellen Feuerschein noch geblendet, können wir nur die Türöffnung vor der dunklen Nacht schwach erkennen – und nach dorthin drängen die Menschen mit Gewalt! Und durch diese Öffnung springen sie alle in Panik hinaus: Männer, Frauen und Kinder, Junge und Alte, Mütter, Großmütter und mindestens eine Urgroßmutter, ohne Rücksicht darauf, wie der Sprung enden wird.

Noch im Absprung denke ich: Was für ein Leichtsinn, ins Schwarze zu springen! Wem knallst du jetzt in den Rücken oder auf den Kopf? Und kurz vor dem Aufprall sage ich mir: Sofort zur Seite rollen und weg, bevor ein Erwachsener nachfolgt und dir seine Absätze in die Rippen haut!

Wir alle sind in einem Graben gelandet, zwischen Bahndamm und eingezäunter Wiese – ein Knäuel von Menschen. Einige bleiben mit ihren Mänteln im Stacheldraht hängen, als sie versuchen, schnell aus der Sprungzone zu fliehen. Aber kein größerer Aufschrei ist zu hören, nichts ist gebrochen – alle haben überlebt.

Jeder versucht sich zu orientieren, etwas zu begreifen.

»Wenn man doch nur mehr sehen könnte!«

»Es ist so dunkel!«

Erst allmählich erkenne ich dies und das: über uns weiße ziehende

Wolken, dazwischen einige Stellen schwarzen Himmels und darin ein paar schwach blinkende Sterne; hinter uns der Stacheldraht vom Weidezaun, vor uns auf dem Bahndamm der Zug als dunkler Umriss, rechts unter Dampf die Lokomotive – und um alles herum leichter Frühnebel über dem weißen Schnee.

Der Lokführer kommt mit einer Taschenlampe durch den Schnee gelaufen und aus der entgegengesetzten Richtung der Zugbegleiter. Beide beleuchten mit ihren Lampen den Schauplatz.

»Was ist geschehn?«

Von allen Seiten bekommen sie vielstimmige Auskunft.

»Ein riesiges Geschoss hat unseren Wagen getroffen!«

»Der Feuerschein ist mitten durch den Waggon gefahren!«

»Uns hat ein feindliches Geschütz erwischt!«

Der Zugführer leuchtet in unseren Waggon hinein, will sich wohl den Einschlag des Geschosses ansehen. Als er sich wieder umwendet, fragt er: »Hattet ihr nicht einen Ofen?«

»Ja, den haben wir.«

»Da ist aber keiner!«

»Was!?«, ertönt es rundum.

Zwei, drei Leute steigen zu ihm die kleine Böschung hinauf, werfen im Schein der suchenden Lampe einen Blick hinein und springen schnell wieder zurück zu den anderen: »Tatsächlich, der Ofen ist weg!«

Die unglaubliche Mitteilung geht von einem zum andern.

»Der Ofen ist weg!«

»Wie?« – »Was?«

»Der Ofen ist weg!«

»Wo sind eigentlich die Soldaten?«, fragt eine Stimme.

Vor lauter Überraschung ist es einen Moment still, aber dann wird es laut.

»Ja, richtig!«

»Die haben wir ja ganz vergessen!«

Erstaunt sehen sich die Leute an, drehen aufgeregt ihre Köpfe, prüfen Gesichter und Kleidung der Umstehenden und suchen hastig die Uniformierten.

»Wo sind die Soldaten!?«

»Ja, wo sind die Soldaten!?«

»Von ihnen hat man bisher kein Wort gehört!«

Die eifrig suchenden Blicke in der Runde bringen keinen einzigen Soldaten hervor. Deshalb schallt von vielen Seiten der Ruf: »Die Soldaten sind weg!«

Der Zugführer hebt einen Arm: »Seid mal alle ruhig! Ruhe bitte!«

Andere unterstützen ihn lautstark: »Ruhe!!«

Dann ist es still.

Alle horchen angestrengt in die Dunkelheit hinein.

»Da! An der Lok vorbei!«, rufen einige zugleich.

Aus der Ferne hören wir Geräusche: Stimmen und Metallgeklapper!

»Dort laufen sie!«, ertönt es nun von überall.

Aber zu sehen ist nichts: Nacht und Nebel verschlucken die Fliehenden.

»Partisanen!«, schreit ein Mann.

»Partisanen!«, kommt es aus den Mündern zurück als vielstimmiges Echo.

Und dazwischen eine andere männliche Stimme: »Die haben den Ofen rausgesprengt – mit Handgranaten!«

»Los!«, ruft der Nächste energisch, »wer hat alles Pistolen dabei? Wir verfolgen sie!«

Wild entschlossen schaut der Mann um sich.

Aber der Zugführer hebt wieder den Arm: »Leute, das hat keinen Sinn! Die haben Gewehre!«

Aber der Mann mit der Pistolenfrage drängt weiter: »Wir können doch solche Banditen nicht einfach laufen lassen!«

Ein weiterer meldet seine Bedenken an: »Wo sollen wir die denn suchen? Die liegen doch schon längst in Deckung und wir kommen als Zielscheibe!«

Der Zugführer mahnt: »Das Beste ist, wir steigen ein und fahren ab: Lasst sie laufen!«

Viele der Umstehenden sehen es ein und wenden sich ab.

»Los, Leute! Einsteigen! Schnell!«

Der Lokführer geht wieder zurück zu seiner Maschine, der Zugbegleiter wendet sich in die andere Richtung. Auf seinem Weg nach hinten fragen ihn die herausgestreckten Köpfe aus den anderen Waggontüren: »Was war denn da vorne eigentlich los?«

Das Einsteigen ist schwieriger als vorher das Hinausspringen.

Beim Hinaufklettern der kurzen Böschung rutschen alte Männer und Frauen auf dem Schnee aus und fallen auf ihre Hände. Und vom Bahndamm auf die Ladefläche schaffen es die meisten auch nicht von allein. Aber hilfreiche Hände und Arme ziehen und schieben – und dann sind alle wieder im Wagen.

Der Zugführer ist zurückgekehrt und schaut durch die Türöffnung: »Alles in Ordnung?«

»Ja!« – »Ja!«

Er schließt von außen die Tür und kurz darauf setzt sich der Zug langsam in Bewegung.

Im Waggon schwirren die Stimmen jetzt laut durcheinander. Alle sind hellwach und aufgeregt.

»Solche Banditen!«

»Geben sich für deutsche Soldaten aus und betrügen uns!«

»Woher haben sie die Uniformen?«

»Haben die ein Lager erbeutet? Oder haben sie etwa unseren toten Soldaten die Uniformen ausgezogen?«

»So ein Verrat!«

Günter und ich tuscheln uns zu: »Wie mag sich jetzt die Frau fühlen, die sich so sehr für die Soldaten eingesetzt hat – die ist ja wohl am meisten angeschmiert.«

Aber wir selbst sind auch sehr enttäuscht und wissen nicht mehr, was wir glauben sollen. Die alten Frauen malen wieder in schwarzen Farben, malen erneut Tod und Untergang an die Wand, und sie fragen: »Waren die Partisanen nur ein Voraustrupp, waren sie ein Vorgeschmack auf das, was jetzt kommt!?«

»Lauern irgendwo Verbündete?«

»Haben sie eine Sprengladung auf die Schienen gelegt und fliegen wir gleich in die Luft?«

Der Zug fährt mit verhaltener Geschwindigkeit: Vermutlich befürchtet auch der Lokführer einen Anschlag.

Es ist wieder stockdunkel im Wagen, wie zu Beginn der Fahrt, nur, dass jetzt noch kalte Luft hereinströmt durch das Loch, in dem vorher das Ofenrohr steckte.

Ob die Partisanen auf die Waggons schießen?, frage ich mich.

Als längere Zeit nichts geschieht, wird die Lokomotive wieder schneller und schneller und erreicht schließlich ihr volles Tempo. Im Wagen wird es wieder ruhiger und die Ersten legen sich schlafen.

Hoffentlich sind nicht irgendwo Schienen herausgerissen, denke ich noch mit Schaudern. Aber dann wehre ich mich nicht länger gegen meine Müdigkeit und lasse mich auf die Seite fallen, zu Günter und Reinhard.

»Was ist denn nun schon wieder los!?«

Das Pfeifen der Lokomotive reißt uns aus dem Schlaf. Die Bremsen melden sich wieder, der Zug wird langsamer, fährt aber mit geringer Geschwindigkeit weiter, bremst erneut – und bleibt dann stehen.

Und sofort sind wieder die gleichen Ängste und Fragen da.

»Ist die Front an uns vorbei?«

»Sind wir verraten und verkauft?«

»Geht es jetzt nach Sibirien?«

Von draußen hören wir eine Stimme, die näher zu kommen scheint. Plötzlich wird auf der linken Seite die Tür aufgeschoben. Helles Tageslicht flutet herein und blendet uns.

Der Zugführer schaut in den Wagen und sagt: »Wir bleiben hier etwas stehen, wir müssen erst einen anderen Zug vorbeilassen!«

Dann wendet er sich ab und geht weiter zum nächsten Wagen.

Durch die Türöffnung blicken wir auf eine schöne weiße Winterlandschaft, die im Sonnenlicht unberührt und friedlich daliegt. In ungefähr dreihundert Metern Entfernung stehen zwei, drei Häuser, wahrscheinlich ein Bauernhof. Im Hintergrund zieht sich eine sanfte Erhebung in einer langen Linie hin, teilweise mit Fichten bewaldet, und begrenzt das stille Tal.

Bald darauf hören und sehen wir Leute aus den Nachbarwagen draußen im Schnee. Ein paar junge Frauen machen Schneebälle und bewerfen sich damit. Sie lachen und sind ausgelassen. Wir Kinder haben sofort unsere große Freude daran und wollen auch hinaus und kräftig mittoben: Am liebsten würden wir im hohen Bogen aus dem Waggon springen, direkt in den prächtigen Schnee.

Aber Mutter hindert uns daran: »Nein, Kinder, bleibt hier! Vielleicht fährt der Zug gleich ab, und im Schnee holt ihr euch nasse Füße, und wir haben keinen Ofen mehr!«

Wir drängen noch ein bisschen, aber die Mutter hat noch einen anderen wichtigen Grund: »Ihr dürft nicht krank werden! Wie soll ich hier einen Arzt holen?«

Das sehen wir widerstrebend ein und so bleiben wir Zuschauer vom trockenen, sicheren Platz aus.

Zwei andere Frauen haben kleine Kochtöpfe dabei und füllen Schnee hinein.

»Wahrscheinlich haben sie auch einen Ofen«, sagen wir uns, »und sicher wollen sie den Schnee auftauen und sich Kaffee machen oder etwas anderes Warmes.«

Und jetzt laufen sogar ein paar Männer und Frauen zum Bauernhof. Als sie auf halber Strecke sind, pfeift die Lok zweimal warnend. Die meisten bleiben stehen, winken zu uns herüber und eilen zurück. Aber drei Personen laufen weiter.

Der Lokführer warnt noch eindringlicher.

Einer von den dreien nimmt diese Warnung an und läuft ebenfalls schnell zurück. Die anderen beiden aber, ein Mann und eine Frau, erreichen das Haupthaus, versuchen vermutlich an der Haustür hineinzukommen, laufen an der Hausfront entlang und entschwinden um die Hausecke unseren Blicken. Die anderen Ausreißer erreichen in der Zwischenzeit wieder den Zug, während hinten am Bauernhof zwei Menschen aus dem größeren Gebäude heraustreten und lebhaft mit den Armen winken.

Wir fragen uns: »Was soll das bedeuten?«

»Heißt das, der Zug soll warten?, oder, der Zug soll fahren?«

Die zwei machen aber keine Anstalten zurückzulaufen, im Gegenteil: Sie werfen sich übermütig in den Schnee, rollen sich ein paar Mal umeinander, stehen auf, gehen mit verschlungenen Armen zum Haus und verschwinden in der Haustür.

»Türen schließen!«, ruft eine männliche Stimme längs des Zuges.

Jemand schiebt von außen unsere Tür zu und macht uns das winterliche Sonnenlicht aus. Kurze Zeit später gibt die Lok ein Signal und zieht wieder ihre Wagen an.

Wir sind froh, dass es weitergeht! Und zu besprechen gibt es genug.

»Kannten sich die beiden?«

»Sind es Mann und Frau oder haben die sich gerade erst kennen gelernt?«

»Warum sind sie geblieben? Suchen sie nach wertvollen Dingen?«

»Wollen die nur eine Nacht bleiben und dann weiter fliehen? Oder wollen sie den wahrscheinlich verlassenen Hof übernehmen?«

»Ist ihnen plötzlich alles egal?«

Viele Fragen und keine Antworten!

Der Zug schüttelt uns wieder auf seiner Fahrt und bei der Dunkelheit um uns herum stellt sich auch am Tage bald wieder die Müdigkeit ein.

Reinhard jammert und fasst sich an sein rechtes Ohr. »Mutti, ich hab Ohrenschmerzen!«

Was kann die Mutter machen? Sie tröstet ihn ein bisschen und hofft, dass die Schmerzen vergehen. Reinhard klagt von Zeit zu Zeit erneut über Schmerzen in seinem Ohr, und die Abstände werden immer kürzer und sein Jammern immer lauter: Und die ersten Tränen mischen sich bereits dazu.

»Oh, was soll man da bloß tun!?« Die Mutter leidet mit und wir Geschwister ebenfalls.

Irgendwann fährt der Zug langsamer und der Waggon rüttelt uns sehr viel stärker hin und her, weit nach links und dann nach rechts. Anscheinend fahren wir über Weichen und befinden uns im Bahnhofsbereich. Kurze Zeit später melden sich die Bremsen und der Zug bleibt stehen. Jemand schiebt von außen die Tür auf.

Reinhard kann die Schmerzen nicht mehr ertragen und die Tränen nicht länger zurückhalten: »Mutti, das tut so weh!«

Auch die Mutter kann das nicht weiter aushalten. Sie muss etwas unternehmen! Sie steht auf und sagt: »Ich will versuchen, einen Arzt zu finden!«

Und sofort erfasst mich Angst, weil ich mich frage: Wie lange bleibt der Zug hier stehn? Sie kann doch nicht einfach weggehn!

Die Mutter nimmt Reinhard an die Hand und sucht sich zwischen den Sitzenden ihren Weg zum Ausgang. Sie rutscht von der Ladefläche auf die Erde, hebt Reinhard herunter und sagt in unsere Richtung: »Ich frag mal, wie lange der Zug hier bleibt und ob das geht.«

Nach ein paar Minuten taucht Mutter wieder an der Tür auf und ruft uns zu: »Es klappt, der Zug bleibt hier einige Zeit. Wir können gehn! Bis bald!«

So bleiben wir stumm zurück und warten.

Etwas später besprechen Günter, Inge und ich unsere Fragen.

»Wie lange wird es dauern?«

»Werden sie einen Arzt finden?«

»Wie mag der Ort heißen, in dem wir hier sind?«

Keine andere Person steigt aus dem Wagen aus, niemand steht auf und schaut durch die Tür, um vielleicht ein Bahnhofsschild zu lesen.

Wir warten! Die Zeit kriecht.

Einige Frauen sprechen leise miteinander, alle anderen schweigen.

Ich wünsche mir ununterbrochen meine Mutter mit Reinhard zurück – und die Wartezeit wird lang und länger!

Auch Inge und Günter stöhnen leise: »Warum dauert das nur so lange!?«

Da! Ein Pfeifsignal! Der Zug ruckelt, fährt an und rollt langsam los!

Was hat das zu bedeuten!?

Erschrocken sehen wir Kinder uns an: »Die wollen doch nicht etwa abfahren?«

»Warum kommt Mutter denn nicht!?«

Großmutter und Urgroßmutter beginnen mit ihrer betenden Schaukelbewegung und rufen den lieben Gott an: »Moi Boschä kochaneei!«

Der Zug wird sogar noch schneller! Doch dann bremst er, ruckelt noch ein wenig und fährt rückwärts!

»Was für ein Glück!«

»Sie rangieren wahrscheinlich nur«, beruhigen wir uns. Dann ist die Schaukelei zu Ende. Der Zug steht.

»Wenn doch Mutter nur käme!«

Oh! Wieder ein langer Pfiff!

Erneut setzt sich der Zug in Bewegung, schneller als vorher.

Fährt er nun wirklich ab? Und ich wünsche mir, Großmutter würde an die Tür gehen und laut schreien: »Nicht abfahren! Meine Tochter fehlt noch!«

Aber nein, sie tut es nicht, dafür beten die Omas wieder – und ihre Nachbarinnen schaukeln mit.

Und ich werde vor Angst ganz klein!

O Gott, jetzt wird der Zug sogar schneller! Und da fürchte ich, die Eisenbahner könnten die Mutter bei ihrer Arbeit vergessen haben! Vielleicht wurde der, den sie ansprach, abgelöst – und er hat die wichtige Nachricht nicht weitergegeben!

Und ich denke angsterfüllt an unsere weitere Flucht: Was soll bloß werden, wenn die Mutter nicht rechtzeitig wiederkommt, wenn der Zug ohne sie abfährt? Welche Hilfe haben wir von Großmutter und Urgroßmutter? Wird die Großmutter vernünftig handeln oder nur jammern und müssen wir Kinder uns um sie kümmern?

Aber warum haben die Eisenbahner die Tür nicht geschlossen?

Der Zug bremst, ruckelt wieder und fährt die lange Strecke zurück!

Was für eine Erleichterung!

Aber wie soll man diese Ungewissheit aushalten?

Der Zug steht wieder still und ich denke: Nun fahr bloß nicht wieder los! – Und plötzlich erscheinen zwei Gesichter an der Tür: Mutter und Reinhard sind zurück!

Oh, ist das schön! Dem Himmel sei Dank!

Großmutters Gebete wurden erhört. Ich bin so unendlich glücklich, und es tut mir so gut, die beiden ununterbrochen anzusehen!

Und dann sitzen Mutter und Reinhard wieder bei uns im Halbdunkel und berichten.

»Wir gingen in die Stadt«, sagt die Mutter, »und ich fragte die Leute nach einem Ohrenarzt. Wir fanden auch einen, aber es war ein schönes Stück zu laufen.«

Reinhard drängt dazwischen: »Im Wartezimmer waren noch mehr Kranke, aber ich durfte vor!«

Wir sehen ihm an, dass er stolz darauf ist, dass er unter den Kranken die größten Schmerzen auszuhalten hatte.

»So, und was sagte der Arzt?«

Mutter erzählt weiter: »Gut, dass wir gegangen sind. Im Ohr war so ein brauner Ohrenkneifer, ein Hundertfüßer, wie wir sie im Stroh manchmal laufen sehen.«

»Was!? Wie kommt der denn da rein?« Inge, Günter und ich sind entsetzt.

Reinhard blickt keck in die Runde: »Ja, da seht ihr mal, ich hab nicht nur einfach so gejammert! Die Krankenschwester hat eine blanke Schale an das Ohr gehalten und der Arzt hat etwas hineingespritzt. Da kam der Krabbler raus – er war schon tot.«

Reinhard ist wieder ohne Schmerzen und obenauf: »Mutti, erzähl mal, was der Arzt noch gesagt hat, wie gefährlich die Ohrenkneifer sind.«

»Nun, der Arzt sagte, dass der Hundertfüßer winzige Giftdrüsen hat, und sein Biss kann so schmerzen wie ein Wespenstich!«

Das wirkt: Wir blicken anerkennend auf Reinhard und der richtet sich noch etwas mehr auf. Mutter schaut liebevoll auf ihn und fügt hinzu: »Die Krankenschwester hat ihm ein Bonbon gegeben, weil er so tapfer war!«

Wir anderen sind überrascht: »Was, ein Bonbon?«

Reinhard blickt uns triumphierend an. »Da staunt ihr wohl, hm?«

»Und«, dringen wir in ihn, »hast du ihr gesagt, dass hier noch drei Geschwister im Waggon sitzen, die auch gern ein Bonbon hätten?«

»Nein«, schüttelt er den Kopf und ganz ruhig und entschieden stellt er klar, »das kriegen nur Kranke!«

Und da lassen wir ihn in Ruhe, denn wir wissen sehr genau, wir hätten auch nichts gesagt: Es wäre für uns wie betteln gewesen – und das kommt überhaupt nicht in Frage.

Dann fällt uns allen ein, wir schlafen ja weiterhin auf dem Stroh im Waggon – und wo ein Ohrenkneifer ist, können noch andere sein. Und ab sofort wollen wir nicht mehr unsere Ohren auf den Boden legen, sondern nur noch auf die beiden Koffer.

Kurze Zeit später wird die Tür geschlossen. Der Zug fährt ab und wir fühlen uns wieder besser!

So fahren wir schon eine längere Zeit mit gleich bleibender Geschwindigkeit und der Wagen schaukelt uns beruhigend in der sitzenden Lage hin und her. Plötzlich hämmert es über uns – es klopft auf dem Dach!

»Was ist das!?«

Im Nu erfassen uns wieder Unruhe und Herzklopfen. Die Männer und Frauen überlegen, äußern aufgeregt ihre Vermutungen.

»Das kann nur Hagel sein!«

»Unsinn, der Himmel war klar: Das sind Flugzeuge!«

»Um Himmels willen – wenn die Bomben werfen, sind wir verloren!«

Und in der Dunkelheit ertönt von vielen Seiten: »Moi Boschä kochaneei!«

Die trommelnden Geschosse eines Maschinengewehrs dringen anscheinend nicht durch das Dach.

Das ist gut, aber was ist, wenn sie gleich Bomben abwerfen!?

Tack, tack, tack, tack! – Tack, tack, tack, tack! – Und Ruhe.

Meine Angst ist riesengroß und alles in mir zum Zerreißen gespannt! Es bleibt weiterhin ruhig. Ein paar Minuten vergehen – tack, tack, tack, tack!

O Gott, sie sind wieder da! Oder immer noch! Was werden sie machen? Werfen sie Bomben? Tack, tack, tack, tack! Und wieder ist Schluss.

Der Zug macht unverändert seine Fahrt. Minute um Minute verstreicht – nichts geschieht. Wir schöpfen Hoffnung, dass es vorbei ist, und die Ersten melden sich zu Wort. »Jetzt sind sie wohl weg!«

»Wahrscheinlich hatten sie keine Bomben dabei – oder nicht mehr dabei.«

Nach dieser entsetzlichen Anspannung werden wir schnell müde, fallen zur Seite und fühlen im Dunkeln mit letzter Kraft nach den Koffern als Unterlage, um ja keinen Krabbler in die Ohren zu bekommen. Im Schlaf gleiten unsere Köpfe aber aus der unbequemen Lage wieder hinunter ins Stroh, doch das spüren wir nicht mehr.

Irgendwann ist diese Zugfahrt zu Ende. Müde schleppen wir Kinder uns im Dunkeln wie Schlafwandler in eine ausgeräumte Schule, bekommen dort ein Lager und schlafen sofort wieder ein.

Auch am nächsten Morgen fahren wir im geschlossenen, dunklen Güterwagen, und ich höre, dass die Namen der Ortschaften wie am Vortag häufig auf »burg« oder »berg« enden. Die beiden letzten Namen, die in die Dunkelheit dringen und von den Frauen weitergegeben werden, lauten Heilsberg und Landsberg. Nach ein paar Stunden stoppt der Zug und wir müssen unsere Waggons wieder verlassen.

Die vielen Menschen sind aufgeregt und wollen nichts wie weiter. Sie bestürmen die braun Uniformierten: »Wo ist die Front?«

»Wann geht der nächste Transport?«

Die Parteimänner versprechen sich darum zu kümmern.

Um die Mittagszeit haben wir Glück – unsere Flucht geht mit einem langen Soldatentreck weiter: eine endlose Kette mit Pferdegespannen, zwei Pferde vor jedem Wagen.

Mutter, Großmutter, Urgroßmutter und wir Kinder, alle bekommen wir Platz auf einem Fahrzeug. Ich sitze hinten im Wagen auf einer flachen Holzkiste mit dem Rücken an der schrägen Seitenwand, quer zur Fahrtrichtung. Mein linkes Knie berührt die senkrechte Rückwand des Wagens. Die Urgroßmutter sitzt erhöht vor mir auf einer graugrünen Abdeckplane, sodass ich ihr Gesicht von der Seite sehe, ihre Beine baumeln hinten vom Wagen herunter.

Ruhig bewegt sich die Kolonne mit gleichmäßigem Pferdegetrappel und Rädergeknarre – Stunde um Stunde. Die Dämmerung bricht herein und wir fahren in eine Stadt. Es geht leicht bergab und die Wagen ruckeln auf einer Straße mit Kopfsteinpflaster an den ersten Häusern vorbei. Und nun bleiben die vorderen Wagen immer wieder unverhofft stehen, wie eine Welle setzt sich das Anhalten nach hinten fort.

Die Wagenlenker ziehen energisch an den Leinen und drehen eifrig die Bremskurbeln: »Brrr!« Die Pferde heben ihre Köpfe und die einzelnen Wagen fahren ihren Vorderleuten dicht auf. Als unser

Fahrer wieder einmal heftig seine Leine zurückreißt, ist sein Hintermann überrascht und muss alle Kraft aufbieten, um seine Pferde und den Wagen ebenfalls zurückzuhalten. Die Wagendeichsel steigt vorne hoch und die braunen Pferdegesichter kommen Urgroßmutter und mir bedrohlich nahe: Die großen Pferdeaugen rollen, die dunklen Nüstern beben und das eiserne Zaumzeug wird im Maul sichtbar. »Brrr! Brrr!«

Das Gefälle der »Polterstraße« hat noch zugenommen. Die Soldaten haben viel zu tun: Bremse lösen, Bremse anziehen, »Brrr!«

Unser Wagen bremst plötzlich äußerst hart und steht!

Für den Hintermann bleibt diesmal wenig Zeit: »Brrr! Brrr!«

Heftig reißt er mit beiden Armen seine Pferde nach hinten.

Die Deichsel steigt dabei höher als sonst, die hochgeworfenen Pferdeköpfe kommen viel zu schnell näher: »Vorsicht!«

»Oh, die Pferde!«

Doch zu spät!

Die eiserne Deichselspitze kracht in das rechte Bein der Urgroßmutter und in die splitternde Holzwand des Wagens! In meinen Angstruf hinein und in das laute »Brrr!« des Fahrers mischt sich das Krachen der Deichsel und Omas durchdringender Schmerzensschrei in den Abendhimmel! Danach ringen wir wie die Urgroßmutter nach Luft und sind in unseren Gefühlen verwundet und sprachlos! Was soll man auch sagen?

Unser Hintermann hat seine Pferde und den Wagen wieder unter Kontrolle und steht ebenfalls. Er kommt angelaufen, bemerkt, wie das Bein unterhalb des Knies merkwürdig leicht baumelt, als hinge es nur noch im langen Strumpf.

Der Soldat entschuldigt sich immer wieder: »Es tut mir ja so Leid! Es ging alles so schnell: das Gefälle, der plötzliche Halt, die Pferde! Ach, das tut mir so Leid!«

Auch unser Fahrer ist von seinem Sitz heruntergesprungen und kommt eilig herbei. Trotz der größer werdenden Dunkelheit erkennt er, wie sich der tiefblaue Wollstrumpf unter dem Knie noch dunkler färbt. Blut tropft auf den grauen Schnee, und er presst hervor: »Was für eine Katastrophe!«

Die Urgroßmutter hält sich an der Wagenwand fest und stöhnt.

Und dann rufen die beiden Soldaten: »Sanitäter!« – »Sanitäter!«

Von uns kommt kein einziges Wort: keine Vorwürfe, keine Anklagen. Wir sind ganz einfach versteinert und tief unglücklich! Schweigend unglücklich!

Zwei Sanitäter eilen mit einer Trage herbei, legen sie auf der Erde ab, und gemeinsam mit den beiden anderen Soldaten versuchen sie, die Urgroßmutter vorsichtig vom Wagen zu heben. Aber wie sie es auch anstellen, es bleibt schwierig. Einer muss das lose Bein führen, die anderen den Körper anheben und langsam absenken – und das geht nicht ohne große Schmerzen für die arme Uroma. Ein paar Mal stöhnt sie ein lautes »Aaa!« heraus, bei dem wir jedes Mal qualvoll mitleiden.

Die Mutter ist vom Wagen geklettert, kniet sich zur Urgroßmutter hinunter und spricht mit ihr. Sie blickt zu den Sanitätern hoch: »Was werden Sie machen?«

»Wir versuchen sie hier in das Krankenhaus zu bringen – wir selbst können nichts tun.«

Die Mutter überlegt kurz, ob sie mit den Sanitätern mitgehen soll, aber dann wären wir Kinder mit der Großmutter irgendwo in der Stadt und sie könnte Schwierigkeiten bekommen, uns wiederzufinden.

Unserer Oma Lina geht es sehr schlecht: Vor lauter Leid ist sie ganz aufgelöst, denn sie soll so plötzlich ihre Mutter zurücklassen! Sie schlägt ihre Hände vor das Gesicht: »O mein Gott! Welch ein Unglück!«

Die Großmutter gibt den Soldaten Handzeichen und deutet an, sie möchte herunter vom Wagen, sich von ihrer Mutter verabschieden.

»Oder ich bleib auch hier im Ort«, sagt sie beim Absteigen, »fahrt ihr weiter!«

Aber das will Mutter nicht: »Dann bin ich ja ganz allein mit den Kindern! Die Ärzte werden bestimmt das Beste für sie tun! Ich geh sie morgen besuchen!«

Die Soldaten helfen der Großmutter hinunter auf die Erde.

Oma Lina geht die zwei, drei Schritte zur Trage, kniet sich nieder auf den harten Schneeboden und beugt ihren Oberkörper tief hinab zu ihrer Mutter. Die beiden umarmen sich ganz liebevoll, sprechen leise miteinander und bleiben so für eine kurze Zeit innig umschlungen. Dann richtet sich die Großmutter langsam auf, und das, was sie noch zur Urgroßmutter sagt, spricht sie auf Masurisch.

Die Sanitäter heben die Trage hoch und gehen davon.

Wir Kinder bleiben stumm, mir ist die Brust wund und der Hals wie zugeschnürt: Auf Wiedersehen, Oma! Hoffentlich musst du nicht so leiden!

Mutter und Großmutter klettern mithilfe der Soldaten wieder auf den Wagen – und es geht weiter.

In der Zwischenzeit ist es dunkel geworden. Nur wenige Minuten später fahren wir mitten durch den Ort und halten. Wir verlassen den Soldatentreck, auf dem unsere Fahrt ein so schlimmes Ende genommen hat. Ein größerer Junge, in der Uniform der Hitlerjugend, nimmt der Mutter einen Koffer ab und führt uns zu einer großen hohen Halle, in der es von Menschen nur so wimmelt und in der wir ein Strohlager für die Nacht bekommen.

Großmutter will nichts mehr hören und sehen. Sie will mit ihrem Schmerz und ihren Tränen allein sein und legt sich schon bald hin. Wir Kinder sitzen auf dem Stroh, schauen bei gedämpftem Licht dem allgemeinen Treiben zu, lauschen dem hohen Summen der vielen Stimmen und werden müde.

Im Umfallen denke ich noch: Hoffentlich sind hier keine Ohrenkneifer drin – aber der letzte Gedanke gilt der Urgroßmutter: Arme Oma, was musst du jetzt leiden! Was ist, wenn die Russen kommen? Du kannst nicht mehr fliehen – wirst du verhungern?

Als wir Kinder am nächsten Morgen aufwachen, ist das Lager der Mutter leer! Sofort machen wir uns Sorgen.

Doch Großmutter beruhigt uns: »Sie ist ins Krankenhaus gegangen, nachsehen, wie es der Uroma geht.«

Und da tauchen die Bilder wieder auf, alles, was gestern bei den Soldaten geschah. Und ab sofort warten wir nur noch sehnsüchtig und angstvoll auf die Rückkehr unserer Mutter.

Und dann erblicken wir sie plötzlich zwischen den vielen Menschen – und sie ist wieder bei uns! Die Mutter sieht aber bedrückt aus und hat gerötete Augen.

»Ach, es ist schlimm!«, sagt sie, »die Ärzte mussten ihr unterhalb des Knies das Bein abnehmen! Es war zu viel gesplittert: Sie wurde noch in der Nacht operiert!«

Und dann laufen der Mutter die Tränen über das Gesicht, und Großmutter stößt einen gequälten Schrei aus und ringt die Hände.

»Ich hab mich von ihr verabschiedet«, sagt Mutter, »und ihr erzählt, dass wir weitermüssen und dass sie im Krankenhaus doch sicher gut versorgt wird.«

»Und was hat die Uroma dazu gesagt?«, wollen wir Kinder wissen.

»Hm, sie war von der Operation noch ein bisschen schwach, aber sie hat gelächelt und gesagt: Wir sollen nur ziehen, sie wird hier in der Heimat sterben.«

Die Mutter beginnt aufzuräumen und unsere Sachen zu ordnen, die noch von der Nacht umherliegen.

Und ich muss an die Urgroßmutter denken: Dass sie abends oft bei Oma Lina neben der Nähmaschine saß, ihre beiden schwarzen Bücher auf den Knien und das gleiche sparsame Licht der Petroleumlampe nutzte, um still in ihrem Katechismus zu lesen oder auch einmal laut für alle anderen einen Psalm Davids vorzutragen, am liebsten Psalm dreiundzwanzig: »Der Herr ist mein Hirte, mir wird nichts mangeln …« oder zu beten und zu singen – ihre Lieblingslieder: »Ein feste Burg ist unser Gott«, von Martin Luther oder

»Lobe den Herren, den mächtigen König der Ehren« und »Jesu, geh voran auf der Lebensbahn«. – Und ich glaube, alle diese Gedanken und Verheißungen werden ihr auch jetzt Trost geben!

In der großen Halle sind nun alle Menschen wach. Es ist lebendig und ein lautes Stimmengewirr schwirrt durch die Luft. Mutter hört durch den Lärm hindurch Sirenengeheul: »Alarm! Fliegeralarm!«

Mutters Bewegungen werden hastig und sie drängt eilig zum Aufbruch: »Los Kinder! Sucht alles zusammen, was noch im Stroh liegt. Zieht euch an, wir müssen hier raus!«

»Aber warum denn?«

»Oh, wenn hier eine Bombe drauffällt, dann kracht alles zusammen – das Dach hält nichts aus!«

Rasch packt Mutter die beiden Koffer. Wir ziehen unsere Mäntel an und verlassen das Strohlager, vorbei an den vielen anderen Menschen, die anscheinend noch bleiben wollen.

Draußen empfängt uns lautstark und angsteinjagend das jaulende Hu! Huu! der Sirenen. Die Mutter wendet sich nach rechts und eilt auf dem Bürgersteig mit schnellen Schritten voran. Sie muss aber ihre Schritte wieder drosseln, weil die Großmutter nicht so schnell folgen kann. Wir sind vielleicht zweihundert Meter von unserer nächtlichen Unterkunft entfernt, als es hinter uns mächtig kracht. Mutter wendet kurz den Kopf: »Das war bestimmt die große Halle! Kommt schnell!«

Großmutter strengt sich an, um mit uns Schritt zu halten, aber es fällt ihr sehr schwer. Ihr Oberkörper pendelt beim schnellen Gehen stark hin und her und der im Gelenk geknickte rechte Fuß macht ihr Schmerzen. Trotz der winterlichen Kälte wird es ihr bereits warm.

Großmutter bleibt unvermittelt stehen, löst ihr Kopftuch und sagt, nach Atem ringend: »Lauft schon mal vor, ich komm langsam nach!«

Aber das lehnen wir entschieden ab: »Nein, Oma, wir wollen zusammenbleiben!«

Kurz darauf stoßen wir auf eine Querstraße, auf der von links nach rechts langsam Panzer rollen. Da wir im Augenblick nicht hinüberkönnen, stellt Mutter ihre Koffer ab, und zu einer Linie aufgereiht, sehen wir uns den Vorbeimarsch an. Jeweils ein oder zwei Panzersoldaten gucken aus dem Turm heraus.

Sie tragen schwarze Uniformen und auf dem Kopf ein »Schiffchen«.

Günter, Reinhard und ich fragen uns: »Warum haben sie die Kanone unten? Warum schießen sie die Flugzeuge nicht ab, die rechts von uns über der Stadt zu hören sind? Haben sie keine Munition mehr? Oder können diese Panzer das gar nicht?«

Die Soldaten schauen freundlich zu uns herüber und lächeln, als sie sehen, wie wir Jungen mit großen Augen unsere ersten Panzer bestaunen und uns in den Motorenlärm hinein Fragen und Bemerkungen zurufen. Aus einem Fahrzeug wirft uns ein Soldat im Silberpapier etwas zu. Wir heben es auf, pulen das zerknautschte Papier auseinander und finden die zwei letzten Stückchen einer Tafel Schokolade. Wir Kinder fragen untereinander, wer etwas davon haben möchte. Mutter und Großmutter verzichten – und so teilen wir auf der Stelle die beiden winzigen Stückchen in vier Teile: Und damit wissen wir wieder, wie Schokolade schmeckt.

Der letzte Wagen der wenigen Panzer rasselt mit seinen Ketten lärmend vorüber und gibt den Blick auf die andere Straßenseite frei.

Dort beginnt ein Park mit hohen kahlen Bäumen und Mutter entdeckt darin einige Meter weiter den Eingang zu einem Bunker. Wir laufen über die Straße, direkt auf den Eingang zu, der mit normaler Türhöhe über der Erde liegt. Der Bunker scheint neu zu sein, so frisch, wie er aussieht. Zum größten Teil befinden sich seine Mauern unterirdisch, aber sein oberer runder Abschluss ragt etwa einen Meter aus der Erde heraus und liegt wie eine dicke Raupe zwischen den Bäumen. Der Eingang selbst hat eine ungestrichene helle Holztür. Etwa acht Treppenstufen führen nach unten und mit einem scharfen Knick nach rechts in einen etwa fünfzehn Meter langen Gang unter dem von außen sichtbaren Rundbogen. Der lange Gang ist ungefähr zwei Meter breit, hat sauber verputzte helle Wände und auf jeder Seite durchgehende Sitzbänke aus Kiefernholz. Nach etwa drei Metern führt nach links ein Abzweig, in gleicher Breite und mit gleicher Noteinrichtung. In Abständen von fünf Schritten hängen normale elektrische Glühlampen unter der Decke, die ein schwaches Licht spenden. Es sind einfache baumelnde Stromkabel mit einer Lampenfassung, ohne Lampenschirm.

Der Bunker macht einen ordentlichen Eindruck und riecht nicht so angsteinflößend nach kaltem nassen Gewölbe, wie vor einem Jahr in Königsberg – wenn nur nicht die Flugzeuge hier über der Stadt kreisten und die Bombeneinschläge zu hören wären.

Noch ist der Schwerpunkt des Bombenangriffs ein bisschen entfernt von diesem Park.

Etwa zwanzig Personen suchen bisher Schutz, von denen aber viele nicht ins Bunkerinnere wollen, sondern lieber im Eingangsbereich stehen bleiben, auf der Treppe, möglichst dicht an der Eingangstür, die zur Hälfte offen steht und Tageslicht hereinlässt. Aber das ziehende Heulen der fallenden Bomben und die Erschütterungen im Boden kommen näher. Ein Mann an der Tür drängt, nach unten zu gehen, die Tür zu schließen und auf den Bänken Platz zu nehmen.

»Wir müssen die Tür schließen!«, sagt er, »die sehen das helle Holz von oben. Außerdem hält die Tür nichts ab, wenn hier vorne was hinkracht!«

Er schließt die Tür und zwingt Männer, Frauen und Kinder, den Treppenbereich zu verlassen, was die Leute nur widerwillig und zögerlich befolgen. Wir alle sitzen nun im vorderen Teil des Hauptgangs – in den hinteren Teil geht niemand und in den Abzweig auch nicht.

Die Bombeneinschläge sind schon beängstigend nah: Der Boden zittert!

Durch die geschlossene Holztür hören wir deutlich das helle lang gezogene »Zieeh« der niedergehenden Bomben und das dunkle »Wumm!« der Explosionen, und wir spüren die Bodenwellen.

Die Menschen im Bunker starren vor sich hin und schweigen.

Und immer näher kommt das Zieeh und Wumm – und immer schneller folgen die Bodenwellen.

Meine Sinne sind wieder zum Zerreißen gespannt und die Angst vor einem Bombeneinschlag kriecht durch meinen Bauch. Ich krümme mich und schrumpfe immer mehr zusammen und halte den Atem an!

Hoffentlich hält der Bunker, wenn hier eine Bombe draufknallt, denke ich.

Um mich herum ist es dunkel – und ich staune, wie dunkel: schwarz wie Ruß! Gleichzeitig ist es auch still, und ich wundere mich, wie still, so sehr, dass es mich beunruhigt! Aber nicht nur, dass ich nichts höre und sehe: Es bewegt sich auch nichts!

Mein Verstand ist ganz klar, aber um mich herum ist ein völlig stilles, schwarzes, lebloses Nichts!

Und da merke ich, wie sich langsam und zäh eine vernichtende Angst in mir hochschiebt!

Träume ich oder bin ich wach? Wo ist meine Mutter? Wo sind meine Geschwister? Warum bin ich so allein?

Die Angst in mir wird stärker!

Wenn es ein Traum ist, dann will ich, dass er vorübergeht, dass ich wach werde! Wenn ich aber wach bin, dann versteh ich das nicht: Dann muss ich wohl gestorben sein!

Ich fühle, wie die Angst mich würgt!

Da spüre ich eine kleine Bewegung! – unter mir, jetzt auch neben mir – über mir! Dann höre ich ein Summen, dann schwache Stimmen. Die Bewegungen um mich herum werden stärker: Es hebt mich und senkt mich! Die Stimmen werden lauter: Es klingelt in meinen Ohren! Und dann kriecht es über mir und unter mir: Irgendetwas läuft auf allen vieren über meinen Körper – es krabbelt und ruckelt.

Ich werde von einem rudernden Strom fortbewegt und mitgerissen, sehe schwaches Tageslicht und erkenne plötzlich den Bunkerausgang und die Treppe nach oben!

Ich komme auf die Beine, stolpere die Stufen hoch, bin im Freien und sehe meine Mutter mit ihren beiden Koffern! Und dann läuft Mutter los, durch den Park mit den kahlen Bäumen in die Richtung, aus der die Panzer kamen. Reinhard läuft als Erster hinter ihr her, Günter und ich folgen in Fünf-Meter-Abständen.

Auch andere Menschen fliehen nach allen Seiten.

»Was ist passiert?«, schreien wir Jungen der Mutter hinterher. Im Laufen wendet Mutter nur kurz den Kopf: »Eine Bombe ist in den Bunker eingeschlagen!« Da bemerken Günter und ich gleichzeitig etwas – und bleiben stehen.

»Mutti! Halt! Inge und Oma fehlen!«

Die Mutter stoppt und sieht, dass nur wir drei Jungen aus dem Bunker herausgekommen sind!

»Was tun?« Mutter muss schnell handeln.

Die Luft hinter uns ist voller Höllenlärm: Flugzeugmotoren brummen, ziehen am Himmel ihre Kreise, Bomben fallen mit sirrendem Heulen – krachende Explosionen! Häuserwände brechen zusammen, hauptsächlich noch auf der anderen Parkseite, etwa bis zur Bunkerlinie.

Gleichzeitig habe ich Angst: Kann Mutter es wagen, zurückzulaufen? Was ist, wenn sie nicht wiederkommt?

Mutter schwankt, weiß nicht, was sie machen soll, doch dann will sie weiterlaufen in der bereits eingeschlagenen Richtung: »Los! Kommt!«

»Nein!«, schreien wir.

Mich packt ein großer Schmerz, hält mich zurück.

Nicht auch noch Oma und Inge!, durchfährt es mich, ich will nicht weiter!

Und da rufen Günter und ich wie aus einem Munde: »Wir können doch Inge und Oma nicht im Bunker lassen. Wir müssen nachsehen – vielleicht sind sie tot!«

Mutter bleibt noch einmal stehen: »Das ist zu gefährlich, die nächste Bombe kann auf uns hier fallen! Wir laufen bis an die Straße, wo der Park zu Ende ist. Dann bleibt ihr dort und ich laufe allein zurück! Kommt!«

»Ja!«, rufen wir und jagen, was die Beine hergeben, die etwa fünfzig Meter bis zur Straße. Keuchend erreichen wir die letzten Bäume und den Bürgersteig. Mutter stellt ihre Koffer erleichtert ab.

Über der Stadt und bis zum Bunker tobt der Bombenangriff.

Die Mutter muss jetzt zurück und sich überzeugen, was mit Inge und Oma Lina geschehen ist. Wir beraten miteinander.

»Warum sind sie nicht aus dem Bunker gekommen?«, fragen wir uns. »Es gibt doch nur diesen Ein- und Ausgang!«

»Und wir haben sogar ein bisschen gewartet, als uns auffiel, dass sie nicht gleich nachkamen.«

Die Mutter überlegt, wie sie es am besten anstellen soll. Und wir Jungen fürchten, dass ihr etwas passieren könnte, dass wieder eine Bombe einschlägt, wenn sie gerade den Bunker erreicht.

Die Mutter hat sich entschieden: »Ihr wartet hier! Wenn ich nach längerer Zeit nicht zurückkomme, sucht nicht nach mir! Schließt euch den anderen Menschen an! Ich werde euch sicherlich finden!«

Die Mutter hat zwar gesagt, was sie machen will, aber sie bleibt noch stehen und prüft sorgfältig, ob die Bomben näher kommen und ob sie es wagen kann, loszulaufen.

Da packt mich wieder die Angst, kriecht nach oben und schnürt mir den Hals zu.

Ich höre Mutters Worte: »nicht nach ihr zu suchen«, und nehme sie so hin, aber ich spüre im selben Augenblick, dass ich hier nicht weggehen werde, gar nicht weggehen kann, ohne die Mutter zu suchen und zu finden, wenn sie nicht zurückkommt! – Und selbst wenn sie tot wäre: Ich müsste mich erst überzeugen und richtig Abschied nehmen!

In der kurzen Zeit, in der wir hier mit Mutter stehen und überlegen, schauen wir auch ständig zurück und nach links und rechts, ob Oma und Inge doch noch angelaufen kommen. Den Park begrenzen an dieser Stelle drei Straßen: die eine, auf der die Panzer rollten, die zweite, gegenüber auf der anderen Parkseite und die dritte Straße, an der wir uns gerade befinden – als Verbindung zwischen den beiden. Von unserem Standort sehen wir auf der anderen Parkseite eine geschlossene, mehrstöckige Häuserreihe, die um den Park verläuft. Im Hintergrund biegt gerade eine größere Kolonne Menschen um die Parkecke und kommt auf der anderen Bürgersteigseite in unsere Richtung. Zu zweit oder zu dritt gehen sie daher wie eine geführte Gruppe, alle in dunklen Mänteln, schweigend und mit ruhigen Schritten, ältere Männer und Frauen, aber auch Kinder – die Frauen meist mit schwarzen Kopftüchern.

Die Leute kommen näher und wir beobachten diesen merkwürdigen stillen Zug. Auch eine alte Frau geht in der Reihe, allein mit einem Mädchen, die alte Frau scheint ein wenig behindert zu sein. Das Mädchen verlässt plötzlich den Bürgersteig und geht schräg über die Straße, die alte Frau ebenfalls.

Gebannt verfolgen wir ihren Weg: Beide kommen direkt auf uns zu!

Das Mädchen beginnt zu laufen, reißt einen Arm hoch und winkt. Und da erkennen wir sie und rufen gleichzeitig: »Inge! Und Oma Lina!«

Wir Jungen laufen ihnen jubelnd entgegen und fassen sie bei den Händen: »Was für eine Freude! Gott sei Dank! Wir sind wieder zusammen!«

Aber dann haben wir erst einmal viele Fragen.

»Wo kommt ihr denn her!?«

»Wir haben solche Angst um euch gehabt. Wir dachten, ihr seid tot!«

Inge und Oma sprechen zugleich: »Wir sind durch das Loch geklettert!«

Wir Jungen und Mutter fragen vierstimmig: »Welches Loch?«

Und sie erzählen weiter: »In den Bunker ist eine Bombe eingeschlagen …«

»Ja, das wissen wir.«

»… ja, und als wir wieder sehen konnten, kam helles Licht von einer Seite, und wir haben ein Loch entdeckt, und als die anderen da durchkletterten, sind wir hinterhergestiegen.«

»Und waren da keine Toten?«

»Nein, die Bombe ist ganz hinten eingeschlagen, und da waren keine Leute.«

»So, so – das habt ihr also gemacht –, schön, dass ihr da seid, aber wir haben dadurch viel Angst gehabt!«

Bei der großen Wiedersehensfreude haben wir für kurze Zeit die Bomben vergessen, aber wir müssen hier schnell weg! Doch wohin? In welche Richtung?

Die Mutter greift nach ihren Koffern und geht die wenigen Meter zur »Panzerstraße«. Dort bleibt sie stehen und berät mit der Großmutter.

»Wo die Panzer hinfuhren, dürfen wir nicht gehen«, sagt sie, »da tobt der Bombenangriff. Also müssen wir entgegengesetzt – hier, gleich raus aus der Stadt.«

Mutter entdeckt in geringer Entfernung das gelbe Ortsschild, und wir gehen alle hin, um es zu lesen. Aber der Name zum nächsten Ort sagt der Mutter nicht genug, ihre Zweifel bleiben. Nach anderen Leuten kann sie sich auch nicht richten. Es kommen nur wenige Menschen vorbei, und jene, die vorüberhetzen, wissen selbst nichts und suchen ihr Heil in unterschiedlichen Richtungen.

»Wo ist der Feind, wo ist die Front?« Mutter blickt ratlos nach links, nach rechts und dreht sich um sich selbst.

»Waren die Panzer auf der Flucht oder fuhren sie an die Front?«

Sie ruft der Großmutter etwas zu und eilt dann an dem Schild vorbei in die Richtung, aus der die Panzer kamen. Wir Kinder folgen der Mutter nur zögernd, weil sie noch sucht und unsicher wirkt, falls sie sich anders entscheidet, und umkehrt.

Mit Inges Hilfe buchstabieren wir auf der anderen Seite der Ortstafel den Namen der Stadt, in der wir uns befinden. »Zinten«, steht da geschrieben – aber es ist für uns nur ein Wort.

Doch die Mutter kehrt nicht um, sondern behält ihre Richtung bei und ist schon etliche Schritte voraus.

Wir Kinder überlegen noch: »Ist das gut oder schlecht, richtig oder falsch?«

»Laufen wir jetzt dem Feind in die Arme oder liegt dort unsere Sicherheit?«

Nach kurzer Zeit fragen wir nicht mehr danach, sondern versuchen die Mutter schnell einzuholen und weiterzukommen. Wir alle sind vielleicht dreihundert Meter weit gegangen, als die Mutter stehen bleibt und eine kleine Verschnaufpause einlegt.

Wir drehen uns um und sehen über der Stadt die Flugzeuge kreisen, hoch und runter und durcheinander, wie ein gereizter Bienenschwarm. Als wir weitergehen, wird auf der rechten Seite der Blick frei auf ein großes Feld mit Wintersaat, bedeckt mit einer dünnen, unberührten Schneeschicht. Gleichzeitig können wir über das Feld zurückblicken bis zum Beginn der Häuser am linken Stadtrand. Plötzlich läuft von dort ein Mensch auf das weiße Feld hinaus. Wir finden das merkwürdig und bleiben stehen.

»Warum läuft er nicht seitlich auf uns zu? Zur Straße! Was will er auf der großen freien Fläche, ganz allein?«

»Aber, was ist das!?«

Ein Flugzeug löst sich aus dem Bienenschwarm und folgt dem Läufer auf das Feld. Wir halten den Atem an.

»Spürt der Mann denn nicht das Flugzeug! Er darf nicht geradeaus laufen – er muss es beobachten und nach links oder rechts ausweichen, wenn das Flugzeug schießt!«

Aber das sind nur unsere laut geäußerten Wünsche und Gedanken.

Die Maschine stürzt herunter in den Tiefflug, nimmt die Spur des Läufers auf, der auf das drohende Unheil in seinem Rücken erst jetzt reagiert und sich in seinem Lauf einmal herumdreht, wie abwehrend einen Arm hebt, dabei ins Stolpern gerät und wie gehetzt weiterläuft – und »tack-tack-tack-tack« hören wir von Ferne das Maschinengewehr. Der Mann fällt vornüber und bleibt liegen, und der Pilot zieht sein Flugzeug in einer weiten Linkskurve mit tiefem Motorbrummen wieder hoch – aber, o Schreck, in unsere Richtung!

Und sofort packt uns die Angst: »Er wird doch wohl nicht Jagd auf uns machen!?«

Wir haben hier keinen besonderen Schutz: Die Bäume sind kahl und eher dünn.

»Bleibt still stehn!«, ruft die Mutter, »rührt euch nicht! Dann wird er uns vielleicht nicht bemerken.«

Und wir haben Glück: Das Flugzeug zieht den Bogen enger und höher und kehrt zurück zu den anderen. Wir machen, dass wir wegkommen, aber ständig wende ich den Kopf nach rechts.

»Läuft der Mann?«

Nein, er läuft nicht. Und er liegt und liegt, so oft ich auch hinschaue.

Wir gehen auf der linken Seite der Landstraße, auf der gefrorenen Erde neben dem Asphalt, dort, wo zu anderen Jahreszeiten die Radfahrer fahren. Die Großmutter bleibt immer öfter stehen: Der verformte Fuß tut ihr weh! So weite Strecken kann sie damit nicht laufen. Sie atmet schwer, schiebt ihr schwarzes Kopftuch nach hinten und versucht erneut, ein paar Meter zu gehen.

Ein weites Stück voraus sehen wir Kinder eine Brücke, die über die Straße führt, und wir fragen: »Sitzt darunter ein Mensch auf der Erde, angelehnt an der rechten Wand?«

Die Mutter meint: »Kaum vorstellbar, denn es ist ein kalter früher Vormittag im Januar!«

»Aber«, beharren wir, »wenn er doch müde ist?«

Wir sind vielleicht einhundert Meter weiter, da stoppt Großmutter! Sie nimmt ihr Kopftuch endgültig ab, öffnet den oberen Mantelknopf, nimmt den dunklen Wollschal heraus, und schafft sich Luft. Ihr Atem geht keuchend, sie schwitzt, und ihr Gesicht ist gerötet: Sie dampft!

Die Großmutter schüttelt den Kopf: »Es geht nicht mehr, ich kann nicht! Geht ihr allein weiter, ich komme langsam nach.«

Aber das wollen wir nicht.

»Nein, wir bleiben bei dir!«

Wir sind der Brücke ein Stück näher gekommen und stellen fest: »Das scheint wirklich ein Mensch zu sein, der da sitzt und sich anlehnt, obwohl sonst alles ringsum knochenhart gefroren ist.«

»Was hat das zu bedeuten?«

»Warum flieht er nicht?«

»Der kann doch da nicht einfach so sitzen!«

Da sieht einer von uns im Graben einen Schlitten.

»Ah! Der kommt uns wie gerufen!«

Die Oma setzt sich auf den Schlitten, wir Kinder ziehen und Mutter geht mit den Koffern voraus.

Doch unsere Freude dauert nur fünf Meter, dann ist Schluss: Die kleine Schneefläche ist zu Ende! Und dann kommen zwanzig Meter gefrorene, trockene Erde! Großmutter erhebt sich vom Schlitten, humpelt die zwanzig Meter, setzt sich wieder, wird fünf Meter gezogen: Und wieder ist Schluss! Wir Kinder bleiben enttäuscht und verärgert stehen, sehen uns die Strecke an: voraus und zurück.

»Wo ist denn der Schnee!?«

»Wir haben doch Winter!«

»Jetzt, wo wir den Schnee gebrauchen könnten, wo wir einen Schlitten haben, da gibt es nur diese kleinen Schneefetzen!«

»Woran liegt das denn? Hat der Wind die Straße freigefegt?«

Wir blicken auf das Feld, dorthin, wo der Mann lief. Aber auch da ist der Schnee sehr dünn, zwar unberührt weiß, aber wir sehen die weiße Fläche ja nur schräg von der Seite.

Und auf der Stelle sind wir uns einig: »Wir brauchen einen Handwagen, dann könnten wir Großmutter gut fahren!«

Doch wo finden wir einen? Ein Stück voraus, links, beginnt eine Reihe Häuser, vielleicht haben wir dort Glück. Doch so lange wir nur den Schlitten haben, müssen wir tüchtig ziehen. Die Hoffnung auf einen kleinen Wagen gibt uns neue Kraft. Als der nächste Schneeflecken zu Ende ist, lassen wir Großmutter auf dem Schlitten sitzen und ziehen ihn mit verkniffenen Gesichtern über die trockene Erde: Zwei von uns vieren ziehen am Strick und zwei schieben an Großmutters Schultern. Die Schneekleckse sind immer viel zu kurz und die Erdstrecken viel zu lang. Jetzt schwitzen auch wir Kinder und schimpfen auf die Leute, die sich früher nicht um Großmutter gekümmert haben, als sie ein junges Mädchen war und den Unfall mit ihrem Fußgelenk hatte.

»Warum haben die verantwortlichen Leute nichts gemacht?!«

»Waren sie so arm?«

»Waren sie gleichgültig?«

»War in dem Dorf kein Bürgermeister, der etwas hätte unternehmen können?!«

Die Großmutter hatte uns einmal erzählt, man habe ihr damals gesagt, das werde sich schon auswachsen. Aber wir sehen nun, was daraus geworden ist: ein schief nach innen stehender Fuß! Es hat sich also nicht ausgewachsen, sondern ist verwachsen!

Großmutter ist es sehr unangenehm, dass wir uns als Kinder so quälen müssen und dass sie uns zur Last fällt.

Wir sind noch etwa zwanzig Meter von der Brücke entfernt.

»Mutti, warum sitzt der Mann immer noch da?«

Mutter versucht eine Erklärung: »Vielleicht ist er müde oder krank, vielleicht ist er verwundet oder eingeschlafen – oder erfroren und tot!«

Unter der Brücke, die neu aussieht, aus Zement gebaut, versucht Großmutter wieder ein Stück zu gehen. Scheu blicken wir die ganze Zeit zu dem sitzenden Mann hinüber, der mit seinen lang ausgestreckten Beinen den Eindruck erweckt, als mache er mit offenen Augen eine Ruhepause.

Der Mann sitzt da, wie erstarrt, auch seine Augen blicken nur geradeaus! Das Bild beschäftigt mich unablässig.

Dann muss er wohl doch tot sein!, denke ich. Wir sind schon längst vorüber, und ich drehe mich immer wieder um: Der Mann sitzt und sitzt.

Ich überlege: Was heißt hier tot?

Ich kann es mir nicht vorstellen – das passt irgendwie nicht zusammen: Tot sein und dann einfach so dasitzen.

Und ich will auch nicht, dass er tot ist, und deshalb sage ich laut zu den anderen: »Er soll leben und laufen, so wie wir!«

Auf der linken Seite beginnt die Reihe der kleinen Doppelhäuser.

»Mutti«, rufe ich, »Günter und ich könnten doch nachsehen, ob wir da einen Handwagen finden!«

»Ach, das lasst mal lieber sein!«

»Aber wir könnten es doch machen. Wenn da jemand ist, dann fragen wir ihn, und wenn keiner da ist, dann sind die Leute weg – und dann brauchen sie auch keinen Handwagen mehr. Dann könnten wir ihn nehmen, falls wir einen finden!«

Aber Mutter lehnt ab! »Nein, Kinder, das gehört uns nicht, das dürfen wir nicht tun!«

Günter und ich knurren uns etwas zu.

»Immer diese Vorschriften, immer muss man Gebote einhalten: Das ist so ärgerlich!«

Und ich richte meinen Blick immer wieder nach hinten. Der Mann unter der Brücke sitzt unverändert auf der Erde.

»Wie er uns mit seinen offenen Augen angesehen hat!«, sage ich zu meinen Geschwistern. »War er zu schwach? Ist er erfroren? Wie ist das: tot sein!?«

Und da merke ich, dass wir vor einer Stunde im Bunker hätten tot sein können – ohne Besinnung waren wir ja bereits –, und deshalb war es um mich herum so still! – und schwarz! – und leblos! Da ich die Bombe nicht kommen sah und auch nicht spürte, wäre ich tot gewesen, ohne es zu wissen.

Bei der ständigen Quälerei mit dem Schlitten versuchen wir etwas Neues.

»Mutti, halt doch mal an! Zieh du mal den Schlitten! Gib der Oma einen Koffer auf den Schoß und mit der freien Hand ziehst du dann!«

Der Vorschlag wird von allen angenommen. Die Großmutter rutscht ein wenig nach hinten, streckt ihre Beine aus und legt einen Koffer darauf. Und dann geht es los.

Mutter und Inge ziehen am Seil, Günter und ich schieben links und rechts an Omas Schultern, und Reinhard geht hinter dem Schlitten her und schiebt an Großmutters Rücken.

Welch eine Mühsal, was für eine Schinderei!

Und wir Kinder stöhnen: »Wie sollen wir das jemals schaffen!«

»Wir kommen ja gar nicht voran!«

»Ständig machen wir Pausen und müssen uns ausruhen!«

Gerade machen wir eine längere Unterbrechung, um wieder neue Kräfte zu sammeln. Die Großmutter ist vom Schlitten aufgestanden, und wir blicken alle zurück auf die bewältigte Strecke.

»Was haben wir denn nun geschafft?«, wollen wir gequälten Schlittenzieher wissen.

Da ist zunächst die Häuserreihe, nicht weit weg die Brücke mit dem Erfrorenen, danach das Feld mit dem Erschossenen – und dann, nicht mehr zu erkennen, das Ortsschild von Zinten.

Und wie aus einem Munde kommt von uns Kindern die Bewertung: »Das ist doch nichts!«

»Und was haben wir vor uns?«

Wir wissen es nicht. Aber voraus, da hinten an der größeren Baumgruppe, dort, wo die Landstraße vermutlich eine Biegung macht, da werden wir hoffentlich den nächsten Ort erblicken.

»Also, dann erst einmal auf bis zu den Bäumen!«

Aber die Biegung zieht sich in einem viel zu großen Bogen hin und nichts ist zu sehen: kein Haus weit und breit!

Was für eine Enttäuschung!

Wir sind die einzigen Menschen auf dieser Straße und in dieser Gegend, wie es scheint. Niemand überholt uns, keiner kommt uns entgegen, keine Gesichter an den Scheiben der Reihenhäuser – nur die beiden Toten entlang der Strecke. Da nähert sich hinter uns ein Lastwagen. Und bald darauf erkennen wir freudig: Es ist ein Militär-Lkw! Und sofort hoffen und wünschen wir, dass er uns mitnimmt. Wir bleiben aber nicht stehen, sondern ziehen und schieben den Schlitten mit Großmutter darauf, wie sonst auch, und denken uns, so sieht der Fahrer am deutlichsten wie wir uns abmühen, und dann wird er am ehesten anhalten.

Erst als der Lastwagen nah heran ist, bleiben wir stehen und sehen ihm entgegen. Es ist ein gewöhnlicher Militär-Lkw, mit Tarnfarben gestrichen, mit Fahrer und Beifahrer besetzt, ohne erkennbare Ladung, zumindest aus unserer Sicht von unten. Die beiden Soldaten blicken flüchtig aus ihrem Fahrzeug zu uns herüber und – fahren vorbei!

Ach, was sind wir enttäuscht! Wir verstehen das nicht!

»Warum sind sie durchgefahren?«

»Wir sind doch ganz allein auf der Straße!«

»Dürfen sie so ohne Weiteres keine Flüchtlinge mitnehmen?«

»Oder haben sie vielleicht Munition auf der Ladefläche?«

Aber großes Jammern hilft nichts: Wir müssen stark sein und weitermachen. Die Mutter trägt schon lange wieder ihre beiden Koffer und wir Kinder sind für den Schlitten allein zuständig. Zwischendurch versucht Großmutter es auch zu Fuß und quält sich dann mit Schmerzen humpelnd ein Stück weiter über die völlig schneefreie asphaltierte Landstraße. Aber dann, nach einer weiteren Kurve, tauchen in der Ferne einige rote Dächer auf. Und das gibt uns neue Hoffnung und Kraft und nun bringt uns jeder Schritt unserem Ziel näher.

»Bald haben wir es geschafft!«, muntern wir uns gegenseitig auf.

Doch ein paar Mal fragen wir uns noch enttäuscht, ob wir denn gar nicht von der Stelle kommen. Und noch immer sind wir die einzigen

Menschen auf dieser Straße. Der Wind ist nach und nach stärker geworden und nun bläst er uns über die weiten Felder der freien Strecke eisig ins Gesicht. Wir bleiben stehen und Mutter schlägt unsere Mantelkragen hoch, knotet die Schals fester um den Hals, und wir selbst ziehen unsere Mützen noch tiefer über die Ohren. Unsere kalten Finger in den Wollhandschuhen schmerzen. Endlich gehen wir an den ersten kleinen Häusern des Ortes vorbei, nähern uns auf einem kugeligen Kopfsteinpflaster dem roten Bahnhofsgebäude auf der linken Seite, vorbei an ein paar niedrigen Lagerschuppen mit Laderampe auf der rechten.

Den Schlitten lassen Günter, Reinhard und ich an einer Backsteinhauswand mit gemischten Gefühlen zurück. Wir Jungen wollen uns nicht vor anderen Kindern blamieren und sagen uns: »Ein Schlitten ohne Schnee: Das ist ja lächerlich!«

Wir alle sind sehr erschöpft, aber bis zu dem großen Ziegelsteingebäude werden wir es noch schaffen. Mit letzter Kraft steigen wir die wenigen Treppenstufen hoch, gehen hinein in die Vorhalle und suchen das Rote Kreuz oder die braun Uniformierten, die sonst alles kommandieren und leiten.

Wir erwarten jetzt Hilfe: Hier habt ihr uns!

Und dann fallen wir um!

Die Leute von der Partei und vom Roten Kreuz sehen wohl, dass wir völlig entkräftet sind und kümmern sich fürsorglich um uns. Wir bekommen zu essen und zu trinken und gewinnen allmählich wieder Kraft. Am späten Nachmittag erhalten wir einen Platz in einem geschlossenen Güterwagen und zusammen mit anderen Menschen fahren wir weiter. Die Fahrt dauert dieses Mal nicht so lange. Trotzdem ist es bereits dunkel, als wir aus dem Waggon klettern. Wir bekommen für die Nacht einen Platz auf dem Fußboden in einer ausgeräumten Schule.

Am nächsten Morgen, als Mutter uns weckt, wollen meine Geschwister und ich nur schlafen – und sonst gar nichts!

»Warum aufstehn?«

»Was ist denn los?«

Aber Mutter hat ihre Gründe: »Wir sollen uns im Ort sammeln. Soldaten, so wurde gesagt, werden uns weiterbringen. Also kommt!«

Bald darauf gehen wir los und suchen die Sammelstelle im Ortskern der kleinen Stadt. An einer Hauptstraße mit Kopfsteinpflaster finden wir einen Platz, auf dem bereits einige Menschen warten. Wir stellen uns dazu, hoffen, dass auch alles stimmt, was gesagt wurde – und frieren! Immer mehr Menschen treffen ein und dann kommen auch die Soldaten: Wagen um Wagen mit Pferdegespannen. Wir fragen uns, ob es dieselben Soldaten sind, die uns schon nach Zinten mitgenommen haben, als die Urgroßmutter ihren schrecklichen Unfall hatte. Aber diese Wagen sind völlig leer: Die Fahrer haben nur den Befehl, die Menschen weiterzubringen. Unsere Familie kommt allein auf einen Wagen, und da wir diesmal auf richtigen Sitzbrettern Platz nehmen, die quer zur Fahrtrichtung hintereinander angeordnet sind, lässt auch keiner außerhalb der Wände seine Beine baumeln.

Als wir aus der Stadt hinausfahren, liest Mutter laut den Namen auf dem Ortsschild: »Heiligenbeil!«

»Oh!«, sagt sie, »von hier kommt euer Großvater.«

Wir Jungen sind im Moment so verbiestert, dass wir erst einmal fragen: »Welcher Großvater?«

»Nun, der Opa in Königsberg, der Vater eures Vaters.«

Das finden wir schon ein bisschen komisch. Bisher war es nur einfach der Opa, aber dass es der Vater unseres Vaters ist, das klingt irgendwie fremd. Aber ich sehe ihn gleichzeitig vor mir: den großen starken Mann mit den breiten Schultern und dem kantigen Kopf – mit dem kurz geschorenen Haar. Wir Kinder konnten manchmal an seine Knie fliehen und uns retten, wenn der Vater bei der Erziehung wieder einmal so richtig durchgreifen wollte. Und Großvater beschützte uns: »Walter, sei nicht so streng mit den Kleinen!«

Und Vater antwortete verwundert: »Aber du hast doch auch den Gürtel aus deiner Hose herausgezogen und auf uns draufgehauen – ohne Rücksicht, ob Mädchen oder Junge!«

»Ach, das war etwas anderes! Guck dir die kleinen Würmchen an, die kannst du doch nicht schlagen!«

Da wussten wir, was wir am Opa haben.

»Wo ist der Opa jetzt?«, fragen wir.

Die Mutter weiß es nicht. Sie weiß auch nicht, wo Tante Friedel ist und Onkel Kurt, Tante Gertrud und Erika und all die anderen.

»Sind sie in Königsberg?«

»Sind sie geflohen?«

Die Mutter weiß nur, dass der Großvater bald Geburtstag hat, dass er siebzig Jahre alt wird.

Wir Jungen staunen: »Was für eine Zahl!«

Und laut genug für alle drängt es aus mir heraus: »Ich bin sieben und er ist siebzig – das ist ja uralt!«

Da müssen auch Großmutter und der Soldat auf dem Wagenbock lachen. Und es gibt noch ein paar spaßige Bemerkungen mehr, die alles für eine kurze Zeit zu einer fröhlichen Kinder-Kutschfahrt machen, bis der Soldat und Großmutter, die neben ihm auf der Bank sitzt, ernster werden und über den Krieg sprechen, leiser werden und nicht mehr zu verstehen sind.

Der Wagentreck windet sich bergab durch ein paar Straßenkurven hinaus aus der Stadt. Und dann fahren wir durch eine graue Winterlandschaft mit kahlen Bäumen und dürftigem Schnee. Für uns Kinder wird es eintönig und langweilig. Großmutter und der Soldat haben sich dagegen viel zu erzählen.

Und dann heißt es plötzlich: »Brrr«!, und die Kolonne hält.

»Ende der Fahrt!«, sagt der Soldat, »bitte absteigen.«

Und auf irgendeine Frage der Mutter ergänzt er: »Nein, wir fahren zurück.«

Wir Kinder sehen uns entgeistert an!

»Was sollen wir denn hier!? Kein Ort, kein Haus, kein Bus, keine Eisenbahn!«

Wir sehen nur eine freie milchige Fläche, die sich in der Ferne mit dem Horizont im Dunst vereint – kein Baum, kein Strauch!

»Das ist das ›Frische Haff‹!«, ruft der Soldat noch.

Dann treibt er seine Pferde an, wendet sein Gefährt im Bogen und schließt sich seinem Vordermann an.

Und erst jetzt erkennen wir Kinder verwundert: »Das ist ja Eis!«

Wir blicken auf eine riesige Eisfläche, nirgendwo ein Ende, und darauf eine schwarze Linie, die sich ebenfalls im Dunst in der Ferne verliert. Als wir näher kommen, wird die Linie zu Punkten und die Punkte zu Planwagen und Menschen, die in einer endlosen Kolonne über das Eis ziehen.

»Mutti, müssen wir da auch rüber?«, fragen wir ungläubig.

»Ja, es gibt wohl keinen anderen Weg.«

»Aber, die Oma kann doch nicht laufen, das ist doch viel zu weit. Man sieht ja gar kein Ende!«

Die Mutter zuckt die Schultern: »Dann müssen wir eben langsam gehen und öfter Pause machen. Vielleicht nimmt uns auch jemand mit.«

Wir erreichen die Stelle, wo die zu Fuß gehenden Menschen und die Planwagen mit den Pferden davor sich in die Schlange einreihen, den festen Boden verlassen und auf das Eis gelangen. Männer in braunen Uniformen, mit der roten Hakenkreuzbinde am Arm, regeln den Ablauf, geben Befehle für die Reihenfolge der Wagen und Anweisungen, wie sich die Wagenlenker zu verhalten haben.

»Halt! Bleiben Sie stehn!«

»Nicht vordrängen! Warten Sie!«

»Nicht so dicht auffahren! Sie müssen fünfzehn Meter Abstand halten! Wenn der Vordermann hält, ebenfalls stehen bleiben. Der Abstand muss eingehalten werden!«

Einige Pferde haben Angst und scheuen, andere heben unruhig ihre

Köpfe und schnauben, rollen ihre Augen und wollen nicht auf das rutschige Eis – wie damals beim Bauern in Paterschobensee, als er Schilf von der Insel holte.

Wir Jungen drängen die Mutter: »Frag die Männer doch mal, wie weit das ist!«

Aber Mutter wehrt ab, ist zu scheu, will nicht so aufdringlich sein. Wir drei sind darüber unzufrieden, wir möchten es zu gerne wissen. Aber als Kinder dürfen wir die Männer nicht einfach fragen: Das gehört sich nicht, so neugierig zu sein. Also machen wir bei Mutter noch einen Versuch.

»Du kannst doch sagen, dass Oma so schlecht laufen kann und dass du es deshalb wissen musst!«

Jetzt ist auch unsere Familie auf dem Eis. Wir Kinder haben keine Schwierigkeiten mit der glatten Fläche, doch Großmutter rudert unsicher mit den Armen in der Luft umher und kann sich nur mühsam halten: Es sieht beängstigend aus! Inge eilt zur Oma und stützt sie an einem Arm. Aber das scheint die Großmutter nur noch unsicherer zu machen, und so versucht sie es wieder allein und dann gelingt es ihr immer besser.

Und da hören wir, wie Mutter einen Mann mit der Uniform fragt: »Wie weit geht die Strecke?«, und mit ihrem Kopf deutet sie auf Großmutter.

»Acht Kilometer, mindestens«, sagt der Mann mit der Schirmmütze und zuckt mit den Schultern, als er sieht, wie die Großmutter mit den Armen rudert. Und als die Oma bei ihren Gehversuchen von der Wagenschlange fort immer mehr nach rechts auf die freie Eisfläche gerät, ruft er noch: »Achten Sie auf Spalten und Risse, bleiben Sie lieber in der Wagenlinie und halten Sie Abstand!«

Wir Kinder versuchen, uns die Entfernung von acht Kilometern vorzustellen, haben dabei aber große Schwierigkeiten, weil uns keine bekannte Strecke einfällt, die genauso lang ist. Und dann geht unsere Familie im Abstand von fünf, sechs Metern hinter einem hohen

Planwagen her. Der Wagen wird von zwei Pferden gezogen, hat eisenbereifte Räder, ist voll bepackt mit Kisten und Kästen, mit Federbetten und Decken und hat als Wetterschutz ein stabiles Halbrunddach, bespannt mit einer hellen Zeltplane. Wir Kinder vermuten auf dem Wagen gemütliche warme Sitznischen, für die, die da oben mitfahren. Für einen Augenblick stellen wir uns vor, wie auch wir in so einem gepolsterten Nest sitzen. Dabei spüren wir geradezu, wie behaglich das ist und beneiden die Kinder und Erwachsenen unter ihren molligen Steppdecken. Aber wir Jungen überlegen auch, wie dick das Eis sein mag, dass es solche hoch beladenen, schweren Wagen aushält und dass diese Riesengewichte nicht auf der Stelle durch das Eis krachen.

Günter vermutet: »Es muss doppelt so dick sein wie in Paterschobensee, wo der Fischer das Loch schlug.«

So gehen wir mit ruhigen Schritten und dem gewünschten Zwischenraum hinter dem Wagen her, Großmutter humpelt gleichmäßig mit. Da sagt Reinhard plötzlich: »Ach, hätten wir doch bloß noch unseren Schlitten!«

»Ja, jetzt könnten wir die Oma gut ziehen und vielleicht sogar beide Koffer draufpacken.«

»Wie konnten wir denn nur den Schlitten stehen lassen!«

»Ja, aber wer konnte denn wissen, dass es auf dem Eis weitergeht?«

Wir laufen schon eine längere Zeit, da bleibt der Treck zum ersten Mal stehen, zieht wieder weiter, bleibt bald darauf wieder stehen – und das Stehenbleiben erfolgt immer schneller und das Weiterziehen immer langsamer. Zunächst bleiben wir bei jedem Halt geduldig in der Kolonne, doch irgendwann gehen wir mit einigen Metern Abstand rechts an den Wagen vorbei, achten aber auf Löcher und Spalten im Eis.

»Wenn jetzt Tiefflieger kommen«, sagt Inge überraschend, »dann sind wir alle verloren!«

»Ja, ohne Versteck, ohne Widerstand: Da können sie in Ruhe ihre gesamte Munition verschießen.«

Die schlummernde Angst vor feindlichen Flugzeugen, die das Eis bombardieren könnten und die alles zusammenschießen, was sich bewegt, lässt uns danach nicht mehr los.

Es ist kalt. Der Wind weht jetzt schärfer und fegt durch unsere gestrickten Fausthandschuhe. Die Eisfläche ist auf einmal ein wenig nass, und wir wundern uns, dass das bei dieser Kälte überhaupt möglich ist. Nicht lange und unsere Schuhsohlen patschen durch ein wenig Wasser, bald darauf ist die Wasserschicht fingerdick. Schon etwas länger gehen wir neben einem hoch beladenen Fuhrwerk her, beladen mit Kisten und Kästen, Decken und Oberbetten – und gleichzeitig humpelt unsere arme Oma unter starken Schmerzen, und ihr Oberkörper pendelt umso stärker nach links und rechts. Als die Kolonne wieder einmal hält und auch Großmutter hinter uns stehen bleibt, ruft ihr eine Frau vom Wagen zu: »Kommen Sie hier rauf, fahren Sie mit uns mit. Sie können ja gar nicht mehr laufen!«

Mutter und Großmutter beraten kurz, wie sie sich verhalten sollen.

»Meint die Bauersfrau das nur für diese Eisfläche oder für länger?«

Doch das ist schnell geklärt: Die Großmutter soll bis auf Weiteres auf dem Wagen bleiben. Aber das bedeutet, dass wir uns aus den Augen verlieren!

»Wie werden wir uns wiederfinden?«, fragt die Mutter besorgt.

Und sie erkennt: Großmutter ist ganz auf die Leute angewiesen, ist von ihnen abhängig.

Bevor die Großmutter sich abwendet, sagt sie zur Mutter: »Wenn wir uns verlieren, schreib nach dem Krieg zu Onkel Fritz nach Gelsenkirchen oder zum Roten Kreuz. Ich werde mich dort auch melden!«

Wir Kinder überlegen schnell: »Onkel Fritz?«

»Ach, das ist ja Oma Linas Bruder, der als junger Mann nach Gelsenkirchen gezogen ist, um dort im Bergbau zu arbeiten. Und der im Sommer in Paterschobensee zu Besuch war, der sich mit seinem weißen Oberhemd auf den Rücken ins kurze Gras legte und dem wir mit unseren kleinen Fäusten die starken Muskeln seiner Oberarme bearbeiten durften, weil er stolz sagte: ›Das macht ihnen nichts, die sind harte Arbeit gewöhnt!‹«

Und wir Jungen trommelten so lange, bis Mutter auftauchte und mahnte: »Kinder, wollt ihr wohl mal aufhören!«, worauf er noch lachend erwiderte: »Ach, lass sie nur, Marie, das macht mir nichts!«

Großmutter geht auf die andere Wagenseite und dort helfen ihr der Wagenlenker, der sich auf dem Eis befindet, und einige entgegengestreckte Hände nach oben auf die Kisten. Unsere Oma Lina kann sich endlich erholen und ihren schmerzenden Fuß ausruhen! Und die Bauersfrau hat auch ein Herz für uns.

»Haben Sie etwas zum Essen?«, ruft sie der Mutter zu.

»Nein«, antwortet sie, »ich hoffe, es gibt etwas, wenn wir dort ankommen!«

»Hier, nehmen Sie das Paket, da sind Speck und Schinken drin!«

Sie reicht der Mutter einen grauen Pappkarton vom hohen Wagen herunter, verschnürt mit einem Bindfaden. Wir Kinder werden den Karton tragen, da Mutter ja ihre beiden Koffer hat.

Und der Großmutter, die wir von unten gar nicht mehr erblicken, rufen wir auf den Wagen hinauf: »Auf Wiedersehen, Oma! Hoffentlich sehen wir uns bald!«

Während der Wagen stehen bleibt, machen wir uns mit Mutter weiter auf den Weg, vorbei an dem Wagentreck. Immer zwei tragen nun das Paket: Günter und Dieter, Inge und Reinhard – im Wechsel. Der Wind weht scharf und unsere Hände sind kalt. Das Paket ist schwer und der Bindfaden dünn, zu dünn: Er schneidet in unsere Finger!

Das Wasser auf dem Eis ist schon unangenehme eineinhalb Zentimeter hoch. Beim Gehen spritzt es häufig nach oben, wahrscheinlich haben wir deshalb nasse Handschuhe und jetzt noch kältere Hände. Wir Kinder gehen wegen der häufigen Paketübergabe zu zweit dicht hintereinander. Günter und ich tragen gerade den Karton. Wir schimpfen und jammern über den dünnen Bindfaden, der wie ein Draht in unsere eiskalten Hände schneidet, setzen den Karton ab, wechseln die Seiten, damit die Hände sich kurz erholen können, setzen wieder ab und übergeben an Inge und Reinhard, die dann, nach ihrer Erschöpfung, wieder an Günter und mich zurückgeben. Und wir beide haben bald das Gefühl, dass die anderen beiden zu schnell schlapp machen. Besonders Reinhard haben wir im Verdacht, dass er zu schnell aufgibt und zu wenig aushält.

Wir drängen ihn: »Beiß die Zähne zusammen, halt länger durch!«

Aber Reinhard widerspricht: »Ihr braucht gar nicht so zu tun, ihr tragt auch nicht lange!«

So wird das Jammern der Träger immer lauter, der Paketwechsel immer schneller und Mutter ruft: »Lasst den Karton stehn, Kinder, wenn es euch zu schwer fällt!«

Aber das wollen wir nicht: Es ist schließlich etwas zum Essen darin und das brauchen wir nötig!

»Dass Speck und Schinken aber auch so schwer sein müssen!«, schimpfen Günter und ich.

Und Inge sagt: »Ach, hätten wir doch bloß einen Rucksack, dann könnten wir das schwere Gewicht gut darin tragen!«

Beim nächsten Wechsel verweigert Reinhard wieder anzufassen.

Inge trägt das Paket allein und quält sich damit herum. Es sieht schlimm aus, wie sie dabei ihren Körper verrenken muss, um das zu schaffen, wie sie mit einer Hand trägt oder mit beiden, wie sie das Bündel immer wieder von einer Seite zur anderen wechselt und wie der Karton ihr beim Wechseln an die Beine schlägt.

Doch dann kann auch sie nicht mehr: »Mutti, das ist so schwer!«

»Stell hin!«, ruft die Mutter.

Inge setzt den Karton auf das Eis und geht weg.

Günter und ich nähern uns dem Paket. Wir müssten jetzt zufassen, es hochheben und weitertragen, aber wir gehen daran vorbei, lassen es stehen: und schämen uns!

Ich denke mir: Warum sind wir nur so schwach? Warum halten wir die Belastung nicht besser aus? Es ist doch etwas zum Essen, das wir so dringend brauchen: Und Mutter trägt doch auch ununterbrochen ihre Koffer! Und nun laufen wir durch noch höheres Wasser. Wenn wir die Beine nicht bei jedem Schritt absichtlich heben, spritzen wir uns immer mehr nass. Zunächst haben wir das mit dem Wasser einfach so hingenommen und uns gesagt: »Vielleicht ist da irgendwo ein großes Loch, aus dem es herausströmt.« Aber jetzt machen wir uns doch ein wenig Sorgen.

»Werden wir zum Schluss noch ertrinken?«

Gerade verschnaufen wir ein wenig länger, etwa zwanzig Meter neben dem Treck. Die Mutter hat ihre Koffer abgestellt. Da entdecken wir einen Riss im Eis! Mutter, Inge, Günter und ich stehen auf dieser Seite vom Spalt, Reinhard auf der anderen. Wir überlegen, wie tief der Spalt wohl sein mag und ob er durch die ganze Eisdecke geht – und wie es dazu kam. Und plötzlich wird der Spalt größer – so schnell, dass wir erstarren und entsetzt auf das wallende Wasser blicken, das sich unerwartet zwischen den dicken Eiskanten zeigt! Unsere ausgestreckten Arme zu Reinhard, bleiben halb in der Luft hängen, weil es uns schon zu gefährlich erscheint, ihn noch zu uns herüberzuziehen. Doch genauso unerwartet kommt das Eis wieder zurück – und da halten wir Reinhard blitzschnell unsere Hände hin und er springt zu uns herüber! Der gewaltige Schreck hält uns gefangen und gemeinsam begreifen wir: Reinhard stand auf einer großen Eisscholle, die sich in gewissen Abständen bewegt. Es waren vielleicht nur fünfzehn bis zwanzig Zentimeter, die der kalte Wasserschlund sich auftat, aber unser Entsetzen war riesig, da wir ja nicht ahnen konnten, dass das Eis zurückkommt.

»Nichts wie weg hier!«, rufen wir uns zu.

»Zum Schluss verunglücken wir womöglich noch.«

Mutter ermahnt uns: »Bleibt hinter mir, wir müssen jetzt genau auf solche Stellen achten, vielleicht gibt es auch Eislöcher!«

Die Mutter geht nun etwas schneller, um diese gefährliche Eiswanderung zu beenden – und dicht dahinter folgen wir ihr im Trippelschritt.

Und dann sehen wir das Ufer: Es wird aber auch Zeit, denn das Wasser ist schon etwa drei Zentimeter hoch. Vielleicht noch einhundertfünfzig Meter trennen uns vom festen Boden, da sehen wir rechts von uns eine große Eisscholle, die schräg im Wasser liegt und sich nicht aufrichten kann, weil auf der anderen Seite ein Leiterwagen, rückwärts bis zur Hälfte, in der Eisspalte steckt mit der Wagendeichsel steil nach oben.

Günter, Reinhard und ich bleiben ratlos stehen.

»Wie kommt denn der Wagen da hinein? Das geht doch gar nicht, die Wagenräder sind doch viel zu groß!«

»Wurden die Räder vorher abgenommen? Wenn nicht, dann muss der Spalt riesig gewesen sein oder die Eisscholle wurde sehr tief ins Wasser gedrückt.«

»Ob sich die Menschen retten konnten, oder sind sie vom Wagen nach hinten weggerutscht, unter die Eisdecke?«

Fünfzig Meter dahinter steht ein verlassener Leiterwagen auf dem Eis, völlig leer geräumt. Ein braunes Pferd liegt ein paar Schritte daneben auf der Seite und rührt sich nicht; besonders fallen uns die starr von sich gestreckten langen Beine auf wie bei einem Holzpferd.

Die Mutter drängt uns: »Kommt, wir müssen weiter!«

Das Tageslicht wird bereits trüber, die Dämmerung tritt ein.

Bis zum Festland ist es nicht mehr weit, nur noch etwa fünfzig Meter. Aber das Wasser auf dem Eis wird immer höher. Die Mutter geht einige Schritte vor uns, und auf den letzten fünfzehn Metern bis zum sicheren Ufer watet sie durch so hohes Wasser, dass ihre Schuhe darin untertauchen. Inge ist so dicht bei ihr, dass sie einfach mit hindurchläuft. Wir drei bleiben stehen und zögern.

Mutter dreht sich um und ruft: »Bleibt, wo ihr seid, ich hole euch!«

Inge setzt sich auf einen der beiden Koffer, und die Mutter kommt zurück, um uns zu holen.

»Es ist nicht nötig, dass eure Schuhe auch bis oben hin voll laufen!«, ruft sie uns zu.

Wir Jungen sagen nichts, aber ich spüre, dass es gar keine Rolle mehr spielt, ob meine durchweichten Schuhe ganz eintauchen oder nicht, die Strümpfe patschen sowieso schon an den klitschnassen Füßen. Und in dem Augenblick verspüre ich den wilden Wunsch, einfach aus Spaß durch das Wasser zu laufen. Aber gleichzeitig fühle ich: Ich muss auf Mutter hören: Sie hat es schwer genug. Es ist für mich etwas ganz Besonderes, von der Mutter getragen zu werden. Sie greift mir unter die Achseln, hebt mich hoch – ich schlinge meine Arme fest um ihren Hals und sie trägt mich durch das Wasser. Ein bisschen schäme ich mich, dass die Mutter mich als großen Jungen schleppen muss, wo sie doch selbst ständig ihre Koffer zu tragen hat. Andererseits kann Mutter es nur auf diese Art vermeiden, dass unsere Schuhe von oben voll laufen. Ich drücke mein Gesicht ganz fest an Mutters Wange und spüre dabei die Eiseskälte auf unseren Gesichtern. Trotzdem genieße ich es, ihr so nahe zu sein: Wann bekomme ich schon so viel Nähe, Liebe und Zärtlichkeit! Für eine kurze Zeit habe ich Mutter ganz für mich allein: Es ist herrlich!

So möchte ich noch viele Meter getragen werden. Doch allzu schnell stellt Mutter mich wieder auf den Boden und das große Glück ist jäh zu Ende.

Aber endlich stehen wir alle wieder auf der festen Erde!

Doch sofort beginnen neue Ängste.

»Wie soll es nun weitergehen?«

Menschen eilen suchend hin und her, Wagen fahren nach links und rechts. In Kürze wird es dunkel sein, die Nacht kommt!

»Wo sollen wir hin?«

»Wo werden wir schlafen?«

»Wie sollen wir bei dem Gewimmel und Chaos etwas finden!?«

Die Mutter macht sich große Sorgen und denkt an alles Mögliche. Aber einen Gedanken verwirft sie entschieden und sagt: »Wir können doch nicht in die Dunkelheit hineinlaufen!«

In geringer Entfernung sehen wir einen Uniformierten mit großer

Schirmmütze, brauner Kluft und roter Hakenkreuzbinde, der an einer Kreuzung die vielen Pferdefuhrwerke mit lauter Stimme energisch weiterleitet, damit es keinen Stau gibt und auch die anderen Fahrzeuge schnellstens vom Eis kommen. In ihrer Not will die Mutter ihn ansprechen und nach einer Unterkunft fragen. Langsam und scheu gehen wir auf den stark beschäftigten Mann mit der herausgeputzten Uniform zu.

Als wir nah genug heran sind, sagt die Mutter: »Guten Abend! Entschuldigung! Gibt es hier eine Schule oder Halle, wo wir übernachten können?«

Der Uniformierte sieht die Mutter überrascht an und vergisst für einen Moment seine Fahrzeuge. »Heil Hitler! Nein, hier ist alles voll – völlig überbelegt!«

Unsere stille Hoffnung bricht auf der Stelle zusammen. Wir sehen uns schon in finsterer eiskalter Nacht umherirren, müde und hungrig – und wir haben Angst!

Ich frage mich sofort: Hat die Mutter ihn verärgert? Hätte sie ihn auch mit »Heil Hitler« grüßen müssen?

Die Mutter bleibt noch stehen, überlegt, und halb zu sich selbst sagt sie: »Aber mit den Kindern kann ich nicht weitergehen, ich muss hier bleiben!«

Der Mann mit den langen schwarzen Stiefeln sieht uns noch einmal genauer an.

»Sind Sie mit den Kindern zu Fuß über das Eis gegangen?«

»Ja, wir hatten keine andere Wahl!«

»Hm, dann können Sie nicht weiter!«

Er kehrt den anrollenden Wagen seinen Rücken zu und überlegt. Kurz darauf sagt er: »Gehen Sie zu folgender Adresse!«

Der Mann nennt der Mutter einen Namen, eine Straße und eine Hausnummer – und er beschreibt den Weg dorthin.

»Sagen Sie, dass ich Sie schicke! Sagen Sie, es schickt Sie …!«

Der Uniformierte nennt seinen Dienstgrad und Namen und fügt

hinzu: »Man wird Sie aufnehmen oder Ihnen wenigstens weiterhelfen – und nun laufen Sie: viel Glück!«

Nach einigem Suchen findet die Mutter das Haus und klopft an die Tür. Eine Frau öffnet: »Bitte, Sie wünschen?«

Die Mutter sagt: »Guten Abend, uns schickt …!«

Da lächelt die Frau und nimmt der Mutter einen Koffer ab: »Kommen Sie herein!«

»Was für ein Glück!«

Wir werden freundlich aufgenommen, erhalten ein Quartier für die Nacht und können unsere Schuhe und Strümpfe trocknen. Außerdem bekommen wir etwas zu trinken und zu essen und bald darauf ein Lager. Und nur ein wenig später höre ich Günter und Reinhard mit ihren tiefen Atemzügen.

Die Mutter schaut ins dunkle Zimmer, und als sie bemerkt, dass ich noch wach bin, fragt sie leise: »Was ist, kannst du nicht schlafen?«

»Nein, Mutti, wie kommt der Wagen unter das Eis?«

»O Junge«, flüstert sie. »Hm, vielleicht hat es einen Rückstau gegeben und den anderen Fahrern hat es dann zu lange gedauert. Sie sind wahrscheinlich aus der Reihe ausgeschert und haben sich danebengestellt. Und dann war die Wagengruppe zu schwer, die Eisdecke brach ein und der Wagen ganz außen rutschte von der schrägen Scholle unter das Eis.«

Und mich quält noch etwas anderes: »Sind die Menschen auf ihren Kisten wohl auch unter das Eis gerutscht?«

»Tja«, flüstert Mutter, »das ist schwer zu sagen, aber da sie oben saßen, konnten sie sich vielleicht an den Seitenwänden festhalten. Hoffen wir, dass es so war – und nun, schlaf schön!«

»Ja, gute Nacht!«

Es ist früh am Morgen. Mir ist kalt und ich friere. Die Mutter hat ihre beiden Koffer in den Händen und eilt mit großen Schritten eine Straße entlang, vorbei an einigen Häusern und Gartenzäunen. Wir

Kinder bemühen uns, ihr zu folgen, und ich versuche außerdem, das alles zu begreifen. Gestern liefen wir noch über das Eis, und jetzt geht es schon wieder weiter – und ich bin noch gar nicht richtig wach.

Die Mutter bleibt stehen und fragt: »Wo ist der Treck? Wo sind die vielen Wagen hin? Haben wir zu lange geschlafen?«

Wir Kinder blicken uns um: Es sind keine Wagen zu sehen – nichts!

Und Mutter vermutet: »Die müssen in aller Herrgottsfrühe abgefahren sein!«

Die Mutter läuft suchend weiter und wir kommen gerade an den letzten Häusern vorbei. Nun stehen wir außerhalb des Ortes und sind beinahe allein. Die Mutter setzt enttäuscht ihre Koffer ab.

»Kinder, wie sollen wir hier jemals wegkommen!? Es ist nichts organisiert: kein Bus, keine Bahn, kein Lastwagen – nichts!«

Mutter sieht gehetzt aus und ihre Angst springt auf uns über.

Gleich darauf bittet sie eindringlich: »Ihr müsst jetzt gut mithelfen. Lauft voraus und haltet Ausschau, ob ihr etwas findet!«

Wir Kinder laufen los, die Landstraße entlang. Als die Büsche auf der rechten Seite einen weiten Blick freigeben, bleiben wir wie erstarrt stehen!

Wir sehen Wasser: nichts als Wasser!

»Mutti! Guck dir das mal an! Das Eis ist über Nacht geschmolzen!«

Die Mutter kommt an die gleiche Stelle. »Nein, Kinder, das ist nicht das Eis, über das wir gestern gekommen sind! Das ist die Ostsee! Die friert nicht zu!«

»Ja, und wo ist die große Eisfläche?«

Die Mutter deutet mit der Hand in die entgegengesetzte Richtung: »Die ist dort, auf der Seite!«

Wir Kinder haben unsere Bedenken. »Glaubst du bestimmt, dass da noch Eis ist?«

»Aber ja! Es ist doch viel zu kalt: Das Eis kann gar nicht tauen!«

»Aber wie kommt es dann, dass auf der einen Seite Eis ist und auf der anderen Seite Wasser?«

»Warum ist das nicht gefroren!?«

Und Mutter erklärt geduldig: »Die Ostsee hat Meerwasser, und das ›Frische Haff‹ hat Flusswasser: Meerwasser ist Salzwasser, und Flusswasser ist Süßwasser – daran liegt es!«

»Was«, rufen wir Jungen begeistert, »süßes Wasser – wie süßer Tee?«

Aber Mutter will nicht mehr: »Schluss jetzt damit! Wir müssen sehn, dass wir hier wegkommen, sonst ist alles verloren!«

In dem Moment zeigt Inge, die suchend schon ein paar Meter vorausgelaufen ist, auf einen schmalen Fahrweg zwischen den kargen Büschen, der schräg hinunter zum Meer zurückführt und auf dem in geringer Entfernung ein paar Menschen gehen.

Während wir dem Weg ins Ungewisse und den Leuten vor uns erwartungsvoll folgen, denke ich verunsichert an Mutters Erklärungen: Meerwasser – Flusswasser; Salzwasser – Süßwasser: Wer soll das begreifen?

Und dann entdecken wir plötzlich Schiffe! Weit draußen auf dem Meer. Im frühen Morgendunst verschwimmen ihre Umrisse mit dem Grau des Wassers.

Wir rätseln: »Fahren sie oder stehen sie auf der Stelle?«

Jeder von uns versucht herauszufinden, wie viele es sind. Wir einigen uns auf fünf Schiffe und darauf, dass sie vor Anker liegen.

Der Fahrweg führt in einem leichten Bogen hinein in eine Bucht und hinunter an den Meeresstrand. Wir bleiben auf halber Höhe stehen, zwischen Kamm und Strand, und wollen herausfinden, was sich da tut.

Aber es geschieht gar nichts.

Vielleicht fünfzig dunkel gekleidete Menschen stehen allein, zu zweit oder als kleine Familie in größeren Abständen auf dem Hang und am Strand verteilt und blicken wie wir zu den Schiffen auf das

Meer hinaus. Am Wasser selbst liegt weder ein Fischerkahn noch sonst etwas.

»Hat es Sinn hier zu warten?«, fragen wir uns. »Warten, worauf?«

»Was machen die Schiffe da draußen? Warum kommen sie nicht näher?«

Die Sicht ist in der Zwischenzeit ein wenig besser geworden und so können wir die Formen und Aufbauten genauer erkennen: Es müssen Kriegsschiffe sein!

Unsere Fragen drehen sich im Kreis: »Warum liegen die Schiffe dort? Sammeln sie sich zu einem größeren Verband?«

»Warten sie auf neue Befehle?«

Uns Kindern gefällt es an dieser Stelle. Was für eine schöne Badebucht: Links und rechts ragen die bewachsenen Vorsprünge ins Wasser hinein – und geschützt vor den hohen Wellen liegt der geschwungene Sandstrand!

»Mutti! Da müssen wir unbedingt im Sommer hinfahren, wenn der Krieg zu Ende ist, hörst du?«

Mutter sagt: »Ihr könnt mich ja daran erinnern, wenn ich es vergesse.«

»Mutti, ist das eigentlich die gleiche Ostsee wie damals im Sommer, als wir in Rauschen zum Baden waren?«

»Ja, nur eine andere Küste.«

»Wie weit ist denn Königsberg von hier?«

Mutter wiegt ihren Kopf: »Vielleicht achtzig Kilometer.«

Wir Kinder versuchen wieder, uns diese Entfernung vorzustellen, und haben damit erneut unsere Schwierigkeiten, aber wir meinen, dass es nicht viel sein kann.

»Warum laufen wir denn hier um Königsberg herum? Wollen wir nicht nach Westen!?«

»Doch, aber das geht nicht so einfach! Die Brücken sind zum Teil zerstört und dort ist auch die Front. Uns bleibt nur dieser Fluchtweg.«

Da merken wir Kinder, dass der Krieg anscheinend an vielen Stellen tobt – und schweigen.

Die geheimnisvollen Schiffe da draußen halten die Menschen gefangen. Kaum einer, der sich enttäuscht abwendet und davongeht. Im Gegenteil: Jetzt stehen hier schon doppelt so viele Leute als zu Beginn.

Auf der Böschung ist die Mutter mit uns nach und nach ein paar Meter weiter nach unten gegangen. Wir stehen nun am Anfang vom Sandstrand, etwa fünfzehn große Kinderschritte vom Wasser entfernt. Gerade kommt von der anderen Seite der Bucht eine junge Frau in einem schwarzen Mantel langsam in unsere Richtung; in der rechten Hand trägt sie einen Koffer und auf dem linken Arm, hoch eingewickelt in eine graue Decke, ein kleines Kind. Einige Schritte von uns entfernt bleibt die dunkelhaarige Frau stehen, stellt ihren Koffer auf den Sand, dreht sich zum Wasser hin und macht das, was hier alle machen: stehen, schauen und warten!

Niemand weiß etwas, doch alle hoffen auf Hilfe von den rätselhaften Schiffen, warten darauf, dass von dort etwas geschieht.

Doch da hinten rührt sich nichts!

»Wie lange stehn wir denn hier schon? Eine Stunde?«, fragt Mutter sich selbst. Und weiter sagt sie sorgenvoll: »Wenn sich bei den Schiffen nichts tut, wenn alles Warten umsonst war, dann haben wir kostbare Zeit verloren. Zeit, die uns fehlt auf unserem Marsch, denn ich fürchte, wir werden laufen müssen!«

Die Mutter dreht sich beunruhigt um, schaut prüfend in die Runde. So wie sie gerade fühlt und denkt, so denken wohl auch andere. Hier und da sieht man, dass einige Personen den Hang wieder hinaufsteigen. Vielleicht warten sie schon so lange wie wir – und ihre Geduld ist zu Ende.

»Mutti, guck mal, was machen die da?«, sagt Reinhard und zeigt in die Richtung der Schiffe.

Wir schauen angestrengt hinüber: Zwei dunkle Punkte sind sichtbar – um sie herum ist helles Wasser. Die Punkte scheinen näher zu kommen.

»Ja! Es sind zwei kleine Boote!«

Die Boote kommen schnell auf die Küste zu.

»Was bedeutet das?«

»Wollen sie Wasser und Verpflegung holen?«

»Wollen sie Verwundete an Land bringen?«

Bewegung kommt in die Menschen am Strand, etliche treten ein paar Schritte vor. Auf der anderen Seite der Bucht kommt eine größere Schlange dunkler Mäntel einen gewundenen Weg herunter.

Aber jetzt zählen für uns nur noch die beiden Boote!

Die Hälfte der Strecke haben sie schon hinter sich und bald werden sie hier sein. Es sind schnelle Boote: Der Bug hebt sich weit aus dem Wasser heraus, wir können bereits Köpfe erkennen. Die Boote fahren mit voller Geschwindigkeit auf unsere Bucht zu. Wie es aussieht, sind darin jeweils drei Mann Besatzung. Die Boote sind schon recht nah heran.

»Jetzt müssten sie ihr Tempo drosseln!«, sind wir Jungen uns einig.

Aber sie tun es nicht, und überrascht flüstern wir uns zu: »Sind die verrückt! Haben die keine Angst, dass sie ihre Bugspitze in den Sand rammen?«

»Die tun ja so, als wollten sie auf den Strand fahren!«

Erst kurz vor dem Sandstreifen ziehen die Boote einen schwungvollen Bogen und nehmen das Gas weg. Eine Wasserwelle schwappt auf den Strand, und das Boot, welches in unsere Nähe kommt, taucht mit der Nase tief ins Wasser ein – und ganz langsam treibt der Motor mit ruhigem Tuckern das kleine Fahrzeug weiter und schiebt es vorn auf den Sand. Wir erwarten, dass der spitze Bug den Sand zerschneidet, aber wir staunen, da ist gar keine Spitze: Das Boot hat vorn eine leichte Schräge und einen flachen Boden wie ein Holzkahn.

Ein Matrose in blauer Uniform und mit blauem Schiffchen, schwingt sich mit einem Satz über den Bootsrand an Land und gibt seinen Leuten Handzeichen: weiter, weiter! – bis das Boot sicher liegt. Ein zweiter Matrose springt aus dem Boot, blaue Hose, helles Oberteil, mit runder Mütze und einem Namen darauf, der dritte bleibt an Bord. Der blau gekleidete, wahrscheinlich der Bootsführer, wendet sich vom Boot ab, schaut suchend in die Runde und geht mit großen Schritten auf die einzeln stehende Frau zu, die noch immer ihr gut eingepacktes Kind schützend auf dem Arm hält.

Dicht hinter uns ertönt eine laute Stimme: »Nehmen Sie hier die Frau mit ihren Kindern!«

Erstaunt drehen wir uns um.

Ein Uniformierter steht zwei Schritte halb rechts von uns: schwarz glänzendes Leder, von den Füßen bis zu den Knien, darüber senfbraune Hose, Uniformrock und Hemd, eine große Schirmmütze, am Ärmel die rote Hakenkreuzbinde mit weißem Kreis und schwarzem Hakenkreuz – Koppel, Schulterriemen, ein paar Orden auf der Brust und eine rotbraune Pistolentasche auf der rechten Seite.

Unsere Gesichter wenden sich wieder dem blauen Matrosen zu.

Der geht, ohne zu reagieren, mit seinen raumgreifenden Schritten weiter in Richtung der jungen Frau.

Oh, denke ich, hat er das nicht gehört? Oder will er nicht darauf hören!? Wer von den beiden ist im Rang höher? Wer hat mehr zu sagen? Oder wollen sich stolze Marinesoldaten nichts von diesen Leuten sagen lassen?

Der Uniformierte hinter uns macht einen stampfenden Schritt nach vorn, und mit schneidender Stimme peitschen seine Worte an unseren Ohren vorbei: »Unteroffizier!! Nehmen Sie hier diese Frau mit ihren vier Kindern!«, und gleichzeitig legt er seine rechte Hand auf die Pistolentasche.

Die Frau mit dem Kind bückt sich nach ihrem Koffer, die Hand des Marinesoldaten hebt sich bereits, um ihn entgegenzunehmen, doch da blickt der Angerufene herüber, lässt seine Hand sinken und kommt in unsere Richtung.

Der Parteisoldat hat gewonnen!, stelle ich fest.

Das ging alles sehr schnell, und wir brauchen ein bisschen Zeit, um gleichzeitig zu begreifen, dass wir gemeint sind! Die Mutter hebt ihre Koffer auf, der Unteroffizier greift danach, und nun lässt der braune Parteimann an uns seine aufgestaute Wut aus und zeigt uns seine Macht.

»Gehen Sie!«, ruft er ungehalten zur Mutter, »bevor ich es mir anders überlege!«

Aber dazu geben wir Kinder ihm keine Gelegenheit mehr.

»Los!«, sagt Mutter, und Inge und wir Jungen stürmen, so schnell wie wir können, zum Boot.

Der Matrose an Land hebt uns hoch, und der an Bord stellt uns, gleich vorn, dicht an die Bootswand.

Wir Kinder sind überglücklich!

»Herrlich, wir sind an Bord!«

»Wir kommen auf die Schiffe!«

»Das Warten hat sich gelohnt!«

Als auch Mutter bei uns im Boot ist, geht der Unteroffizier wieder direkt auf die junge Frau zu, aber der Parteimann schickt sie ihm bereits entgegen.

»Jetzt geht er also auf den Wunsch des Marinesoldaten ein«, flüstern Günter und ich, »aber erst, nachdem er den Machtkampf über die Befehle für sich entschieden hat.«

Und nun erleben wir, wie die Menschen nachdrängen, nicht nur die, die bereits in der Bucht waren, nein, auch oben vom Hang strömen von allen Seiten Ankömmlinge herunter, als habe es sich plötzlich herumgesprochen, dass es da Schiffe gibt, die Menschen aufnehmen.

»Bitte, nehmen Sie meine kranke Mutter mit!«, ruft eine Frau dem Soldaten und dem Parteimann zu.

»Ich habe zwei kleine Kinder!«, fleht eine andere.

Die Menschen drängen in Angst und Sorge näher und wollen aus ihrer düsteren Lage gerettet werden. Der Uniformierte setzt sich energisch ein, schreit seine Anordnungen in die Menge und trifft seine

Auswahl. Unser Boot ist voll beladen: Wir stehen dicht bei dicht. Trotzdem schieben und drängen die Menschen vom Strand heftig nach und wollen noch hinein.

»Bitte, seien Sie vernünftig!«, rufen die Matrosen, »bleiben Sie zurück! Die Boote kommen wieder, haben Sie Geduld!«

Und leise frage ich Günter und Reinhard, die rechts neben mir stehen: »Ist das wohl der gleiche Uniformierte, der uns am Abend zuvor die Unterkunft nannte? Denn der hatte auch so eine feine Uniform.«

Aber wir wissen es nicht, weil wir mehr auf seine Uniform und die Orden gestarrt haben als auf sein Gesicht. Doch erleichtert flüstere ich ihnen zu: »Diesmal hat es sich gelohnt, dass wir viele Kinder sind!«

»Mhm«, nicken sie zustimmend.

Die Marinesoldaten kommen an Bord. Gleich darauf heult der Motor auf und zieht das Boot langsam vom Strand. Das Boot wendet in einer engen Schleife, das Nachbarboot ebenfalls, und dann heben sich beide vorn aus dem Wasser heraus und jagen mit voller Kraft auf die rettenden Schiffe zu. Ein paar Mal strecken wir Jungen unsere Köpfe über den Bootsrand, schauen prüfend zurück und sehen, wie die Bucht hinter unserem aufgewühlten, schäumenden Fahrwasser kleiner wird und wie viele Menschen dort noch stehen, die Angst haben und sich Sorgen machen.

Gleichzeitig werden die Schiffe voraus allmählich größer.

»Was wird uns dort erwarten?«

»Wie wird es weitergehen?«

Langsam kommen wir der Gruppe näher und können mehr Einzelheiten erkennen. »So sehen also Kriegsschiffe aus!«

Sie haben eine Menge Aufbauten, eine schlanke Form, ragen mit den Seitenwänden nicht so hoch aus dem Wasser heraus wie andere Schiffe – und sie sind grau gestrichen.

Und da wird uns klar: »Deshalb konnten wir sie so schlecht erkennen, weil sie mit dieser Farbe und bei der großen Entfernung mit dem blaugrauen Dunst auf dem Wasser verschmelzen.«

Und jetzt entdecken wir auch Kanonen. Je näher wir kommen, desto schneller scheinen wir auf die Schiffe zuzufahren, und immer höher tauchen sie aus dem Wasser auf. Als unser Boot schließlich direkt an einer Schiffswand hält, ragt sie unüberwindlich vor uns in die Höhe.

Wir Jungen recken unsere Hälse nach oben: »Oh, ist das aber hoch! Wie sollen wir da bloß hinauf?«

»Werden die eine Eisentreppe mit Geländer an der Seite herunterlassen?«

Und plötzlich haben wir den Eindruck, dass auch die Wellen größer geworden sind: Unser Boot hebt und senkt sich beachtlich. Und während wir noch eine solide Eisentreppe mit Geländer erwarten, fallen von oben zwei Bündel herunter und Strickleitern entfalten sich vor unseren Augen.

Sofort greift die Angst nach mir, und innerlich schreit es entsetzt: Was, da soll ich hochklettern?

Ich sehe mich schon auf halber Höhe, wie mich die Kraft verlässt und wie ich zwischen den glatten Schiffswänden im tiefen dunklen Wasser verschwinde. Und auf der Stelle wünsche ich mich wieder zurück an den Strand – *dann will ich doch lieber kilometerweit zu Fuß laufen!*

Am Strand waren Günter, Reinhard und ich die Ersten an Bord dieses kleinen Bootes und wurden von dem Matrosen ganz nach vorn an die Seitenwand gestellt. Und so ergibt es sich, dass wir auch die Ersten sind beim Aussteigen. Dicht vor meiner Nase heben und senken sich die Holztritte der Strickleitern im Auf und Ab der Wellen, wie ein Pendel hinauf und herunter. Vom hohen Kriegsschiff klettert ein Matrose wendig zu uns herab. Zwei, drei Stufen über mir bleibt er stehen, beugt sich tief herunter und streckt mir seine Hand entgegen. Einen Holztritt weit müsste ich wohl ganz allein klettern, um die Hand zu erreichen. Einer der Matrosen auf unserem Boot steht neben mir und hebt mich auf die Brüstung der

Bordwand. Er will mich unterstützen, bis ich an der Strickleiter hänge und den anderen Matrosen erreiche. In dem Augenblick, als ich trotz meiner großen Angst bereit bin, mit beiden Händen an die dicken Seile zu greifen, senkt sich unser Boot stärker als vorher und entfernt sich gleichzeitig ein Stück von der Schiffswand. Gut, dass ich nicht zugegriffen habe, sonst hätte ich schräg in der Luft gehangen: die Hände an den Seilen und die Fußspitzen auf der Bordwand.

Und jetzt habe ich nur noch Angst!

Ich will keinen zweiten Versuch mehr, ich will auch gar nicht mehr nach oben – es ist mir zu gefährlich! Lieber kehre ich um, als hier zu ertrinken!

Die beiden Marinesoldaten sehen wohl auch die große Gefahr. Sie rufen sich etwas zu und geben das nach oben weiter an ihre Kameraden. Gleich darauf fällt eine dritte Strickleiter herab, auf der ebenfalls ein Matrose zu uns herunterklettert – und über ihm zwei weitere. Und dann handeln die Matrosen kurz entschlossen!

Unser Mann hält mich auf der Brüstung fest und ruft: »Beide Arme hoch!«

Ich hebe die Arme: Der Matrose über mir packt mich links, zieht mich hoch, rechts greift der nächste – und wieder links und rechts –, und ich stehe an Deck!

Oh, das war wie Zauberei!, denke ich.

Und dann fliegen meine Geschwister über die Reling: Günter, Reinhard, Inge.

Aber, überlege ich, wie werden sie es mit den Erwachsenen machen? Müssen die klettern oder haben die Matrosen so viel Kraft, auch die zu heben?

Während ich noch herumrätsele, kommt Mutter im hohen Bogen über die Bordwand und mit so viel Schwung, dass sie mit ausgestreckten Armen Halt sucht und einem Seemann gegenüber um den Hals fällt – und den ebenfalls bedrohlich ins Wanken bringt.

»Oho, junge Frau, nicht so stürmisch!«, lacht der, und vielleicht ist es ein Vorgesetzter, denn die im Halbkreis herumstehenden Matrosen lachen herzlich mit.

Aber ich fühle auf der Stelle eine heftige Eifersucht!

Wütend denke ich: Wieso ist das so lustig, wenn eine junge Frau an Bord gehoben wird! Und wenn einer die Mutter umarmt, dann ist es Vater oder wir Kinder!

Doch gleichzeitig bekomme ich Schuldgefühle und bin unglücklich, dass ich überhaupt so denke: Denn die starken Matrosenarme haben uns ja so sicher an Bord gehoben.

Ein Soldat nimmt die beiden Koffer, die der Mutter sofort nachgereicht wurden, und geht voraus, um Winkel und Ecken herum zum Heck des Schiffes. Im Vorbeigehen werfen wir einen Blick auf die Kanonenrohre und auf alles andere, was sonst noch zu sehen ist. Viel Platz gibt es da nicht, alles ist auf engstem Raum untergebracht.

Am Heck betreten wir eine kleine freie Fläche. Auf der Rückseite der Aufbauten öffnet der Matrose eine Eisentür und zeigt in die Tiefe: »Das ist Ihr Quartier für die Fahrt!«

Er bringt die Koffer nach unten, und als er gegangen ist, steigen auch wir hinunter, um uns den Raum anzusehen. Eine steile Eisentreppe mit einem Geländerrohr führt abwärts, die Stufen sind aus geriffeltem Blech. Der kleine Raum ist mannshoch und eher eine Zelle, kaum mehr als eineinhalb Meter breit und von der Treppe aus nach links und rechts jeweils zwei Meter lang, eine sparsame Deckenbeleuchtung spendet schwaches Licht. Wir wenden uns von der Treppe nach links und Mutter verstaut die Koffer unter der Bank. Mutter, Günter und ich sitzen mit dem Blick zur Treppe, Reinhard und Inge uns gegenüber.

Der Matrose erscheint immer wieder oben an der Tür, bringt Gepäck nach unten und schickt immer mehr Leute hinunter, so lange, bis er sieht, dass wir alle eng genug beieinander sitzen.

»Bitte, Herrschaften, rücken Sie schön auf! Wir wollen so viele wie möglich mitnehmen! Alle wollen hier weg!«

Und da wir gesehen haben, wie viele Menschen am Strand nachdrängen und jeder wohl auch gefühlt hat, wie gut es tut, mitgenommen zu werden, folgen wir jedes Mal seinem Aufruf und rücken auf der Bank enger zusammen. Als die Reihen dicht gepackt sind und jeder seinen Platz kennt, gehen wir nach oben auf die freie Fläche vor der Eisentür. Wir blicken über die Reling und wollen die Schiffsschraube sehen, aber da ist nur Wasser.

Und dann schauen wir zurück zur Küste: Dort sehen wir einen ausgedehnten Landstreifen und auch die Bucht, aus der wir kommen und die aus der Ferne sehr klein wirkt. Trotzdem erkennen wir die winzigen schwarzen Striche der Menschen, und wir wissen, was sich dort abspielt.

Wir stehen an der Reling eng um die Mutter geschart, da sagt sie dankbar: »Kinder, was haben wir für ein Glück gehabt! Nicht auszudenken, wenn wir auf der Nehrung hätten entlanglaufen müssen!«

»Mutti, was heißt Nehrung?«

Die Mutter überlegt kurz: »Die Eisfläche, über die wir gestern gegangen sind, ist das Frische Haff – und zwischen Haff und Ostsee zieht sich ein schmaler Landstreifen hin: Das ist die ›Frische Nehrung‹!«

Von unten heulen Motoren auf, und wir sehen, wie die beiden kleinen Boote sich von den Schiffen lösen, wieder volle Fahrt aufnehmen und mit hohem Bug nebeneinander herjagen, zu den Menschen in der Bucht.

Wir schauen den Fahrzeugen lange nach.

Es dauert doch etliche Minuten, bis die immer kleiner werdenden Boote, die zum Schluss als dunkle Punkte auf dem Strand verschwinden, ihr Ziel erreichen.

Nachdem wir uns auf unserer kleinen Fläche umgesehen haben, gehen wir mit einigen Leuten weiter, um uns auch die Kanonen und alles andere anzusehen.

Doch ein Matrose tritt uns entgegen, und zu den Erwachsenen

gewendet, sagt er: »Bitte bleiben Sie in Ihrem Bereich! Haben Sie Verständnis dafür! Aber bei so vielen Menschen an Bord müssen wir Disziplin üben! – Und«, fügt er hinzu, »wir sind im Krieg, jederzeit kann etwas passieren!«

Die Erwachsenen nicken. »Selbstverständlich! Wir wollen keine Schwierigkeiten machen.«

Enttäuscht kehren Günter, Reinhard und ich um: Und dann wird uns die Zeit lang. Was sollen wir noch untersuchen? Die Tarnfarbe ist grau, die Schiffe sind schlank und schnittig, der Blick über die Reling ist tief, die Küste ist ein dunkler Strich, und die See ist grenzenlos weit, bis dorthin, wo Himmel und Wasser sich treffen.

Wir Jungen sprechen über den Matrosen und seine Bemerkung, ›... jederzeit kann etwas passieren!‹

»Wie hat er das gemeint? Dass ein feindliches U-Boot einen Torpedo auf uns abschießen könnte?«

»Aber am helllichten Tag? Und würden die Schiffe das Boot nicht verfolgen?«

»Was ist, wenn plötzlich Flugzeuge am Himmel auftauchen und die Schiffe beschießen und bombardieren?«

»Ob sie Fliegerabwehrkanonen haben?«

Wir merken, dass wir auf den Schiffen nicht einfach Reißaus nehmen können, dass wir gefangen sind – und ein mulmiges Gefühl erfasst uns!

Von der Küste kommen die beiden Boote voll beladen zurück. Und wieder dauert es lange, bis wir die Menschen gut erkennen können. Eins der kleinen Schiffchen legt in einem Bogen bei uns an und viele helle Gesichter blicken zu uns herauf.

Die Ankömmlinge werden die Strickleitern schon von weitem gesehen haben, denke ich und dabei schaudert es mich erneut!

»Mutti, ich hab Hunger!«

Der Nächste von uns fällt mit ein: »Ja, ich auch!«

Und alle vier sind wir uns einig: »Wir wollen essen!«

Aber die Mutter zuckt mit den Schultern: »Kinder, ich hab auch Hunger, aber ich hab nichts da!«

»Ja, und was machen wir nun?«, fragen wir.

»Warten!«, sagt die Mutter, »vielleicht gibt es hier etwas auf dem Schiff.«

Wir möchten, dass Mutter sich erkundigt, aber das will sie nicht: »Nein, das sieht so nach Betteln aus!«

»Wie spät ist das?«, will einer von uns wissen.

Die Mutter blickt auf ihre kleine Armbanduhr mit dem schwarzen Zifferblatt. »Elf Uhr.«

»Was! Erst elf? Dann dauert es ja noch wer weiß wie lange bis zum Essen, wenn es überhaupt was gibt!«

Mutter tröstet uns so gut sie kann: »Die Marine wird bestimmt gut versorgt: Sicher werden wir nachher etwas bekommen.«

Für den Moment hilft es ein wenig – die Hoffnung beruhigt uns.

Die beiden Boote nehmen erneut Kurs auf die Küste und holen den nächsten Schub.

In der Zwischenzeit haben wir herausgefunden, dass es fünf Schiffe sind, die hier vor Anker liegen, und soweit wir es erkennen können, haben sie alle die gleichen Aufbauten, aber zu welchem Typ sie gehören, wissen wir nicht.

Die Zeit kriecht dahin: Mutters Armbanduhr wird immer wieder von uns abgefragt. Andere Leute gesellen sich zu unserer kleinen Runde, und auch sie haben Hunger und verstärken die Gerüchte von der ›königlich‹ versorgten Marine.

»Oh, unsere Marine! Die hat immer gutes Essen!«, berichtet eine Frau in Mutters Alter. Und sie fügt hinzu: »Ein Cousin von mir ist auch dabei, der hat oft davon erzählt.«

Es ist eine Viertelstunde nach zwölf. Der Hunger kneift uns immer mehr in den Magen, und Günter flüstert mir zu: »Was nützt uns, dass die Marine bestens versorgt wird, wenn wir nichts davon haben!«

Die beiden Boote fahren fleißig hin und her. Der kleine Uhrzeiger geht auf ein Uhr zu. Die ersten Kinder sind schon den Tränen nahe.

Irgendjemand meint: »Vielleicht wollen die so viel wie möglich Menschen an Bord holen, bevor sie Essen ausgeben.«

Aber wir Kinder wollen keine Tröstungen mehr hören – jetzt nicht mehr!

Und da geschieht das Wunder!

Ein Matrose kommt mit einem großen Tablett um die winkligen Ecken herum – und darauf lauter weiße Tassen mit dampfender Suppe!

Rindfleischsuppe!

»So, erst die Kinder!«, sagt er und beugt sich mit dem Tablett zu uns herunter. »Bitte nicht drängen! Es ist reichlich da! Und jeder kann genug Nachschlag bekommen!«

Und dann stehen wir alle beieinander und essen: was für ein herrliches Gefühl! Die Henkeltasse in der linken Hand, den Löffel in der rechten und den Blick hinein in die Tasse: heiße fette Suppe! Goldgelbe Fettaugen schwimmen auf der Oberfläche und lachen uns an. Ein herrlicher Duft steigt uns in die Nase, kleine rote Möhrenstückchen tauchen auf – und viele Fleischstückchen und Sternchennudeln!

Aber, und das ist für uns das Neue und Besondere, das nimmt uns ganz gefangen: Es sind Sternchennudeln mit einem Loch!!

»Was es doch alles gibt: Sternchennudeln mit Loch!«

Für uns sind das immer wieder neue Überraschungen. Und wie gut die Suppe schmeckt!

»Es ist die beste Suppe der Welt!« Darin sind wir uns einig.

Und wie versprochen gibt es reichlich Nachschlag. Immer wieder kommt der Matrose mit einem großen hohen Topf vorbei und ermuntert uns, nachzunehmen – so lange, bis wir die Löffel ermattet sinken lassen.

Günter, Reinhard und ich sehen uns zufrieden an: »Wenn wir groß sind, gehen wir zur Marine – das ist klar!«

»Den Mantel hast du ja schon«, sagt Reinhard und zeigt auf meinen Bauch.

Ich schaue an mir herunter. »Ja, die goldfarbenen Knöpfe mit dem Anker zeigen es.«

Wir alle sind satt und fühlen uns gut.

Nachdem wir so reichlich gegessen haben, werden wir ein wenig müde und gehen nach unten in die Notunterkunft auf unseren Sitzplatz. Als wir in der Wärme gerade ein bisschen weggeduselt sind, werden wir wieder wach durch feste Tritte auf der Eisentreppe.

Ein Matrose steigt mit einer Zinkwanne herunter.

Oh, denke ich, sollen wir jetzt etwa gebadet werden oder will er die hier irgendwo verstauen?

Es sind sogar zwei Badewannen – eine steckt in der anderen –, und der Soldat stellt eine auf unsere Seite, zwischen die vielen Beine, und die zweite auf die andere Seite. Und er ist mit seiner Arbeit noch nicht fertig. Der Matrose zieht einen Schlauch aus einer Halterung an der Wand und lässt Wasser in jede Wanne strömen – nicht ganz halb voll. Trotz des gedämpften Lichtes in dem Raum sieht der Matrose die vielen Fragezeichen auf unseren Gesichtern, und er sagt, bevor er geht: »Für alle Fälle – falls einem schlecht wird!«

Als der Matrose die Stufen wieder hochsteigt, flüstern wir Jungen uns zu: »Was für ein Unsinn, wem soll denn hier schlecht werden? Die Schiffe wiegen sich doch nur ganz sachte.«

Mit leichtem Wellenschlag bewegt sich auch das Wasser in der Wanne. Wir sehen dem schwachen Spiel der Wellen zu und werden wieder müde.

Wir wachen erneut auf, weil an der anderen Wanne jemand heftig würgt, als presse man ihm unter Schmerzen den Leib zusammen, und dann erbricht die Person, und die meisten von uns stehen auf und verlassen schnell den engen Raum, um sich nicht von dem schrecklichen Würgen anstecken zu lassen. Draußen weht wieder die frische Seeluft, aber es ist ein Nachmittag im Januar und ohne Windschutz wird es zunehmend kälter. Bald beginnen wir zu frieren und wünschen uns in den warmen Raum da unten zurück.

Die kleinen Boote haben anscheinend ihre schnellen Fahrten eingestellt. Wir können weder etwas am Strand entdecken noch hier bei den Schiffen.

Die Zeit vergeht wieder langsamer. Und wir Kinder sagen uns: »Wenn die Marinesoldaten keine Leute mehr von der Bucht herüberholen, dann könnten sie doch eigentlich losfahren.«

Aber es bleibt alles unverändert, nur auf dem Nachbarschiff steht plötzlich ein Matrose aufrecht an Deck, blickt in unsere Richtung und gibt Winksignale. Mit zwei kleinen Flaggen an kurzen Stöcken schwenkt er die ausgestreckten Arme zu irgendwelchen Zeichen. Mal sind die Flaggen hoch, mal links, mal rechts, oder auch je einen Arm zur Seite gestreckt.

Wir denken an Vaters Morsezeichen und fragen uns: »Warum funkt er nicht? Oder brauchen sie das Funkgerät für wichtigere Nachrichten?«

»Oder könnte beim Funken der Feind ihren Standort erfahren, und deshalb machen sie es lieber so?«

Es ist kalt!

Etliche Leute von unserem kleinen Platz haben die windige Reling nach und nach zitternd verlassen und sind wieder nach unten gegangen – in die Wärme!

Eine junge Frau fragt ungeduldig in die kleiner gewordene Runde: »Worauf warten die Schiffe noch? Warum fahren wir nicht?«

Und einige Zeit später stehen Günter und ich ganz allein auf dem Schiffsheck, in der Nähe der geschlossenen Eisentür. Von Zeit zu Zeit hören wir einen dünnen Pfeifton, der seine Höhe nach oben oder unten verändert, aber wir finden keine Erklärung dafür. Der »Signal-Matrose« auf dem Schiff hinter uns steht wieder an Deck und schwenkt erneut seine Flaggen.

»Ob das Schiff die Kommandos an alle anderen gibt?«, fragen wir uns. »Bestimmt meldet er jetzt den Zeitpunkt für die Abfahrt!«, hoffen wir.

Aber an Bord und ringsumher bleibt alles still, es tut sich nichts!

Und als die Dämmerung hereinbricht, halten wir beide es vor Kälte nicht mehr aus, in dem ständigen Wind, der spürbar stärker geworden ist. Und da sind wir uns einig: »Schluss! Es ist zu kalt! Wir müssen runter!«

Günter und ich ziehen gemeinsam die schwere Eisentür auf, heben den ersten Fuß über die hohe Türkante und prallen entsetzt zurück! Saure, warme Luft schlägt uns entgegen und nimmt uns den Atem. Gleichzeitig fällt unser Blick auf den braunen, schwappenden Inhalt der Zinkwanne und die hingestreckten Leidensgestalten dort unten – und wir hören gequältes Stöhnen und gurgelndes Würgen.

»Nein!«

Angewidert treibt uns das Bild auf der Stelle rückwärts und wir lassen die Tür wieder ins Schloss fallen. Und auch jetzt sind wir einer Meinung: »Dann wollen wir lieber draußen die eisige Kälte aushalten, als dort in der Wärme dieses Elend sehen, hören und riechen!«

Es wird dunkel!

Günter und ich können die Küste schon nicht mehr erkennen, und da wegen der allgemeinen Vorschrift alle Fenster sorgfältig verdunkelt werden, entdecken wir auch kein einziges Licht. Auch die Umrisse der Schiffe verschwimmen immer mehr, bis wir zuletzt nur noch das nächstgelegene ausmachen können, von dem am Tage die Winksignale kamen.

Ein wenig später ist es pechschwarz um uns herum.

Und plötzlich blinkt Licht von dem »Signalschiff«: das Blinken von Morsezeichen! Und wie wir beide annehmen, geben sie die Signale mit einer größeren, feststehenden Lampe, vor deren Scheinwerfer Jalousienbleche auf- und niederklappen: hell-dunkel, an-aus, kurz-lang, kurz-lang.

»Ist das nicht zu riskant?«, fragen wir uns.

»Ein feindliches U-Boot könnte doch auf der Lauer liegen und trotz großer Entfernung ebenfalls die Lichtzeichen erkennen! – Und wüsste dann über alles Bescheid.«

Aber wir können uns nicht vorstellen, dass unsere Marinesoldaten so unvorsichtig sind, und deshalb vermuten wir noch etwas Besonderes dahinter.

Der Wind trägt den dünnen, rätselhaften Pfeifton wieder häufiger zu uns herüber, und wir spüren, dass das Schiff leicht zittert, dass sich auf dem Schiff irgendetwas tut.

»Ob sie die Maschinen angeworfen haben?«

»War da nicht ein ratterndes Geräusch?«

»War da nicht der kurze, dumpfe Ton einer Dampfsirene?«

Aber alle Geräusche und Töne sind so schwach, dass wir uns nicht sicher sind. Plötzlich bemerken wir, dass das Schiff sich anders bewegt! Es senkt und hebt sich und schaukelt nach links und rechts – zwar nur ein wenig, aber immerhin!

Günter und ich springen an die Reling und schauen nach unten in die schwarze See: Helles aufschäumendes Wasser läuft am Schiff entlang.

»Mensch, wir fahren!«

Begeistert sehen wir uns an: »Wir fahren! Na endlich!«

»Dass wir das nicht gemerkt haben!«, sagt Günter. »Junge, was haben die sich leise davongemacht!«

Und jetzt sind wir hellwach!

Wir starren in die dunkle Nacht hinein und versuchen die anderen Schiffe zu erkennen. Sie haben kein einziges Licht außen und huschen als schwarze Schatten dahin – am ehesten entdecken wir sie an der leicht schäumenden Wasserlinie. Soweit wir erkennen können, fahren die Schiffe in einer bestimmten Anordnung: Zwei fahren voraus, in einem gewissen Abstand zueinander, aber zu den nachfolgenden auf Lücke versetzt.

Ein Matrose taucht aus der Dunkelheit bei uns auf: »Na, wollt ihr nicht auch runter in die Wärme?«

»Jaa«, sagen wir gedehnt, »aber ein bisschen möchten wir noch gucken.«

»Na gut«, meint er und entfernt sich wieder.

Und dann machen die Schiffe richtig Fahrt, als wir weiter draußen auf dem Meer sind. Die Wellen sind jetzt höher, schlagen patschend an die Seitenwände und die Schiffe tauchen tiefer in die See hinein.

Auch die große Finsternis hat sich gewandelt.

Die Wolkendecke ist überraschend aufgerissen, und ein beinahe runder Mond ist plötzlich da und treibt sein eigenwilliges Spiel: Einmal ist er hell und freundlich und beleuchtet die Schiffe, dann wieder jagt er geheimnisvoll an den weißen Wolkenrändern entlang, oder er versteckt sich für einen Augenblick ganz hinter einer dicken Wolke – und dann versteckt er auch die Schiffe.

Günter und ich fragen uns, was die Matrosen wohl lieber haben: den Mond oder die Finsternis?

In der schwarzen Nacht, wie zu Beginn der Fahrt, sieht uns keiner, aber wir könnten mit anderen Schiffen zusammenstoßen. Beim Mondlicht dagegen kann man weit sehen, aber feindliche U-Boote könnten uns entdecken und ihre Torpedos auf uns abschießen. Wir schaudern bei dem Gedanken, von einem Unterwassergeschoss getroffen zu werden und in der wild schlagenden See zu ertrinken.

Wir überlegen: »Auf welche Schiffe werden sie zuerst schießen? Auf die vorderen oder auf die hinteren?«

»Kommt der Torpedo von links oder von rechts?«

»Wo lauern die U-Boote – an der Küste oder auf dem weiten Meer?«

Unser Schiff fährt vorn links, und wir vermuten, von den drei Schiffen hinter uns, ist das in der Mitte am sichersten: Günter und ich haben Angst, in den Fluten unterzugehen! Jedes Mal, wenn der Mond hinter einer dicken Wolke verschwindet, hoffen wir, dass er dort länger bleibt, und für einen Moment sehen wir dann in den schwarzen Lücken zwischen den weißen Wolken ein paar Sterne funkeln.

Kalt und unerträglich ist es schon lange, aber jetzt frieren wir!

Der scharfe Fahrtwind dringt durch unsere Kleidung bis auf die Haut. Wir schlagen unsere Mantelkragen hoch und suchen Schutz hinter den schmalen Blechverkleidungen. Wie gern würden Günter und ich zu den anderen in die Wärme hinabsteigen, aber wir haben die schreckliche Wanne gesehen, und deshalb bleiben wir lieber in der eisigen Luft an Deck und klappern mit den Zähnen. Ein paar Mal machen wir beide uns den Spaß, trotz aller Drangsal, und zeigen uns gegenseitig, wie gut wir mit den Zähnen klappern können, denn das geschieht ganz ohne unser Zutun.

Der Marinesoldat macht wieder seine Runde und schaut bei uns vorbei. »Na, ihr kleinen Matrosen, immer noch draußen?«

Ich bin ganz stolz, dass er uns Matrosen nennt und denke: Hat er deinen Marinemantel gemeint?

Und der Soldat fügt hinzu: »So, dann geht mal lieber runter, Jungs, ihr holt euch sonst den Tod!«

Als kleine Matrosen müssen wir einem richtigen Matrosen selbstverständlich gehorchen und so gehen Günter und ich innerlich widerstrebend zu dem Eingang. Der Soldat zieht die gepanzerte Eisentür für uns auf und wir gehen hinein.

Uns bietet sich da unten ein Bild des Jammers! Die Leute liegen erschöpft aneinander gelehnt und haben kaum noch die Kraft, ihre Augenlider zu öffnen, um nach uns zu sehen, als wir langsam die Stufen hinabsteigen. Unsere beiden Plätze sind noch frei: Günter setzt sich neben die Mutter und ich mich neben ihn.

Jetzt sind wir beide also da, wo wir auf keinen Fall hinwollten.

Der unvermeidbare, widerwillige Blick in die eklige Zinkwanne würgt sofort meinen Magen. Die braune Brühe schwappt hin und her, schaukelt sich auf, wenn sich das Schiff besonders tief vornüberneigt und klatscht leise an den Wannenrand wie im Hafen das verdreckte Wasser an die auf- und nieder- und hin- und herschaukelnden Bootswände. Das Würgen in meinem Magen windet sich tiefer hinein und wird zu einem schmerzhaften Pressen. Brechwasser bildet sich auf meiner Zunge, der Geschmack wird bitter: Ich atme schwerer, heftiger, tiefer – und wehre mich! Ich merke, wie auch Günter verzweifelt kämpft, und dann beugen wir beide uns gleichzeitig über die Wanne und mit einem kräftigen Doppelstrahl erbrechen wir uns im hohen Bogen.

Ich staune, mit welchem inneren Druck das geschieht, und gleichzeitig denke ich: Oh, meine Sternchennudeln! Die feine Suppe, alles ist hin – und sie sollte uns doch so große Kraft geben!

Einige der bereits ausgelaugten Brechteilnehmer beginnen bei unseren neuen kräftigen Ergüssen wieder heftiger zu würgen und beugen sich gequält über die Wanne, aber sie bringen nichts mehr hervor und lassen sich wieder halb tot zurückfallen.

Doch Günter und ich sind noch nicht fertig!

Der erste Guss war noch der einfachste, was nun folgt, ist schlimmer: Der Magen und sämtliche Gedärme würgen in wildem Aufruhr unter Schmerzen wellenförmig alles nach oben, mehr, als die herrliche Suppe je gebracht hat! Als die quälenden Pumpbewegungen kleiner werden, lassen auch wir uns zurückfallen: Günter lehnt sich gegen Mutter, ich mich gegen ihn – und mit offenen Mündern versuchen wir den Rest zu überstehen.

Ich fühle mich sterbenselend!

Wenn uns jetzt ein Torpedo trifft, denke ich, ist es ja fast egal: so oder so tot!

Aber da schreit noch etwas in mir: Nein! Kein Torpedo! Ich will nicht ertrinken in der schwarzen See!

Meine Übelkeit wird allmählich kleiner, die Atemzüge ruhiger, die Müdigkeit größer, und um mich herum wird es dunkler.

Die Mutter hastet mit großen Schritten vor uns Jungen her, ihre beiden

Koffer links und rechts in den Händen. Inge ist rechts neben ihr und macht unentwegt ihre größtmöglichen Kinderschritte, um auf diese Weise neben Mutter auf gleicher Höhe zu bleiben, wir Jungen folgen mit kleinen schnellen Laufschritten. Wir laufen auf dem menschenleeren Bürgersteig, links ein schmaler Streifen mit Bäumen, rechts, etwas zurückgesetzt hinter Büschen, eine Reihe hoher Gebäude, die wir gerade verlassen haben.

Es ist ein grauer Wintermorgen und mir ist kalt!

Ich versuche zu begreifen, was hier vor sich geht. Erst jetzt, wo wir hier entlanghetzen, wache ich auf: Wo kommen wir her? Wo wollen wir hin?

Ich sehe überhaupt keinen Zusammenhang, ich verstehe nichts!

Doch dann tauchen in meiner Erinnerung Bilder auf: Kriegsschiffe!

Ja, und da haben wir doch so schrecklich gebrochen! Aber was geschah dann?

Ich kann mich an nichts erinnern, und deshalb laufe ich ein paar Schritte schneller: »Mutti! Was ist mit den Kriegsschiffen? Wie kommen wir hierher? Wo sind wir hier?«

Die Mutter eilt unverändert schnell weiter und erklärt: »Wir sind in Danzig! Die Schiffe kamen hier nachts an: Ihr habt geschlafen und nichts gemerkt.«

»Ja, aber wie kamen wir von Bord und hierher in diese Gebäude?«

»Die Matrosen haben euch gestützt und getragen, und Helfer haben uns mit einem Bus zu diesen Häusern gebracht.«

Da sind wir Jungen erst einmal sprachlos und stellen uns den Hergang in der Dunkelheit vor, und wir sagen verwundert: »Aber, dass wir gar nichts gemerkt haben!?«

Und Reinhard fragt gleich hinterher: »Ja, und wo wollen wir jetzt hin?«

Mutter ist wieder in großer Sorge und sagt: »Wir müssen weiter! Die Front kommt sehr schnell näher, wir dürfen uns nicht ausruhen!«

»Ja, aber wohin?«

»Das weiß ich auch nicht! Es ist nichts organisiert! Man hat mir gesagt: ›Gehen Sie mal zum Hafen, da finden Sie noch am ehesten etwas.‹«

Wir nähern uns einer großen hohen Halle, in der gleichen grauen Farbe wie die Kriegsschiffe. Direkt vorn an der Ecke scheint eine Tür zu sein, eine Schwester vom Roten Kreuz steht davor. Als wir die Halle erreichen, sehen wir, dass die Tür offen steht.

Die Schwester sieht uns freundlich an und tritt einen Schritt vor: »Guten Morgen! Haben die Kinder schon Frühstück gehabt?«

»Guten Morgen! Nein!«, sagt die Mutter überrascht.

»Wollen Sie eine Milchsuppe?«

»Ja!«

Wir Kinder sagen innerlich ja – freudig, aber lautlos. Mutter setzt ihre Koffer ab und wir bekommen alle eine warme, süße Grießmehlsuppe!

»Was für eine Überraschung! Was für eine herrliche Milchsuppe!«

Wir stehen vor der Halle, im Halbkreis um die Mutter herum, wärmen uns an den weißen dicken Porzellantassen die kalten Hände und löffeln mit großem Wohlbehagen den süßen Inhalt.

Mir fallen die Sternchennudeln mit dem Loch ein und ich denke mir: Diese Suppe ist genauso herrlich wie die auf dem Schiff, nur anders.

Während wir Löffel um Löffel genießen, begucke ich mir die Schwester. Sie sieht gut aus: groß und stark und ausgeschlafen, irgendwie heiter und gesund. Aus ihr heraus strahlt Freundlichkeit wie eine wärmende Sonne. Sie trägt ihre Schwesterntracht: blau-weiß gestreiftes Kleid, weiße Schürze, weiße Haube mit rotem Kreuz, am Halskragen noch eine besondere Brosche – und alles sauber und ordentlich. Und dann klingeln auch schon unsere Tassen: Die klappernden Löffel signalisieren das enttäuschende Ende. Da hilft auch kein Drehen der Tasse und Kratzen am Boden: Was leer ist, ist leer!

Wir umringen Mutter enger und drucksen herum: »Mutti, können wir noch etwas haben? Frag doch mal!«

Aber Mutter möchte nicht betteln, fühlt sich dabei nicht wohl.

»Bestimmt wollen noch viele andere etwas haben!«, dämpft sie uns.

Aber wir drängen weiter: »Mutti, frag!«

Die Schwester bekommt das mit und schaut herüber.

Und Mutter sagt: »Schwester, können die Kinder noch ein klein wenig nachhaben?«

Und da hören wir genau das, was Mutter vermutete.

Die Schwester macht ein bedenkliches Gesicht: »Hm, ich weiß nicht, da kommen noch viele nach!« Aber nach einem Blick in unsere Augen, die gespannt an ihrem Gesicht hängen, nickt sie: »Na gut! Eine halbe Tasse noch.«

Wir Kinder freuen uns, haben aber zugleich ein schlechtes Gewissen, anderen Kindern etwas wegzunehmen. Dennoch folgen wir der Schwester in die Halle und halten unsere Henkeltassen hin, die sie bis zur Hälfte füllt. Mutter verzichtet. Die riesige Halle hat einen sauberen Zementboden und ist zu unserer Überraschung völlig leer; und die Suppenküche mit den aufgestapelten weißen Tassen, blanken Schöpfkellen und Behältern wirkt hier in der Ecke ganz verloren.

Mit dem Nachschlag sind wir schnell fertig. Wir geben unsere Tassen ab und bedanken uns: »Auf Wiedersehen!«

Die Mutter greift wieder nach ihren Koffern und eilt an der langen Front der Halle vorbei, dorthin, wo sie den Hafen und die Anlegestellen für die Schiffe vermutet.

Wir laufen direkt auf das Wasser zu und erreichen die Kaimauer: »O Schreck, kein Schiff zu sehen!«

Mutters Gesicht verbreitet wieder Angst und Sorge.

Zur linken Seite haben wir freie Sicht: Da gibt es gar keine Anlegemauer, sondern nur einen steinigen Strand entlang der geschwungenen Küste. Auf der rechten Seite reicht unser Blick nur bis zu einem Gebäude, direkt am Wasser, in etwa dreißig Metern Entfernung.

Die Mutter wendet sich nach rechts: »Kommt! Vielleicht ist dahinter ein Schiff!«

Wir laufen auf den Steinplatten weiter, erreichen das Haus an der Kaimauer, sehen in geringer Entfernung ein paar Menschen, und dann haben wir plötzlich eine ungehinderte Sicht auf weitere Hafenanlagen.

Und wir staunen: »Da, ein weißer Passagierdampfer!«

Überraschung, Freude, Hoffnung!

Wir Kinder sind begeistert: »Das ist ja ein richtiges Ausflugsschiff!«

Mutter schließt sich gleich den fremden Leuten in der kurzen Schlange an und erreicht den Holzsteg zum Schiff. Sie fragt den Seemann, der die Menschen empfängt: »Wohin fahren Sie? Können wir mit?«

Der Angesprochene nennt einen Ortsnamen und winkt mit der Hand: »Ja, kommen Sie! Alle Mann rauf!«

»Jaa, er nimmt uns mit!«

Mühelos gehen wir über den schmalen Verbindungssteg und sind glücklich an Bord. Auf diesem Schiff ist alles anders als auf dem Kriegsschiff. Es ist noch viel Platz vorhanden, das Schiff ist erst zur Hälfte besetzt. Mutter sucht im Saal hinter den Fensterscheiben ein passendes Lager, während wir Kinder nach draußen gehen zum Bug und uns umsehen. Die meisten Flächen sind weiß gestrichen. Der Fußboden besteht aus blanken glatten Leisten, in Honigfarbe, zum Teil ist Stroh verteilt, als Liegeplatz. Wir gehen an die Reling und sehen, wie ständig Leute aus dieser oder jener Richtung kommen und an Bord gehen.

»Seht mal, wie einfach das hier ist!«, sagt Inge. »Man geht nur über den Laufsteg und fertig – nicht wie bei den Schiffen auf See!«

»Ja«, bestätigen wir Jungen, »da merkt man gar nicht, dass man auf das Schiff geht.«

Immer mehr Menschen drängen mit Koffern und Kindern an Bord.

Es wird voller und enger: Und nach ein bis zwei Stunden hören wir die dumpfe Schiffssirene. Die Matrosen werfen sich ihre Kommandos zu, lösen die Taue und der Dampfer legt ab.

Die Fahrt geht immer in der Nähe der Küste entlang und wir haben nur wenig Angst vor feindlichen U-Booten. Schon zur Mittagszeit fährt das Schiff in einen Hafen ein und legt an – und es heißt: »Aussteigen!«

»Mutti! Warum ist denn schon Schluss?«, bedrängen wir die Mutter. »Das war doch nicht weit!«

»Ja, das stimmt, aber egal, es ist wieder ein Stück!«

»Weißt du denn, wo wir sind?«

Mutter ist sich nicht ganz sicher, fragt ein bisschen herum und hört zwei Namen: »Wir sind in Gotenhafen, früher Gdingen.«

Und dieses Mal läuft es mit dem Weitertransport viel besser: Die braun Uniformierten leiten uns direkt weiter zum Bahnhof. Dort klettern wir ohne Unterbrechung in geschlossene Güterwagen, und bald darauf geht die Fahrt ab: Wir wissen nicht wohin – nur weiter!

Im geschlossenen, dunklen Waggon rattern uns die gleichmäßigen Schienengeräusche bald in den Schlaf. Hin und wieder bleibt unser Zug stehen und lässt anscheinend wichtigere Züge vorbei, die dann mit ihrem Fahrtwind unseren Wagen schütteln und deren Räder mit lautem Kla-klack! Kla-klack! über die Schienenspalten donnern. Wir Kinder wissen schon längst nicht mehr, ob es nur hier drin dunkel ist oder auch draußen. Ein paar Mal rüttelt der Waggon bei kleinerer Geschwindigkeit stark hin und her, und die erfahrenen Männer und Frauen vermuten, dass wir über die vielen Weichen in einen Bahnhofsbereich fahren.

Als es uns wieder einmal stärker rüttelt und der Zug anschließend steht, wird die Tür von außen aufgeschoben, und eine männliche Stimme fragt: »Ist hier noch alles in Ordnung? Alles gesund?«

»Ja!«, kommen von verschiedenen Seiten die leisen Antworten.

Das Gesicht des Mannes können wir nicht wahrnehmen, aber wir sehen, dass es draußen dunkel ist. Als die Tür schon wieder zugeschoben wird, fragt eine Frau noch schnell: »Wo sind wir?«

»In Stolp!«, lautet die Antwort und dann rollt die Schiebetür ins Schloss.

Wir stehen lange auf dem Bahnhof, und die ersten Stimmen fragen in die Dunkelheit hinein: »Haben die uns vergessen?«

Aber irgendwann setzt der Zug sich doch in Bewegung und nach unserem wechselnden Schlafen, Wachen und Träumen bleibt er stehen. Die Tür wird von außen aufgeschoben und helles Licht fällt herein: »Bitte steigen Sie aus!«

Wir sind irgendwo in Pommern, in einem großen Dorf oder in einer kleinen Stadt: weit hinter Stolp.

Ein Uniformierter mit der Hakenkreuzbinde am Arm, groß, stattlich und etwas zu gut genährt, winkt unsere Familie energisch zu sich, packt uns in seinen schwarzen Personenwagen und fährt im Eiltempo durch ein paar Straßen nach außerhalb des Ortes. In einer abseits liegenden Straße, hinter deren Häusern bereits die Felder beginnen, hält er vor einem der frei stehenden Einfamilienhäuser. Wir steigen aus dem Auto. Die Mutter nimmt ihre Koffer, und der Parteimann eilt mit schnellen Schritten vor uns her zu einem Haus aus roten Ziegelsteinen mit einem spitzen roten Dach und einem verschneiten Garten drum herum. Der starke Mann in der Uniform klopft ungestüm an die Haustür. Als eine schlanke Frau mit grauen Haaren und einem Haarknoten öffnet, knallt er kurz die Hacken zusammen, wirft den gestreckten rechten Arm hoch und grüßt stramm: »Heil Hitler!«

Die Frau im Türrahmen erwidert ein wenig tonlos: »Heil Hitler!«, aber ihr rechter Arm bleibt unten, und mit beiden Händen presst sie dabei ein dunkles Küchenhandtuch an ihre blaue Kittelschürze.

Wir Kinder sehen und hören uns das staunend an. Diesen Gruß haben wir in dieser zackigen Form schon lange nicht mehr mitbekommen. In Paterschobensee gab es das nicht, da hatten die Leute ihre Landarbeit – und Schluss.

Und auf der Flucht sah es bisher so aus, als ob die Menschen den Gruß vermieden, besonders die Flüchtenden. Die Mutter sagt meist in ruhigem Ton »Guten Morgen« oder »Guten Tag«, also das, was die Tageszeit verlangt.

Der Mann von der Partei erklärt der ernst dreinblickenden Frau: »Die Familie kommt aus Königsberg, geben Sie ihr bis auf Weiteres Quartier! Noch irgendwelche Fragen?«

Da von keiner Seite Fragen kommen, wendet er sich zum Gehen: »So, dann, Heil Hitler!«

Er hebt noch einmal den rechten Arm und eilt zu seinem Wagen, steigt ein, wendet und braust davon.

Wir sind mit der Frau allein und folgen ihr ins Haus, durch einen geräumigen Flur vorbei an einer schönen, hohen Standuhr. Die Frau führt uns in eine kleine Küche, eingerichtet mit einem weiß emaillierten Küchenofen auf vier blanken Beinen sowie zwei hohen Küchenschränken mit Glastüren an den Oberteilen und einem Tisch in der Mitte mit vier Stühlen.

Wir sehen uns um und die Frau erklärt der Mutter Einzelheiten.

»Das hier ist meine Reserveküche, die ich hauptsächlich im Herbst benutze, zum Einkochen von Obst und Gemüse. Hier können Sie tagsüber wohnen und kochen, Geschirr und Töpfe sind in den Schränken.«

Während die Frau spricht, schaut sie finster drein, und wir Kinder spüren, wir sind unerwünscht: Wir sind Flüchtlinge und sie will uns nicht!

»So«, sagt sie, »und schlafen werden Sie oben auf dem Boden, da ist Platz genug: Kommen Sie!«

In einem dämmerigen Flur geht die Frau eine lange Holztreppe hinauf, nimmt der Mutter aber keinen Koffer ab.

Der Boden ist geräumig und bietet uns viel Platz. Ein kleiner und ein großer Kleiderschrank sind vorhanden, eine Spiegelkommode, ein Doppelbett mit zwei Nachtschränkchen und Nachttischlampen und zwei Einzelbetten, außerdem an einem kleinen runden Tisch zwei Korbsessel.

Die Frau zeigt auf den großen Schrank. »Bettwäsche finden Sie da drin. Und wie wir es mit dem Wäschewaschen machen, das müssen wir mal sehen: Natürlich müssen Sie mir dabei helfen!«

»Aber selbstverständlich!«, entgegnet Mutter. »Jederzeit. Ich kann Ihnen auch bei anderen Arbeiten helfen, sagen Sie mir nur Bescheid!«

Die Frau geht zur Tür und dreht sich noch einmal um. »Eins noch: Bitte achten Sie darauf, dass die Kinder nicht dauernd rauf- und runterlaufen – und wenn, dann leise!«

Die Mutter verspricht auch das, und dann sind wir allein.

Wir sehen uns glücklich an und freuen uns über den großen Schlafbereich. Sogleich werden die Betten aufgeteilt: Mutter und Inge schlafen im Doppelbett, Reinhard und ich zusammen in einem Einzelbett und Günter allein in einem anderen. Danach geht die Mutter an den großen Schrank, holt weiße Bettlaken und Bezüge heraus und bezieht die Matratzen, Kissen und Oberbetten, wobei Inge ihr tüchtig hilft.

Ein wenig später schleichen wir alle wie die Heinzelmännchen auf leisen Sohlen nach unten in die Reserveküche und setzen uns um den Tisch, Günter und Reinhard teilen sich einen Stuhl.

Und gleich darauf verspüren wir gewaltigen Hunger.

Während Mutter noch überlegt, wie sie es anstellt mit dem Einkaufen im Ort, bewegt sich die Türklinke und die Frau kommt herein. Wortlos geht sie zu einer schmalen weißen Tür, steckt einen Schlüssel in das Schloss, schließt auf, öffnet die Tür ein Stück und geht hinein.

Es ist ein Vorratsraum!

Und obwohl die Frau die Tür ein wenig hinter sich anzieht, ist der verbleibende Spalt doch groß genug, dass unsere hungrigen Kinderaugen Dinge sehen, die sie besser nicht sehen sollten. Mit einem Blick erkennen wir ein gezimmertes Regal aus hellen Dachlatten. Und auf drei oder vier Ebenen, mit jeweils einer Länge über zwei Meter, stehen dicht bei dicht gefüllte Weckgläser. Und die Farben von grün, weiß und rot deuten auf Gurken, Bohnen, Birnen und Kirschen hin, und der Rest, der für unsere Augen zu flüchtig war, wird umso mehr von unserer blühenden Fantasie ausgefüllt.

Die Frau ist klug genug und stellt uns ein Glas mit Birnen auf den Tisch, bevor sie den Raum wieder abschließt und mit ihrem Weckglas davongeht. Danach haben wir reichlich Gesprächsstoff: Wir Kinder sind uns sicher: »Hier bekommen wir zu essen, noch und noch!«

Und für uns deutet die Weckglasfarbe »weiß« plötzlich nicht nur auf Birnen hin, sondern auch auf eingelegte Eier und geschälte Kartoffeln, und es wird uns beinahe schwindlig bei der Vorstellung von eingelegten Frikadellen und Fleisch. Unser Hunger weckt unsere Wünsche und gierigen Gedanken und wir Kinder kennen keine Grenzen mehr. Die Mutter versucht uns wieder zu bremsen und stellt erst einmal Glasschälchen für die eingekochten Birnen auf den Küchentisch. Als es auf dem gemeinsamen Stuhl zwischen Günter und Reinhard zum Gerangel kommt, geht Mutter kurz entschlossen zu der Hausherrin und bittet um einen Hocker oder etwas Ähnliches. Bald darauf kommt sie mit einem Holzstuhl zurück. Und dann sitzen wir um den Tisch und zeigen, wie schnell fünf ausgehungerte Menschen mit einem Glas Birnen fertig werden.

Mutter spült das Glas, trocknet es ab und gibt es der Frau mit einem Dankeschön zurück. Vielleicht erkennt die Frau bei der schnellen Rückgabe, dass ein Glas etwas wenig war. Sie geht ein paar Minuten später erneut in die verschlossene Vorratskammer und reicht Mutter noch ein Glas, diesmal mit Kirschen.

Auch die roten dicken Kirschen schmecken herrlich! Doch dieses Mal gibt die Mutter das leere Einkochglas nicht so rasch zurück, denn es könnte nach Betteln aussehen. Aber kurze Zeit darauf sind wir Kinder gar nicht mehr an Obst interessiert. Wir bekommen quälendes Bauchkneifen, und unsere zerknautschten Gesichter zeigen den Grad unserer Bedrängnis. Nur Mutter bleibt verschont: Wahrscheinlich hat sie wieder mit Rücksicht auf ihre lieben Kinderchen nur wenig von den Leckereien genommen.

Wir vier dagegen laufen hastig nach draußen auf den Hof und suchen eilig das Herzhäuschen auf, drängeln uns um die Reihenfolge und machen jeweils von außen Druck auf den, der gerade hinter der Holztür verschwunden ist. Was auf dem schwankenden Kriegsschiff mithilfe der Meereswogen vorne herauskam, kommt hier auf der ruhigen Erde mithilfe des Obstes hinten heraus.

Und auch in diesem Fall stehen wir danach wieder »mit leeren Händen« da.

Als wir später bei der Mutter in der Küche sind, sagt sie: »So, Kinder, ich muss jetzt in den Ort gehen: einkaufen! Ihr braucht Brot und Kartoffeln, damit ihr etwas Solides in den Magen bekommt.«

Sie schaut uns besorgt an: »Ihr seht aus wie kranke Hühner, die ihre Flügel hängen lassen. Wollt ihr vielleicht so lange ins Bett, ein bisschen schlafen?«

Wir nicken ergeben. »Ja, das ist wohl das Beste!«

Die Mutter bringt uns nach oben, steckt uns in die weichen Betten, und wir schlafen so schnell ein, dass wir es kaum mitbekommen, als sie leise aus dem Zimmer geht.

Als Mutter uns wieder weckt und wir noch verschlafen gähnen, macht sie uns mit einem Zauberwort im Nu munter: »Es gibt Kartoffeln mit Soße und Kotelett!«

Das wirkt Wunder: Die Oberbetten fliegen auf, wir springen heraus und ziehen uns um die Wette an. Auf der Treppe nach unten sind wir dieses Mal nicht so leise, wie von der Frau gewünscht.

Mutter zischt ein paar Mal: »Psst, Kinder! Leise!«

Trotzdem geht unten die Tür auf und die Hausherrin schaut ins Treppenhaus, doch als sie auch die Mutter sieht, zieht sie sich wieder zurück.

Was für ein Festmahl!

Endlich können wir wieder einmal in ein Kotelett beißen. Da

schmeckt einfach alles: die Kartoffeln und auch die Brennsoße, die Mutter in der Pfanne zubereitet hat – mit ein bisschen Fett, Zwiebeln, angebräuntem Mehl und Wasser.

Mitten im fröhlichen Essen sagt Inge plötzlich: »Jetzt müssten wir ein Glas Gurken oder Bohnen aus dem Vorrat haben, das würde gut passen!«

Aber wir Jungen haben da unsere Bedenken, schon allein bei dem Wort Weckgläser.

Reinhard hat eine ganz andere Idee: »Mutti, können wir jetzt immer Kotelett bekommen? Der Fleischer hat doch bestimmt viele.«

»Oh«, sagt Mutter, »das glaub ich nicht! Ich hatte Schwierigkeiten, überhaupt welche zu bekommen. Vielleicht wollte er sie für andere Leute zurückhalten, aber ich hab nicht locker gelassen. Ich hab laut vor allen Leuten gesagt, dass wir schon seit dem achtzehnten Januar auf der Flucht seien und meine Kinder endlich einmal etwas Richtiges essen müssten. – Na ja, und da hab ich welche bekommen!«

»Gut gemacht, Mutti!«, loben wir sie, aber gleichzeitig erkennen wir, dass es mit dem Fleisch so oft wohl nichts wird.

Für uns Kinder ist es danach sehr langweilig. Wir können nur in der Nähe des Hauses spielen: im dürftigen Schnee auf der Straße – zwischen einem Weidezaun auf der einen Seite und einem Feldgraben auf der anderen – oder in der Küche sitzen und mit Mutter sprechen.

Wir haben weder Spielzeug noch Bilderbücher, zur Not können wir nach oben gehen und schlafen. So ziehen vier, fünf Tage quälend langsam vorüber. Mutter geht hin und wieder in den Ort einkaufen. Die Frau sehen wir ganz selten und ein weiteres Weckglas hat sie bisher nicht gegeben.

Oben in dem ungeheizten, großen Dachboden-Schlafzimmer ist es kalt und ungemütlich, wenn wir uns abends ausziehen und mit Zähneklappern unsere langen weißen Nachthemden überstreifen, die Großmutter Lina auf ihrer Maschine für uns genäht hat, selbstverständlich reichlich groß, da wir ja noch tüchtig wachsen.

Auch die kalten Betten lassen uns immer wieder erschauern, bis sie dann endlich warm werden und wir einschlafen können.

Die Mutter wird von Tag zu Tag unruhiger: Sie hört zu wenig von der Front und fürchtet, von den Behörden vergessen zu werden.

»Wo ist die Front jetzt?!«, will sie wissen.

Die einzige Stelle, wo sie etwas erfahren kann, ist beim Einkaufen im Ort, aber auch dort hört Mutter nur Vermutungen und Gerüchte.

Und schon wieder ist ein Tag vorbei: »Gute Nacht! Schlaft gut!«

Ein gequälter Schrei fährt mir durch Mark und Bein! Ich reiße die Augen auf, sehe aber nichts: Es ist stockfinster! Ein qualvolles Ächzen und Stöhnen geht weiter, als habe jemand unerträgliche Schmerzen!

Wir schreien in die Dunkelheit hinein: »Was ist los? Licht an!«

Inges Stimme dringt durch den Lärm: »Mutter schreit, wahrscheinlich träumt sie!«

Und dann rufen wir nur noch alle: »Licht an!« – »Licht an!«, in der Hoffnung, dass einer irgendwo einen Lichtschalter findet.

Aber das ist leichter gebrüllt als getan! Der große Schlafboden ist für uns immer noch ein fremder Raum, und das fortwährende Schreien der Mutter versetzt uns derart in Panik, dass wir jede Orientierung verloren haben, bis es Inge endlich in der Finsternis gelingt, ihr eigenes Nachttischlämpchen anzuknipsen. Da springen Inge und wir Jungen aus unseren Betten, laufen barfuß zu Mutters Bettkante herum, schalten auch ihre Nachtlampe ein und berühren sie an der Schulter.

Die Mutter schaut mit weit aufgerissenen Augen um sich und fährt wild mit ihren Armen durch die Luft: »Habt ihr auch das Klopfen gehört! Und die Ratte gesehn?«

»Nein!«, antworten wir mehrstimmig.

Durch unser »Nein« wird Mutter nur noch heftiger.

»Doch!«, ruft sie ungehalten, »da kam es her, da muss es sein!«

Sie wirft sich auf ihre linke Seite und zeigt aufgeregt mit dem Finger auf die Tür ihrer Nachtkonsole.

»Da drin klopft es: Seht nach!«

Wir fürchten uns und zögern, doch Mutter drängt ungeduldig: »Los, macht schnell!«

Und dann öffnen wir vorsichtig die kleine Tür, heben ängstlich die zusammengelegten Wäschestücke heraus, immer auf der Hut vor einer herausspringenden Ratte, die uns in ihrer Angst in die Finger beißen könnte, aber wir finden nichts: weder eine Ratte noch ein Loch in der Rückwand, durch welches sie hätte fliehen können.

Und dann lauschen wir in die Konsole hinein und horchen auf Geräusche im Haus, aber auch ein Klopfen können wir nicht hören.

»Nein, da ist nichts!«, sagen wir.

Mit einem Ruck richtet sich die Mutter ungläubig auf, setzt sich auf die Bettkante und stiert in die offene Konsole. Dabei atmet sie heftig, ihr Gesicht glänzt und ist gerötet: Sie sieht verwirrt aus!

Wir Kinder fühlen, die Mutter braucht jetzt dringend unsere Hilfe! – Doch was sollen wir tun? Ratlos stehen wir am Bett, umringen die Mutter, stellen uns dann enger um sie und wollen ihr unsere Nähe geben. Inge legt einen Arm behutsam um Mutters Schultern.

Die Mutter starrt unentwegt durch uns hindurch, und ich bekomme plötzlich Angst, dass sie für immer so schrecklich verwirrt bleibt! Während wir mit nackten Füßen und knöchellangen Hemden im Halbkreis um Mutter herumstehen und versuchen, ihr mit unseren Körpern Geborgenheit zu geben, spüre ich gleichzeitig, wie ich vielmehr Geborgenheit bei der Mutter suche und wie abhängig wir Kinder von der Mutter sind! Ich spüre, dass wir ohne sie nichts sind, nur »hilflose Kinder«! Und im selben Augenblick fühle ich den starken Wunsch: Mutti, werd wieder normal! Wir brauchen dich! Wenn du von uns abhängig bist, dann sind wir alle verloren – denn wir können uns nicht einmal selbst helfen!

Die Mutter atmet etwas ruhiger und sagt bedrückt: »Da saß auch ein Käuzchen auf dem Dach. Und es rief: ›Qu-it, qu-it‹ – ›Komm mit, komm mit‹! – Die Leute bei uns im Dorf sagten dann immer: ›Da stirbt jemand!‹« Sie schüttelt sich. »Es war schrecklich! Erst war der

Vogel weit weg, doch dann kam er immer näher, seine Flügel wurden größer und größer und seine riesigen glühenden Augen stürzten auf mich zu!«

Inge streichelt beruhigend Mutters Rücken, und wir verstehen, dass sie vor Angst so geschrien hat. Während Mutter ihren Traum erzählt, wird sie mit jedem Satz ruhiger und atmet tiefer. Ihr Gesicht entspannt sich, und als sie ihre Erzählung beendet, lächelt sie ein wenig – und wir Kinder wissen: Wir haben die Mutter glücklich wieder!!

»Das war ein Albtraum«, erklärt sie uns. »Das kommt vom Krieg. Wir sind ganz allein. Ich weiß nicht, wo die anderen sind: Leben sie noch? Wo ist Vater? Wo sind Oma und Opa aus Königsberg? Wo ist Tante Friedel und ihre Familie? Wo sind Vaters Brüder? Onkel Kurt, Onkel Arthur, Onkel Erich. Wo ist Oma Lina? Was ist aus der Uroma geworden? Wo sind sie alle? Leben sie? Sind sie tot?«

Die Mutter stößt einen tiefen Seufzer aus, und dann erkennt sie, dass wir schon eine lange Zeit barfuß in der Kälte stehen, und sagt: »So, Kinder, jetzt aber schnell ins Bett. Ihr holt euch ja den Tod!«

Wir springen aber nicht gleich davon, sondern wollen sicher sein, dass es ihr auch wirklich gut geht: Zu groß war unser nächtlicher Schreck. Doch Mutter zerstreut unsere Bedenken: »Kinder, es geht mir wieder gut – es war nur ein böser Traum!«

Als ich im Bett liege, bin ich noch lange hellwach und horche in die Nacht hinein, ob da Geräusche sind. Aber da ist alles still, bis ich die ruhigen Atemzüge von Reinhard höre, und da werfe auch ich mich auf die Seite und schlafe ein.

Eine Woche leben wir jetzt schon in dem kleinen Haus bei der Frau. Günter und ich sind draußen und spielen ein wenig im Schnee.

Plötzlich kommt Reinhard stürmisch angelaufen: »Los, ihr sollt sofort nach Hause kommen!«

Wir folgen ihm zwar auf der Stelle, bedrängen ihn aber gleichzeitig mit unseren Fragen: »Was soll das?« – »Was ist los!?« – »Was habt ihr?«

Reinhard will aber vorab nichts verraten: »Das werdet ihr gleich sehn!«

Wir jagen im Wettlauf zum Haus. Mutter öffnet die Haustür, und als wir in der Küche sind, fragen wir ungeduldig: »Was ist?«

Die Mutter zeigt auf die Stühle: »Setzt euch! Mal sehn, ob ihr auch Läuse habt!«

Günter und ich fahren herum: »Was?! Läuse!?«

Mutter redet nicht lange. Sie nimmt ein weißes größeres Blatt Papier, legt es auf den Tisch, beugt meinen Kopf darüber und zieht einen Kamm vom Wirbel nach vorne durch mein Haar, wobei scharfe Zinken schmerzhaft über meine Kopfhaut ziehen.

»Aua! Aua!«, krümme ich mich, »was ist denn das für ein schrecklicher Kamm!?«

Nach dem ersten Durchgang winde ich mich unter Mutters festem Griff heraus und schaue nach oben. Mutter hält einen schwarzen Kamm hoch: »Das ist ein Staubkamm, der ist für so etwas gedacht.«

»Aber warum musst du ihn denn so kräftig niederdrücken?«

»Nun, die Läuse halten sich sonst an den Haarwurzeln fest und auch die Nissen!«

»Was für …?«

Reinhard unterbricht triumphierend: »Da!«

Er hat zwei ausgekämmte Haare vorsichtig zur Seite genommen und zeigt auf zwei winzige helle Punkte: »Das sind die Eier der Läuse!«

Ich halte das alles noch für Unsinn, doch da klopft Mutter den Kamm auf dem Papier aus – und wirklich! –, ein winziges Tierchen mit gekrümmten Beinchen und Greifern rudert da in der Luft herum und versucht sein Leben irgendwie zu retten.

Reinhard ist bereits Kenner. Mit Daumen und Mittelfinger drückt er seinen Fingernagel auf die Laus: peng!

»So!«, sagt er, »diese Laus legt keine Eier mehr!«

Ob ich will oder nicht, ich muss es zugeben: »Ja, ihr habt Recht, ich hab Läuse!«

Und dann kämmt Mutter mein gesamtes Haar durch, Bahn für Bahn, von hinten nach vorne – auch den Hinterkopf. Dabei kann ich mir manch ein weiteres »Aua« nicht verkneifen. Und noch zwei oder drei Läuse und Nissen landen auf dem Papier. Jeder will so einen Läusepanzer knacken: Günter, Inge, Reinhard – alle halten ihre Fingernägel bereit. Doch auf einmal bin ich wütend über die Läuse und will unbedingt eine vernichten. »Halt! Eine gehört mir! Es sind ja meine Läuse!«

Als die Mutter mich endlich aus ihrem eisernen Klammergriff freigibt, habe ich das Gefühl, einen großen runden Kopf zu haben, so summt es um mich herum! Und dann sehe ich mir den Folterkamm genauer an: Er ist etwa neun Zentimeter breit, acht Zentimeter hoch und hat auf beiden Seiten lange Zähne, die sehr dicht stehen und spitz zulaufen. Mit dem Daumen fahre ich über die scharfen Enden, und da wird mir klar, warum die Kammzähne ihre Bahnen wie mit dem Messer ziehen.

Die Mutter nimmt mir den Kamm aus den Händen und dann quält sie Günter. Da auch aus seinen blonden Haaren Krabbeltiere und winzige Eier auf das Blatt fallen, muss er die schmerzhafte Prozedur ebenfalls über sich ergehen lassen, auch wenn er jammert und ein Ende haben will.

Als auch Günter aus der Folter entlassen wird und befreit aufatmet, fragt er: »Und, was ist mit Inge und Reinhard?«

»Die waren vor euch schon dran.«

»Und?«, fragen wir beide zugleich, »wie war es da?«

»So wie bei euch!«

Dann wollen wir wissen: »Mutti, wie war es bei dir?«

Und sie sagt: »Ich kontrolliere nachher!«

Aber da protestieren wir Kinder und halten uns so lange dran, bis Mutter ihren Haarknoten öffnet und ihr langes dunkles Haar, welches ihr bis auf den Rücken fällt, ebenfalls durchkämmt. Mit großen Augen harren wir der Dinge, die da kommen sollen. Aber es tut sich nichts. Als wir schon enttäuscht aufgeben wollen, fällt doch noch eine einzige Laus auf das Blatt: Mutter hat die wenigsten – Mutter hat gewonnen!

Danach fragen wir Kinder durcheinander: »Warum haben wir plötzlich Läuse?«

»Wie kann das passieren?«

Und Mutter erklärt: »Ihr habt in den Waggons auf Stroh geschlafen, im Staub, und dann hatten wir verschiedene Quartiere, meistens auch auf der Erde, im Stroh – na ja, und so kommt es eben.

Und außerdem«, fügt sie hinzu, »wir hatten keine Gelegenheit zu baden!«

»Und wie soll es nun weitergehen?«

»Wie werden wir die Biester wieder los?«

Die Mutter hat dazu ganz klare Vorstellungen: »Da hilft nur eine Radikalkur! Die Haare so kurz wie möglich runter und die Köpfe kräftig schrubben!«

Über diese Aussichten sind wir gar nicht begeistert, denn das klingt wieder nach Drangsalieren!

»Aber wo ist denn hier ein Friseur?«

Die Mutter winkt ab: »Wir brauchen keinen Friseur, ich hab die Maschine mit!«

»Was!?«, entfährt es uns zu dritt, »diese Quälmaschine, die uns immer zwickt! Dass du aber auch daran gedacht hast!«

»Tja«, sagt Mutter lächelnd, »als Eltern muss man an alles denken!«

Und dann hält sie das kleine zusammengefaltete Bündel in ihren Händen, legt es auf den Tisch und packt es aus. Aus dem dunklen, blaugrau karierten Handtuch taucht sie auf: die gefürchtete Haarschneidemaschine aus Königsberg, mit der der Vater uns schon die Tränen in die Augen getrieben hat. Es ist eine ganz normale Maschine, handbetrieben mit zwei Hebeln, das einzig Unnormale daran ist nur, dass sie dem jeweiligen Opfer in kurzen Abständen kräftig in die

Haare zwickt. Wir haben schon oft genug Vater und Mutter gefragt, woran das liegen mag: Ist sie schlecht geölt, hat sie einen Fehler, bewegt der Haarschneider die Handhebel zu flüchtig oder schiebt er die Maschine zu schnell vorwärts?

Da wir mit eigenen Augen gesehen haben, dass alle Teile sorgfältig geölt wurden, kamen wir nach längerer Leidenszeit dahinter, dass die Maschine erstens eine kleine Macke hat, und zweitens, dass es auch daran liegt, wer die Haare schneidet! Schon in Königsberg waren wir immer froh, wenn der Vater verhindert war, uns in die Mangel zu nehmen. Laut Jammern durften wir bei ihm nämlich nicht, denn er war sich sicher, an ihm konnte es nicht liegen – und außerdem hatten echte Jungen so ein bisschen Zwicken auszuhalten! Also bemühten wir uns, richtige Indianer und tapfere Kämpfer zu sein und bissen die Zähne zusammen. Doch zum Ende der Schinderei waren die Augen meist recht glänzend und manchmal sogar mehr als das: Da löste sich auch schon mal eine dicke Träne und fiel still zwischen die Leisten der Stuhllehne, die wir bäuchlings vor uns hatten und die wir mit den Händen fest umklammerten wie die Armlehne beim Zahnarzt.

Wenn die Mutter uns dagegen das dunkle Handtuch in den Hemdkragen steckte, gegen das Jucken der abgeschnittenen kurzen Haare, dann wussten wir: Alles, was jetzt kommt, geschieht mit Liebe! Dann zählte nicht mehr der zu schnelle Vorwärtsdrang eines forschen Vaters, sondern allein die Macke der Maschine – und daran konnte man ja wohl nichts ändern.

So nehmen wir auch jetzt wieder nacheinander, verkehrt herum, auf einem Stuhl mit Rückenlehne Platz, bekommen das Handtuch in den Nacken gesteckt und los geht es. Und dieses Mal spüre ich sofort den Unterschied: die Radikalkur! Die Mutter fängt tief im Nacken an und zieht ihre Bahnen ganz über meinen Kopf, bis kurz vor die Stirn. So geht es um den gesamten Kopf herum: Ich befürchte Schlimmes! Als die Mutter mir nach der gründlichen Behandlung das Handtuch vorsichtig herausnimmt, steige ich auf einen Stuhl und gucke in einen Spiegel: Ein Gefängnisinsasse schaut mich an! Ein Strafgefangener, rundherum geschoren, nur vorn ein paar Haare, ein kleiner Pony! Da weiß ich genau: Ab sofort werde ich kaum auf die Straße gehen.

Danach kommt der liebe Reinhard mit seinen lustigen wasserhellen Augen an die Reihe, und ich kann genau verfolgen, wie aus einem gut aussehenden Jungen ein kahlköpfiger Zuchthäusler wird. Anschließend sehen wir beide aus wie Zwillinge!

Mit Günters Haaren ist Mutter wieder einmal viel vorsichtiger. Sie versucht, bei seinen blonden Wellen zu retten, was zu retten ist. Günter sieht nach seiner Kur immer noch aus wie ein normaler Junge.

Inges Haare werden mit der Schere kürzer geschnitten. Und auch Mutter hält ihre eigene lange Haarpracht zur Seite und schneidet drei Handbreit davon ab. Danach werden alle Köpfe mit Seife und Wasser kräftig geschrubbt und gespült – und zu Ende ist die garstige Entlausungsaktion!

Es ist der nächste Vormittag: Die Mutter ist in den Ort gegangen, um ein paar Lebensmittel einzukaufen. Plötzlich springt die Tür auf und sie stürmt zu uns in die Küche!

»Was machst *du* denn schon wieder …?«

»Kinder, wir müssen weg! Schnell!«

»Aber warum denn?«

Und eilig erklärt die Mutter: »Die Leute im Ort sind in Panik! Die Front ist durchgebrochen! Es kann auch schon zu spät sein! Zieht euch an, schnell – Mäntel, Mützen, Handschuhe!«

Die Mutter eilt aus der Küche und ruft: »Ich muss die Koffer von oben holen und der Frau Bescheid sagen! Macht ihr aber weiter!«

Wir hören durch die offen stehende Tür, wie Mutter der Frau mit kurzen Sätzen berichtet, was sie weiß, und sie fügt hinzu: »Fliehen Sie! Lassen Sie alles stehn und liegen, sonst ist es zu spät!«

Bald darauf kommt die Mutter zurück und packt hastig den Rest in unsere Koffer. Da erscheint die Frau aufgeregt in der Küche und fleht: »Bitte, helfen Sie mir! Was soll ich tun?«

Die Mutter richtet sich auf und sieht die Frau an: »Nehmen Sie das Familienbuch, die Papiere, ein paar Fotografien, Geld! – Alles, was Ihnen wichtig ist, etwas Wäsche: nur das, was in zwei Koffer passt!«

Die Frau schlägt ihre Hände über dem Kopf zusammen: »Aber, ich kann doch hier nicht alles im Stich lassen: mein Haus, den Garten! Das geht doch nicht!« Und dann steht die Frau wie versteinert da mit offenem Mund und vor Angst geweiteten Augen.

Mutter rüttelt sie mit lauter Stimme wieder auf: »Sie haben keine andere Wahl! Wir mussten auch alles in Ostpreußen zurücklassen!«

Da dreht sich die Frau um und rennt mit großem Wehklagen davon!

»So, Kinder, seid ihr fertig?!«, drängt die Mutter und greift nach ihren Koffern.

»Ja!«, rufen wir und Mutter eilt aus der Küche durch den Flur und aus dem Haus. In der Diele werfe ich im Vorbeilaufen noch einen schnellen Blick auf die schöne Standuhr mit dem herrlichen Bimbam-Geläute.

Die Mutter läuft schnell, wir können ihr kaum folgen. Inge ist jedoch in ihrer Nähe, wir Jungen trippeln mit einem kleinen Abstand hinterher. Uns beschäftigt das, was sich im Haus gerade abgespielt hat.

»Sieh an, jetzt konnte die Frau plötzlich sprechen: Und sonst waren wir nur Luft für sie! Unerwünschte, verachtete Flüchtlinge!«

»Jetzt sieht sie mal, wie das ist!«

»Sie hatte im Regal der Vorratskammer noch ganz andere Sachen: Sie hätte uns rundfüttern können!«

Günter, Reinhard und ich rufen uns die Sätze beim langsamen Laufen zu, und wir sind noch lange nicht fertig mit der Frau!

»Nun bekommt sie für ihren Geiz die gerechte Strafe und muss auch in Angst und Schrecken fliehen!«

»Jetzt spürt sie selber, wie bitter das schmeckt, alles zurücklassen zu müssen!«

»Und nun muss auch sie als Flüchtling bei abweisenden Menschen anklopfen und die kalte Abneigung aushalten!«

»So, das hat sie jetzt davon!«

Und erst, nachdem wir unsere eigene Verachtung über die geizige Frau losgeworden sind, rennen wir wie im Wettlauf davon und holen Mutter und Inge ein.

»Wir haben über die Frau geschimpft, weil sie uns nichts mehr aus ihrem Vorrat gegeben hat!«, berichten wir der Mutter.

Doch Mutter hat auch dafür wieder Verständnis: »Die Frau ist vielleicht gar nicht so schlecht: Sie hat wohl nur gedacht, der Krieg kommt niemals hierher – und sie muss Reserve haben!«

Wir protestieren zwar lautstark dagegen, aber die Sache ist damit erledigt.

Und erst jetzt nehmen wir Jungen richtig wahr, dass sich an der Mutter etwas verändert hat: Sie trägt nicht nur ihre Koffer, sondern zusätzlich auf dem Rücken einen Rucksack!

»Mutti, du hast ja plötzlich einen Rucksack!«

»Ja«, sagt sie, »der ist gebraucht. Den hab ich für ein paar Mark beim Kaufmann gekauft.«

Der Rucksack sieht aus wie ein Jägerrucksack, allerdings etwas schlaff.

Viel scheint da nicht drin zu sein, denke ich mir.

Die Mutter und wir Kinder laufen ganz allein die ländliche Straße entlang: links der Weidezaun und die Wiese, rechts die kleinen Einzelhäuser und dahinter das große Feld – alles mit ein wenig Schnee bedeckt. Am Ende der Straße nähern wir uns den ersten großen Häusern des Ortes und einer Weggabelung, begrenzt mit mehreren hohen Eichen. Ein paar Menschen hetzen in verschiedenen Richtungen vorüber. Sie schreien sich im Vorbeilaufen Fragen zu, doch keiner erfährt, was er wissen will. Sie winken ab – niemand weiß etwas Genaues.

Mutters Gesicht zeigt Angst: Sie sieht keinen Ausweg!

»Kinder, ich weiß nicht wohin! Haltet Ausschau!«

Von der Weggabelung nach links führt der Weg in den Ort: Wir sehen in geringer Entfernung die hohen roten Dächer und einen Kirchturm. Die anderen Wege führen mehr in die Einsamkeit: hinaus auf Felder und vorbei an bezäunten Wiesenrändern.

Deshalb fragen wir die Mutter: »Ist es nicht das Beste, in den Ort zu gehen?«

Aber Mutter hält nichts davon. »Da war ich ja, dort gab es keine Möglichkeiten!«

So stehen wir völlig ratlos da und drehen uns im Kreis, weil jeder von uns spürt, dass es wenig Sinn hat, die einsamen Feldwege entlangzulaufen. Trotzdem geht die Mutter unentschlossen und suchend langsam nach rechts. Nach zwanzig Schritten teilt sich auch dieser Weg in einer spitzen Gabel. Eine graue hohe Mauer verläuft im gleichen Winkel entlang der beiden Wege.

»Wohin jetzt? Links oder rechts?«

Es scheint egal zu sein, denn zu sehen ist auf keiner Seite etwas.

Die beiden spitz zulaufenden Mauerwände wurden kurz vor dem Zusammentreffen durch eine zwei bis drei Meter breite Wand verbunden, die gleichzeitig mit einer Nische und einem Rundbogen als Verzierung für die Mauerecke dient.

Und da entdeckt Günter etwas!

Er läuft los, greift in die flache Mauernische hinein und hält seinen Fund freudig in die Höhe: »Hier, ein Teddybär!«

Inge, Reinhard und ich eilen zu ihm, umringen ihn. Günter hält den Teddy schon liebevoll im Arm. Gemeinsam bewundern wir das weiche, honigfarbene Fell des Plüschbären und seine schönen braunen Glasaugen. Günter dreht ihn in Bauch- und Rückenlage und probiert gleich aus, ob er auch sprechen kann, und gerade als Mutter dazukommt, antwortet der Teddy mit knarrender Stimme: »Bäär!«

Damit hat Günter einen neuen Freund: »Mutti, darf ich ihn mitnehmen, darf ich ihn behalten?«

Aber Mutter hat es eilig: Sie hat selbst etwas entdeckt! Und deshalb bleibt sie nur kurz stehen und sagt: »Das ist ein schöner Bär, aber setz ihn lieber wieder zurück!«

Günter hat den kuscheligen Bären schon lieb gewonnen und drückt ihn fest an sich. Er kann es nicht verstehen, ihn wieder hergeben zu müssen, und sagt: »Aber er ist doch ganz allein, niemand ist da!«

Die Mutter ist schon zwei Schritte weiter auf dem Weg rechts der Mauer und ruft im Davoneilen: »Vielleicht haben Kinder mit ihm gespielt und kommen ihn gleich holen! Kommt schnell, da hinten hab ich zwei deutsche Soldaten gesehen!«

Günter wehrt sich noch ein bisschen, läuft dann aber die wenigen Schritte zur Nische und setzt den Bären wieder hinein. Inge, Günter und Reinhard, sie alle laufen der Mutter hinterher. Nur ich stehe noch da mit meinen Gefühlen und kann mich nicht losreißen von dem anziehenden Bild.

Günter tut mir Leid: Es war sein Fund – und er sah damit so glücklich aus.

Ich möchte den schönen Bären am liebsten für ihn holen, den Bären, der jetzt so verlassen dasitzt und mich nicht loslässt, der mich mit seinen großen Augen ansieht, mir seine beiden Arme entgegenstreckt und stumm, aber flehentlich ruft: »Nimm mich mit, ich weiß, dass hier alle fliehen, lass mich in der Gefahr nicht allein zurück!«

In mir toben die Gefühle hin und her: Ich kann mich nicht entscheiden! Die Mutter hat nein gesagt! Soll ich ihn nun trotzdem mitnehmen oder nicht? Und dunkel spüre ich meine Wahl: den Bären mitnehmen, ein schlechtes Gewissen haben – und leiden; oder verzichten und hinterhertrauern – und leiden!

Gerade sehe ich, wie Günter als Letzter hinter einer Mauerkrümmung verschwindet: Ich stehe nun ganz allein an der Weggabelung, Auge in Auge mit dem freundlichen Gesicht! Und da reiße ich mich gewaltsam los, lasse die ausgestreckten Arme zurück und jage den anderen hinterher.

Als auch ich um die Mauerecke biege, bleibe ich überrascht stehen! Ich blicke auf einen offenen Bauernhof: ein großer freier Platz, dahinter Stallungen, zu beiden Seiten rote Ziegelsteingebäude und gleich vorn ein großer besonders schöner Bus in einer ganz neuen Bauform. Ein paar Soldaten gehen von links und rechts über den Hof, zwei oder drei stehen wartend an dem langen Bus, der rundherum große Scheiben hat und darunter einen hellblauen Anstrich.

Die Mutter steht an der Beifahrertür und spricht von draußen mit dem Fahrer. Als ich dort ankomme, packt Günter sofort meinen Arm: »Hier, guck mal, da vorne ist gar kein Motor mehr, die müssen ihn unten drunter oder hinten eingebaut haben.«

Ganz stark beeindruckt ihn auch, dass dadurch die breite Frontscheibe senkrecht nach unten geht, und er meint anerkennend: »Mann, da sieht der Fahrer ja direkt jedes Hindernis!«

Wir drehen uns um und bekommen gerade noch mit, wie der Fahrer zur Mutter sagt: »Von mir aus, ich hab nichts dagegen. Wenn Sie Platz finden, wir fahren gleich los.«

Die Mutter läuft am Bus entlang, wir Kinder dicht neben ihr her. Dabei sehen wir, dass der Bus voll besetzt ist mit Soldaten. Die breite Mitteltür ist bereits geschlossen: Da passt kein Mensch mehr hinein. Gehetzt eilt die Mutter weiter nach hinten: Dort ist die Tür noch weit offen – aber auch auf dieser Plattform stehen die Soldaten wie eine Wand, dicht gedrängt bis zur Türkante.

Wir erkennen mit einem Blick: Es ist aussichtslos, da hineinzugelangen! Wie sollte das auch gehen? Wir vier Kinder, die Mutter und die zwei Koffer! Enttäuscht blicken wir auf die stumm abwehrende Mauer der Soldaten! Wir stehen still da und betrachten ihre langen graugrünen Mäntel, die mit Erde beschmutzten Stiefel, die schwarzen Lederkoppel mit den glänzenden Schlössern, die Schiffchen oder Schirmmützen – und die gleichgültigen Gesichter.

Und Mutter spricht halblaut zu uns: »Aber es ist unsere einzige

Chance, hier wegzukommen! Wenn dieser Bus uns nicht mitnimmt, sind wir verloren!«

Und da denke ich mir: Wenn die Soldaten schon fliehen, was soll dann noch sein – oder wollen die etwa an die Front? Aber doch bestimmt nicht mit einem so feinen Bus!

Reinhard und ich stehen nebeneinander bei der Mutter. Entweder haben wir beide unsere Mützen beim eiligen Aufbruch liegen lassen oder wir besitzen keine mehr: Auf jeden Fall haben wir keine auf dem Kopf und entsprechend sehen wir aus: kahl geschoren!

Und so, wie wir die Soldaten ununterbrochen schweigend mustern, so mustern die uns: die lästigen Flüchtlinge!

Als ich meinen Kopf zur Seite wende und zur Mutter hochgucke, sehe ich, wie stark es in ihrem Gesicht arbeitet. Sie fürchtet sicherlich, dass unsere Flucht hier scheitert, dass alle Strapazen umsonst waren. Aber das will sie nicht, und deshalb ruft sie in die offene Tür hinein: »Bitte nehmen Sie uns mit! Bitte!«

Ein Soldat mit einer jüngeren Stimme, den wir aber nicht sehen können, ruft aus der Gruppe frech zurück: »Russkis nehmen wir nicht mit!!«

Das trifft die Mutter und uns Kinder wie mit einer Keule! Wir sind für einen Augenblick wie erstarrt!

Da hat der junge Soldat aber etwas angerichtet!

Mit der Mutter geht eine Veränderung vor: Sie wird plötzlich größer, richtet sich auf, Zornesröte steigt ihr ins Gesicht, und sie schreit: »Waas!? Russkis!? Wir sind aus Königsberg! Mein Mann hat bei Rommel in Afrika gekämpft, und jetzt ist er …«

Den Rest bekomme ich schon nicht mehr mit, denn ich fühle mich von hinten gepackt und hochgehoben und werde mit Macht in die Militärmäntel hineingedrückt: Und schon wieder stehe ich im Dunkeln – wie auf dem Lastwagen in Paterschobensee.

Die Mutter schiebt und drückt auch Reinhard und Günter und Inge in die Mäntel hinein: hinter mir und links und rechts! Aber so einfach gelingt ihr das nicht. Dumpf bekomme ich mit, dass Mutter auch um ihre Koffer kämpft – und sie selbst steht auch noch draußen.

Doch plötzlich helfen einige Soldaten mit: »Los, Leute! Rückt mal ein bisschen auf!«

Aus den Rufen höre ich, dass Mutter vergeblich versucht aufzusteigen.

»Los, Leute, weiterrücken!«

Anscheinend steht Mutter nun auf der Plattform, denn man versucht, die Tür zu schließen: Aber es gelingt nicht. Von vorn kommen Kommandos, und dabei kriege ich mit, dass dieser neue Bus Automatiktüren hat, Falttüren, die sich auf Knopfdruck des Fahrers schließen, wenn sie nicht wie in diesem Fall daran gehindert werden.

Nach ein paar weiteren Versuchen sind alle Füße, Knie und Arme aus dem Weg genommen und die automatische Tür schließt sich: geschafft! Die Soldatenmäntel riechen anders als die schweren Mäntel damals, keine Spur von Mottenkugeln: Es riecht nach Erde und Staub!

Der Motor wird angeworfen und schüttelt sich; unter meinen Füßen vibriert ein wenig der Boden und der Bus fährt los. Nach den ersten starken Kurven, bei denen sich die Militärmäntel wie Halme im Wind zur Seite legen, sehe ich Tageslicht aufblitzen, und bald darauf bekomme ich sogar ein wenig Luft.

Einige Soldaten sprechen mit der Mutter, fragen nach der Flucht. Plötzlich taucht vor meinen Augen von oben her ein zusammengeknautschtes Silberpapier auf. Ich greife danach und habe ein einzelnes kleines Stück Schokolade in der Hand. Als Dankeschön schaue ich kurz nach oben, weiß aber nicht, von wem die Hand kam.

Der Bus schaukelt uns noch gar nicht so lange, da bleibt er überraschend in einem kleinen Ort stehen. Die automatische Tür öffnet sich bei uns zischend, und ein Soldat ruft von draußen: »So, weiter können wir Sie nicht mitnehmen! Wir verlassen jetzt den Weg nach Westen!«

Wir müssen aussteigen und winden uns wieder zurück durch die inzwischen etwas vertrauten Soldatenmäntel. Als Mutter draußen steht, fragt sie sorgenvoll: »Was soll ich denn jetzt machen?«

Der Soldat mit einer Silberkordel an der Schirmmütze hebt ein wenig die Hände und sieht selbst ratlos aus, doch dann sagt er: »Fragen Sie hier im Ort nach, aber auf jeden Fall müssen Sie nach Westen!«

Bei den letzten Worten wendet er sich bereits ab und läuft nach vorn zum Fahrer. Wie von einer Geisterhand bewegt, schließt sich die Falttür vor unseren Augen und der Bus fährt rasch davon.

Wehmütig blicken wir Jungen dem neuen Bus hinterher, bis er in einer Linkskurve hinter einer Hausecke verschwindet.

Wir stehen völlig allein auf der Straße – und fühlen uns verlassen!

Die Mutter dreht sich nach allen Seiten: Wohin soll sie gehen? Was soll sie unternehmen? Niemand ist da, den sie fragen könnte.

Die Häuser links und rechts wirken bei diesem trüben Wetter grau und verschlossen. Der kleine Ort macht auf uns den Eindruck, als habe man ihn im Stich gelassen, kein Mensch weit und breit, nicht einmal ein Hund drückt sich an den Häusern vorbei. Welchen Weg soll die Mutter nun wählen? Sie entscheidet sich für eine Richtung und wir gehen langsam an der Häuserfront entlang. Ein paar dünne Schneeflocken fallen vom Himmel, die wir Kinder freudig begrüßen und in der Luft einfangen wollen. Doch schon nach den ersten Sprüngen geben wir auf – wir spüren Mutters Sorgen. Nur wenige Häuser weiter erreichen wir den Rand des kleinen Ortes. Mutter sucht ein gelbes Ortsschild, eine größere Straße oder irgendwelche Hinweise, aus denen sie etwas entnehmen könnte.

Sie findet an einer kleinen Kreuzung nur drei einfache Fahrwege, die alle auf das weite flache Land hinausführen und sich dort im Dunst verlieren. Enttäuscht stellt sie ihre Koffer neben sich auf die gefrorene Erde. Wir Kinder stehen links und rechts dicht neben ihr, und gemeinsam blicken wir schweigend auf die leicht verschneiten leeren Felder mit der Wintersaat, auf die jetzt schon ein paar

Schneeflocken mehr herniederfallen aus einer tief hängenden, düsteren Wolkendecke.

Und plötzlich wird Mutter traurig und fühlt sich von allen Menschen verlassen.

»Kinder«, sagt sie, »wir sind auf einmal ganz allein auf der Welt!« Und sie zweifelt an sich selbst und fragt leise: »Was hab ich bloß verkehrt gemacht?«

Und dabei schaut sie in die Ferne und sieht sehr bedrückt aus.

Auch wir Kinder sehen, dass wir hier in dieser stillen Weite die einzigen Menschen sind und spüren auch etwas von Mutters Angst und Verlassenheit.

Im selben Augenblick fühle ich aber auch noch etwas anderes und denke: Mutti, es ist nicht wichtig, ob wir hier sind oder woanders. Ich könnte mit dir und meinen Geschwistern überall auf der Welt sein, wichtig ist nur, dass du dich wohl fühlst!

Und dann versuchen wir Kinder, unserer traurigen Mutter zu helfen: »Was hättest du denn anders machen können?«

Sie zuckt mit den Schultern und denkt nach: »Ich weiß nicht – eigentlich nichts.«

Und wir haben für sie noch einen tröstlichen Hinweis: »Mutti, wir sind doch immer noch ganz gut weggekommen!«

»Ja«, sagt sie betrübt, »aber seht mal, wo wir gelandet sind: auf dem Acker!«

Mutter stößt einen Seufzer aus, doch dann holt sie tief Luft, greift nach den Koffern und will sich schon umdrehen und in den Ort zurückgehen, um an einer anderen Stelle einen besseren Ausgang zu finden, da entdeckt Reinhard auf der rechten Seite in großer Entfernung, schwache Bewegungen – irgendwelche Lebewesen.

»Da hinten sind Rehe«, sagt er und zeigt in die Richtung, »oder Hirsche, die sind etwas größer.«

Lange und angestrengt blicken wir gemeinsam zu dem weit entfernten Fichtenwald hinüber, wo wir im Tagesdunst und bei dem leichten

Schneefall nur mühsam ein paar braune Punkte erkennen, die sich langsam am Waldrand fortbewegen.

Doch dann sind wir überzeugt: »Das sind keine Hirsche! Die kommen auf uns zu. Das sind Pferde!«

Kurz darauf sind die jeweils zu zweit, ruhig dahin ziehenden braunen Punkte hinter hügeligen Bodenwellen verschwunden. Gebannt blicken wir unentwegt auf den Feldweg, auf dem die Tiere auftauchen müssen. Und nachdem wir mehrere Minuten geduldig warten, kommen aus einer leichten Senke die ersten gleichmäßig nickenden Pferdeköpfe langsam über eine sanfte Kuppe: »Pferdegespanne!«

Und sogleich haben wir drängende Fragen: »Ist es ein Flüchtlingstreck?«

Es sind viele Wagen, eine Kolonne – und sie nimmt kein Ende. Die Fahrzeuge werden deutlicher, sie sehen alle gleich aus: »Also sind es Soldaten!«

»Sind es Deutsche oder Russen? Bekommen wir Hilfe oder sind wir verloren?«

Der lautlose Zug befindet sich jetzt auf der Ebene und kommt direkt auf uns zu. Die Wagen nähern sich auf dem Weg, der hier am Ort vorbeiführt und weiter auf die kahlen Felder hinaus, wenn man seine Richtung beibehält. Die ganze Zeit über versuchen wir so schnell wie möglich die Uniformen zu erkennen, und irgendwann sind wir uns sicher: »Es sind unsere Soldaten!«

Die Mutter schöpft wieder Hoffnung und sagt: »Kommt, wir gehen den gleichen Weg! Wenn sie hier nicht abbiegen, dann holen sie uns ein und nehmen uns vielleicht mit!«

Sofort gehen wir dem Treck voraus, in die stumme Winterlandschaft hinein, und bei jedem Schritt wünschen wir mit bangem Herzklopfen, dass die Soldaten uns folgen mögen.

Und die Kolonne zieht tatsächlich weiter geradeaus, bewegt sich gleichmäßig an dem Dorf vorüber. Das erste Gespann holt uns nach einigen Minuten ein. Wir bleiben stehen, drehen uns um und sehen eine endlose Soldatenkarawane: ein Gefährt wie das andere, jeweils zwei Pferde vor einem kurzen Wagen, besetzt mit einem Fahrer – wie wir es bereits kennen.

Dann gehen wir im Gänsemarsch auf der linken Seite schweigend neben den Wagen her. Man hört nur das leise Knarren der Wagenräder und das dunkle Getrappel der Pferdehufe auf dem gefrorenen Winterboden.

»Will denn keiner halten?«, wundern wir Jungen uns. »Wie lange sollen wir noch nebenherlaufen?«

Nach ein paar Minuten bleibt die Mutter erneut stehen.

Die Gespanne ziehen auf dem schmalen Feldweg dicht an uns vorüber. Die meisten Wagenlenker sitzen mit hoch geschlagenem Mantelkragen und eingezogenem Kopf auf dem Bock: Soldaten auf dem Rückzug! Ein trauriges Bild!

Und passend dazu werden die Schneeflocken dichter.

Beim nächsten ankommenden Gefährt ruft die Mutter dem Fahrer zu: »Können Sie uns mitnehmen?«

Der Angesprochene blickt kaum auf und schüttelt den Kopf, der zweite dahinter winkt müde ab und den dritten fragt Mutter erst gar nicht.

Und da sage ich mir: Wahrscheinlich wollen die Soldaten nur ihre Pferde schonen, vielleicht sind die sehr müde. Wie lange sind sie wohl schon ohne Pause unterwegs? Bekamen die Pferde ausreichend Futter?

Auch beim folgenden Wagenlenker unternimmt die Mutter nichts, doch der hebt von allein seinen Arm in die Höhe, als Zeichen für seinen Hintermann – und hält einfach an!

Oh! Bestimmt hat der auch eine Familie, denke ich, und er sieht in Gedanken seine Frau und seine Kinder vor sich.

Der Soldat steigt ab, hebt uns Kinder auf den Wagen, hilft der Mutter beim Aufsteigen, reicht die Koffer hinterher und treibt seine Pferde behutsam wieder an. Und dann geht er zu Fuß nebenher, als wolle er sich bei seinen müden Pferden dafür entschuldigen, dass er ihnen das auch noch antut und fremde Menschen auflädt.

Als ich das sehe, habe ich vor den beiden geduldig ziehenden Pferden ein schlechtes Gewissen und fühle mich erst wieder besser, als auch unser Fahrer bei rollendem Wagen wieder aufsteigt.

Wenn die Pferde doch sprechen könnten!, denke ich, dann würden sie einem sagen, wie sie sich fühlen.

Auf dem Wagen sind die wenigen Kisten und Kästen, die dort mitgeführt werden, mit einer graugrünen Zeltplane zugedeckt, die sich bei dieser Kälte steif anfühlt wie ein dünnes Brett. Wir haben die starren Ränder der Plane angehoben, sind in die Nischen hineingekrochen und versuchen uns den Sitzplatz so bequem wie möglich zu machen, soweit die Holzkisten das zulassen. Mit dem Rücken lehnen wir uns an die schrägen Seitenwände, die Füße zeigen zur Wagenmitte. Mutter, Inge und Reinhard sitzen auf der einen Seite, Günter und ich gegenüber. So geht es mit den ruhigen Fahrgeräuschen dahin und die Schneeflocken werden noch dichter.

In das gleichförmige Pferdegetrappel und Räderknarren hinein sagt einer von uns: »Mutti, ich hab Hunger!«

Wir anderen fallen mit ein: »Ja, ich hab auch Hunger! Haben wir etwas zu essen da?«

Die Mutter sieht uns bekümmert an und schüttelt den Kopf: »Nein, ich hab nichts, nur das hier: Das ist unsere eiserne Reserve!«

Während Mutter diese Worte spricht, zieht sie etwas unter der Zeltplane hervor: den von Wind und Wetter verwaschenen Rucksack! Mutter öffnet einen Lederriemen, hebt die Rucksackklappe hoch und zeigt uns die eiserne Reserve: einen schlanken, weißen Emailbecher!

Diesen Becher erblicken wir Kinder zum ersten Mal. Er ist etwa fünf Zentimeter im Durchmesser groß, fünfzehn Zentimeter hoch, hat oben einen dünnen, dunkelblauen Rand und auf seiner weißen Oberfläche zwei oder drei abgeplatzte Stellen, die sich dunkel abheben.

Die Mutter hält den kleinen Topf so, dass wir nacheinander hineinsehen können. Und bevor wir unsere Fragen stellen, sagt sie: »Das ist Kunsthonig, der ist fest!«

Einen kleinen Löffel hat Mutter auch dabei: Und jeder von uns erhält einen Teelöffel voll! Diese Sorte Honig ist für uns Kinder neu. Der Honig sieht zitronengelb aus und ist hart und spröde, besonders bei dieser Winterkälte. Wir Kinder genießen den ungewöhnlichen Honig und sagen: »Aber, ein Teelöffel ist doch viel zu wenig!«

Und so lassen unsere hungrigen Augen den begehrlichen Becher natürlich nicht los, auch als die Mutter ihn trotz unserer Beschwerde wieder wegpacken will.

»Kinder! Wir müssen sparsam sein! Das ist unsere Notration: damit wir nicht verhungern!«

Aber die Mutter lässt sich durch unsere langen Blicke doch erweichen. Jeder bekommt noch einen halben Löffel voll. Mutter verzichtet auf eine Zugabe und packt alles wieder weg.

»Ihr müsst den Hunger irgendwie aushalten!«, fügt sie mit eindringlicher Stimme hinzu. »Ich kann es nicht ändern!«

Bei dem, was wir hören und sehen, erkennen wir Kinder unsere große Not und fügen uns widerstrebend in diese quälende Lage.

Dann kauern wir uns tiefer in den Wagen hinein und ziehen die hart gefrorene Plane bis zum Kinn. Und dabei denke ich an Mutters ernste Worte und stelle mich auf eine lange Hungerzeit ein – und gleichzeitig spüre ich ein unangenehmes Kneifen im Magen.

Und erst jetzt nehmen wir das pfeifende Heulen und hohle Sausen so richtig wahr, das schon seit einiger Zeit in geringer Höhe über unsere Köpfe hinwegzieht.

»Was ist das?«, fragen wir die Mutter.

Die Mutter weiß es nicht genau, aber sie vermutet die Artillerie, die mit ihren großen Geschützen über weite Entfernungen schießt.

Wir Kinder wundern uns: »Schießen, ohne das Ziel zu sehen?!«

Eine Zeit lang lauschen wir dem lang gezogenen hellen ›Zie-ieh‹ der Geschosse. In der Ferne hören wir die dumpfen Explosionen. Wir gewöhnen uns daran und nehmen es dann gleichmütig hin, wie die Soldaten und die Pferde. Die düstere Wolkendecke zieht sich stärker über uns zusammen, wirkt mehr und mehr bedrohlich, und schon am frühen Nachmittag ist es dunkel wie in der Dämmerung. Auch die Schneeflocken werden nach und nach größer und dichter, und zum Schluss fallen sie wie bei einem starken Schneetreiben, bei dem wir nur noch wenige Pferdegespanne erkennen können. Langsam werden wir auf dem Wagen zugeschneit und verschmelzen unter der weißen Schneedecke zu einem festen Bestandteil dieses stillen, traurigen Zuges.

Und von da an gibt es die Welt um mich herum nicht mehr!

Ich sehe nichts, höre nichts – und ich weiß nichts! Hunger, Durst und Kälte, Angst und Müdigkeit müssen meine Sinne völlig vernebelt haben wie bei einem Schlafwandler. Die vielen nachfolgenden Tage sind für mich wie ausradiert. Ich kann mich an nichts erinnern, und ich sehe auch keine Bilder, von den anderen Orten in Pommern, durch die wir gefahren sind oder an denen wir vorbeikamen.

Nur wie von einer fernen Geisterstimme vernahm ich: Köslin, Kolberg, Stettin, Pasewalk, Anklam, Greifswald, Stralsund.

Als ich aus meinem langen Dämmerschlaf wieder aufwache und die Umgebung wahrnehme, umflutet mich heller Sonnenschein, und es ist angenehm warm!

Die Mutter eilt mit ihren beiden Koffern vor uns Kindern her und folgt einem Parteimann mit seinen schwarzen Stiefeln und in seiner braunen Kluft mit der roten Hakenkreuzbinde am Arm. Diese Uniform mit dem Hakenkreuz beeindruckt uns Jungen immer wieder aufs Neue und fesselt uns. Der Parteimann geht schon eine längere Zeit mit großen Schritten voraus. Wir laufen durch eine Straße, an der etliche zerstörte Häuser stehen. Berge von Steinen und Schutt sind ordentlich zu Dämmen aufgeschichtet.

Vor einem großen Haus bleibt der Uniformierte stehen, schließt die Haustür auf und steigt die Treppen hinauf. Wir folgen ihm viele Stufen höher in die zweite Etage. Oben öffnet er eine der beiden Wohnungstüren und wir betreten hinter ihm eine große geräumige Wohnung mit einer hohen Zimmerdecke. Im Wohnzimmer klingen die Schritte seiner Lederstiefel auf dem Holzfußboden hohl, weil kaum Möbel vorhanden sind, nur ein hoher Esstisch, drum herum ein paar Stühle und an einer Seitenwand eine große braune Holztruhe.

Der Mann in der Uniform zeigt der Mutter alle Zimmer und sagt: »Sie können hier bis auf Weiteres wohnen.«

Die Mutter sieht ihn fragend an und er fügt hinzu: »Die Familie ist für längere Zeit ausgezogen, machen Sie sich darüber keine Gedanken. Übrigens, im Keller finden Sie eine große Anzahl eingekochter Weckgläser: Darüber können Sie frei verfügen, aber gehen Sie sparsam damit um!«

Mutter verspricht, nicht unnötig Lebensmittel zu verbrauchen.

Der Mann gibt noch ein paar weitere Anweisungen.

»Halten Sie die Wohnung in einem guten Zustand, und achten Sie darauf, dass Ihre Kinder nichts zerstören!«

»Ja«, sagt Mutter, »ich werde die Wohnung pflegen, und meine Kinder sind gut erzogen, die hören aufs Wort!«

Damit ist der Parteimann zufrieden und geht zur Tür. Als er die Klinke der Wohnungstür bereits niederdrückt, dreht er sich noch einmal um: »Sollten irgendwelche Schwierigkeiten auftauchen, so machen Sie mir Meldung!«

Die Mutter nickt und verspricht auch das. Er beschreibt ihr noch, wo und wann sie ihn erreichen kann, und geht.

Wir sind allein!

»Mutti, was für eine schöne Wohnung! So groß und so viele Zimmer!«

»Und wie hell – guck nur, wie die Sonnenstrahlen hier schräg hereinfallen!«

»Aber, warum fehlen so viele Möbel?«

Wir gehen durch alle Räume und sehen uns alles an.

Mutter erklärt: »Wir brauchen gar nicht alle Zimmer zu benutzen, dann bleiben sie wenigstens sauber. Es reicht aus, wenn wir zwei Schlafzimmer, ein Wohnzimmer und Küche und Bad bewohnen!«

In uns Kindern arbeitet noch etwas und wir wollen von der Mutter wissen: »Wie ist das zu verstehen: ›Die Familie ist für längere Zeit ausgezogen und du brauchst dir keine Gedanken zu machen?‹ «

Die Mutter überlegt nicht lange: »Vielleicht dachte er, ich würde ein schlechtes Gewissen haben, in einer fremden Wohnung zu leben und die Einrichtung zu benutzen. – Tja, und das andere: Vielleicht hatte der Mann dieser Familie eine höhere Stellung und wurde an einen wichtigen Ort versetzt – und er nahm seine Familie mit.«

Mit der Antwort sind wir zufrieden und als Nächstes interessieren wir uns für die geheimnisvolle Truhe an der Wand.

»Was ist wohl in der großen Truhe drin?«, fragen wir neugierig.

»Sehen wir mal nach!«, sagt die Mutter.

Wir umringen erwartungsvoll den braunen Kasten und Mutter hebt vorsichtig den Deckel hoch. Gebannt starren wir auf den größer werdenden Spalt!

»Oh! Spielsachen!«, rufen wir Kinder begeistert.

Was für eine Überraschung: Die große Truhe ist voll der schönsten Spielsachen! So viele haben wir noch nie auf einmal gesehen.

»Da können wir ja jeden Tag etwas Neues auswählen!«, sind wir Jungen uns sicher.

Doch die Mutter handelt sofort im richtigen Sinne des Parteimannes: ›... und achten Sie darauf, dass Ihre Kinder nichts zerstören!‹ Und so erlaubt die Mutter jedem von uns immer nur ein Spielzeug!

Wir sind sehr enttäuscht und wehren uns ein wenig: »Aber, Mutti, es sind doch so viele Sachen da!«

Doch Mutter bleibt standhaft: »Wenn die Leute zurückkommen, sollen sie möglichst alles so vorfinden, wie sie es verlassen haben. Das würdet ihr doch von unserer Wohnung in Königsberg auch erwarten – oder!?«

Bei der guten Begründung geben wir uns auf der Stelle geschlagen.

Jeder von uns wählt ein Spielzeug und Mutter schließt den Deckel. Günter hat sich ein braunes Holzpferd ausgesucht mit einer langen blonden Mähne, mit den Hufen auf einer Holzplatte befestigt und darunter vier massive rote Holzräder. Die Mutter ermahnt ihn vorsichtshalber: »Günter, und du nimmst hier bitte nichts auseinander, spiel einfach so damit!«

Günter ist beinahe gekränkt: »Da ist doch nichts zu untersuchen, da brauch ich nichts auseinander zu nehmen!«

So leben wir still und friedlich in der neuen Wohnung. Die Märzsonne wirft ihre warmen Strahlen hell auf die Fußbodenbretter im Wohnzimmer, auf denen wir Kinder sitzen und spielen. Die Mutter holt bei Bedarf aus dem Keller Einmachgläser und kocht wieder richtiges Mittagessen.

Wir befinden uns in der Stadt Rostock!

Ein paar Tage leben wir bereits in dem Haus, da hat Mutter einen Auftrag für mich.

»Dieter, komm mal her: Nimm dieses Einmachglas, Geld und Lebensmittelkarten und geh zum Kaufmann und hole Honig und Brötchen.«

Günter gesellt sich dazu und Mutter sagt: »Günter kann dich ja begleiten.«

Der ist sofort einverstanden, und Mutter erklärt uns, wo wir den Kaufmann finden.

»Wenn ihr aus dem Haus kommt, geht ihr nach links die Straße entlang, etwa zweihundert Meter weit. Dort trefft ihr auf eine andere Straße, die geht ihr ebenfalls nach links, etwa einhundert Meter. Und dort, auf der rechten Seite, ist ein Kolonialwarenhändler. Bei dem bekommt ihr die Sachen.«

Wir beide wiederholen die Wegbeschreibung und den Kaufauftrag: »Also, wir geben das Glas ab und die Marken – und holen ein halbes Glas Honig und zehn Brötchen.«

»Ja, und vergesst das Bezahlen nicht!«

Der Weg draußen ist für Günter und mich wie ein Abenteuer. Denn seitdem wir das Haus betreten haben, waren wir noch nicht ein einziges Mal vor der Tür, immer nur in Mutters wärmender Nähe – und fluchtbereit. Auf der Straße entdecken wir die Umgebung auf eigene Faust. Es ist trocken und frühlingswarm, die Sonne scheint angenehm. Aber was für ein Bild: Häuserruinen links und rechts der Straße! Dazwischen steht hin und wieder ein unversehrtes Haus. Die Ruinen sehen gespenstisch aus. Bei manch einem dieser hohen Häuser steht nur die Vorderwand, bei einem anderen die Rückwand, und bei einem weiteren stehen alle vier Wände, doch dazwischen ist bis zum Himmel alles herausgebombt und die nackten Fensterlöcher blicken so traurig und anklagend wie die hohlen Augen bei einem Totenkopf.

»Hier muss ein schrecklicher Bombenhagel niedergegangen sein«, sagen wir uns.

Und danach waren vermutlich viele Menschen sehr fleißig, denn die Straßen sind sauber aufgeräumt. Steine, Schutt und Mauerwerk sind links und rechts der Straße zu ordentlichen Dämmen aufgeschichtet. Günter und ich gehen langsam die Straße entlang. Es ist sehr ruhig, kaum ein Mensch begegnet uns, kein Auto ist unterwegs. Wir sehen immer das gleiche Bild: die Augen links, Augen rechts – doch Trümmer, so weit das Auge reicht! Als wir nach zweihundert Metern in die nächste Straße einbiegen, wundern wir uns über die wenigen zerstörten Häuser. Und dann finden wir auf der rechten Seite auch den Lebensmittelhändler.

Günter und ich stellen uns im Laden artig an das Ende der kurzen Schlange, und als wir an der Reihe sind, reichen wir das Einmachglas und die Lebensmittelkarten über die hohe Ladentheke und nennen unseren Wunsch: »Wir hätten gern ein halbes Glas Honig und zehn Brötchen!«

Der Händler, im weißen Kittel und mit einer Hornbrille auf der

Nase, greift nach den Karten und staunt: »Oh, was habt ihr noch viele Karten! Wie kommt denn das?«

Gemeinsam antworten Günter und ich: »Wir waren lange auf der Flucht und konnten nichts kaufen!«

»So, dann kommt ihr also von weit her?«

»Ja«, sagen wir stolz, »wir sind aus Königsberg!«

»Mhm, das ist ein weiter Weg.«

Etwas später stellt der Händler das Glas auf die Theke: »So, Jungs, da habt ihr euren Honig und die Brötchen – macht soundso viel Reichsmark!«

Ich reiche dem großen Mann mit der Brille ein paar Scheine in die Höhe und bekomme Wechselgeld zurück. Während ich das Geld einstecke, nimmt Günter das Honigglas entgegen. Ich nehme die Tüte mit den Brötchen und wir verlassen das Geschäft: »Auf Wiedersehen.«

Draußen vor der Tür greife ich ganz selbstverständlich nach dem Honigglas, doch Günter zieht es mit beiden Händen an seine Brust und wehrt sich: »Ich will das Glas tragen! Immer willst du das Wichtigste übernehmen! Dieses Mal bin ich dran!«

Ich bin sehr überrascht über das, was ich da höre, und frage mich: Bin ich wirklich so schlimm? Trau ich ihm nichts zu?

Gleichzeitig bin ich erschrocken, dass er das Glas so heftig an sich zieht.

Jetzt bloß keinen Streit, denke ich, sonst liegen die Scherben schneller auf den Steinen, als ich gucken kann. Dafür ist der Inhalt viel zu kostbar!

Also überlasse ich ihm das offene glatte Einmachglas und trage die Brötchentüte. Aber bevor wir losgehen, sage ich ihm noch meine Meinung: »Im Grunde ist das nicht in Ordnung! Mutter hat mir den Auftrag gegeben und du solltest mich begleiten. Ich bin der Ältere und hab die Verantwortung: Wenn das schief geht, bekomm ich die Vorwürfe!«

Günter hört schweigend zu und beruhigt mich, ganz von sich überzeugt: »Ich pass auf! Ich schaff das schon: Du wirst sehn!«

Da gebe ich nach: »Na gut, dann mach's!«

Wir gehen los und ich achte genau auf unseren Weg. Ich habe Angst, dass er auf dem Bürgersteig an einem Stein oder an der Kante einer höher stehenden Platte stolpern könnte.

»Komm, wir gehen auf die Straße«, sage ich, »da gibt es weniger Stolperkanten.«

Günter sieht es ein und lenkt seine Schritte auf den Asphalt, und bald darauf biegen wir nach rechts in die Straße, die zum Haus unserer Wohnung führt. Auf der ebenen Fahrbahn müssen wir nur auf die wenigen Schlaglöcher achten, die vermutlich durch den Bombenangriff entstanden sind. Der Weg zurück verläuft völlig anders. Ich habe keinen Blick mehr für die Ruinen links und rechts, sondern meine Augen suchen dauernd unseren Weg ab, um sofort vor Löchern warnen zu können, und ich sage beruhigend: »Bald haben wir es geschafft: nur noch fünfzig Meter!«

An dem Honigglas trage ich dreimal schwerer als Günter, und doch hüte ich mich davor, auf ihn einzureden, weil ich annehme, dass es ihn nur kribbeliger machen würde. Und dann stehen wir vor dem großen Haus: vor der Steintreppe mit den vier Stufen bis zur Haustür und den ungezählten im Treppenaufgang. Ich mache noch einmal einen Versuch, an das Glas zu kommen: »So, lass mich jetzt das Glas die vielen Stufen nach oben tragen!«

Aber Günter protestiert entschieden: »Ich hab das bis hierher geschafft! Ich will das Glas bis nach oben bringen!«

»Na ja, meinetwegen, dann pass noch einmal besonders gut auf!«

Ich gehe voraus, öffne die Haustür und gehe langsam neben ihm die vielen Treppenstufen nach oben bis in die zweite Etage.

Günter und ich stehen vor der Wohnungstür: Ich drücke die Klingel und Mutter öffnet.

Günter geht den langen Flur direkt durch ins Wohnzimmer und stellt das wertvolle Honigglas unversehrt auf den Tisch: geschafft!!

Triumphierend blickt er mich an: »Siehst du!«

»Das habt ihr gut gemacht!«, lobt uns die Mutter.

Und dann berichten wir, was wir alles gesehen haben und wie es uns ergangen ist. Für meine Ängste, dieses runde, rutschige Glas ohne Einkaufstasche sicher nach Hause zu tragen, interessiert sich keiner so recht – warum auch: Das Glas steht ja goldgelb auf dem Tisch!

Kurz darauf sitzen wir alle um den Tisch und sind die glücklichste Familie von Rostock. Es gibt frische Brötchen mit Butter und süßem Honig, dazu heißen Kakao und die wärmenden Strahlen der hellen Märzsonne zusätzlich. Da strahlen auch wir!

Zwei Tage später sagt die Mutter am frühen Nachmittag: »Ich will eine Frau besuchen, die hier in der Nähe wohnt.« Wir sehen Mutter erstaunt an und sie erklärt: »Wir kamen beim Kaufmann ins Gespräch. Die Frau kommt aus meiner Heimat, aus einem Nachbardorf – und sie gab mir ihre Adresse.«

»Und«, fragen wir Kinder ein wenig verunsichert, »was machen wir?«

Die Mutter hat sich bereits darüber Gedanken gemacht und sagt: »Ich hab mir gedacht, Inge bleibt hier mit Reinhard und Günter, und Dieter begleitet mich. Einen Beschützer muss ich haben! Wenn etwas passiert, kann er Hilfe holen.«

Da wachse ich gleich ein Stückchen, wo ich doch *soo* wichtig bin für Mutter. Doch Günter und Reinhard beschweren sich sofort heftig, aber die Mutter hat ihre Gründe für die Entscheidung: »Inge, als Vernünftigste, bleibt bei euch – und Dieter, als ältester von den Jungen, geht mit. Ihr werdet auch älter und dann seid ihr an der Reihe!«

Die beiden geben sich widerstrebend zufrieden, und ich bin ein bisschen enttäuscht, dass ich nicht so vernünftig bin wie Inge.

Bald darauf treten Mutter und ich aus der Haustür ins Freie. Dieses Mal führt der Weg nach rechts. Auch heute scheint die Sonne und es ist angenehm warm.

In dieser Richtung der Straße stehen nicht ganz so viele Häuserruinen. Ich gehe auf der rechten Seite neben Mutter, greife nach ihrer

Hand und halte sie ganz fest. Wir sprechen über das, was wir unterwegs sehen, und ich genieße es, Mutters Begleiter zu sein: und sie ganz für mich allein zu haben. So möchte ich mit Mutter stundenlang gehen. Ich bin richtig glücklich!

Auf der linken Seite befindet sich hinter einem soliden grauen Metallzaun ein großes Fabrikgelände. Wir sehen gemauerte, dunkelrote Fabrikhallen, Eisenbahnschienen, einen Wasserkanal und ein kleines weißes Schiff, das aus dem Wasser gehoben wurde und auf dicken runden Holzstützen lagert.

Zwischendurch lasse ich Mutters Hand los und gehe auf die linke Seite, um auch einmal ihre andere Hand fest zu drücken.

»Gehen wir noch lange?«, frage ich, vielleicht, weil ich kein Ende haben will.

»Nein«, vermutet Mutter, »wir müssten bald da sein.«

Die Asphaltstraße macht einen leichten Bogen nach links und wir überqueren Eisenbahnschienen mit Bahnschranken. Dann schwenkt die Straße nach rechts und Mutter sagt: »Da! Die Einfamilienhäuser – dort müsste es sein!«

Als wir uns den Häusern nähern und Mutter die Hausnummern lesen kann, zeigt sie auf das erste in der Reihe: »Das ist es!«

Das kleine Haus mit den roten Ziegelsteinen sieht einladend aus. Es steht mit dem Giebel zur Straße und hat gleich vorne links ein Gartenhäuschen, kein Zaun hält uns ab. Ein Steinplattenweg führt zur Haustür, vorbei an einem gepflegten kleinen Vorgarten. Wir verlassen den Bürgersteig und gehen die ersten Schritte auf dem Plattenweg, als ich links von mir einen Schatten wahrnehme und dann ein Kettenrasseln, und als ich erschrocken herumfahre, brüllt es mich wütend an! Ich blicke auf die scharfen Zähne eines Schäferhundes und bin vor Entsetzen wie gelähmt! Der schwarzbraune Hund zerrt wie verrückt an seiner Kette, springt vorne hoch und ist dann größer als ich – und das alles knapp einen Meter vor meinem Gesicht. Und der Hund bellt und faucht und knurrt und springt und zeigt mir seinen großen Hass! Seine Hundeschnauze reißt er weit auf: Ich sehe seine rosafarbene Zunge, oben und unten seine langen Reißer, hinten im Rachen sein Zäpfchen, die Querlinien seines Gaumens und das Weiße in seinen Augen! Der Hund ist außer sich, dass er mich nicht fassen kann! Er dreht sich wild um die eigene Achse und um die Kette – links herum, rechts herum: Und ich stehe wie angewurzelt da und kann nicht weg!

Hoffentlich hält die Kette!, denke ich. Und dann sehe ich seine Hundehütte. Hoffentlich zieht er die nicht von der Stelle! Und hoffentlich hält die Krampe, mit der die Kette im Holz festgemacht ist!

Mutters Erstarrung muss sich wohl gelöst haben, denn sie zieht mich am Mantelkragen ganz langsam rückwärts. Aber das macht den Hund nur noch wütender, sieht er doch, wie sich seine Beute entfernt. Da dreht er sich noch heftiger um sich selbst und steigert sich zum wahren Teufel!

Da! Endlich geht die Haustür auf und eine Frau kommt heraus: »Hasso! Still! Wirst du mal aufhören!«

Die Frau versucht es mit diesen und ähnlichen Worten, bleibt aber dabei auf den Treppenstufen der Tür stehen. Doch Hasso schert sich nicht daran, sondern zerrt weiter mit aller Gewalt an der Kette.

Meine Angst wächst! Denn ich merke, die Frau ist nicht die Besitzerin des Hundes: Sie hat keine Macht über ihn! Sie kennt ihn zwar, ist aber nur Gast oder Mieterin und muss sich selbst vor ihm in Acht nehmen.

Die Frau gibt ihre vergeblichen Bemühungen auf und wendet sich ab zur Haustür. Dabei ruft sie uns zu: »Ich muss Frau Soundso holen!«

Und ich denke mit Schrecken: Die Befestigung der Kette hält bis jetzt – doch wie lange noch! Kommt denn nicht bald die Erlösung!

Und dann tritt eine andere Frau aus der Haustür: mittelgroß, schlank, graues Haar. Sie geht direkt auf den Hund zu. Der duckt sich flach auf den Boden, und die Frau geht in die Hocke und greift in sein Halsband: »Hasso! Ist ja gut, bist ein braver Hund, aber nun ist Schluss!«

Die Gefahr ist gebannt! Was für eine Erleichterung!

Dann blickt die Frau zu uns herüber: »So, gehen Sie jetzt ins Haus!«

Während ich an Mutters Hand mit vorsichtigen Schritten zur Haustür gehe, lasse ich den Hund nicht aus den Augen, aber er mich auch nicht. Der Hund liegt zwar jetzt auf der Seite, doch sein Körper windet sich heftig unter der Hand am Halsband, und er schiebt seinen Kopf entlang der Erde in unsere Richtung, folgt uns begehrlich mit seinen wild rollenden Augen, aus denen das Weiße blitzt.

Die andere Frau erscheint wieder in der Tür und führt uns in den Hausflur. Sie begrüßt Mutter und mich und sagt entschuldigend: »Der Hund ist nicht so böse, wie er tut, aber wenn Fremde kommen, gebärdet er sich immer so wild!«

»Ja«, lächelt die Mutter, »man weiß nur nicht, wie gefährlich so ein Hund wirklich ist.«

Als die Hundebesitzerin zurückkommt, werden die Mutter und ich kurz vorgestellt. Danach fragt mich Mutters neue Bekannte, ob ich bei dem Gespräch dabei sein möchte oder ob ich lieber spannende Abenteuer- und Bilderbücher vorziehe. Ich entscheide mich für die Bücher und erhalte einen Platz in der Flurnische gegenüber einem Fenster. Mutter und ihre Heimatbekannte ziehen sich in die Wohnung zurück.

Dann sitze ich allein im Flur, habe ein paar Bücher auf den Knien und blättere in den Seiten, ohne etwas zu begreifen. Ich kann mich überhaupt nicht damit beschäftigen. Ich bin innerlich völlig aufgewühlt und spüre nur Hass über das, was man mir angetan hat. Den Hund habe ich im Geiste schon längst umgebracht und die Besitzer ins Gefängnis sperren lassen.

Meine Gedanken drehen sich unaufhörlich im Kreis: Ausgerechnet Hasso haben sie ihn genannt: Das klingt ja geradezu nach Hass und »Fass!«.

Kein Wunder, dass er so gierig zubeißen will. Und Schuld haben die Menschen, die ihn dazu bringen: Also müssen die Menschen so schlecht sein! Und bei Menschen, die so sind, will ich nicht bleiben – und deshalb will ich so schnell wie möglich weg von hier.

Aber für mich steht auch fest: Ich gehe nur aus dem Haus, wenn die Hundebesitzerin vorausgeht und den Hund wieder auf die Erde drückt. Sollte sie nicht da sein, werde ich auf der Rückseite des Hauses durch ein Fenster klettern und vielleicht über einen Gartenzaun, um auf den Bürgersteig zu gelangen.

Und so sitze ich mit heißem Kopf nur meine Wartezeit ab.

Irgendwann geht neben mir eine Zimmertür auf und die Mutter kommt mit der Frau aus ihrem Nachbardorf heraus. Für die beiden Frauen müssen die Erinnerungen anregend gewesen sein, denn sie haben rote Ohrläppchen und erhitzte Gesichter.

»Und – waren die Bücher spannend?«, fragt die fremde Frau.

Ich spiele das gut erzogene Kind und nicke wunschgemäß: »Ja.«

Und mehr will die Frau auch nicht hören, denn sie fügt gleich hinzu: »Was für ein großer vernünftiger Junge, den kann man ja wirklich überall hin mitnehmen!«

Mutter nickt lächelnd und ich denke: Na ja, wenigstens etwas.

Doch bei all den freundlichen Worten, die beim Abschied hin und her ausgetauscht werden, überlege ich mit bangem Gefühl nur eins: Wie kommen wir ungeschoren an dem Hund vorbei?

Die Frau geht vor Mutter her zur Haustür und ich bin erschrocken: Sie wird uns doch nicht so hinausschicken wollen! Aber nach ein paar Schritten bleibt sie stehen und dreht sich um: »Es ist wohl besser, wenn ich sofort die Hausherrin hole.«

Sie klopft an eine Tür, und es erscheint die Hausbesitzerin.

»So, mein Besuch will gehn.«

Auch diese Frau sagt noch ein paar freundliche Worte zu Mutter: »Sicher war es für Sie schön, einmal etwas anderes zu hören – und besonders aus der Heimat: Da vergisst man auch mal den Krieg!«

»Ja«, nickt Mutter, »so ist es.«

Und auch die anderen beiden Frauen nicken zustimmend.

Dann geht die Hundebesitzerin zur Tür hinaus, zu ihrem Hasso. Und der zeigt ihr wieder seine aufgeregte Freude und Ergebenheit und wedelt heftig mit dem Schwanz. Doch als er uns Fremdlinge in der Haustür erblickt, wird er wieder zum wilden Tier. Die Frau des Hauses drückt den Hund auch dieses Mal kräftig auf den Boden hinunter. Als die Mutter und ich langsam vorbeigehen, kämpft er aufs Neue mit der Frau, windet seinen Kopf unter ihren Händen hindurch und führt ihn in einem Bogen hinter uns her. Er rollt wieder seine Augen, und mit dem aufblitzenden Weiß seiner Zähne zeigt er uns seine große Wut und seine Verzweiflung, dass er daran gehindert wird, uns zu zerreißen!

Die Mutter und ich gehen bereits auf dem Bürgersteig und befinden uns hinter dem Gartenhäuschen und der Hundehütte und hören das wütende Gebell von Hasso. Und dann beschwere ich mich heftig bei der Mutter über dieses Haus und den Empfang. Doch die Mutter hat nach meinem Empfinden viel zu viel Verständnis für die Leute und den Hund.

»Die Menschen wollen ihr Haus vor Dieben schützen«, erklärt sie, »ja, und ein guter Wachhund muss wahrscheinlich so sein.«

»Aber«, widerspreche ich ärgerlich und unzufrieden, »dann muss er zumindest in einen Zwinger gesperrt werden und darf nicht aus dem Hinterhalt auftauchen und mich zu Tode erschrecken!«

»Ja, da hast du Recht! Im Zwinger würde sein lautes Bellen die Besitzer warnen, und das müsste genügen.«

Das stimmt mich schon milder: Na, wenigstens in dem Punkt stimmt Mutter mir zu.

Mit schnellen Schritten gehen Mutter und ich unseren Weg zurück. In der Wohnung werden wir von Reinhard, Günter und Inge schon sehnsüchtig erwartet und ein bisschen vorwurfsvoll empfangen: »Ihr seid aber lange weggeblieben!«

Ich berichte meinen Geschwistern ausführlich von dem Schäferhund, der von hinten aus dem Nichts kam. Die drei fühlen mit mir, und gemeinsam denken wir uns schlimme Strafen aus: für den Hund und für die Menschen, die so etwas dulden!

Die nächsten Tage vergehen wieder friedlich, doch die Mutter wird in unserer abgeschiedenen Wohnung immer unruhiger. Sie fürchtet, dass wir auch hier vergessen werden, dass die Front an uns vorbeiziehen könnte. Und so schwebt über unserem ruhigen Kinderspiel doch fortwährend eine drohende Gefahr. Und plötzlich ist das Entsetzen mitten unter uns!

Um die Mittagszeit kommt die Mutter aus dem Vorratskeller in die Wohnung gestürzt: »Kinder! Schnell, schnell – alles packen! Wir müssen weg! Die Russen kommen!«

Entgeistert starren wir die Mutter an: »Wieso Russen? Kommen die uns denn ständig hinterher?«

Wir verstehen das nicht. »Können unsere tapferen Soldaten denn überhaupt nicht mehr siegen?«

Doch die Mutter sagt nichts dazu.

Sie legt bereits den ersten Koffer auf den Wohnzimmertisch und packt eilig Sachen hinein, und dabei berichtet sie: »Der Blockwart läuft von Haus zu Haus und sagt den Leuten Bescheid!«

»Was für ein Blockwart?«

»Nun, das ist der Mann mit der Uniform, der uns hierher gebracht hat.«

Aufgescheucht wie die Hühner, laufen wir Kinder durch die Zimmer und suchen unsere Schuhe und Mäntel zusammen.

Die Mutter gibt ihre Anweisungen: »Bitte, die Spielsachen zurück in die große Kiste! Wir wollen die Wohnung so verlassen, wie wir sie vorgefunden haben. Inge, guck doch mal in der Küche nach und räum noch ein bisschen auf!«

Die Koffer sind gepackt. Wir sind angezogen und Mutter geht noch einmal prüfend durch alle Zimmer. Dann nimmt sie den Rucksack auf den Rücken, greift nach ihren Koffern und wir verlassen die Wohnung.

Die Mutter schließt die Wohnungstür ab und wirft den Schlüssel in den Briefkasten, wie der Blockwart es angeordnet hat.

Zum ersten Mal stehen wir nach unserer Ankunft wieder gemeinsam vor dem Haus. Ungefähr vierzehn Tage lang lebten wir allein und zurückgezogen wie auf einer einsamen Insel.

Draußen wendet sich Mutter nach rechts, und wir eilen an den Ruinen und Häusern vorbei. Und nun haben wir Kinder auch Gelegenheit, unsere drängende Frage zu stellen: »Wohin wollen wir eigentlich?«

Die Mutter wendet nur leicht den Kopf: »Zum Bahnhof!«

»Oh, wartet da ein Zug?«

»Das weiß ich nicht. Es ist alles ungewiss! Der Blockwart sagte mir: ›Es ist nichts organisiert – jeder muss für sich selbst sorgen! Aber am Bahnhof könnten wir noch am ehesten Glück haben!‹ «

Doch das klingt in unseren Ohren eher nach Unglück und macht uns Angst.

Wir beschleunigen unsere Schritte. Von links und rechts kommen ebenfalls Menschen aus Häusern und Nebenstraßen, mit Taschen, Koffern und Kinderwagen. Es werden immer mehr, und als wir kurz darauf nach rechts in eine größere Straße biegen, gehen wir in einem Strom gehetzter Menschen: Tausende fliehen! Alle eilen zum Bahnhof!

Da wächst in uns Kindern die Angst und wir rufen uns zu: »Wie sollen wir das bloß schaffen, mit diesen vielen Menschen wegzukommen?«

Die Mutter wendet sich beim eiligen Gehen kurz um und ruft eindringlich: »Kinder, bleibt jetzt dicht bei mir! Damit wir uns nicht verlieren!«

Wir erreichen den Anfang des Bahnhofs und laufen bereits auf dem äußeren verlängerten Bahnsteig. Links sehen wir ein Gleis und etwa hundert Schritte voraus die Bahnhofsüberdachung. Der Menschenstrom wird noch dichter und schneller und reißt alles mit sich.

Und da steht wahrhaftig ein Zug: ein richtiger Personenzug! Was für eine Freude!

Aber wird er nicht schon längst voll sein und nur noch auf seine Abfahrt warten!?

Plötzlich ruft Inge: »Wo ist Günter?«

Im Laufen gucken wir nach links und rechts – in alle Richtungen.

»Günter ist weg!«

»Ach, du lieber Gott, wie sollen wir ihn hier jemals wiederfinden!«

Die Mutter stoppt und dreht sich um! Inge, Reinhard und ich stehen dicht bei ihr. Für die nachdrängenden Menschen sind wir ein ärgerliches Hindernis wie ein unförmiger Stein im schnellen Wasser. Die Menschen prallen zum Teil auf uns, strömen um uns herum und schimpfen ungehalten.

»Was ist mit Günter passiert? Wo kann er sein? Voraus oder zurück?«

»Ist er vielleicht mit einem Fuß umgeknickt und verletzt liegen geblieben?«

»Oder ist er ungeduldig vorausgelaufen?«

Unsere Fragen fliegen hin und her.

Wir können uns nur vorstellen, dass Günter etwas zugestoßen ist!

Und deshalb möchte ich zurück, dem Strom entgegen, und ihn suchen! In Mutters Gesicht arbeitet es heftig: Sie kämpft um die richtige Entscheidung, und dann stößt sie hervor: »Kommt, wir müssen weiter!«

»Nein«, schreie ich, »nicht ohne Günter! Wir können doch nicht ohne ihn gehn!«

Und jetzt bin auch ich wütend auf die Menschen, die uns anrempeln und herumnörgeln.

Mutter widerspricht energisch: »Das hat so keinen Zweck! Wir können nicht gegen den Strom!«

»Aber wir müssen ihn doch suchen!«, rufe ich verzweifelt.

Aber Mutter entscheidet: »Wir gehn jetzt – und ich suche ihn nachher!«

Die Mutter wendet sich zum Weitergehen und im selben Augenblick fährt es wie ein Blitz durch meinen Körper: schräg von oben nach unten, hinein in meine Beine!

Ich blicke auf Mutters Rücken und bin wie gelähmt: Zwei gleich große Kräfte reißen mich in entgegengesetzte Richtungen und halten mich auf der Stelle fest! Ohne Günter will ich nicht gehen, aber die Mutter will ich nicht verlieren! Und so folge ich Mutter, Inge und Reinhard unter großen körperlichen Anstrengungen wie in einem Albtraum, bei dem die Beine nur zäh und mühsam weiterkommen.

Wir laufen die ersten Schritte an einem grünen Personenzug entlang, der sich auf der linken Seite befindet, als wir bemerken, dass die Menschen vor uns an den Beinen auseinander gedrängt werden, dass sich ein Kind gebückt einen Weg durch den Menschenstrom bahnt, und als ein blonder Kopf vor uns auftaucht, steht Günter vor uns und ruft vorwurfsvoll: »Ja, wo bleibt ihr denn! Ich war in einem Wagen drin und hatte Sitzplätze für uns – aber ob die jetzt noch da sind!?«

Eilig dreht er sich um: »Kommt schnell! Ich zeig euch, wo es war!«

Unsere Fragen hört er gar nicht, und sie sind auch nicht mehr wichtig. Für mich zählt nur: »Günter ist da!« Und ich bin glücklich! Nichts als glücklich!

Während wir Günter schnell folgen, denke ich: Wie will er denn den Wagen wiederfinden, und selbst, wenn er ihn findet, bei diesen vielen Menschen müssen die Plätze besetzt sein!

An ein paar geschlossenen und offenen Eisenbahntüren läuft Günter vorbei. Dann bleibt er vor einer offenen Tür stehen: »Hier war es!«

Er steigt die drei Stufen hoch auf die Plattform und wendet sich nach rechts zum Wagen hin. Wir folgen ihm so schnell es geht. Und es ist wie im Märchen: Die ersten beiden Sitzbänke auf der rechten Seite sind immer noch frei!

Da kommen wir Kinder aus dem Staunen nicht heraus: »Wie ist das möglich? Laufen die Menschen nach vorne zur Lokomotive, weil sie annehmen, dass im hinteren Bereich sowieso alles voll ist?«

Unsere beiden Sitzbänke sind in Wirklichkeit eineinhalb Bänke, denn der erste Platz am Eingang ist nur für eine erwachsene Person gedacht. Die Mutter will sofort einen ihrer Koffer ins Gepäcknetz heben. Als sie ihn hoch in der Luft hat, schwankt sie dabei so bedrohlich, dass wir Kinder erschrocken unsere Arme nach oben recken, aber wir erreichen den Koffer nicht. Beim zweiten Koffer hilft eine andere junge Frau mit, und Mutter hilft ihr dafür bei ihrem Koffer. Links neben unseren Koffern, zum Mittelgang hin, passt auch noch Mutters Rucksack.

Und dann sitzen wir uns glücklich gegenüber. Reinhard und ich teilen uns den Einzelplatz, Inge, Mutter und Günter die große Bank. Inge sitzt am Fenster. Wir fühlen uns wie beschenkt. Die großen Ängste und Sorgen sind verschwunden: Wir haben einen Zug bekommen, und sogar Sitzplätze – und Günter ist wieder da!

Ganz eng drücke ich mich an Reinhard heran, einerseits, damit ich nicht von dem halben Sitz falle, und andererseits, weil ich mir dabei vorstelle, auch Günter zu drücken. Jetzt, wo ich Günter nach meiner schrecklichen Angst wiederhabe, betrachte ich ihn mit ganz anderen Augen.

Günter scheint mit sich sehr zufrieden zu sein, denn er war es, der uns diese Plätze besorgt hat. Ich blicke auf seinen dunkelgrauen Mantel, seine abgeschabten Schuhe, sein schmales helles Gesicht und stelle fest, dass seine Haare nicht mehr so sommerblond sind wie einst beim Ostseerauschen. Und von seinen vielen Locken hat Mutter ihm über der Stirn nur eine große Haarwelle gerettet. Ich sehe ihn jedenfalls mit glücklichen Augen an und er kommt mir vor wie ein großer Junge.

In der Zwischenzeit schieben und drängen sich die Menschen auch im Gang des Zuges zwischen den Bankreihen. Mutter erhebt sich plötzlich und nimmt ihren Rucksack vom Gepäckgitter herunter. Sie stellt ihn auf die Erde zwischen unsere Füße und sucht darin herum. Dabei entdecken wir Kinder etwas Helles in der Tiefe. Wir fragen danach, und Mutter zieht es ein Stück heraus und zeigt es uns. Und wir sind freudig überrascht und staunen: Es ist eine lange dicke Leberwurst!

Und so greifbar nah vor unseren Augen, hat die Wurst eine große Wirkung auf uns. Jeder von uns vieren will sie einmal kurz anfassen. Die Wurst sieht prächtig aus und regt sofort unsere Fantasie an.

»Die wird bestimmt gut schmecken«, sind wir uns sicher.

Neu ist für uns, dass die Wurstpelle durchsichtig ist wie Fensterglas. Wir sehen an verschiedenen Stellen weißes Fett als dicke Schicht, und wir Jungen vermuten, dass das besonders viel Kraft gibt. Und darauf freuen wir uns!

»Mutti, können wir die nicht mal anschneiden und schmecken?«

Die Mutter hat die Wurst nur bis zu ihrer halben Länge aus dem Rucksack gezogen und hält sie auch nur für eine kurze Zeit so hin. Als der Wunsch nach dem Anschneiden kommt, sagt sie leise: »Nein, Kinder, das geht nicht! Die anderen Leute haben auch Hunger, dann müssten wir sie alle mitessen lassen.«

Das sehen wir ein und die herrlichste Wurst der Welt verschwindet wieder im Innern. Mutter macht den Verschluss mit dem Lederriemen sorgfältig zu und packt den Rucksack zurück neben die Koffer auf die Gepäckablage.

Als die Mutter sich gesetzt hat, beugt sie sich vor und sagt zu uns Kindern halblaut: »Passt auf den Rucksack ein bisschen auf, nicht dass er gestohlen wird.«

Besonders Reinhard und mich sieht sie dabei an, weil wir von unserem Platz aus die beste Sicht nach links oben haben. Und wir alle versprechen natürlich, immer wieder mal nach oben zu sehen und zu kontrollieren. Reinhard und ich beginnen auf der Stelle mit einer Dauerbeobachtung. Wir sagen uns: »Das wäre ja noch schöner, uns den Rucksack zu stehlen, wo die Wurst uns doch so viel Freude machen soll!«

Und gemeinsam stellen wir Kinder uns dann vor, wie sie uns wohl am besten schmecken wird. Den meisten Beifall bekommt der Vorschlag: »Frische Brötchen mit Butter und dick Leberwurst – und Kakao!« Und mit diesem herrlichen Bild vor Augen und dem vorausgefühlten Geschmack auf der Zunge lehnen wir uns zufrieden zurück.

Warten und sitzen – sitzen und warten: »Wann fährt denn dieser Zug nun endlich los?!«

Die Mutter vermutet, dass viele Züge fahren, die aber wichtiger sind und Vorrang haben: Soldatenzüge, Güterzüge mit Nachschub für die Front, Lazarettzüge mit Verwundeten.

»Und die Flüchtlingszüge müssen eben warten!«, sagt sie.

So fügen wir uns notgedrungen in die endlos lange Warterei, rutschen auf dem Hosenboden hin und her und versuchen uns mit diesen und jenen Spielchen abzulenken, bis Reinhard überraschend sagt: »Wie sieht das wohl jetzt bei Oma Lina zu Hause aus?«

Da ist dann auf einmal Ruhe und betroffenes Schweigen!

Und wir denken wehmütig an unsere Oma Lina.

»Wo mag sie sein? Lebt sie noch oder ist sie irgendwo bei einem Bombenangriff umgekommen?«

»Wo ist Vater? Wo sind die anderen? Leben sie?«

»Wie sieht es in Königsberg in unserer Wohnung aus?«

Und wieder einmal haben wir viele Fragen – und keine Antworten.

Sehr bedrückt sind wir, als Mutter traurig an die Urgroßmutter denkt, die im Bombenhagel von Zinten zurückbleiben musste.

»Vielleicht ist die Oma Marie schon im Himmel«, sagt Mutter nachdenklich.

Daraufhin sind wir Jungen erst einmal stumm. Immer sagten wir Uroma oder »alte Oma«, wenn wir von der Urgroßmutter sprachen, und deshalb sprudelt es aus uns heraus: »Ach, dann heißt sie wie du!?«

»Ja«, lächelt Mutter, »sie heißt auch Marie.«

Von der langen Wartezeit verunsichert, fragen wir Kinder plötzlich: »Was machen wir eigentlich in diesem Zug? Wir sind einfach eingestiegen, ohne zu wissen, ob er fährt oder nicht, und wenn ja: wann und wohin?«

Doch Mutter hat da keine Zweifel und beruhigt uns: »Wohin soll er schon fahren! Bestimmt nicht an die Front. Er wird uns in Sicherheit bringen!«

Die Zeit schleicht dahin, wir werden müde. Als die Dämmerung einsetzt, rollt der Zug langsam aus dem Bahnhof: »Na endlich!«

Aber der Zug hat es nicht eilig. Er zuckelt aus dem Bahnhofsbereich und nimmt auch auf freier Strecke keine schnelle Fahrt auf, und dann bleibt er sogar stehen. Draußen ist es dunkel geworden, nirgendwo ist ein Licht zu sehen. Im Waggon ist es still – wir warten.

Dann brodelt es in der Luft, der Boden zittert, und ein Zug poltert in entgegengesetzter Richtung an uns vorüber, schüttelt uns – und das Schütteln nimmt kein Ende.

»Bestimmt ein Güterzug an die Front«, vermuten wir.

»Ob unsere Soldaten noch siegen werden?«

Das Getöse ist schon längst vorbei und unser Zug könnte weiterfahren. Warum tut er das nicht?, frage ich mich.

Nichts rührt sich. Die Zeit steht still. Dann rauscht es noch einmal heran, doch leichter und kurz: ein Personenzug?

So, und nun zeigt auch unsere Lokomotive, was sie kann, nimmt Fahrt auf, steigert ihr Tempo und wiegt uns beruhigend in den Schlaf.

Irgendetwas stimmt nicht!

Ich wache auf und stelle fest: Unser Zug steht! Wie lange sind wir gefahren? Wie spät mag es sein? Ist etwas passiert oder lassen wir nur andere Züge vorbei?

Im Halbschlaf merke ich, wie es an uns vorbeirattert – einmal, zweimal –, und dann kümmert es mich nicht mehr.

Die zähe Nacht löst sich langsam auf, der neue Morgen schickt sein erstes schwaches Licht in den Wagen. Mit einem Schreck fällt mir der Rucksack im Gepäcknetz ein! Auf den sollten wir doch aufpassen. Ich blicke nach oben: Ah! Ein Glück, die Koffer und der Rucksack, alles ist da! Nach und nach werden auch Mutter und meine Geschwister wach, reiben sich den Schlaf aus den Augen und versuchen sich zu orientieren.

»Haben wir nachts eigentlich oft gestanden und Züge vorbeigelassen?«, fragen wir Kinder.

»Ja, ein paar Mal«, antwortet die Mutter.

Wir fühlen uns wie gerädert.

Außerdem haben wir lange nichts gegessen! Gestern Mittag kam die Mutter mit dem Schreckensruf »packen und fliehen!« hereingestürmt – und das Essen fiel aus. In der Zwischenzeit haben wir nur eine Wurst gesehen: Das ist alles.

Wir haben Hunger!

»Mutti, hast du etwas zu essen da?«

»Nein, ich hab nichts.«

»Aber wir haben doch die Wurst!«

Und Mutter sagt uns mit leiser Stimme das Gleiche wie gestern: »Wir können doch nicht vor den Augen dieser vielen hungrigen Menschen damit beginnen!«

Auch wenn uns der Magen knurrt: Wir sehen das ein und wollen uns gedulden. Doch das gute Stück dort oben lässt uns keine Ruhe, und so sagen wir fast zwangsläufig: »Aber einmal gucken, das könnten wir doch wenigstens.«

Von solchen Gedanken hält die Mutter gar nichts: »O Kinder, das wird es euch nur schwerer machen zu verzichten.«

Trotzdem: Die Mutter gibt nach und holt den Rucksack aus dem Gepäcknetz. Sie stellt ihn wieder zwischen unsere Füße, öffnet den sorgfältig verschlossenen Lederriemen, hebt die Klappe hoch, fasst hinein und – greift ins Leere!

Die Wurst ist weg!

Wir Kinder halten das für einen Spaß und greifen selbst mit unseren Händen in den Rucksack. Aber es hilft nichts – es bleibt dabei: Die Wurst ist weg!

Wir können es nicht fassen und wollen es nicht begreifen: »Seit wann bestiehlt man denn hungrige Kinder!«

Von meinem Platz blicke ich misstrauisch und prüfend auf die vielen fremden Gesichter der Menschen, die eng und gedrängt im Gang stehen und sich an Griffen, Haken und Schlaufen festhalten. Einer von denen muss es sein, denke ich, aber wer?

Schrecklich! Auf einmal sehen alle Männer und Frauen wie Diebe aus.

»Mutti, was sollen wir nun machen?«

Wir Kinder warten aber gar keine Antwort ab, sondern entwickeln sofort eigene Vorschläge: »Geh doch zum Zugführer und melde das, dann wird er alle Taschen durchsuchen!«

Aber Mutter ist dagegen: »Wie soll er das anstellen? Er kann doch nicht so viele Leute kontrollieren.«

Als Nächstes schlagen wir vor: »Dann kann er wenigstens *unseren* Waggon prüfen!«

Aber die Mutter redet uns auch das aus: »Der Dieb ist bestimmt schon längst aus unserem Wagen verschwunden und weit vorne oder hinten untergetaucht.« Und dann bringt Mutter noch einen ganz anderen Grund vor: »Vielleicht hat er die Wurst nötiger als wir! Soll er damit glücklich werden!«

Danach bedrängen wir Kinder die Mutter nicht mehr und machen allein weiter. Wir vergessen für eine kurze Zeit unseren Hunger und lassen uns viele Möglichkeiten einfallen, um den Dieb doch noch zu erwischen und ihn tüchtig zu bestrafen.

»Man müsste die braun Uniformierten ansprechen«, sagen wir uns, »die würden den Zug umstellen und jeden durchsuchen.«

»Aber«, bringt einer den Einwand, »dann schiebt der Dieb die Wurst heimlich unter einen Sitz – und keinem gehört sie!«

Da geben wir dann enttäuscht alle Fangversuche auf und nehmen den ärgerlichen Verlust zähneknirschend hin.

Auch jetzt am Tage schaukelt uns die Lokomotive häufig auf Nebengleise und bleibt stehen. Dieses Mal rauscht ein langer Zug in unserer Fahrtrichtung vorüber, und wir entdecken rote Kreuze auf weißen Kreisen: ein Lazarettzug! Wahrscheinlich sind es verwundete Soldaten von der Front, und wir Kinder staunen über die vielen roten Kreuze, die so dicht an unserem Fenster vorbeirasen und kein Ende nehmen wollen. In einer weiten Krümmung der Strecke sehen wir den langen Zug in der Ferne lautlos davoneilen, und die Menschen schauen ihm gedankenvoll und bedrückt hinterher.

Die roten Kreuze beeindrucken uns Kinder stark und lassen uns nicht los. »Welche Verwundungen werden die Soldaten haben, fehlen ihnen Beine oder Arme oder Augen?«

»Ist für sie der Krieg zu Ende? Sind sie jetzt Helden?«

Aber wir Kinder haben das dumpfe Gefühl, dass an den arm- und beinlosen Soldaten keiner so recht interessiert ist – und schlimmer noch: dass möglichst keiner etwas mit ihnen zu tun haben will!

Ein paar Stunden später hält unser Zug in einer großen Bahnhofshalle. Aus dem Lautsprecher schallt es dröhnend: »Aussteigen! Alles aussteigen! Der Zug endet hier!«

Wir sind in Schwerin.

Wir klettern aus dem Zug, stehen auf dem Bahnsteig und wissen nicht wohin – genauso wie die vielen anderen Menschen.

»Warum gibt es jetzt keine Lautsprecherdurchsage über weitere Züge oder andere Maßnahmen!? Warum sind hier keine Leute von der Partei, um den Menschenstrom zu lenken!?«

Die Mutter sieht auf einem anderen Bahnsteig einen leeren Zug und hofft auf eine neue Möglichkeit, weiterzukommen. Sie eilt mit uns die Treppen hinunter und zu dem anderen Gleis hinauf, aber der Zug ist abgestellt und wird heute nicht mehr eingesetzt.

Als wir langsam auf dem leeren Bahnsteig an dem Zug entlanggehen, kommen wir an einem Eisenbahner in blauer Uniform und Schirmmütze vorbei, der mit einer dunkelbraunen Aktentasche in der Hand ruhig an der Seite steht und auf irgendetwas wartet.

Die Mutter spricht den freundlich blickenden Mann an: »Wann fährt der nächste Zug weiter nach Westen?«

Der Mann von der Bahn schüttelt bedauernd den Kopf: »Für heute ist keiner mehr vorgesehen. Das Beste ist, Sie suchen sich ein Quartier in der Stadt!«

»Bei so vielen Menschen«, sagt Mutter betrübt, »da wird wohl alles besetzt sein!«

Als sie den Mann wegen dieser schlechten Aussichten sorgenvoll ansieht, fügt er beruhigend hinzu: »Sie finden bestimmt etwas, da ist viel frei!«

Die Mutter bedankt sich höflich. Auch Reinhard scheint die freundliche Auskunft gut zu gefallen, denn bevor er sich abwendet, sagt er mit einem Kopfnicken deutlich und gut hörbar: »Danke schön!«

Der Beamte lächelt.

Mit gesenktem Kopf geht die Mutter ein paar Schritte weiter, nachdenklich, unentschlossen. Dann richtet sie sich auf: Die Mutter weiß anscheinend, was sie will!

»Kommt, Kinder, wir gehen zur Bahnhofs-Kommandantur!«

»Heißt das nicht Ortskommandantur?«, fragt Inge.

»Ach«, sagt Mutter, »am Bahnhof sitzen auch welche!«

Und wir Jungen wollen wissen: »Warum willst du dahin?«

Die Mutter redet sich in Rage: »Ich mach das so nicht mehr mit! Immer wieder heißt es: ›Die Front ist durchgebrochen. Sehen Sie zu, wie Sie weiterkommen!‹ Oder: ›Rette sich, wer kann!‹ «

Gleich den nächsten Bahnbeamten spricht die Mutter an: »Entschuldigen Sie bitte! Wo geht es zur Bahnhofs-Kommandantur?«

Der Mann beschreibt der Mutter den Weg und beim Weitergehen macht sie sich selbst Mut: »Die wollten ja immer viele Kinder haben, dann bring ich sie ihnen jetzt mal! Sollen die nun auch mal etwas tun!«

Dabei gerät sie in leichte Wut.

Mich beschleicht ein ungutes Gefühl: Mutter wird uns doch wohl nicht abgeben wollen! Und außerdem: Wenn sie es übertreibt, dann sperren die uns noch ein!

Wir sind da: Mein Herz schlägt aufgeregt!

Die Mutter sagt zu Inge: »Klopf bitte an und mach die Tür auf, ich hab die Hände besetzt!«

Inge klopft an, aber etwas zu schwach, auf Mutters Wunsch hin, noch einmal stärker, und dann macht Inge die Tür auf und geht hinein. Mutter und wir Jungen folgen. Wir betreten einen größeren Raum mit hoher Zimmerdecke, links an der Wand zwei oder drei Aktenschränke, davor ein paar Schreibtische, über Eck zusammengestellt, und davor, auf Holzstühlen, in entspannter, geselliger Runde, vier Männer zwischen zwanzig und dreißig Jahren in brauner Uniform, mit Armbinde und Schulterriemen, mit Zigaretten in den Händen und Lachen auf den Gesichtern.

Die Luft ist warm und verqualmt, es riecht nach Tabak.

Das laute Lachen der jungen Parteimänner über den letzten Scherz verklingt, und sie wenden ihre Köpfe erstaunt zu uns herüber – auf die störenden Eindringlinge.

Ich weiß nicht, ob Mutter beim Eintritt Guten Tag sagte oder Heil Hitler, oder ob sie gar nichts sagte – den rechten Arm konnte sie jedenfalls nicht heben. Die Mutter stellt ihre Koffer auf den Fußboden, holt tief Luft und beginnt mit fester Stimme: »Wir kommen aus Königsberg! Wir sind seit dem achtzehnten Januar auf der Flucht! Mein Mann kämpft seit 1941 an der Front! Jetzt kommen wir aus Rostock, und meine Kinder haben seit gestern früh nichts gegessen und getrunken« – und da beginnt Mutters Stimme zu zittern – »sie werden mir noch verhungern!«

Und da verlässt sie wohl auch ihr Mut, um noch irgendetwas zu sagen. Aber Mutter braucht nicht mehr mutig zu sein, denn einer der Männer springt auf: »Kameraden! Der Frau muss geholfen werden!«

Auch die anderen springen auf die Beine, greifen nach ihren runden Schirmmützen und nehmen Haltung an. Der Wortführer gibt ihnen kurze Anweisungen, die an unseren Ohren vorbeirauschen:

»… Rotes Kreuz, … Essen und trinken, … eine Schwester – und alles ruck, zuck!«

Dann wendet er sich zur Mutter: »Bitte, kommen Sie mit!«

Die Mutter geht ein wenig in die Knie und will ihre Koffer wie gewohnt aufnehmen, doch der Mann winkt ab: »Nein, das machen jetzt meine Leute!«

Er geht voraus, öffnet eine Tür und führt uns in einen Nebenraum. Der Raum hat die gleiche Deckenhöhe, aber nackte Wände, dafür jedoch einen langen Tisch mit etlichen Holzstühlen rundherum.

Mit einer freundlichen Handbewegung lädt der Uniformierte die Mutter ein: »Bitte, nehmen Sie Platz und machen Sie es sich bequem. Sie werden hier Essen und Trinken bekommen und eine Rote-Kreuz-Schwester wird sich um Sie kümmern!«

Wir Kinder sehen uns schweigend an: Das ist ja eine unglaubliche Wendung unserer Lage! Da hat Mutter aber eine gute Idee gehabt! Dann setzt der Parteimann noch hinzu: »Wenn Sie einverstanden sind, werden wir Ihnen hier für die Nacht ein Lager einrichten.«

Die Mutter bedankt sich herzlich für seine Hilfe, und er verlässt den Raum, während einer seiner Untergebenen die Koffer hereinträgt.

Als wir allein sind, zeigen wir der Mutter unsere Freude.

»Mutti, das ist ja herrlich! Das hast du gut gemacht!«

»Ja«, sagt sie, »für heute haben wir ausgesorgt. Esst euch gleich gut satt, wer weiß, wann wir wieder etwas bekommen!«

Kurze Zeit darauf betreten zwei junge Schwestern den Raum: auf dem Kopf weiße Hauben mit rotem Kreuz, blau-weiß gestreiftes Kleid und davor eine weiße Trägerschürze. In den Händen halten sie Tabletts und Kannen. Die beiden jungen Schwestern wärmen uns wie zwei Sonnen. Sie helfen uns Kindern aus den Mänteln, führen uns in einen Waschraum, wo wir uns ein bisschen säubern können, und reichen dann gut belegte Butterbrote und heißen Kakao, als hätten sie unsere Wünsche schon von fern erahnt. Später räumen sie alles ab, richten aus Matratzen und Decken ein Lager auf dem Fußboden her, bringen eine Kanne Tee für die Nacht und versprechen uns, am nächsten Morgen zum Frühstück wiederzukommen.

Irgendwann taucht auch der Gruppenführer wieder auf, der alles veranlasst hat. Er setzt sich auf einen Stuhl, legt seine Schirmmütze auf den Tisch und spricht längere Zeit mit der Mutter. Er lässt sich berichten, wie unsere Flucht verlaufen ist, über welche Orte wir gekommen sind und was Mutter gesehen hat.

Wir Kinder sitzen schweigend daneben und hören zu. Die Mutter erzählt auch, wie sie ihre Mutter verloren hat und ihre Großmutter, dass sie nicht weiß, ob ihr Mann noch lebt und alle Verwandten.

Und zum Schluss fragt Mutter den ruhigen Zuhörer: »Werden unsere Soldaten das Blatt denn noch einmal wenden können?«

Der Mann presst seine Lippen zusammen, dreht ein wenig an seiner Mütze und sagt gedehnt: »Tja, wir müssen hoffen, hoffen – aber es sieht sehr ernst aus!«

Bevor er geht, äußert er freundlich: »Verbringen Sie hier erst einmal eine ruhige Nacht, und morgen wollen wir weitersehen. Vielleicht gibt es einen Zug, der Sie weiterbringt – in Sicherheit.«

Wir Kinder kriechen freudig auf unser behagliches Nachtlager und genießen es regelrecht, dieses Mal auf einem festen Boden zu liegen, und wir freuen uns auf den Schlaf.

Eine fröhliche Frauenstimme ertönt: »Guten Morgen! Gut geschlafen?«

Wir reiben uns die Augen und sehen eine Schwester, die uns Frühstück bringt. Wir recken und strecken uns und rufen einander zu: »Was für eine Nacht, was haben wir tief geschlafen!«

Nach einer kurzen Morgenwäsche, zu der uns die Schwester in die Waschräume schickt, und nach einem guten Frühstück bringt uns später am Vormittag ein Uniformierter zu einem Personenzug, und die Fahrt geht weiter – hoffentlich nach Westen!

Auch diese Fahrt verläuft so zögerlich wie die vorausgegangene. Ob am Tage oder in der Nacht, immer wieder zieht uns die Lokomotive auf Nebengleise oder Ausweichen und bleibt dort stehen – oft quälend lange.

Da niemand weiß, warum sie stehen bleibt und ob es jemals weitergeht oder wann, verbreiten sich sofort Gerüchte. Und jedes Geräusch und jede Handlung außerhalb des Zuges wird gedeutet: Einmal sind die Gleise auf der Strecke durch Bomben zerstört, ein anderes Mal ist die Front durchgebrochen oder der Krieg ist zu Ende.

Jedes Mal, wenn dann in die gespannte Stille ein Zug hineinbraust und mit klopfenden Radgeräuschen an uns vorüberdonnert, sind alle wieder heilfroh, dass die großen Ängste sich auflösen. Auf diese Weise mürbe geklopft, haben wir das Gefühl, dass die Fahrt eine Ewigkeit dauert.

Nach einer langen Nacht und vielen Stunden des folgenden Tages fährt unser Zug am frühen Nachmittag wieder einmal unter die schützenden Dächer eines Bahnhofs.

Hatte unsere Lokomotive zu viel Schwung bei der Einfahrt? War unser Lokführer übermüdet, und hatte er sich zu spät entschlossen, den Dampf wegzunehmen? Oder wollte er nur zeigen, wie schnell er aus hoher Fahrt zum Stehen kommt?

Die Bremsen des Zuges packen zu und kreischen in den höchsten Tönen. Die Räder schieben sich quietschend über die Schienen, die Menschen in den Gängen fassen nach allem, was ihnen Halt verspricht, und als der Lärm verstummt, der Zug mit einem heftigen Ruck steht und die nach vorn gedrückten Menschen wieder zurückfallen, hallt es mit klarer Männerstimme aus dem Lautsprecher: »Uelzen! Uelzen! Uelzen!«

»Bitte alles aussteigen – der Zug endet hier!«

Die Türen schwingen auf und die Menschen drängen hinaus auf den Bahnsteig. Bald darauf stehen auch wir draußen im Stimmen- und Menschengewirr – und fühlen uns wieder verlassen: Wohin in dieser fremden Welt? Ein wenig Angst kriecht in mir hoch.

Die Mutter überlegt, was sie tun kann, aber wir Kinder haben bereits eine Idee. Nach den guten Erfahrungen vom letzten Mal schlagen wir der Mutter vor: »Lass uns zur Bahnhofs-Kommandantur gehen oder zum Roten Kreuz!«

Die Mutter hat auch keine bessere Lösung und ist daher einverstanden: »Ja, gehen wir zum Roten Kreuz!«

»Und nicht zu den Parteileuten?«

»Dieses Mal nicht, das Rote Kreuz genügt.«

Wahrscheinlich ist Mutters Wut beim letzten großen Einsatz verraucht. Sie fragt sich zum Roten Kreuz durch, erzählt dort ihre Geschichte und erhält eine Anschrift zu einer Unterkunft. Eine Rote-Kreuz-Schwester beschreibt den Weg dorthin und wir machen uns auf die Suche.

Die Unterkunft entpuppt sich als eine große Halle, in der viele Menschen untergebracht sind. Ein Stimmengesumme aus mehreren hundert Mündern schwappt uns entgegen, durchbrochen vom Kreischen und Johlen heller Kinderstimmen wie in einer vollen Schwimmhalle. Am liebsten würden wir Kinder uns umdrehen und davonlaufen: aber wohin?

Der Fußboden ist mit Stroh ausgelegt, rundherum, an den Wänden entlang und dazu noch eine lange Reihe in der Mitte. Spärliches Tageslicht aus hoch liegenden Fenstern und sparsames Lampenlicht aus herabhängenden Deckenleuchten geben beim Eintritt nur ein schummriges Bild von den liegenden und sitzenden Gestalten. Für die kleinen, umhertobenden Kinder ist die Halle anscheinend ein Abenteuerspielplatz. Sie verfolgen einander in alle Richtungen mit schrillem Geschrei wie die Dorfschwalben im Sommer bei der abendlichen Insektenjagd.

Eine junge Schwester weist uns einen Platz an einer Wand zu, nachdem sie die Leute links und rechts freundlich, aber mit Nachdruck auffordert, ihre Sachen wieder näher zu sich zu nehmen. Wir richten es uns auf dem Bodenlager ein wenig ein und freuen uns, heute Nacht wieder auf einer festen Unterlage schlafen zu können. Zunächst aber fühlen wir Kinder uns schrecklich fremd in dieser lauten Umgebung.

Doch schon am nächsten Tag machen auch wir die ersten scheuen

Erkundigungen, wenn auch zunächst nur als vertraute Vierergruppe mit Inge in der Mitte. Immer wieder laufen wir zum Familienlager zurück und berichten der Mutter unsere Neuigkeiten. Als wir wieder einmal wie die Brieftauben in den Schlag einfliegen, hält Mutter uns fest und gibt uns eine Anweisung für die gesamte Dauer in diesem Lager.

»Kinder, hört einmal zu! Ich kann auch nicht immer hier sein, sondern muss Dinge erledigen – einkaufen gehen oder zum Amt. Aber wenigstens einer von uns muss immer Wache halten und auf die Koffer und Mäntel aufpassen. Bei so vielen Menschen ist immer ein Dieb dabei.«

»Ja, wie bei der Wurst!«, bestätigen wir der Mutter.

»Also«, fügt Mutter hinzu, »keiner läuft hier einfach weg, sondern überzeugt sich vorher, dass noch einer zurückbleibt.«

Wir nicken: »Ja, verstanden!«

Schon über eine Woche verbringen wir in dieser Halle und längst laufen wir Kinder auch einzeln in die nähere Umgebung. Reinhard und ich sitzen allein auf unserem Strohlager, als Günter abgehetzt angelaufen kommt.

»Hast du schon die Wäsche auf dem Zaun gesehen?«, fragt er mich.

Ich blicke ihn verständnislos an: »Welche Wäsche?«

»Komm mit, ich zeig sie dir!«

Wir beide verdonnern Reinhard zur Kofferwache, gegen die er heftig protestiert und schimpft, und laufen davon. Draußen scheint die Sonne und es ist angenehm warm. Wir laufen um zwei oder drei Gebäudeecken herum und gelangen auf die Rückseite unserer Halle. Und dort, auf einem Gartenzaun, hängen sie: viele weiße Wäschestücke!

»Na und!«, sage ich, »was ist da Besonderes dran?«

»Nun, dann geh mal näher ran!«

Wir gehen ein paar Schritte auf den Zaun zu.

»Halt!« Günter hebt die Hand: »Bleib stehn!«

Bevor ich fragen kann, was das nun wieder bedeuten soll, sagt er: »Was siehst du?«

Ich kneife die Augen zusammen und strenge mich an, aber im Grunde sehe ich immer nur das Gleiche: die Wäsche. Aber dann fällt mir auf: »Die dunklen und bunten Teile sind mit Mehl bestreut!«

Günter schüttelt ungeduldig den Kopf und ich füge schnell hinzu: »Und die weißen auch, denn überall am Zaun entlang liegt auf dem Bürgersteig weißes Mehl!«

Auch mit dieser Antwort ist Günter nicht zufrieden, doch länger will er sein Geheimnis nicht für sich behalten, und er stößt hervor: »Das ist kein Mehl! Das ist Entlausungspulver!«

Das sitzt! »Was«, rufe ich angewidert, »schon wieder Läuse!?«

»Ja, und nicht nur das – auch Flöhe!«

Ich komme aus dem Staunen nicht heraus: »Woher weißt du das alles?«

»Das hab ich durch Zufall mitbekommen, als ich unterwegs war.« Und er berichtet weiter: »Einige Leute mussten zum Entlausen, ihnen wurden die Haare ratzekahl geschoren!«

Es schüttelt mich, und ich spüre wieder, wie mir der Staubkamm Furchen über die Kopfhaut zieht.

»Aber wie hat man die Flöhe entdeckt?«, will ich wissen.

Doch auch da weiß Günter Bescheid: »Es wimmelt von Flöhen, und das kann ich dir ganz leicht zeigen, komm mit!«

Er läuft voraus, zurück in die Halle und zu unserem Lager. Mutter und Inge sind wieder an unserem Platz. Reinhard ist unterwegs und sucht uns. Günter greift nach einem weißen Unterhemd, steckt es in das Stroh und wartet eine kleine Weile. Dann zieht er das Hemd heraus, legt es ein Stück daneben in einen Sonnenstrahl, der schräg durch eins der hohen Fenster auf diese Stelle fällt, und breitet es auseinander. Und er findet, was er sucht.

»Hier, dieser braune Punkt, guck mal, wie der springt – da! Hopp, hopp! Und hier ist noch einer! Siehst du?«

Günter sieht mich fragend an, und ich beuge mich tiefer hinunter, um mich ganz genau von den Sprüngen dieser winzigen Punkte zu überzeugen.

Reinhard kommt atemlos zu uns zurück, bekommt ein paar Erklärungen und beobachtet ebenfalls gespannt die Vorführung.

»Ja, es stimmt!«, rufen wir beide aufgeregt, »die machen ja richtige Hüpfer!«

»Oh, einer ist weg!«

»Ist er ins Stroh gesprungen oder auf unsere Ärmel?«

Wir drei klopfen wild auf unsere Unterarme und werfen das Hemd voller Abscheu wieder zurück. Was wir gesehen haben, stößt uns mächtig ab. Angewidert schauen wir uns an und sind uns einig: »Heute Nacht haben wir keine Lust mehr, hier zu schlafen.«

So, und dann erzählen wir alles der Mutter und Inge. Die Mutter hat auf ihrem Einkaufsgang auch schon von der Entlausung gehört, aber jetzt packt es sie wieder richtig.

»Ja, das ist unmöglich! Wir sind schon zu lange hier, wir müssen weg!«

Nach ein paar kräftigen Atemzügen sagt sie: »Ich geh zur Leitung vom Roten Kreuz oder zur ›eN eS De A Pe‹!«

Für einen Augenblick sehen wir Jungen uns verdutzt an, aber dann begreifen wir, dass Mutter die Partei meint, die Leute mit der Armbinde. Die Mutter ordnet ihr Haar, zupft ein wenig an ihrer Bluse und wendet sich zum Gehen.

»Wartet hier auf mich. Ich bin sicher bald zurück!«

Die Mutter geht davon, und wir drei Jungen sitzen zusammen mit unserer großen Schwester Inge auf dem Strohlager und beraten.

»Was heißt weggehen – wohin?«

»Wieder weiterfliehen, in eine andere Stadt?«

»Und warum immer fliehen? Kann denn nicht einmal Schluss sein? Wir sind doch schon seit dem Winter unterwegs!«

»Gibt es denn keine Gegend, wo kein Krieg ist?«

Und dann kommt die Mutter zurück!

»Ich habe denen vom Roten Kreuz alles erzählt und gesagt, dass ich aufs Land möchte, auf einen Bauernhof!«

»Ja!«, wir sind sofort begeistert. »Bauernhof, das ist gut!«

Mutter hebt beschwichtigend die Hand und dämpft unsere Vorfreude: »Hoffentlich klappt es! Sie haben uns auf einer Liste vorgemerkt und wollen heute noch darüber sprechen: Noch vor dem Abendbrot erhalten wir Bescheid.«

Die Stunden bis zum Abendgong ziehen sich heute besonders lange hin. Beinahe wollen wir die Hoffnung schon aufgeben, noch etwas zu erfahren, da erscheint eine junge Rote-Kreuz-Schwester und überbringt das Ergebnis: »Sie sind dabei – übermorgen geht der Zug!«

Wir Kinder strahlen die Schwester an und sie freut sich mit uns. Bei dieser frohen Nachricht kommt sie uns vor wie eine schöne Fee!

Und ab sofort zählt für uns Kinder nur noch die Abfahrt, und in unseren Köpfen tönt es unablässig: Bauernhof! Bauernhof!

Diesen Abend legen wir uns früh hin, als könnten wir dadurch die Stunden schneller laufen lassen. Dafür vergehen sie am nächsten Tag umso langsamer: Aber dann ist es so weit!

Unser Strohlager ist schnell geräumt. Als Erstes ziehen wir uns an und der Rest kommt in die Koffer: fertig! Die Mutter mahnt noch: »Sucht auch im Stroh, nicht, dass etwas zurückbleibt!«

Nach dem Frühstück verabschieden wir uns von den Leuten drum herum. Zweimal ruft die Mutter uns zu sich: »Kinder, diese Frau kommt auch aus Königsberg, sagt Auf Wiedersehen!«

Die Frau gibt uns die Hand, und wir Jungen machen artig eine Verbeugung – Inge einen Knicks.

»Ach, haben Sie aber liebe Kinderchen! Ich wünsche Ihnen alles Gute!« Und dann wollen der Frau die Tränen kommen und auch Mutter zeigt Abschiedsschmerz.

Und beim anderen Mal sagt die Mutter: »Kinder, diese Frau hat sogar Oma Lina gekannt! Aber als sie heiratete, zog sie nach Neidenburg, das ist nicht weit weg von Paterschobensee.«

Dafür machen wir auch noch einmal einen schönen Diener und Knicks und dann verlassen wir die Halle.

Am Bahnhof und in seiner Nähe sehen wir viele Menschen. Gehetzt und mit suchenden Blicken eilen sie in alle möglichen Richtungen. Auch etliche Uniformierte mit der Hakenkreuzbinde sind auf dem Bahnhofsgelände. Einige der Uniformierten gehen zu zweit auf und ab und blicken prüfend in alle Gesichter: Irgendwie droht Gefahr! An der Sperre staut sich eine zehn Meter lange Menschenschlange: alte Männer und Frauen, Mütter und Kinder. Zwei Parteileute verlangen die Ausweise, die sie sich genau ansehen.

Wir zupfen Mutter am Ärmel und fragen leise: »Hast du deinen Ausweis auch dabei?«

Mutter deutet mit dem Kinn zur Seite: »Ja, in meiner Handtasche.«

Und da sehen wir Jungen zum ersten Mal, dass neben dem Koffer eine dunkelbraune Handtasche hängt, deren Lederbügel Mutters Hand zusammen mit dem Koffergriff umspannt.

Wir sind an der Reihe!

Die Mutter stellt ihre Koffer auf den Steinboden, öffnet ihre Handtasche und überreicht zu unserer Überraschung keinen Ausweis, sondern ein Stück Papier. Der Uniformierte faltet es auseinander und schaut aufmerksam darauf. Wir Kinder hängen gebannt an seinem Gesicht und beobachten ihn genau.

Der Parteimann blickt die Mutter an: »Haben Sie Ihren Ausweis dabei?«

»Ja.«

Die Mutter greift in ihre Tasche, aber da wehrt er ab: »Danke, Sie können passieren!«

Und mit diesen Worten reicht er der Mutter den Schein zurück.

Es hat geklappt! Wir Kinder gehen befreit durch die Sperre und Mutter erkundigt sich bei einem Bahnbeamten in blauer Uniform nach dem richtigen Zug. Zu unserer Freude ist es wieder ein Personenzug und wir finden ausreichend Platz.

Und dann rollt der Zug mit seinen grünen Wagen langsam aus dem Bahnhof und aus der Stadt. Als die letzten Häuser von Uelzen zurückbleiben und wir bald darauf durch die freie Landschaft dampfen, vorbei an großen Feldern, kleinen Dörfern und Wäldern, da hält uns Kinder nichts mehr, und wir malen uns den Bauernhof in den schönsten Farben aus.

»Ob der Hof so groß ist wie bei Jestremski in Paterschobensee?«

»Gibt es dort wohl auch so viele Kühe, Pferde und Schweine, Hühner, Enten und Gänse – und Schwalben?«

»Vielleicht sogar einen See oder Fluss!«

»Und wie wird die Bauersfrau sein? Wird sie so ein lieber lachender Sonnenschein sein wie Frau Jestremski?«

Aber die letzte Frage beantworten wir uns gleich selbst: »Nein, so kann sie gar nicht sein, so etwas gibt es nur einmal!«

Mitten hinein in unsere bunten Bauernhofträume stoßen schrille kurze Pfiffe der Lokomotive!

Erschrocken sehen wir uns an: »Das klingt nach Gefahr!«

»Was mag da sein, sind vielleicht irgendwelche Tiere auf den Gleisen?«

»Komisch, der Zug bremst aber gar nicht!«

Das Stimmengewirr im Waggon wird leiser, die Menschen horchen nach draußen. Eine Stimme fordert energisch: »Seid bitte alle einmal still!«

Schweigen! Und da hören wir, dass es über uns auf dem Dach trommelt: »Hagel!«

Unsere Köpfe fahren herum zum Fenster. Der schnelle Blick durch die Scheiben zeigt: Es ist bewölkt, jedoch trocken.

»Das ist kein Hagel! Aber diese Geräusche haben wir irgendwann schon einmal gehört!«

Und plötzlich wissen wir Bescheid: »Das ist Maschinengewehrfeuer!«

»Alarm!«

»Flugzeuge sind über uns!«

»Wir werden beschossen!«

Sofort packt uns wieder lähmende Angst und wir fürchten eine tödliche Katastrophe! Zwischen den offenen Abteilen schreien die Menschen durcheinander: »Um Himmels willen! Jetzt ist alles aus!«

»Wenn die Bomben werfen!«

»Bisher haben wir Glück gehabt, doch in der nächsten Sekunde können wir tot sein!«

Aber, was macht denn unser Zug?

Gerade begann er zu bremsen und nun wird er plötzlich wieder schneller und schneller. Und trotzdem gibt die Lokomotive ständig ihre warnenden Pfiffe von sich!

»Was hat das zu bedeuten?«

Wir krümmen uns vor Angst und halten den Atem an bei dieser Höllenfahrt!

Auf einmal quietschen und kreischen Räder und Bremsen und drücken uns an die Rückwand oder zwingen uns, nach Halt zu greifen, um nicht von der Sitzbank zu rutschen und auf die Gegenübersitzenden zu fallen. Es ruckt noch einmal kräftig – und der Zug steht!

Von draußen hören wir eine laute Männerstimme, die schnell näher kommt und vorübereilt: »Aussteigen! Alle aussteigen! Schnell, schnell, schnell! Flugzeuge beschießen den Zug! Raus, bevor sie Bomben werfen!«

Die Menschen springen von den Sitzen, schreien durcheinander und drängen nach draußen. Einige der Erwachsenen strecken sich zum Gepäcknetz, um etwas Wichtiges mitzunehmen. Andere fühlen sich dadurch an der Flucht behindert und schreien: »Nichts mitnehmen, nur raus, raus!«

»Aber meine Papiere! Wenn die verbrennen!?«

»Egal! Rettet euer Leben!«

Die Menschen stolpern und springen hinaus auf den Bahndamm und von dort auf den Erdboden. Ein flüchtiger Blick zum Himmel: »Ja, da oben kreisen mehrere Flugzeuge!«

Doch der Zugführer drängt lautstark: »Los, schnell in den Wald! Sucht euch Schutz!«

Aber er braucht gar nichts mehr zu sagen, denn von oben hören wir deutlich, wie bedrohlich die Flugzeuge sprechen: »Tack, tack, tack, tack! – Tack, tack, tack, tack!«

Gehetzt laufen wir vom Zug weg, etwa zwanzig Meter weit in den Wald hinein, fliehen unter die Äste hoher Fichtenbäume, und da erst begreifen wir, warum der Zug vorhin bremste und dann wieder schneller wurde.

»Zuerst wollte der Lokführer einfach nur halten«, rufen wir uns zu, »aber dann, zu unserem besseren Schutz, den Wald erreichen!«

Unser Zug steht nun völlig verlassen und ungeschützt auf den Gleisen und die Lokomotive atmet wie bei einem lauten Herzschlag in regelmäßigen, lang gezogenen Stößen ihren überschüssigen Dampf aus: Pooch! … Pooch! Und dazu mischen sich das Brummen der kreisenden Flugzeugmotoren und das Geknatter der Maschinengewehre – aber wir sehen nichts!

Auch dieses Mal bin ich mit dem Schutz vor den Flugzeugen nicht zufrieden. Zwar habe ich zur Deckung einen Baum – aber aus welcher Richtung kommen die Schüsse? Stehe ich vor dem Baum oder dahinter? Den dünnen Ästen traue ich nicht viel zu, die halten doch nichts auf! Jeden Augenblick kann mich ein Geschoss treffen!

Günter und Inge stehen ein paar Schritte hinter mir, unter den tief hängenden Zweigen eines anderen Baums. Ärgerlich drehe ich mich um und rufe ihnen zu: »Der Krieg nimmt ja gar kein Ende!«

Sie nicken: »Ja, es ist schrecklich!«

Inge hofft aber bereits, dass unsere gefährliche Lage noch gut ausgehen kann, denn sie ruft hinterher: »Die haben bis jetzt noch keine Bombe geworfen – und das hätten sie bestimmt schon getan! Vielleicht haben sie keine dabei!«

Das gefällt mir: »Ja, du hast Recht! Wahrscheinlich hätten sie sonst schon alles zertrümmert!«

Doch Günter bleibt misstrauisch: »Aber warum kreisen sie immer noch? Sie können Verstärkung angefordert haben!«

Bald darauf wird das Brummen der Flugzeugmotoren schwächer. »Ist es wahr, ziehen sie ab?«

Die Leute kommen vorsichtig unter den Bäumen hervor.

»Ist es auch keine Täuschung?«

»Nein, sie sind weg!«

»O Gott, es ist vorbei!«

Alle atmen erleichtert auf: »Was für ein Glück! Wir hätten tot sein können!«

Der Lokführer und der Heizer gehen zu ihrer Maschine, der Zugführer ruft die versprengten Menschen herbei: »Ist da noch jemand im Wald?«

Ein paar Mal pfeift er gellend auf seiner Trillerpfeife und ruft laut am Waldrand entlang: »Einsteigen! Alles einsteigen! Wir fahren ab!«

Die Lokomotive zieht wieder an und macht bald darauf schnelle Fahrt. Wir alle im Abteil schnattern unsere Aufregung heraus: »Hoffentlich kommen keine Flugzeuge mehr!«

Damit wurden unsere schillernden Traumblasen von einem schönen Bauernhof mit Maschinengewehren zerschossen. Die angstvolle Spannung in uns Kindern legt sich nach und nach – wir werden müde und dösen ein.

Die Mutter rüttelt uns an den Armen: »Kinder, werdet munter, wir sind gleich da!«

Dann erhebt sie sich und hangelt ihre Koffer aus der Gepäckablage. Wir vier reiben uns die Müdigkeit aus den Augen und folgen der Mutter durch den Mittelgang zur Tür.

Der Zug hält und wir klettern hinaus auf den kargen Bahnsteig: »Weste Bhf.«

Aber wir Kinder sind sofort tief enttäuscht!

»Hier steht ja nur eine einsame Bahnstation! Wo sind die anderen Häuser, wo ist der Ort?«

Prüfend blicken wir in Mutters Gesicht, denn wir befürchten irgendeinen Fehler oder Irrtum und würden am liebsten schnell wieder in unseren behaglichen Zug steigen. Doch zu spät, die Lokomotive stampft gerade mit steiler schwarzer Rauchfahne davon und zieht langsam und unerbittlich ihre Wagen an uns vorüber, mit den Menschen hinter den Fenstern, die von alledem nicht betroffen sind und mit gleichgültigen Gesichtern herausschauen. Mit einem letzten Gruß lässt uns der Zug zurück und umhüllt uns für einen Moment mit seinen rauchigen Kohlengasen, bevor sie der leichte Wind von den Feldern verweht.

Und wieder einmal stehen wir als kleines Häuflein verloren irgendwo auf einem Bahnsteig, und es scheint, als seien wir nun endgültig verlassen.

Auf der rechten Seite des davoneilenden Zuges liegen große freie Felder, auf der linken, getrennt durch zwei Gleise, das rote Ziegelsteingebäude der kleinen Bahnstation, und über allem hängt ein bewölkter trüber Aprilhimmel. Wir überqueren auf klobigen grauen Bahnschwellen die Gleise und gehen in das nüchterne Bahngebäude. Dort wendet sich die Mutter Hilfe suchend an den Stationsvorsteher mit der roten Schirmmütze und berichtet, dass wir abgeholt werden sollten. Der Mann fragt nach unserem Namen und wohin wir wollen. Die Mutter teilt ihm mit, was er wissen will, und er sagt beruhigend: »Machen Sie sich keine Sorgen! Für Sie wurde vor einer Viertelstunde angerufen: Der Fahrer ist unterwegs!«

Die Antwort klingt gut, und wir gehen nach draußen und warten auf einem freien Platz neben dem Gebäude. Das Warten ist für uns weiter nicht schlimm, die Hauptsache ist, dass es weitergeht.

Wir Kinder überlegen: »Was heißt Fahrer? Werden wir mit einem Auto abgeholt oder mit einem Pferdefuhrwerk?«

»Aber bei Pferden hätte er doch bestimmt von einem Kutscher gesprochen!«

Während wir noch rätseln, ob das Wort Fahrer wirklich etwas zu bedeuten hat oder nicht, biegt in Steinwurfweite ein knatternder Trecker mit einem Anhänger um eine Buschhecke, fährt schräg auf die

Station zu und hält auf dem großen sandigen Platz vor dem Gebäude. Der junge Fahrer stellt den tuckernden Motor ab, springt von seinem Sitz herunter und geht mit schnellen Schritten in das Haus.

Gleich darauf kommt er wieder heraus, zusammen mit dem Bahnbeamten und beide kommen auf uns zu. Auf halber Strecke bleibt der Eisenbahner stehen und ruft: »Das ist der Fahrer, der Sie abholt!«

Die Mutter geht dem jungen Mann zwei Schritte entgegen und reicht ihm die Hand. Sie nennt ihren Namen und sagt ihm, zu welchem Bauern wir kommen sollen.

Der junge Mann nickt: »Ja, das ist unser Hof. Mein Vater hat mich geschickt, ich bin der zweitälteste Sohn!«

Dann stellt Mutter uns vor. »Das sind meine Kinder: Inge, Dieter, Reinhard, Günter!« Der Bauernsohn reicht uns die Hand, und ich nehme meinen ganzen Mut zusammen und frage ihn: »Warum sind an diesem Bahnhof so wenig Häuser?«

Er stutzt einen Augenblick, dann sagt er: »Das ist nur der Bahnhof, der Ort Weste liegt einen Kilometer weiter weg.«

Der junge Mann blickt in unsere fragenden Kindergesichter und fügt hinzu: »Man hat den Bahnhof extra so weit weggelegt, weil hier im Herbst die gesamte Ernte verladen wird. Von allen Dörfern kommen dann die Bauern mit ihren Wagen und bringen Getreide, Kartoffeln und Zuckerrüben.«

Da schaltet sich die Mutter ein: »So, Kinder, jetzt wisst ihr Bescheid!«

Der Bauernsohn hilft uns beim Aufsteigen, indem er uns auf die Eisenverbindung zwischen Anhänger und Trecker stellt. Von dort schwingen wir ein Bein über die vordere Klappenwand und stehen auf der großen freien Ladefläche.

Wir Jungen haben unseren Spaß an dieser »Tanzfläche«: Die ist ja so groß, da können wir ja gut toben!

Als auch die Mutter auf dem Wagen steht, reicht der junge Mann noch die Koffer herauf, und dann fordert Mutter uns auf: »Bitte hinsetzen!«

Wir setzen uns auf den fest gefügten, dichten Bretterboden, und der Bauernsohn ermahnt uns Kinder: »Bitte nicht während der Fahrt aufstehen, damit mir keiner herunterfällt! Ich muss nach vorne gucken und kann mich nicht dauernd umdrehen.«

Wir nicken: »Ja, wir bleiben sitzen.«

Der Fahrer klettert auf seinen Trecker, wirft den Motor an und tuckert los. Und schon nach wenigen Metern bewundern wir Jungen den Anhänger.

»Der fährt ja ganz anders, als die Wagen mit den eisenbeschlagenen Holzrädern! Der federt: Das machen bestimmt die Gummiräder!«

Und Günter, der Fachmann für zerlegte Spielzeugautos, vermutet: »Vielleicht hat er sogar eine Federung!«

Und damit sind wir uns einig: »Das ist ein richtiger Autoanhänger, mit festem Boden und herunterklappbaren Wänden, nach allen Seiten.«

Die drei oder vier Häuser, die wir doch noch in der Nähe des Bahnhofs entdecken, bleiben hinter uns zurück, und der Trecker fährt mit der gemütlichen Geschwindigkeit eines Radfahrers eine gerade Landstraße entlang, vorbei an Bäumen zu beiden Seiten. Unterwegs zweigt nach links eine Straße ab zu zwei Dörfern – zwei Namen stehen auf dem Ortsschild –, etwas später eine Abzweigung nach rechts. Kurz darauf nähern wir uns einem größeren Dorf. Zu viert lesen wir den Namen auf dem Ortsschild: »Himbergen.«

Unser Fahrer dreht den Kopf nach hinten und schreit in den Treckerlärm hinein: »Das ist der Hauptort! Hier sind die Kirche, die Schule und ein paar Geschäfte!«

Gerade lesen wir auf der linken Seite »Gasthaus«.

Dann teilt sich die Straße an einem Denkmal, und wir stoßen auf eine andere Dorfstraße, fahren um das Denkmal herum nach links, sehen gleich darauf auf der rechten Seite etwas erhöht eine große Kirche, fahren dahinter an einer Kreuzung um die Kirche herum, hören von rechts den Klang von Hammer und Amboss einer Schmiede, erblicken davor ein Pferdegespann und der Trecker zieht uns eine leichte Anhöhe hoch. Dann geht alles sehr schnell: Auf der linken Seite entdecken wir ein Lebensmittelgeschäft, gleich darauf einen Bäcker, dann gegenüberliegend einen Schuhmacher mit seinem Laden, noch zwei oder drei Häuser – und wir verlassen den Ort.

Und weiter knattert der Trecker über den Asphalt einer geraden Landstraße, auf beiden Seiten an zartgrünen Apfelbäumen vorbei. Unser Fahrer dreht sein Gesicht erneut zu uns herum: »Das nächste Dorf ist es!«

Voraus, etwa einen Kilometer entfernt, erblicken wir Bäume, können aber nur zwei rote Dächer erkennen. Und kurz darauf entschlüsseln wir Jungen, wieder mit Inges Hilfe, die ja vor der Flucht schon die zweite Schulklasse abgeschlossen hatte, das nächste gelbe Ortsschild: »Rohrstorf.«

Bei dem erneuten Buchstabieren bedrängen Günter und Reinhard die Mutter geradezu: Sie wollen endlich auch lesen lernen. Sie sind es leid, immer ihre älteren Geschwister fragen zu müssen. Und Mutter kann die beiden sofort trösten: »Dieses Jahr werdet ihr eingeschult!«

Aber bei dem kleinen Spiel mit dem Ortsnamen sind Günter und Reinhard vorneweg dabei: »Rohrstorf! – Rohr und Torf.«

»Also muss da ein Rohr sein und Torf – und das ›s‹ kommt einfach dazwischen!«

Der Trecker biegt gleich hinter den ersten beiden Häusern nach links in eine abzweigende Dorfstraße, und der Teerbelag der »Apfelbaumchaussee« ändert sich in ein Kopfsteinpflaster und schüttelt uns kräftig durcheinander. Auf der linken Seite erblicken wir hoch aufragende dicke Eichen, dahinter eine Wiese und Felder. Rechts fahren wir an einer großen langen Scheune vorbei und an einer dicken Mauer aus groben Feldsteinen mit einer offenen Toreinfahrt zu einem großen Bauernhof, auf dem sich gleich vorn ein Truthahn inmitten seiner Hennenschar stolz aufplustert und uns zeigt, wer hier der Schönste ist und auf diesem Platz das Sagen hat.

Dahinter zweigt eine weitere Dorfstraße nach rechts ab, doch wir fahren geradeaus und erreichen sofort den nächsten Hof: vorbei an Wohnhaus und Stallungen unter einem Dach, und als eine lange Scheune, quer zu dem ersten Gebäude, auftaucht, biegt unser Fahrer vor dieser Scheune nach rechts ab, auf einen großen Platz – und ist am Ziel!

Der junge Bauernsohn hält den Trecker ziemlich in der Mitte des Hofes an, stellt den Motor ab, lässt die Rückklappe des Anhängers herunter, hilft uns beim Absteigen und sagt zur Mutter: »So, ich sage meinem Vater Bescheid, dass Sie da sind – wenn er nicht gerade auf dem Feld ist.«

Ein mittelgroßer Hund kommt bellend angesprungen, knurrt uns Fremdlinge an und zeigt mit seinem gesträubten Nackenhaar, wie garstig er ist. Der junge Mann dreht sich zu ihm hin, ruft energisch seinen Namen und droht ihm dicht vor seinen Augen mit dem Zeigefinger, worauf der Hund sich duckt, den Schwanz eng unter den Bauch klemmt und friedlich ist.

Der Bauernsohn richtet sich wieder auf und sagt zu ihm: »Komm!« Der Hund schnuppert noch schnell aus kurzer Entfernung zu uns herüber und springt dann mit schnellen Sätzen hinter ihm her.

Wir bleiben neben dem Anhänger stehen und sehen uns um, blicken auf die Gebäude und ein freies Hofgelände. Wie wir bereits von der Straße gesehen haben, führt das Dach vom Wohnhaus auch über die Ställe. Auf der Giebelseite befindet sich ein großes grünes Holztor mit einem Rundbogen. Hoch über dem Tor verzieren die Umrisse von zwei gekreuzten Pferdeköpfen den Dachgiebel. Auch die lange Scheune hat ein durchgehendes Dach bis über die vielen Stalltüren im hinteren Bereich. Dort schließt sich ein großer Holzschuppen an, ein kleines neues Fachwerkhäuschen und ein lang gezogener Stall in heller Farbe für das Federvieh. Hühner, Enten und Gänse tummeln sich auf einem davorliegenden eingezäunten, großen Wiesenstück, das bis an das Wohnhaus heranreicht.

Nach ein paar Minuten kehrt der Bauernsohn zurück und übermittelt der Mutter: »Mein Vater ist zu Hause, er kommt gleich!«

Dann steigt er auf den Trecker, wirft den Motor an und fährt in einem engen Bogen vom Hof, überquert die Dorfstraße und macht sich auf einem gegenüberliegenden Platz mit einer Scheune und einem Unterstand für Wagen und Landmaschinen zu schaffen.

Und dann ist der Augenblick da, den wir Kinder mit Spannung erwarten!

Mit ruhigen Schritten schreitet der Bauer vom Wohnhaus her über den Hof auf uns zu.

Er ist groß, schlank, fast schon ein wenig hager, und vielleicht etwas über fünfzig Jahre alt. Er trägt einen graubraunen, schlichten Trachtenanzug mit aufgesetzten Falttaschen, die Hosen an den Seiten leicht ausgestellt wie Reiterhosen, schwarze hohe Schnürschuhe und lange schwarze Ledergamaschen, von den Schuhen bis zu den Knien, wie wir sie bei den Uniformierten immer gesehen haben, und auf seinem Kopf trägt er eine dunkelbraune Lederkappe.

Gebannt sehen wir dem Mann entgegen. Als er näher heran ist, geht Mutter zwei Schritte auf ihn zu, und sie geben sich die Hand. Die Mutter nennt ihren Namen und er seinen. Mit einer leichten Handbewegung deutet Mutter auf uns: »Meine Kinder.«

Und auch unsere Kinderhände strecken sich in Gedanken dem fremden Mann schon entgegen. Aber der Bauer enttäuscht uns: Er gibt uns keine Hand, er übersieht uns!

Die Mutter stellt uns nicht mit unseren Namen vor und wir machen auch keine Verbeugung. Unsere wachen Augen und Ohren sehen und hören alles: Der Bauer ist sehr ernst!

»Woher kommen Sie?«, fragt er knapp.

»Aus Königsberg, Ostpreußen«, antwortet die Mutter, »wir sind seit Januar unterwegs!«

Der Bauer schweigt. Dann deutet er mit der Hand in eine Richtung hinter uns und spricht viel zu leise zwischen gepressten Lippen, sodass wir Mühe haben, ihn zu verstehen: »So, dann zeige ich Ihnen, wo Sie wohnen werden.«

Er geht los. Die Mutter nimmt ihre Koffer auf und sagt zu Inge: »Nimm du den Rucksack!«

Wir alle folgen dem Mann.

Der Bauer verlässt den Hof, geht schräg über die Kopfsteinpflasterstraße und rechts vorbei an der Scheune mit dem Fahrzeugunterstand. Er lenkt seine Schritte auf zwei Gebäude in dreißig Metern Entfernung, die gleichzeitig auf dieser Seite des Dorfes die beiden letzten Häuser sind.

Günter und ich haben, wie schon so oft, wieder einmal die gleichen Gedanken. Während wir Kinder dem Bauern und der Mutter im Gänsemarsch folgen, jeweils mit einem kleinen Abstand, erst Inge, dann Reinhard und zum Schluss Günter und ich, fällt uns beiden auf, dass der Bauer schön aufrecht geht und nichts in den Händen hält, während Mutter die beiden Koffer trägt und leicht nach vorn gebeugt ist wie ein Lastträger.

Wir beide flüstern uns zu: »Könnte der Bauer nicht wenigstens einen Koffer tragen – oder ausnahmsweise beide? Er kann sich doch denken, dass Mutter die Koffer schon ewig schleppt, und er ist doch ein Mann!«

An dem vorderen großen Gebäude geht der Bauer vorbei, einem Fachwerkhaus mit rotem Dach, links und auf der Rückseite eingerahmt von hohen Eichen und auf der Vorderseite versehen mit einem von Wind und Wetter verwaschenen, hölzernen Scheunentor, durch das mühelos ein voll beladener Heuwagen fahren könnte. Der Bauer lenkt seine Schritte direkt auf das nächste Haus zu, ein kleines Haus, mehr ein Häuschen: rote Ziegelsteine, rote Dachpfannen, zwei grün gestrichene Haustüren, kleine Fenster mit weißen Rahmen, grüne Fensterläden – und das Häuschen sieht neu aus.

Vor der linken Tür bleibt der Bauer stehen, zieht einen Schlüssel aus der Tasche, schließt die Tür auf und geht hinein: ein winziger Flur, nach links eine Tür zu einem schmalen leeren Raum, geradeaus die Tür zu einem Raum mit einem Tisch, ein paar Stühlen und einem Kanonenofen – wie ihn die Partisanen beim Beginn unserer Flucht aus dem Waggon gesprengt haben –, von dort eine Tür zu einem Schlafraum, zwei mal drei Meter, gerade groß genug für die zwei doppelstöckigen Feldbetten, eine Einheit quer, die andere längs. Alle Wände in den Räumen sind verputzt, nicht gestrichen, die Fußbodenbretter sind aus hellem Astholz. Alles wirkt ein bisschen nackt: keine Gardinen, keine Lampen, keine Schränke!

Der Bauer merkt wohl, dass alles viel zu dürftig ist, und leise sagt er mit dünnen Lippen: »Das ist ein Behelfsheim, das ist für die Erntehelfer im Sommer gedacht. Aber man kann es ja noch verbessern, sprechen Sie mal mit meiner Frau.«

»Ja, das werde ich machen«, sagt die Mutter und nickt zu seinen Worten.

Als der Mann kaum vernehmbar weiterspricht, strenge ich mich wieder an, um ihn zu verstehen: »Die Miete können Sie abarbeiten. Aber Sie kommen aus der Stadt, da wird es Ihnen wohl schwer fallen.«

Die Mutter schüttelt den Kopf: »Nein, ich hab vor meiner Heirat nach Königsberg auf dem Lande gelebt und in der Landwirtschaft gearbeitet – ich kann das.«

Mit unbewegtem Gesicht nimmt der Bauer die Antwort der Mutter zur Kenntnis.

»Gut, dann melden Sie sich morgen früh um acht Uhr auf dem Hof, zur Feldarbeit!«

Der Mann wendet sich zum Gehen, Mutter begleitet ihn zur Haustür.

Die Mutter kommt zurück ins Zimmer und schließt die Tür. Wir sind wieder allein und sehen uns fragend an. Reinhard drängt es als Ersten – ihn hält es nicht mehr: »Mutti, der Bauer hat überhaupt nicht gelacht!«

Und da fallen wir anderen heftig mit ein und bringen das vor, was wir mit unseren Kinderaugen nüchtern beobachtet haben.

»Ja, der Bauer hat nicht ein einziges Mal sein Gesicht verzogen!«

»Der ist ja ganz finster!«

»Der will uns nicht!«

Mutter versucht uns zu beruhigen.

»Kinder, der Bauer hat vielleicht selber große Sorgen – wer weiß!«

Aber wir sind nicht so schnell damit einverstanden und behaupten, er hätte trotzdem freundlicher sein müssen, und weil er es nicht war, fühlen wir uns auch nicht wohl.

Doch die Wohnung gefällt uns Kindern gut, und wir sind uns auf der Stelle einig: »Hier können wir bleiben!«

Die Mutter greift nach einem Holzstuhl, stellt ihn mitten in den Raum und lässt sich erleichtert darauf fallen.

»So, Kinder, hier sind wir sehr wahrscheinlich in Sicherheit! Der Krieg muss jeden Tag zu Ende sein!«

Sie atmet befreit auf, wird dann aber nachdenklich und sieht plötzlich sehr traurig aus. Wir Kinder umringen die Mutter ganz nah wie damals in Pommern bei ihrem schrecklichen bösen Traum.

»Die Flucht ist zu Ende«, sagt die Mutter in sich gekehrt, »wir haben alles verloren! Nur diese beiden Koffer sind uns geblieben! Aber: Wir haben wenigstens unser Leben gerettet!«

Die Mutter schweigt gedankenvoll, wir Kinder ebenfalls – und in diesem Augenblick der Stille fühle ich in unserem dichten vertrauten Kreis eine warme, wohltuende Nähe: zur Mutter und zu meinen Geschwistern!

Die Mutter richtet sich etwas auf: »Wir fangen mit nichts an! Wir brauchen Teller und Tassen, Messer, Gabeln und Löffel, Kochtöpfe, Schüsseln und Schränke, wir brauchen alles!«

Nach einem tiefen Atemzug schöpft sie Mut: »Aber, das wird sich finden!«

Dann gehen Mutters Gedanken zurück: »Doch wo sind die anderen? Oma Lina, die Uroma – leben sie noch? Wo ist Vater, Tante Friedel und ihre Familie, Tante Gertrud und Erika? Sind sie in den Bomben umgekommen?«

Wir Kinder hören bedrückt und schweigend zu und Mutter sagt: »Ich werde bald einen Brief schreiben, an Oma Linas Bruder nach Gelsenkirchen. Das ist euer Großonkel, er ist Bergmann. Ihr habt ihn im letzten Sommer kennen gelernt, als er in Paterschobensee zu Besuch war.«

Sie stoppt und überlegt: »Wenn die überhaupt noch leben, denn auch dort wurden Bomben geworfen.«

Für einen Moment tauchen die vergangenen Bilder wieder vor uns auf: Wir sehen, wie der Onkel im weißen Oberhemd vor dem Haus auf dem kurzen Rasen liegt und lacht, als wir Jungen mit unseren Fäusten auf die harten Muskeln seiner Oberarme trommeln. Und nun ist es uns sogar ein bisschen peinlich.

»Außerdem«, fügt Mutter hinzu, »melde ich mich beim Suchdienst vom Roten Kreuz.«

Inge räuspert sich: »Wird das hier nun unsere neue Heimat?«

Mutter zuckt die Schultern: »Oh, das ist schwer zu sagen – wer weiß schon, was das Leben bringt!«

Zunächst aber sind wir die kleine verschworene Gruppe, die wir über drei Monate lang Tag und Nacht waren:

Eine Mutter,

vier Kinder –

und zwei Koffer!

Gewidmet

Marie,

der jungen Mutter aus Masuren,

die nicht nur die Koffer trug.

Was ist aus den anderen geworden?

Großmutter Lina
- kam in ein Flüchtlingslager nach Dänemark,
- saß bald darauf an einer Nähmaschine und nähte für die Menschen im Lager aus alten Sachen neue,
- kam 1948 nach Rohrstorf.

Urgroßmutter Marie
- blieb für immer verschollen,
- ist vermutlich im Bombenhagel in Zinten umgekommen.

Vater Walter
- kam in ein Kriegsgefangenenlager in die USA; war dort über ein Jahr, auch im Ernteeinsatz,
- danach zwei Jahre als Kriegsgefangener in Frankreich, zur Feldarbeit auf einem Bauernhof,
- kam 1948 nach Rohrstorf. (Nach mehr als vier Jahren Abwesenheit war er für die Kinder zunächst wie ein Fremder).

Vaters Eltern
- kamen nicht aus Königsberg heraus,
- Großvater Heinrich ist Anfang Mai 1945 umgekommen; die Großmutter hat ihn auf einer Schubkarre zum Friedhof gefahren und begraben,
- Großmutter Mathilde wurde drei Jahre später vertrieben; lebt danach bei ihren Töchtern Gertrud und Friedel in Tuttlingen (Nähe Bodensee).

Vaters Brüder
- *Onkel Arthur,* gefallen,
- *Onkel Kurt*, gefallen,

- *Onkel Erich*, gefallen.

Vaters Schwestern

- *Tante Friedel* kam mit ihrem Mann und Tochter Gisela (20) in ein Flüchtlingslager nach Dänemark;
  Sohn Klaus (18) war bei Kriegsende bei der Marine in Flensburg,
- später lebt die Familie in Tuttlingen (Nähe Bodensee).

- *Tante Gertrud* erlitt mit Ehemann und Erika das chaotische Kriegsende in Königsberg;
  Erika wurde von Geschoss-Splittern an den Knien verletzt; Onkel Otto wurde, als er seiner Frau zu Hilfe eilte, erschossen,
- *Tante Gertrud* wurde mit Mutter und Erika drei Jahre später vertrieben; leben danach in Tuttlingen.

- *Tante Lotte (Charlotte)* kam mit ihren beiden Söhnen in ein Flüchtlingslager nach Dänemark;
- später lebt sie mit Mann und Kindern in Hamburg.

- *Tante Gretel (Margarete)* kam nach Ost-Holstein und fand dort ihre Wahlheimat.

Onkel Fritz (Großonkel)

- überlebte mit seiner Familie die Bombenangriffe auf Gelsenkirchen;
  diente wie vereinbart, als Kontaktadresse.
  Die Kinder trafen später den Onkel und erlebten ihn als einen feinen, ruhigen Mann. Gespannt lauschten sie seinen Worten: Der Onkel hatte einem Gefangenen Brot über den Zaun gereicht; zur Strafe musste er für mehrere Monate in ein Konzentrationslager, wo er auch geschlagen wurde.

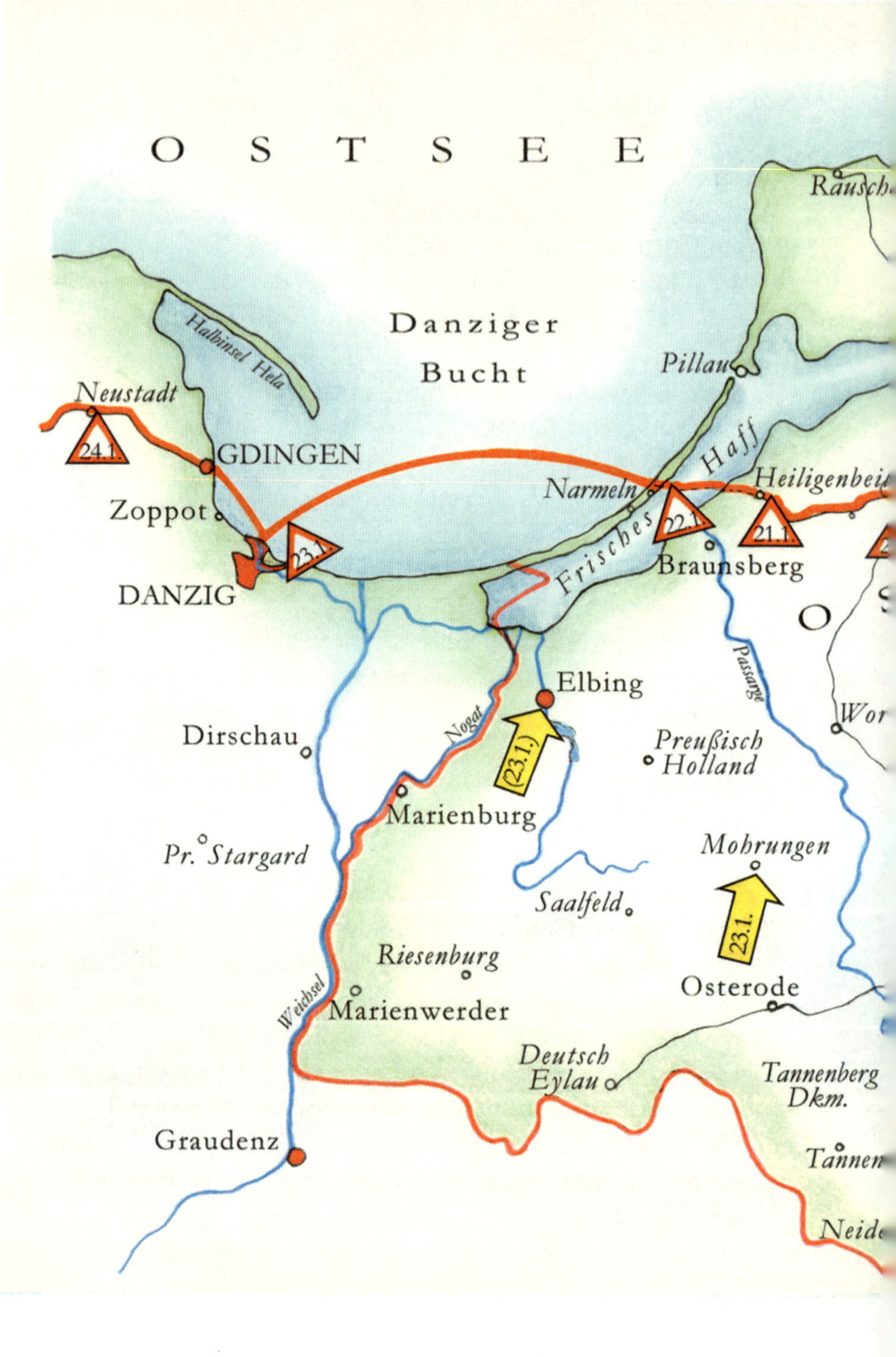

O S T S E E
Danziger Bucht
Halbinsel Hela
Neustadt
24.1.
GDINGEN
Zoppot
DANZIG
23.1.
Pillau
Frisches Haff
Narmeln
22.1.
Heiligenbei
21.1.
Braunsberg
Elbing
(23.1.)
Nogat
Dirschau
Preußisch Holland
Passarge
Marienburg
Pr. Stargard
Mohrungen
Saalfeld
23.1.
Riesenburg
Osterode
Weichsel
Marienwerder
Deutsch Eylau
Tannenberg Dkm.
Graudenz
Neide

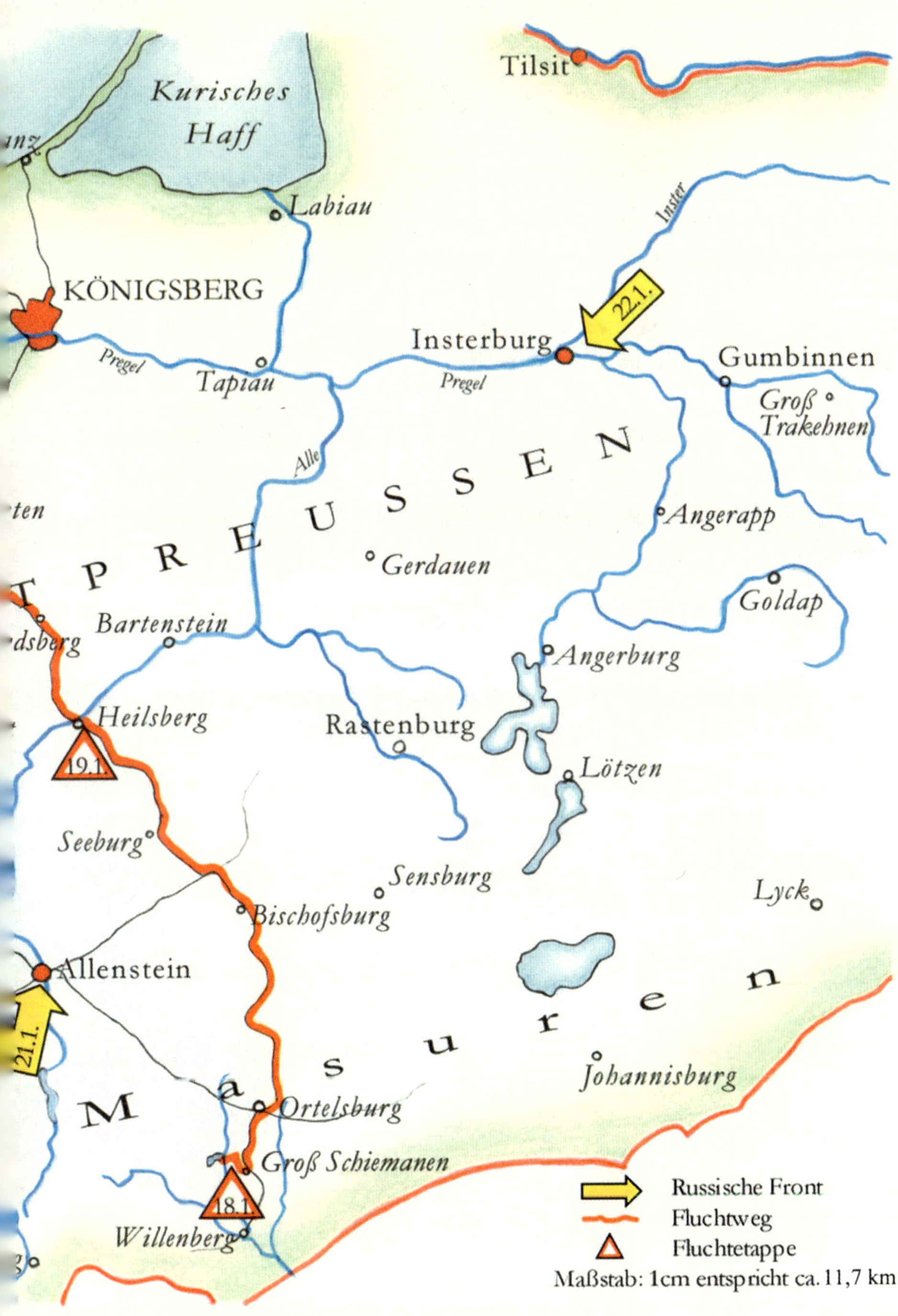

Kurisches Haff
Tilsit
Labiau
Inster
KÖNIGSBERG
22.1.
Insterburg
Gumbinnen
Pregel
Tapiau
Pregel
Groß Trakehnen
Alle
PREUSSEN
Angerapp
Gerdauen
Goldap
Bartenstein
Angerburg
Heilsberg
19.1.
Rastenburg
Lötzen
Seeburg
Sensburg
Lyck
Bischofsburg
Allenstein
21.1.
Masuren
Johannisburg
Ortelsburg
Groß Schiemanen
18.1.
Willenberg
Russische Front
Fluchtweg
Fluchtetappe
Maßstab: 1cm entspricht ca. 11,7 km

Wie erging es der Familie weiter?

Vater Walter fand in Bochum Arbeit als Maurer (seinen unterbrochenen Abendlehrgang zum Hochbautechniker hat er nicht mehr fortgesetzt).

1951 holte er seine Familie und Großmutter Lina in die Stadt. So wurde Bochum für die Familie zur Wahlheimat.

Mutter Marie war auch in ihrem neuen Zuhause mit sich und der Welt im Einklang, denn ihre Kinder waren, wie sie sagte, „anständig" und „gut geraten", hatten einen guten Beruf und waren glücklich verheiratet.

Marie und Walter fanden nebeneinander ihre letzte Ruhe. Dabei erfüllte sich noch ein stiller Wunsch von Marie: an ihrem Grab sollten drei Birken stehen! – Und vielleicht rauschen ihr nun im Sommer die Baumwipfel ein Lied aus ihrer Heimat Masuren.